Susan Hastings
Der Wollhändler

Das Leben des Maximilian Speck,
Freiherrn von Sternburg

Susan Hastings

Der Wollhändler

Das Leben des Maximilian Speck, Freiherrn von Sternburg

Roman

Für Jutta
mit besten Wünschen

Susan Hastings

12.3.2009 Leipziger Buchmesse

Plöttner Verlag

Bibliografische Informationen der Deutschen Bibliothek:
Die Deutsche Bibliothek verzeichnet diese Publikation in der Deutschen Nationalbibliografie; detaillierte bibliografische Daten sind im Internet über www.d-nb.de abrufbar.

2. Auflage

ISBN 978-3-938442-53-1

Gesetzt im Verlag aus der Plantin Light
Umschlaggestaltung: Franziska Becker, unter Verwendung einer Litographie nach dem Gemälde von Friedrich Matthäi
Druck & Bindung: AALEXX Buchproduktion, Großburgwedel
Korrektorat: Annegret Schenkel
Fotos: Familienarchiv Speck v. Sternburg München, Leipzig

www.ploettner-verlag.de

Dörfliche Enge

Die Sommersonne brannte auf das flache Land beidseits der Elbe. Der Fluss brachte nur wenig Kühlung in diesen Augusttag des Jahres 1790. Dabei lag er nur soweit vom Gasthaus „Zum Schifflein“ in Gröba entfernt, wie Max Speck einen Kirschkern spucken konnte. Zumindest behauptete er das. Im Wettbewerb mit den Jungs aus dem Dorf spuckte er am weitesten die Kirschkerne, fast bis zur Elbe. Doch heute hatte Max für so etwas keine Zeit.

Mit beiden Händen ergriff der vierzehnjährige Junge die gefüllten Bierkrüge, die der Stiefvater bereitgestellt hatte, und trug sie hinaus in den Biergarten, sorgsam darauf bedacht, nichts zu verschütten. Im Schatten der beiden Kastanienbäume drängten sich die Gäste. Die meisten waren Dragoner des Prinz-Clemens-Regiments, das als Reserve in die Nähe von Dresden verlagert wurde. In Lommatzsch gab es Unruhen unter den Bauern. Man sprach von einem bevorstehenden Krieg. Doch in dem kleinen Dorf vor den Toren Riesas war alles friedlich.

Träge verscheuchten die angebundenen Pferde mit ihrem Schweif die lästigen Fliegen. Das Klappern ihres Zaumzeugs mischte sich mit dem Summen der Insekten. Auch einige Schiffer zählten zu den heutigen Gästen.

Max beeilte sich, die Krüge auf die Tische zu verteilen. Von den Dragonern wurde er lautstark begrüßt. Sie nahmen den kleinen Umweg über Gröba gern in Kauf, denn hier ließ sich vorzüglich rasten.

Der Junge wischte sich die Hände an den zu kurzen Hosen ab, aus denen seine Beine ragten. Wie immer im Sommer ging er barfuß. Er war froh, wenigstens für den Winter festes Schuhwerk zu besitzen. Dabei hoffte er, dass seine Füße nicht zu sehr gewachsen waren, damit die Schuhe noch passten. Doch im Augenblick dachte er nicht an den Winter. Sein sehnsüchtiger Blick galt den Pferden neben dem Gasthof an der Tränke. Wie gern wäre er einmal aus dem Dorf hinausgekommen, dorthin, wohin die Elbe fließt. Die Schiffer erzählten, sie fließe direkt in ein Meer, das Nordsee heiße und dessen Wasser salzig schmecke. Oder nach Dresden, wo der Kurfürst residiert. Dort sollte alles so prachtvoll sein, mit Palästen, breiten Straßen, auf denen die Kutschen rollten. Einmal war er bis Riesa gekommen, zu seinem Patenonkel, dem Getreidehändler Johann Gottfried Gürmer.

Doch heute kam Max nicht zum Nachdenken, nicht zum Kernespucken, ja nicht einmal zum Verschnaufen. Die Dragoner verlangten erneut nach Bier. Eine Kutsche rollte heran, weitere Gäste stiegen aus. Der Kutscher rief nach zwei Eimern, um seine Pferde zu tränken.

Vorsichtig strich Max über das Fell des Pferdes, während es seinen Kopf in den Eimer steckte. Ein Pferd roch nach Weite, nach Entfernung, nach Abenteuer und fremder Welt. Vielleicht sollte er zu den Soldaten gehen. Dann würde er endlich aus diesem Dorf hinauskommen. Doch wohin?

Er spitzte die Ohren und lauschte den lautstarken Unterhaltungen der Dragoner. Die sprachen von Krieg, von Kanonen, Pulverdampf, getöteten Feinden – und lachten dabei. Er holte einen zweiten Eimer Wasser.

Wieder strich er über das warme Fell und die samtigen Nüstern. Das Pferd blickte ihn an. Er zuckte zusammen, als er aus der Wirtschaft den zornigen Ruf seines Stiefvaters vernahm: „Maaaaax, wo steckst du denn?“

* * *

Umständlich zog Kantor Wilhelm Lohmann sein Schweißtüchlein hervor und wischte sich über die Glatze. Johann Kabisch füllte zwei Bierkrüge und stellte sie auf den Tisch, an dem der

Kantor saß. Er setzte sich dazu. „Zum Wohl, Herr Kantor." Ebenso umständlich wie er es herausgeholt hatte, verstaute Lohmann sein Schweißtüchlein wieder, griff zum Bier und prostete dem Wirt zu. „Der Herrgott meint es heute besonders gut mit uns", stellte er fest. „Ich ahnte es nicht, als ich am Morgen von Riesa aus zu meiner Wanderung aufbrach. Zum Wohl, Herr Wirt." Er nahm einen tiefen Schluck, seufzte und wischte sich dann den Schaum von den Lippen.

Max schleppte gefüllte Bierkrüge in den Garten und verteilte sie auf die Tische. Tagein, tagaus bediente er die Gäste, rollte Bierfässer ins Haus, versorgte das Vieh, ging der Mutter in der Küche zur Hand, ärgerte sich mit seiner vorlauten Schwester herum und fand es ungerecht, dass sein jüngerer Bruder weniger helfen musste.

Der Kantor blickte Max nach, der zurück ins Wirtshaus rannte. Kabisch bemerkte den Blick.

„Ein fleißiger Junge", sagte er. „Er ist meiner Frau und mir eine große Unterstützung."

Lohmann nickte in Gedanken versunken. „Etwas mager ist er ja, aber flink. Nicht nur auf den Beinen."

Johann Kabisch schaute ihn fragend an.

„Ich meine seine geistige Regsamkeit", fuhr der Kantor fort. „Sie sollten den Jungen unterrichten lassen."

Der Wirt schüttelte den Kopf. „Wozu? Was er braucht, lernt er bei mir. Es reicht, wenn er sich die Bestellungen merken kann. Und mit Geld umgehen kann er auch."

„Er könnte es im Leben aber weiter bringen."

Der Gastwirt lachte auf. „Setzen Sie dem Max keine Flausen in den Kopf, Herr Kantor. Wir werden nicht jünger, da brauchen wir die Unterstützung. Als ich die Witwe Speck heiratete, war es auch für mich nicht leicht, ihre drei Kinder mitzuernähren. Das Gasthaus führte sie gut, aber es fehlte eben ein Mann." Er strich sich nachdenklich übers Kinn. „Nicht, dass ich damit unzufrie-

den gewesen wäre. Ich bin zufrieden mit meinem Auskommen. Aber jetzt müssen die Kinder eben ihren Teil dazu beitragen."
„Kinder sind ein Gottesgeschenk, vor allem die wohlgeratenen. Sie haben ihn rechtschaffen erzogen, Herr Kabisch, aber ..."
„Nichts aber! Komm her, Max, und begrüße den Herrn Kantor. Und bring ihm noch ein Bier. Auf meine Rechnung."
„Dank, Dank, Herr Wirt, aber ich muss auch wieder zurück nach Riesa kommen. Das Bier könnte mich vom rechten Weg abbringen."
„Keine Sorge, der Herr wird schon auf Sie achtgeben. Bier ist Stärkung. Also, zum Wohl!"
„Zum Wohl!" Kantor Lohmann leerte auch den zweiten Krug und nahm sich vor, bei Gelegenheit mit Frau Anna zu reden. Wegen Max.

* * *

Draußen hielt der Winter das Land in eisigem Griff. Zwei kindliche Köpfe erschienen vor dem Fenster der Gastwirtschaft. Es waren Johannes und Gottlieb, die Söhne von Max' zweitem Patenonkel, dem Schiffer Johann Christian Raffs. Max öffnete das Fenster einen Spalt.
„He, Specki, kommst du mit eislaufen? Unser Vater hat uns aus Fassbändern Kufen gebaut."
„Ein andermal", gab Max zurück. „Muss helfen."
„Aber es sind doch gar keine Gäste da", stellte Johannes fest.
„Mutter will nicht, dass ich aufs Eis gehe. Seit der Sohn des Gutsgärtners vor ein paar Jahren eingebrochen und ertrunken ist, verbietet sie es."
„Dann rodeln wir eben. Drüben auf der Anhöhe liegt genügend Schnee. Gottlieb holt ein Brett aus dem Schuppen."
„Nee, nee, lasst mal. Ich hab wirklich keine Zeit."
Enttäuscht zogen die beiden ab. Doch sie hatten sich noch nicht

weit vom Gasthaus entfernt, als sie Max entdeckten. In eine dicke Jacke gehüllt, stapfte er mit gesenktem Kopf durch den Schnee.
„Wo will er denn hin?“, wunderte sich Gottlieb. Die beiden versteckten sich hinter einem Baum und beobachteten Max. „Der hat doch was vor.“
„Vielleicht will er nichts mehr mit uns zu tun haben“, mutmaßte Johannes.
„Unsinn! Max ist nicht so. Im Sommer spielt er doch auch mit uns, wenn ihn sein Stiefvater lässt.“
„Und gewinnt immer beim Kirschkernspucken. Da, schau, er geht zum Lehrer.“
„Was will er denn da? Der Kabisch will doch nicht, dass Max die Schule besucht.“
„Na ja, ’s ist eben der Stiefvater. Warum sollte er auch? Wir gehen ja auch nicht hin …“
„Stimmt! Statt uns vom alten Drombusch verprügeln zu lassen, sollten wir lieber zum Eislaufen gehen.“
Max bekam von all dem nichts mit. Schnurstracks eilte er zu dem kleinen, etwas verfallen wirkenden Haus hinter den Wirtschaftsgebäuden des imposanten Arnimschen Herrenhauses. Der Dorflehrer Drombusch lebte hier in ebenso bescheidenen Verhältnissen wie seine Schüler, die er in dem kleinen Raum neben seiner Kammer unterrichtete. Im Sommer kamen nur wenige Knaben zum Unterricht. Die meisten mussten auf den Feldern helfen, Schiffersöhne fuhren oft auf den Kähnen mit. Und auch im Winter verirrten sich kaum Kinder in sein Haus. Die wenigsten konnten das Schulgeld bezahlen.
„Was willst du?“ Drombusch blickte Max aus zusammengekniffenen Augen durch seine verbogene Nickelbrille an. Sein Gehrock war abgewetzt.
Verlegen blieb Max an der Tür stehen. „Ich wollte Sie fragen, ob ich … ob ich etwas zuhören darf.“

„Kannst du Schulgeld bezahlen?"
Max schüttelte verzagt den Kopf.
„Dann verschwinde! Ich muss ja auch irgendwie überleben", knurrte der Lehrer. Er schlurfte zum Tisch, wo sich abgegriffene Bücher stapelten.
Max starrte auf den gebeugten Rücken des Lehrers. Neben den Büchern lag eine Weidenrute. Unfolgsame Schüler wurden damit gezüchtigt. Aber es gab keine Schüler.
„Du bist ja immer noch hier." Drombusch sah aus wie eine der Krähen, die mit eingezogenem Kopf auf den verschneiten Feldern hockten.
Max zeigte mit dem Finger auf die Bücher. „Darf ich mir eins ausleihen?"
„Das sind kostbare Bücher! Was denkst du Bengel dir eigentlich? Du kannst doch gar nicht lesen. Was willst du damit?"
„Lesen lernen. Ich bringe es mir selbst bei."
Drombusch brach in ein meckerndes Lachen aus. „Und dann willst du wohl auch selbst schreiben lernen?"
Max nickte ernsthaft. „Rechnen kann ich auch schon."
„So einen Unsinn habe ich noch nicht gehört. Aber so Gott will." Er griff zur Rute. „Wenn du es mir nicht in zwei Wochen unversehrt zurückbringst, dann lernst du meine Rute kennen."
Max wich einen Schritt zur Tür zurück. „Ich verspreche es Ihnen, Herr Lehrer. Und dann lese ich Ihnen auch aus dem Buch vor."
Er stopfte das Büchlein, das Drombusch ihm reichte, unter die Jacke und presste es an seine Brust. An den langen Winterabenden wollte er es lesen.
Drombusch blickte dem Jungen aus dem winzigen Fenster kopfschüttelnd nach. „Selbst beibringen … so ein Narr!"

★ ★ ★

„Es bleibt nichts übrig“, stellte Johann Kabisch fest und kaute auf seiner Pfeife herum. Mit ungelenker Schrift hatte er einige Zahlen auf ein Blatt Papier geschrieben. Er legte die Gänsefeder zur Seite und schob seiner Frau das Blatt hin.
Mutter Anna saß am Spinnrad. Das monotone Klappern des Spinnrades durchbrach die Stille in der Stube. Es roch nach Rauch, die feuchte Luft vom Fluss drückte auf den Kamin.
Die Witwe Anna Speck, die sich schon bald nach dem Tod ihres Mannes mit dem Dienstmann Johann Gottlob Kabisch vermählt hatte, um die Gastwirtschaft am Ufer der Elbe weiterbetreiben zu können, war eine liebenswerte und rechtschaffene Frau. Doch es waren bescheidene Verhältnisse, in denen Max mit seiner älteren Schwester Auguste und dem jüngeren Bruder Karl Friedrich aufwuchs.
Auguste hockte am Boden und zupfte Wolle. Der kleine Karl Friedrich bearbeitete ein Holzstück mit dem Messer, aber es wollte keine Figur daraus werden. Max kniete neben dem Ofen, einen brennenden Kerzenstumpen neben sich, und studierte das Buch des Lehrers. Zeile für Zeile entzifferte er den Text. In einer Anwandlung von Großzügigkeit hatte ihm der Dorflehrer ein Jahr zuvor ein Blatt mit dem Alphabet gegeben und ihm erklärt, wie die Buchstaben ausgesprochen wurden. Seitdem hatte Max begierig jeden Schriftzug, der ihm unterkam, zu lesen versucht. Er fand es gar nicht so schwer, wie alle behaupteten. Und er fand es ganz nützlich, lesen zu können, auch wenn der Stiefvater dagegen war. Schließlich reichte es seiner Meinung nach, die Bierkrüge zählen zu können.
Mit der Holzkohle, die manchmal im Herd übrig blieb, kritzelte er die Buchstaben nach. Die Mutter hatte ihm Gänsefedern zugesteckt, die er sich selbst anspitzte und mit denen er erste Schreibversuche auf alten Papierseiten unternahm.
Das Klappern des Spinnrades verstummte plötzlich.
„Ich weiß“, erwiderte Anna Kabisch. Sie wischte sich die Hände

an ihrer Schürze ab. „Es kommen ja auch kaum noch Gäste.“
„Auch keine Soldaten. Es scheint ernst zu werden mit dem Krieg.“
„Gott möge es verhüten“, murmelte die Mutter und setzte das Spinnrad wieder in Bewegung.
„Ich könnte zusehen, ob ich noch einmal ein Darlehen bekomme. Allerdings ...“ Johann Kabisch kratzte sich am Kopf.
„Muss man auf ein Darlehen Zinsen bezahlen?“, ließ sich Max plötzlich vernehmen.
Sein Stiefvater zog die Augenbrauen zusammen. „Was verstehst du denn davon?“
„Wenn man Zinsen bezahlen muss, erhöhen sich dadurch die Schulden. Man muss mehr zurückbezahlen. Besser ist es, das schuldfreie Geld so anzulegen, dass man daraus Gewinn erzielt.“
Kabisch stemmte die Arme auf den Tisch. „Wer hat dir denn solche Weisheiten eingeflüstert? Das kommt davon, wenn man seine Nase in Bücher steckt, anstatt ordentlich anzupacken. Da würde es uns jetzt vielleicht besser gehen.“
„Lass den Jungen in Frieden“, schaltete sich die Mutter ein. „Er hilft, wo er kann. Wir sollten über seine Worte nachdenken.“
„Was gibt es da nachzudenken? Wir haben kein Geld.“
„Ich möchte das richtig lernen, das mit dem Geld, wie man Geschäfte macht. Dann könnte man später die Gastwirtschaft viel besser führen.“
Alle starrten Max an.
„Du willst klüger sein als dein Stiefvater?“ Johann Kabisch schlug mit der Faust auf den Tisch.
Auguste blies die Backen auf und ließ die Luft lautstark wieder ab. „Du spinnst ja! Wo willst du denn hin?“
Max zuckte mit den Schultern. „In eine Kaufmannslehre eben.“
„Aber dann musst du von zu Hause weg ...“

„Das wäre nicht so schlimm.“ Er blickte zu seiner Mutter. Sie schwieg, aber er bemerkte Verständnis in ihren Augen. „Frau Mutter, das hat nichts mit Ihnen zu tun. Ich werde Ihnen immer ein liebender Sohn sein. Nur …“
Anna Kabisch seufzte. „Das weiß ich doch, mein Junge. Lass mich in Ruhe darüber nachdenken.“
„Du willst seine Hirngespinste unterstützen?“ Der Stiefvater hatte sich noch immer nicht beruhigt. Seine Miene drückte aus, was er von Max’ Wunsch hielt.
Auguste kicherte. „Du wirst es noch bereuen, wenn du fortgehst. Außerdem steht in der Bibel: Du sollst Vater und Mutter nicht verlassen.“
„Nein, da steht: Du sollst Vater und Mutter ehren, das kommt davon, wenn man nicht lesen kann.“
Auguste heulte auf. „Das ist gemein von dir! Nur weil du die Buchstaben kennst.“
„Schluss mit eurem Streit!“ Johann Kabisch stand auf und stapfte in der winzigen Stube hin und her. „Wer hilft dann in der Gastwirtschaft, wenn Max nicht mehr da ist?“
„Karl Friedrich“, erwiderte die Mutter.
„Ich bin noch zu jung“, protestierte Karl.
„Du bist zwölf Jahre alt. Alt genug, deinen Teil beizutragen.“
Karl schob schmollend die Unterlippe vor, doch er wusste, dass es wenig Zweck hatte, dagegen aufzubegehren. Dabei stand doch fest, dass Max als der Ältere einmal die Gastwirtschaft übernehmen würde.
„Du bevorzugst Max“, warf Kabisch seiner Frau vor. „Ich weiß nicht, warum du einen Narren an dem Jungen gefressen hast.“ Er schnaufte ungehalten. „Nein, ich ahne, warum du ihn vorziehst. Man erzählt sich da so einiges, wenn das Bier die Kehlen geschmeidig gemacht hat.“
„Hör nicht auf dieses Gerede“, fuhr Anna Kabisch auf. „Das ist alles Unsinn!“

„Unsinn? Stimmt es also nicht, dass der junge bayrische Herzog Maximilian damals inkognito nach Dresden an den Hof reiste und hier Station nahm?"
„Bitte nicht vor den Kindern", flüsterte sie erschrocken.
„Also stimmt es doch! An jedem Gerücht ist etwas Wahres."
„Du besudelst das Andenken meines verstorbenen Mannes."
„Er würde sich im Grabe umdrehen, wenn er wüsste ..."
„Nichts ist dran, sage ich dir. Und nun gib Ruhe!"
Verständnislos verfolgte Max den Streit. „Heißt das, ich darf in eine Lehre gehen?" Seine Wangen hatten sich vor Aufregung gerötet.
„Ja", sagte Anna Kabisch.
„Nein", rief Johann Kabisch.
Die Mutter wandte sich zu Max um. In ihren Augen standen Tränen. „Max, du bist etwas ganz Besonderes. Vergiss das niemals."
Max nickte, auch wenn er nicht verstanden hatte, was die Mutter meinte. Dann erhob er sich. „Ich werde Sie nicht enttäuschen, liebe Frau Mama. Ich muss nur noch dem Lehrer das Buch zurückgeben."

* * *

Mit bedächtigen Bewegungen legte Magister Friedrich Gottlob Stephani ein dickes Holzscheit in den eisernen Ofen, der den kleinen Raum notdürftig beheizte. Das Holz hatte Max gehackt. Dass er jetzt hier im alten Pfarrhaus unterhalb der trutzigen Beuchaer Wehrkirche wohnte, hatte er der Vermittlung von Kantor Lohmann aus Riesa zu verdanken. Er hatte der Mutter versichert, sie könne Max dem Pfarrer mit gutem Gewissen anvertrauen.
Für Max änderte sich das Leben von einem Tag auf den anderen. Er hatte sein Dorf verlassen und zu seinem Erstaunen

festgestellt, dass er dabei keine Wehmut verspürte. Ihn lockte die Ferne.
„Mach uns keine Schande", hatte ihn der Stiefvater ermahnt, als er und Mutter Anna in Riesa die Postkutsche bestiegen, die sie in Richtung Leipzig bringen sollte.
Anna Kabisch ließ es sich nicht nehmen, Max höchstpersönlich in die Obhut des Pfarrers zu geben. Dazu hatte sie Max einen neuen Rock schneidern lassen. Auch ein Paar neue Schuhe und Strümpfe bekam er. Zudem zog sie mit geheimnisvoller Miene etwas aus einem Karton – eine gepuderte Perücke. „Damit du ordentlich Eindruck beim Herrn Pfarrer machst."
Max wollte fragen, woher sie denn das Geld dafür hatte, doch sie legte den Zeigefinger auf die Lippen. Liebe Mutter, dachte Max. Irgendwann werde ich dir alles zurückzahlen.
Die ganze Fahrt über hatte Max aus dem Fenster der Kutsche geschaut, um nichts zu verpassen. In seiner neuen Kleidung kam er sich wie ein feiner Herr vor, wie ein Kaufmann, ein Baron, ein reisender Diplomat. Nur unter der Perücke juckte es unangenehm. Fremde Orte, Dörfer, Felder, Menschen, da und dort ein Kirchturm wie ein Fingerzeig Gottes auf dem Weg. Auf dem Weg wohin?
Und nun saß er in der kleinen Kammer im Pfarrhaus in Beucha. Die Tränen beim Abschied von der Mutter hatte Max heruntergeschluckt. Zu aufgeregt war er, zu neugierig auf das Leben, das ihn erwartete.
Frierend rieb der Junge sich die Hände, während er dem Pfarrer zuschaute, wie der den Ofen heizte. Die Wärme, die sich in der Kammer ausbreitete, tat ihm gut. Dann griff er in seine Jacke und zog ein kleines Heftchen hervor.
„Ich habe Lesen geübt. Und ich habe alles abgeschrieben."
Verwundert blätterte Stephani in dem Heft. Es beinhaltete eine Sammlung kleiner Gedichte und Kirchenlieder. Er hatte es Max eine Weile zuvor überlassen, damit er Lesen üben konnte. Zwi-

schen den Seiten lag jeweils ein Blatt grobes Papier, auf dem der Junge die Texte abgeschrieben hatte. Die Handschrift war ungelenk, hier und da prangte ein Tintenklecks. Doch es war nicht zu übersehen, dass Max sich bemüht hatte, fehlerfrei zu schreiben.
„Sehr löblich", bemerkte der Pfarrer. „Wann hast du das gemacht? Hast du deshalb deine Pflichten im Haushalt vernachlässigt?"
„Nein, nein, der Frau bin ich in der Küche zur Hand gegangen, habe ihr Holz und Wasser gebracht, die Hühner gefüttert, den Hof von Schnee beräumt und die Asche auf dem Weg verteilt. Und dem Kaufmann habe ich das Geld gebracht, das Ihre Frau ihm schuldete."
Der Pfarrer räusperte sich. „Nicht schuldete", verbesserte er Max. „Der Kaufmann hat es gestundet, weil sie es gerade nicht dabeihatte."
Max senkte beschämt den Kopf. Dabei wusste er, Magister Stephani war im Ort sehr beliebt. Bereits vor sechs Jahren hatte er das Predigeramt übernommen und betreute seither die Gemeinden von Beucha und Zweenfurth. Unermüdlich förderte er begabte Kinder und Jugendliche. Zumeist im Winter versammelten sie sich in seinem Haus und erhielten vom Magister Unterweisung in Lesen, Schreiben, Mathematik, Geografie und Katechismus. Die Menschen im Ort achteten die Familie des Magisters sehr. Die Ladenbesitzer gaben auch gern mal einen kleinen Kredit, weil sie wussten, der Pfarrer zahlte alles ordnungsgemäß wieder zurück.
Während die anderen Schüler wieder nach Hause gehen mussten, lebte Max in der Familie des Pfarrers. Gern machte er sich im Haushalt nützlich, half der Frau des Pfarrers in der Wirtschaft und betreute das Vieh auf dem kleinen Hof. Auch mit Eduard, dem Sohn des Pfarrers, verstand er sich gut. Eduard war der beste Schüler seines Vaters, sehr gelehrig und bestrebt, später selbst einmal das Pfarramt auszuüben. Max nahm sich

Eduard als Vorbild, strebte ihm in seinem Lerneifer nach und unterhielt sich gern mit ihm über Gott und die Welt.
Aber es gab auch lustige Tage, an denen er mit Eduard entweder in die alten Porphyrsteinbrüche kletterte oder Ausflüge in die ausgedehnten Wälder rund um Beucha unternahm.
Es war beinahe Luxus, dass Max eine winzige Kammer unterm Dachboden ganz allein bewohnen durfte. Ein Bett, ein Tisch, einen Schemel und einen Haken am Dachbalken, an dem er seine Sachen aufhängen konnte, mehr gab es nicht. Es war lausig kalt im Winter, und Max hatte sich in die Schlafdecke gewickelt, während er im Schein einer fast abgebrannten Altarkerze mit klammen Fingern Zeile um Zeile aus dem Gesangbuch abschrieb. Und wenn sich aus seiner roten Nase ab und zu ein Tropfen löste, dann wischte er ihn ungeduldig mit dem Handrücken weg. Sein Ehrgeiz ließ ihn die Kälte vergessen und auch den knurrenden Magen. Die Nacht war kurz, der Morgen kam viel zu rasch. Doch er war stolz auf sein Werk. Nur eines war fatal …
„Was ist denn noch?“, fragte der Pfarrer, als er bemerkte, wie Max von einem Fuß auf den anderen trat.
„Es … es tut mir leid, Herr Magister … ich … ich habe beim Schreiben die Gänsefeder zerdrückt.“

* * *

Es gab eine Enttäuschung, die Max jedoch für sich behielt. Beucha war größer als Gröba, es gab einen kleinen Marktplatz, die betuchten Bürger wohnten in den Häusern, die mit ihren schmalen Treppengiebeln den Platz umrahmten. Die Kirche überragte auf einem Felsvorsprung den Ort. Von hier aus hatte man einen prächtigen Blick auf den Ort und das umliegende Land. Max, der nur das flache Elbland in Gröba kannte, war begeistert.

Das Pfarrhaus versteckte sich in der schmalen Gasse unterhalb der Kirche. Ein gewundener Weg führte hinauf zu dem Gotteshaus, dessen Turm aus dem roten Stein gebaut worden war, den es überall in der Umgebung gab. Da und dort zeugten kleine Steinbrüche von der Bautätigkeit. Interessant war es hier auf jeden Fall, doch es genügte Max nicht. Er wollte nicht undankbar sein, so behielt er seine Sehnsüchte für sich.

Man muss nur fest an seinen Wunsch glauben, dann geht er auch in Erfüllung, hatte Eduard einmal zu ihm gesagt. Doch mehr und mehr kam Max zu der Erkenntnis, dass es an ihm selbst lag, seine Wünsche zu erfüllen. Und sein größter war es, eine Lehre zu beginnen.

Magister Stephani wusste um den heimlichen Wunsch des aufgeweckten Jungen. Max lernte nicht nur eifrig, er bestach auch durch seinen wachen Geist und seine außerordentliche Disziplin. Er verlangte so viel von sich selbst, dass Stephani ihn manchmal bremsen musste. Und nun hatte er eine Überraschung für Max.

„Mutter!“ Max ließ vor Freude und Überraschung beinahe die Schüssel mit den gekochten Kartoffeln fallen, die für das Abendessen bestimmt waren. Die Familie hatte sich um den großen Tisch in der Küche versammelt. Magister Stephani lächelte geheimnisvoll.

Anna Kabisch war aufgeregt. „Lass dich anschauen, mein Junge“, sagte sie, nachdem sie den Pfarrer und seine Frau begrüßt hatte. „Du bist gewachsen. Und ein wenig blass siehst du aus.“

„Das ist nur durch den Winter“, erwiderte Max verlegen. „Jetzt gibt es ja wieder genügend im Garten zu tun, da bin ich mehr an der frischen Luft.“

„Nein, Max“, widersprach der Magister. „Für dich stehen ganz andere Arbeiten an. Es hat einen bestimmten Grund, warum deine Mutter gekommen ist.“

Fragend blickte Max von einem zum anderen.

„Nun“, fuhr Stephani fort, „deine Mutter hat dich zu mir gebracht, und nun ist die Zeit gekommen, dass sie dich wieder abholt.“
Erschrocken riss Max die Augen auf. „Sie wollen mich wieder wegschicken, Herr Pfarrer?“ Ein dicker Kloß bildete sich in seinem Hals und erstickte seine Stimme.
Stephani nickte. „Die Zeit ist gekommen, mein Sohn, dass du endlich deine Lehre als Kaufmann beginnst. In Leipzig habe ich für dich eine Ausbildungsstelle in einer Ausschnitthandlung besorgt. Die können einen tüchtigen Lehrjungen gut gebrauchen.“
Augenblicklich änderte sich Max' Gesichtsfarbe. Die Freude schoss ihm bis unter die Haarwurzeln. „Herr Magister, ich weiß nicht, wie ich Ihnen danken soll …“
„Das ist kein Geschenk, Max. Du hast es dir selbst erarbeitet. Deine Mutter kann stolz auf dich sein.“
Max wandte sich zu Eduard um, der in der Tür stand und alles schweigend beobachtete. Die Freude wurde etwas getrübt. „Nun müssen wir uns trennen, Eduard. Ich … ich gehe nach Leipzig.“
„Leipzig ist nicht so weit, dass du uns nicht besuchen könntest. Außerdem gehe ich auch nach Leipzig, um an der theologischen Fakultät der Universität zu studieren. Ich denke, wir laufen uns schon mal über den Weg.“

* * *

Lehrjahre sind keine Herrenjahre. Wer dies gesagt hatte, war wohl durch eine ebenso strenge Lehre gegangen, wie sie Maximilian Speck in seinem fünfzehnten Lebensjahr begann.
Die Stadt Leipzig überwältigte Max durch ihre Größe, ihre Betriebsamkeit, die vielen Menschen und die stattlichen Gebäude. Nicht zu vergleichen mit Beucha waren der Marktplatz mit dem

imposanten Rathaus, das von der Wohlhabenheit der städtischen Bürger zeugte, die herrlichen Häuser, unzähligen Werkstätten, Handelshäuser und Läden in den Gässchen rund um den Markt.

Auch die Textilhandlung von Karl Wilhelm Jonas befand sich in einer dieser schmalen Gassen. Schon von alters her hatten sich in den einzelnen Gassen verschiedene Gewerke zusammengefunden, um ihre Produkte herzustellen oder mit ihnen zu handeln. Da gab es die Gasse der Kupferschmiede, der Pelzhändler, der Schuhmacher, der Fleischer und Böttcher. Und es gab die Gasse der Tuchhändler. Vom zeitigen Morgen an herrschte reger Verkehr, wurden Karren und Wagen mit Waren auf- und abgeladen, schrien die Gassenjungen, fluchten die Kutscher, riefen die Marktfrauen, wieherten Pferde, knarrten Achsen und Räder, quietschten die Aufzüge, die die Waren auf die Speicherböden beförderten.

„Maximilian, hierher!" Fritz, der Geselle, winkte heftig mit den Armen. Eine neue Lieferung von Stoffen war angekommen. Fritz hielt die Lieferlisten in der Hand. „Wir müssen kontrollieren, ob alles ordnungsgemäß aufgeführt ist. Du musst jeden Ballen einzeln ausmessen, damit wir nicht betrogen werden."

„Weiß ich doch." Max nahm ihm die Listen ab. Maximilian hatte Fritz zu ihm gesagt. Das hatte Herr Jonas so befohlen. Daran musste sich auch der Geselle halten. Ja, Maximilian war nicht nur der Lehrjunge, der Botengänge verrichtete und Lager und Werkstatt auskehren musste. Er durfte die Stoffe ausmessen, die Listen vergleichen, sogar schon Ware abschneiden, wie es der Kunde verlangte. Es gab ja so viel zu beachten. Max lernte schnell, sehr schnell. Nicht nur, wie er den Stoff gerade schneiden musste, wie die Stoffballen gelagert wurden, wie er Schafwoll- von Baumwollstoffen unterschied.

„In den Listen sind böhmische Ellen aufgeführt."

„Ganz recht“, bestätigte Fritz. „Da wir die Ware aber zur Messe verkaufen wollen, müssen wir sie in Leipziger Ellen umrechnen. Wir wissen ja nicht, wer das Tuch kaufen will.“ Er zwinkerte listig. „Und wenn es ein Bayer ist, dann müssen wir alles wieder umrechnen.“

„Das ist nicht schlimm. Ich habe das Umrechnen geübt. Dreißig böhmische Ellen, wie auf diesem Ballen, sind einunddreißigeinhalb Leipziger Ellen. Und die sind wiederum einundzwanzigeinhalb bayrische Ellen. Wenn der Kunde aber ein Fremdländer ist, ein Engländer oder Franzose, dann sage ich ihm, es sind fünfundzwanzigeinhalb Brabanter Ellen. Da weiß er gleich Bescheid.“

Fritz stieß hörbar die Luft aus. „Wann hast du das gelernt?“

„In der Nacht, als alle schliefen. Da stört mich keiner.“

„In der Nacht, so, so. Nun will ich mal sehen, ob du auch so viel Kraft in den Armen hast wie in deinem Kopf.“

Max packte den Ballen. Eigentlich war es gleichgültig, ob auf dem Ballen dreißig böhmische, fünfundzwanzig Brabanter oder einunddreißig Leipziger Ellen waren, er war immer gleich schwer. Er freute sich auf die Messe, zu der neben den ohnehin unzähligen Menschen in der Stadt noch viele fremde Kaufleute kommen würden. Herr Jonas hatte erzählt, dass es genauso viele fremde Sprachen wie Maße und Gewichte gab. Max fand es nicht verwirrend, sondern eine große Herausforderung, all diese verschiedenen Einheiten so schnell wie möglich gegeneinander umrechnen zu können. Dagegen waren die Bierbestellungen daheim in Gröba ein Kinderspiel.

Nur einen Herzschlag lang dachte Max an daheim, das jetzt weit weg war. Gröba, neben der gemächlich dahinfließenden Elbe.

„Wo bleibst du denn?“ Fritz’ Stimme drang bis hinauf auf den Speicherboden. „Hier, das ist Baumwolle aus Ägypten. Pass besonders auf, die ist kostbar. Fünfzig ägyptische Ellen.“

„Königliche oder geringe?“ fragte Max zurück.

„Hol mich der Teufel, Maximilian, sieh selbst nach! Die sind für einen russischen Kaufmann bestellt."
„Also rechnen wir sie gleich in Arschin um. Trotzdem muss ich wissen, ob es geringe oder königliche ..."
Fritz stöhnte. „Der Bursche bringt mich um den Verstand. Pack die Ballen hinauf, umrechnen kannst du später."
Schnaufend hob Max den Ballen Baumwollstoff an. Er war schwer. „Ich schätze, es sind königliche Ellen. Das wären dann sechsundvierzig Leipziger Ellen oder vierzig russische Ellen. Wenn der russische Kaufmann den Stoff aber nun gar nicht haben will, können wir ihn auch mit siebenundreißigeinhalb Brabanter Ellen auszeichnen."
„Der will ihn aber haben." Fritz packte Max den nächsten Ballen auf die Schulter. „Du denkst zu viel nach."
„Wie sonst soll man Geschäfte machen? Vor allem muss man diese fremden Kaufleute auch verstehen."
„Ach, die sollen unsere Sprache sprechen, damit wir sie verstehen können. Nun spute dich!"
Max hastete die steile Holzstiege auf den Speicherboden hinauf. Sorgfältig getrennt wurden die verschiedenen Stoffarten gelagert. Da gab es grobes Leinen, feine Baumwolle, zarte Seide, derben Brokat, weichen Samt oder Nessel. Vorsichtig strich Max mit der Handfläche darüber. Jeder Ballen war auf seine Weise kostbar. Wie musste es sein, Kleidung aus diesen Stoffen zu tragen?
Seine Mutter hatte ihm zu seiner Abreise aus Gröba eine neue Jacke schneidern lassen. Der Stoff war grob gewebt, mit kleinen Knötchen darin. Es war kein kostbares Tuch, aber für ihn war diese Jacke wertvoller als die Seide aus dem fernen China. Mutter hatte sie sich vom Munde abgespart, damit er in die Welt hinaus konnte.
„Feierabend!" Fritz klopfte sich den Staub von den Hosen, während draußen der Kutscher lautstark versuchte, sein Gespann aus der fast völlig verstopften Gasse herauszuführen.

Mit einem letzten Blick auf die Stoffballen ließ sich Max am Strick des Aufzuges herab. Er landete genau vor den Füßen des Gesellen. „Ist man reich, wenn man all diese Stoffe besitzt?“, wollte Max von ihm wissen.

„Das kannst du dir selbst ausrechnen, du Neunmalklug“, erwiderte Fritz. „Natürlich ist man reich. Aber vergiss nicht, dass du alles erst bezahlen musst, bevor du es in deinen Speicher einlagern kannst. Und dann musst du Kunden finden, die dir alles wieder abkaufen, und zwar für mehr Geld, als du dafür bezahlt hast. Was übrig bleibt, ist der Gewinn. Aber was fragst du solche Dinge? Du wirst niemals so einen Tuchhandel haben. Wovon willst du die ersten Ballen kaufen? Dazu muss man schon reich sein. Ich sage dir, als Geselle hast du dein Auskommen. Im nächsten oder übernächsten Jahr kann ich sogar heiraten, wenn ich will.“

„Wenn die Marie will und so lange auf dich wartet“, erwiderte Max und beeilte sich, aus der Reichweite von Fritz' Hand zu kommen. Er war nicht kleinlich im Austeilen von Ohrfeigen. Aber eigentlich war er ein guter Kerl. Max bereute schnell seine kecken Worte, als sie die Küche betraten. Gunda, die Magd, hatte für alle einen großen Topf Erbsen gekocht, aus Fleischbrühe von Rinderknochen mit viel gehacktem Grünzeug drin. Fritz flüsterte Gunda etwas ins Ohr, die daraufhin Max abschätzend von oben bis unten betrachtete.

„So, so“, meinte sie nur. Dann gab sie Max zwei Kellen voll Erbseneintopf in eine Schüssel. „Der Geselle meinte, du bist so schwach, dass du kaum die Stoffballen auf den Speicher tragen kannst. Kein Wunder, so dünn wie du bist.“

Max wollte protestieren, doch Gunda zwinkerte ihm verschmitzt zu. Als er mit dem Löffel umrührte, entdeckte er ganz unten eine dicke Scheibe geräuchertes Bauchfleisch.

* * *

Es war ein allabendliches Ritual, das in Max sowohl Begeisterung als auch Ehrfurcht hervorrief. Mit Einbruch der Dunkelheit begannen die Laternenanzünder mit ihrer Arbeit. Auf allen großen Straßen der Stadt gab es Beleuchtung. Nicht die kleinen Laternen, wie sie sie daheim an der Tür hängen hatten, auch keine Fackeln, wie man sie in Gröba benutzte, um in der Dunkelheit den Weg nach Hause zu finden. Es waren richtige große Laternen auf einem Mast aus Eisen, mit Glasfenstern über dem Ölbehälter, die das Licht über die ganze Straßenbreite streuten. Die Laternenanzünder in ihren weiten dunklen Mänteln füllten die Ölbehälter stets auf und zündeten am Abend die Laternen mit langen Stangen an, an deren Enden kleine Lunten glimmten. Wenn Max aus dem Fenster seiner Kammer schaute, dann sah es aus wie eine Perlenkette aus Glühwürmchen, die sich durch die Stadt schlängelte.

Fast jeden Abend erfreute sich Max an diesem Anblick, dann packte er Bücher, Kohlestift und den Leuchter mit dem Kerzenrest und stieg auf den Speicher hinauf. Die ruhigen Atemzüge verrieten, dass die Gehilfen, die beiden Knechte und der Geselle Fritz fest schliefen. Max hoffte, dass sie am Abend nicht zu viel Bier getrunken hatten. Einmal war ein Gehilfe die Treppe hinuntergefallen, weil Max die Laterne mitgenommen hatte. Max hatte am nächsten Tag vom Gehilfen eine Tracht Prügel und von Fritz eine Rüge erhalten. Da war es herausgekommen, dass der schmächtige Lehrjunge seine Nächte auf dem Speicher über Büchern verbrachte, um Maße, Gewichte, Währungen und die Techniken der Tuchherstellung zu studieren.

Nur Herr Jonas brachte es nicht übers Herz, Max dafür zu bestrafen.

„Magister Stephani hat mir schon berichtet, wie strebsam du bist, Maximilian. Der Geselle hat mir von deinen erstaunlichen Fortschritten erzählt. Nun, das ehrt dich, aber deswegen muss sich der Gehilfe nicht das Genick brechen. Lass dir von Gunda einen Leuchter geben und nimm die Kerzenstummel. Womit schreibst du überhaupt? Mit Kohle? Dafür gibt es Feder und Tinte. Morgen kommst du ins Kontor, dann wirst du lernen, wie die Bücher geführt werden.“

Zum Glück hatte der Gehilfe sich nichts gebrochen. Aber Max musste nun nicht mehr so oft Stoffballen schleppen, sondern durfte im Kontor die Ein- und Ausgänge der Waren aufschreiben, die Preise umrechnen und Rechnungen schreiben. Und Herr Jonas verfügte, dass der Lehrjunge Max ab sofort mit Maximilian anzusprechen sei.

Dass Max trotzdem weiterhin nachts auf den Speicherboden schlich, hatte eine besondere Bewandtnis. Rechnen, Schreiben und Lesen konnte er schon recht gut. Doch das genügte ihm nicht. Wenn zur Messe fremde Kaufleute nach Leipzig kamen, dann wollte er sie verstehen, sich mit ihnen unterhalten können, in deren Sprache. Frankreich war das Land, das derzeit in aller Munde war. Und England. Aber auch Italien. Welche Sprache sollte er zuerst lernen?

Die Frau des Stoffhändlers schenkte ihm ein kleines französisches Wörterbüchlein. „Wer etwas auf sich hält, spricht Französisch“, flüsterte sie ihm zu. „Übrigens ist auch die französische Mode sehr beliebt. Wir verkaufen viele Stoffe für diese neuen Kleider, wie sie in Frankreich jetzt Mode sind.“ Sie zeigte auf ein Journal, das sie von einer befreundeten Familie aus Paris bekommen hatte. „Im Augenblick geht es da ja drunter und drüber, und man weiß nicht, was man davon halten soll. Aber diese Negligé-Kleider ohne die lästigen Versteifungen, und diese niedlichen Pölsterchen statt des unförmigen Reifrockes sind recht hübsch. Mein Mann findet die englische Mode viel praktischer, aber ich sage ihm immer, wer etwas auf sich hält, der trägt einen Seidenrock mit Jabot. Das wirkt sehr elegant. Diese englischen Stoffe, so dunkel und unauffällig. Weißt du, mein Junge, die Mode ist etwas Wichtiges in der Gesellschaft. Will man anerkannt sein,

muss man immer mit der neuesten Mode gehen. Man muss zuerst das Neueste bieten können, dann gewinnt man die Kunden – und deren Geld“, fügte sie schmunzelnd hinzu.
So lernte er Französisch, weil Französisch ohnehin überall gesprochen wurde. Und er lernte Englisch, weil die meisten Stoffe aus England kamen. Er betrachtete Zeichnungen von Webstühlen, von Manufakturen, wo die Stoffe viel effektiver hergestellt werden konnten als in den engen Stuben der Heimweber.
Mehr als einmal schlief Max auf dem Speicherboden über seinen Büchern ein und wurde am Morgen von Fritz unsanft geweckt.
„Dir ist wirklich nicht zu helfen“, seufzte der Geselle. „Wohin soll das mit dir noch führen? Nachher fällst du mir vor Schwäche und Müdigkeit wieder von der Stiege.“
Max flitzte schnell nach unten, nachdem er im Laufen Bücher und Leuchter geschnappt und unter seinem Bett verstaut hatte. Das war auch in dieser Nacht kalt geblieben.

* * *

Nachdenklich betrachtete Max die abgeschnittenen Stoffstreifen, die sich überall auf dem Boden kringelten. Es waren nur schmale Stücke, die nicht mehr zu gebrauchen waren.
„Was stehst du so herum“, fuhr ihn Geselle Fritz an. „Kehr das Zeug zusammen.“
„Eigentlich ist es schade, diese Reste wegzuwerfen.“
„Was willst du denn damit noch anfangen?“
„Ich weiß nicht … Kann ich die Streifen behalten?“
Fritz schüttelte verständnislos den Kopf. „In Gottes Namen, wenn du herumlaufen willst wie ein Musikant von diesen fahrenden Theatertruppen. Manchmal weiß ich sowieso nicht, was in deinem Kopf vorgeht.“
Sorgfältig las Max die Reste vom Fußboden auf, dann kehrte er den Raum aus. Der Meister sollte mit ihm zufrieden sein. Er

war neugierig, was der zu seiner Idee sagen würde. Nach dem Abendessen ging Max noch einmal in den Laden und suchte sich eine Schere. Damit schnitt er die Stoffreste zu kleinen Vierecken gleicher Größe. Mit Nadel und Faden heftete er sie wie ein Buch zusammen, vorn und hinten mit einem festen Deckel aus Pappe. Dann betrachtete er zufrieden sein Werk. Nein, diesmal würde er Fritz nicht davon überzeugen wollen. Er klopfte an die Stube seines Herrn.

Frau Jonas öffnete und starrte ihn erschrocken an. „Was ist los, Maximilian? Bist du krank?"

„Nein, nein, Frau Jonas, ich würde nur gern dem Herrn Meister zeigen, was ich … also, vielleicht kann er es gebrauchen, was ich mir ausgedacht habe."

„Was hast du dir denn ausgedacht?" Jonas trat hinter seine Frau, in einem Schlafrock und mit Pantoffeln bekleidet. Zwischen seinen Zähnen hielt er eine gebogene Pfeife, die er auch beim Sprechen nicht aus dem Mund nahm.

Wortlos reichte Max ihm das kleine Büchlein mit den Stoffseiten.

„Ja, was ist denn das?", staunte Jonas.

„Ein Musterbuch", erwiderte Max. „Von jedem Stoff ein Muster, da braucht man nicht den ganzen Ballen zu schleppen, und der Kunde kann sich in Ruhe etwas davon aussuchen, den Stoff befühlen und prüfen. Man kann sogar zu dem Kunden ins Haus gehen, damit er sich ganz bequem auf dem Sofa in Filzpantoffeln …" Er stockte, als er auf die mit einem neckischen Schleifchen versehenen Seidenpantoffeln seines Herrn blickte. Was erzählte er denn da nur?

Karl Jonas brach in lautes Lachen aus. „Na, du bist ja ein ganz pfiffiger Bursche! Ich hoffe, du hast dafür nicht alle meine Ballen zerschnitten."

„Nein, nein", versicherte Max. „Das habe ich aus den Schnittresten gemacht, die ohnehin zusammengekehrt werden sollten."

Das Gesicht von Jonas wurde wieder ernst. Dann legte er Max seine Hand auf die Schulter. „Ich werde es mir überlegen, Maximilian, dein Einfall ist gar nicht so schlecht."
Zufrieden stieg Max in seine Kammer hinauf, aber nur, um das Französischbuch unter dem Bett hervorzuholen und sich auf den Dachboden zu schleichen, bevor die anderen Lehrburschen es bemerkten. Ihr Spott wäre ihm sonst wieder sicher gewesen.

* * *

Der junge Mann stand etwas verloren an der Ecke und lehnte sich gegen die Straßenlaterne. Er fiel Max sofort auf, weil er diese seltsame französische Mütze trug, die seit der Revolution in Mode gekommen war. Mit suchendem Blick musterte er die Leute auf der Straße. Als er Max bemerkte, flog ein unsicheres Lächeln über sein Gesicht.
„Monsieur, Sie sicher kennen hier die Leute? Ich warte auf Freund, der mir soll zeigen, wo kann ich bleiben."
Max blickte in zwei graue Augen. „Sie sind Franzose?"
Der andere nickte.
„Ich spreche etwas Französisch. Vielleicht kann ich Ihnen helfen."
„Ich 'offe sehr, Monsieur, weil ich bin fremd in Leipzig."
„Gern. Sie suchen ein Quartier?"
„Lamothe, Jean Baptiste de Lamothe. Sehr erfreut."
„Maximilian Speck, ebenfalls erfreut. Leider kenne ich Ihren Freund nicht. Aber es ist bestimmt nicht schwer, eine Unterkunft für Sie zu finden."
Lamothe druckste verlegen herum. „Ja, aber ich habe kein Geld. Wenig Geld. Ich bin – wie heißt es? – ein Geflohling."
„Bitte was? Sie meinen sicher Flüchtling."
„Ja, ja, Flüchtling."
Lamothe gab es auf, weiter deutsch zu sprechen, zumal ihn Max

ganz gut auf Französisch verstand. Es sprudelte aus dem jungen Mann heraus wie aus einem angezapften Bierfass. Innerhalb kürzester Zeit erfuhr Max von Lamothes Schicksal, von seinen Weingütern in Frankreich, von denen ihn die Jakobiner vertrieben hatten, von der Flucht und dem Heimweh, der Angst und Sorge, allein in Leipzig bleiben zu müssen.
„Bitte warten Sie einen Augenblick, ich muss nur dieses kleine Musterheft zu einem Kunden bringen." Er deutete auf das Haus an der Ecke. „Dann komme ich wieder und suche mit Ihnen eine preiswerte Unterkunft. Ich kenne eine Wirtin, die an Studenten und Lohndiener vermietet, da ist es bestimmt nicht teuer."
„Sie mir würden helfen, Monsieur Maximilian?"
Max nickte. „Aber selbstverständlich."

* * *

Das Lager war voll! So voll, dass Herr Jonas beschloss, die Waren während der Messe im gegenüberliegenden Gewandhaus unterzubringen. Hier lagerten die Waren vieler Leipziger Tuchhändler, die sich in und um die Gewandgasse angesiedelt hatten.
„Komm mal mit!" Geheimnisvoll winkte Fritz zu Maximilian, der die eingestapelten Stoffballen genau auf einer Liste notierte. „Von hier oben kannst du in den Konzertsaal schauen."
Max eilte hinter Fritz die Stiege hinauf, die auf einen Zwischenboden über dem zweiten Stockwerk führte. Fritz öffnete eine Luke. „Das Orchester probt."
Neugierig steckte Max seinen Kopf hindurch. „Sind das viele Musiker", staunte er.
„Genau dreizehn", grinste Fritz.
Natürlich war Max nicht verborgen geblieben, dass im Zeughaus hin und wieder Musik aufgeführt wurde. Aber das geschah nach Feierabend, wenn die fein gekleideten Damen und Herren der Leipziger Gesellschaft kamen, um den Konzerten zu lau-

schen. Man konnte es auf der Gasse und sogar in Max' Kammer hören, wenn auch nur leise. Aber er hatte keine Ahnung gehabt, was ein ganzes Orchester war!

Andächtig lauschte er, auch wenn der Dirigent immer wieder unterbrach und ganze Abschnitte wiederholen ließ.

„Ob es schwer ist, so ein Instrument zu spielen?"

Fritz lachte. „Ich denke schon, sonst könnte es ja jeder. Außerdem muss man dazu Musikunterricht nehmen, und das ist teuer. Sophie, die ältere Tochter von Herrn Jonas, spielt Spinett. Ich durfte einmal zuhören, als sie eine Vorstellung gab. Aber das ist nichts für mich, nur was für feine Leute."

„Willst du nicht zu den feinen Leuten gehören?"

„Nee, nee, lass mal, es reicht, wenn ich die Stoffe für die feinen Leute schleppe. Komm, sonst bekommen wir Ärger, wenn wir so lange verschwunden sind." Er ließ die Klappe fallen. Max konnte gerade noch den Kopf wegziehen.

„Wenn ich Geld gespart habe, kaufe ich mir ein Billett für ein Konzert", sagte er.

Fritz zog Max am Ohr. „Lehrbursche bist du, Herr Maximilian, und hast mir gefälligst zu gehorchen. Also, bring die nächsten Ballen rüber, sonst knote ich dir die Ohren hinter dem Kopf fest."

Max nahm es dem Gesellen nicht übel. Fritz war einfach so.

„Maximilian, da bist du ja!" Herr Jonas stand mit mehreren anderen Männern auf der Gasse. „Komm her!"

Max schwante Schlimmes. Jetzt bekam er nicht nur Ärger mit Fritz, sondern auch mit seinem Dienstherrn. Wahrscheinlich hatte er ihn schon überall suchen lassen. „Verzeihen Sie, Meister, ich habe nur kurz der Musik gelauscht. Ich bringe gleich die restlichen Ballen …"

„Nein, das kann Fritz erledigen. Begrüße bitte die Herren, Herrn Beyer und die Herren Johnston und Miller aus England."

Max dienerte artig. „Einen schönen Tag, Herr Beyer, good mor-

ning, Mr. Johnston, good morning, Mr. Miller. I hope, you're feeling fine."
„Oh, thanks, my boy. What a surprise, you speak english!"
„Sorry, I don't speak very good."
Herr Beyer lächelte. „Sie haben nicht übertrieben, Herr Jonas, der Bursche hat wirklich Talent. Maximilian, kannst du uns helfen bei den Geschäftsverhandlungen? Leider sprechen die beiden Herren aus England kein Wort Deutsch, und ich spreche nur bedingt Englisch. Ich habe es bislang nur mit dem Französischen gehalten."
„Sehr gern, Herr Beyer. Ich hoffe, mein Wortschatz reicht dafür aus."
„Maximilian, zum Teufel, du solltest doch …" Fritz schlug sich schnell mit der Hand auf den Mund, als er den strengen Blick von Karl Jonas bemerkte. Verlegen zog er sich seine Mütze in die Stirn.
„Maximilian hat von mir eine andere Aufgabe bekommen."
„Selbstverständlich, Herr Jonas." Fritz machte sich schleunigst aus dem Staub. Aber es ärgerte ihn schon, dass der kleine Lehrjunge offensichtlich bevorzugt wurde.
„Kannst du denn auch Englisch schreiben?", wollte Herr Beyer wissen. „Wenn wir uns einig werden, könnte gleich der Kontrakt aufgesetzt werden."
„Ja, so einen Kontrakt kann ich auch schreiben", erwiderte Max mit roten Ohren. „Das Englisch habe ich ja aus den Büchern gelernt. Leider gibt es so wenige Engländer hier, mit denen ich das Sprechen üben könnte."
Herr Beyer lachte und klopfte Karl Jonas auf die Schulter. „Mein lieber Jonas, und so einen schlauen Burschen lassen Sie auf dem Zeugboden verstauben?"
„So ist es nicht", wehrte sich Jonas empört. „Er führt die Listen, rechnet die Ballen um, hilft im Kontor beim Ausfüllen der Bücher und kann auch schon Stoffe aufschneiden."

„Donnerwetter! Und er ist tatsächlich Lehrbursche?“
„Na ja …“
„Dann darf ich ihn mir für heute ausleihen?“
„Aber gern, Herr Beyer. Nur schicken Sie ihn mir bald wieder zurück. Sie sehen ja, wir haben vor der Messe viel zu tun.“
„Ich auch“, erwiderte Beyer verschmitzt. Dann wandte er sich zu Maximilian um. „Der weiß gar nicht, was er an dir hat, mein Junge. Gehen wir in mein Handelshaus für die Verhandlungen. Es soll nicht dein Schaden sein.“
Max gab sich die größte Mühe, die Verhandlungen zwischen Herrn Beyer und den beiden Herren aus England zu übersetzen. Es ging um Wolle, die Beyer aus Spanien liefern und in England verarbeiten lassen wollte.
„Erlauben Sie mir die Frage, wo Sie diese Wolle lagern wollen?“ Max bekam vor Aufregung rote Wangen. Er wusste nicht, ob diese Frage unziemlich war, doch er konnte sich nicht vorstellen, wie eine derartige Menge in dem Stadthaus untergebracht werden sollte.
Beyer schüttelte den Kopf. „Die Wolle kommt gar nicht hierher. Ich lasse sie von Spanien aus mit dem Schiff gleich nach England bringen.“
„Und wie kontrollieren Sie, ob die Wolle in Ordnung ist?“
„Tja, ich schicke einen Vertrauten hin, der in Rotterdam an Bord des Schiffes geht und die Wolle begutachtet, bevor sie nach England verschifft wird.“
„Rotterdam! Das ist weit, nicht wahr? Da reist man lange.“
„Ja, ja, von Leipzig aus sind es mehrere Tage.“
„Besser wäre, wenn Sie einen Mann gleich in Rotterdam haben, der die Arbeit erledigt. Dann sparen Sie Zeit und Geld.“
Beyer lachte auf. „Du bist ja nicht auf den Kopf gefallen. So etwas nennt man eine Niederlassung oder Zweigstelle. Natürlich ist das für mich günstiger. Aber man muss erst mal so einen Menschen finden, dem man so vertraut wie sich selbst. Gedan-

ken machst du dir, was man von einem Lehrburschen gar nicht erwartet." Er steckte Max einen Taler zu. „Hier, dein Lohn für deine Arbeit und als Ansporn, weiterzulernen. Übrigens, ich kann wirklich einen tüchtigen Gehilfen in meinem Handelshaus gebrauchen."

„Dankeschön, Herr Beyer. Ich will's beherzigen. Der Meister ist sehr gut zu mir, und ich habe keinen Grund zu klagen."

„Aber einmal wird deine Lehre beendet sein. Ich stehe zu meinem Angebot."

Draußen war es schon dunkel, als Max, den Taler fest in seine Faust gepresst, wieder in der Tuchhandlung ankam. Die Kutsche vor der Tür hatte er gar nicht beachtet. In der engen Gasse herrschte auch abends Betrieb, zumal heute wohl wieder eine Musikaufführung im Gewandhaus stattfand.

„Da bist du ja", empfing ihn Karl Jonas. „Komm herauf in die Stube. Da wartet Besuch auf dich."

Das war etwas ganz Besonderes. Die Lehrjungen hatten in den Privaträumen der Familie nichts zu suchen. Aufgeregt drehte Max seine Mütze in den Händen. Auf der Türschwelle blieb er stehen. Ein Mann in dunklem Reisemantel drehte sich zu ihm um.

„Magister Stephani!"

* * *

Schneeflocken tanzten wie kleine Federn vom Himmel herab und dämpften die Schritte der Menschen, die aus der Nikolaikirche kamen. Auch vor der Kirche erhellten Kerzen und zwei Straßenlaternen den Platz und tauchten ihn in ein festliches Glitzern. Es war Weihnachten. Kutschen standen in einer langen Reihe und warteten auf ihre Fahrgäste, die Pferde warfen unruhig die Köpfe hoch, bis das Zaumzeug klirrte.

Herr und Frau Jonas traten mit ihren in dicke Kleidung gehüllten Kindern aus der Kirchentür. Sie besuchten stets die Nikolaikirche

zu Weihnachten, denn St. Nikolaus war auch der Schutzpatron der Kaufleute. Zumindest konnte es nichts schaden. Ihnen folgten in gemessenem Abstand Geselle Fritz, die Lehrjungen, das Stubenmädchen und die Küchenmagd. Weihnachten besuchten sie gemeinsam die Christmette, anschließend beschenkte sie die Frau des Hauses mit einem Topf Glühwein und einer Gabe.
„Was wird es denn in diesem Jahr sein?“, überlegte Gunda und stieß kichernd das Stubenmädchen Marie an. „Im letzten Jahr habe ich ein wollenes Unterhemd bekommen.“
„Sei froh, das wärmt wenigstens. Ich habe Seidenstrümpfe bekommen. Die waren bestimmt teuer, aber im Winter ...“ Sie seufzte und zog das Tuch enger um ihre Schultern. „Dabei ist es bei dir in der Küche wärmer als in der Kammer der Herrin.“
Max achtete nicht auf das Geplapper der beiden Frauen, die schon seit vielen Jahren in Diensten der Herrschaft standen. Er fand, sie sollten dankbar sein, dass sie ein leidliches Auskommen hatten. Wenn er hingegen an seinen armen Freund Jean Baptiste dachte. Dem hatte Max so manches Mal etwas von seiner eigenen Mahlzeit abgezweigt und in sein Quartier bei der Witwe Ellerich gebracht, das er mit zwei Studenten und drei Arbeitern teilte. Jean war dankbar dafür und beklagte sich nicht, auch wenn Max sicher war, dass der Franzose schon bessere Zeiten erlebt hatte. Doch die Zeiten waren sehr unruhig. Nicht nur in Frankreich selbst herrschte nach der Revolution ein großes Durcheinander. General Napoleon Bonaparte führte Krieg in Italien, Österreich kämpfte gegen französische Truppen, ja selbst vor Frankfurt machten die Franzosen nicht halt und hatten die Stadt mit Artillerie beschossen. Die Kaufleute aus dem süddeutschen Raum brachten erschreckende Nachrichten mit. Der Handel wurde behindert, auf den Straßen waren die Reisenden nicht mehr sicher. Lamothe wäre zwar liebend gern wieder in seine Heimat zurückgekehrt, aber im Augenblick war es unmöglich. Max beschloss, seinem Freund eine Freude zu be-

reiten und ihm ein paar von den köstlichen Keksen zu bringen, die jeder im Hause Jonas zu Weihnachten bekam.
Es war feierlich still, als die Hausherrin in die Küche kam, wo sich die Lehrlinge und das Gesinde versammelt hatten.
„Ich möchte Ihnen allen ein gesegnetes Weihnachtsfest wünschen und Sie ermahnen, Ihrer Herrschaft immer treu zu dienen, gottesfürchtig zu leben“ – dabei blickte sie Fritz streng an, während Marie errötend den Blick senkte – „und selbst an Arme und Schwache zu denken.“ Sie reichte jedem ein Päckchen mit Keksen und ein verpacktes Geschenk. Nur Max bekam keins. Umso erstaunter war er, als Herr Jonas neben seine Frau trat.
„Für dich, Maximilian, geht nun die Lehrzeit zu Ende. Ich war sehr zufrieden mit dir. Gern hätte ich dich behalten, aber ich habe schon einen Gesellen, und zwei kann ich in diesen schwierigen Zeiten nicht bezahlen. Das wirst du sicher verstehen. Aber mir fällt der Abschied schwer. Ich möchte dir meine Anerkennung für deine Arbeit aussprechen und mit diesem Geschenk zeigen, dass ich sehr wohl zu schätzen weiß, dass dich nicht allein die Stoffe und Haushaltswaren meiner Handlung interessiert haben.“
Dann überreichte er Max eine Flöte. Mit großen Augen nahm Max das Instrument entgegen.
„Aber Meister, ein … Musikinstrument?“
„Nun, ich erfuhr, dass du dich für Musik interessierst. So wie du die Sprachen gelernt hast, kannst du dir sicher auch das Flötespielen beibringen. Jetzt wirst du ja bald mehr Zeit dafür haben.“
Er drehte sich um und verließ schnell die Küche.
Betreten blickte Max auf das Instrument. Sosehr er sich darüber freute, wie sollte er nun seinen Lebensunterhalt bestreiten? Seine Lehre war zu Ende.
Er blickte auf und in Fritz’ grinsendes Gesicht. „Herr Maximilian, nun können Sie Musiker werden oder gar selbst eine Tuch-

handlung aufmachen. Vielleicht wirft ein mitleidiger Mensch einen Kreuzer in Ihren Hut, wenn Sie auf der Kirchentreppe flöten."

Alle lachten, nur Max blieb ernst. „Keine Sorge, Herr Fritz, ich werde Ihnen ein Liedchen widmen, sobald ich das Instrument beherrsche. Dann dürfen Sie mir einen Kreuzer in die Mütze werfen. Und Sie dürfen mich auch in meiner Tuchhandlung besuchen." Er blickte sich um. „Nun muss ich also Abschied nehmen. Ich werde jetzt schon Ihre Ohrfeigen vermissen." Dann umarmten sie sich.

Städtische Weite

Das kurze, scharfe Klicken des kleinen Steinchens an der Scheibe durchbrach die Stille in Maximilians Kammer. Er hob den Kopf und blickte zum Fenster hin. Dann legte er die Feder aus der Hand und schob sorgsam die Papiere beiseite, auf denen er geschrieben hatte. Mit wenigen Schritten war er am Fenster, öffnete es und blickte auf die Straße hinunter. Unten stand Jean Lamothe und winkte.

„Begleitest du mich in eine Gastwirtschaft? Allein macht es mir keinen Spaß."

„Ich habe noch zu tun, die Papiere müssen morgen fertig sein."

„Lieber Maximilian, das Leben besteht nicht nur aus Arbeit, sondern auch aus Vergnügen. Verdirb es mir nicht."

„Du bist unverbesserlich! Wie sonst als mit Arbeit soll man vorwärtskommen?"

Lamothe lachte. „Auf die paar Stunden kommt es nicht mehr an. Also, kommst du mit?"

„Weil du mein Freund bist. Aber nur bis Mitternacht, dann muss ich die Korrespondenzen noch beenden."

Max schloss das Fenster. Er zog seinen Gehrock über, band sich sorgfältig das Halstuch und löschte dann den Leuchter. Seit er in der Wollhandlung Beyer als Korrespondent arbeitete, stellte er weitaus höhere Anforderungen an sich selbst als bisher. Heinrich Gottlob Beyer setzte großes Vertrauen in Maximilian, das dieser keineswegs enttäuschen wollte.

Der Wollhändler war nicht nur sein Dienstherr und Förderer, sondern auch beinahe ein väterlicher Freund geworden. Dieses gute Verhältnis beflügelte Maximilian zu Höchstleistungen. Mit fast spielerischer Leichtigkeit erledigte er für Beyer die Auslandskorrespondenzen, verhandelte schriftlich mit Engländern, Franzosen, Italienern, Flamen. Am liebsten hätte er diese Ge-

schäftspartner alle persönlich kennengelernt, allein die derzeitigen politischen Zustände in Europa ließen es nicht zu. Noch immer stiftete die französische Armee große Unruhe. Sie kämpfte gegen Österreich, mal erfolgreich, mal musste sie sich zurückziehen.
„Krieg ist für Handel und Wirtschaft nicht von Segen“, hatte Heinrich Beyer nur gesagt. „Trotzdem müssen wir es versuchen.“
Und Maximilian Speck schrieb Kontrakte, bahnte Geschäfte an und überwachte deren Abwicklung. Nun hatte Spanien auch noch England den Krieg erklärt. Die Situation war angespannt.
Die hölzerne Stiege knarrte unter seinen Füßen, als er seine Kammer verließ. Auch seine Wohnqualität hatte sich erhöht, seit ihm Heinrich Beyer einen guten Lohn zahlte. So konnte er sich dieses Zimmer mit Ofen und einem hübschen Blick auf die Straße und die Stadt leisten. Die Möbel waren gut und stabil, sogar einen richtigen Schrank gab es für seine Kleider. Von seinem Lohn konnte er sich einen soliden Gehrock kaufen, mehrere Hemden aus Baumwolle und seidene Halstücher. Und er konnte mit Jean eine Wirtschaft besuchen, ohne anschreiben lassen zu müssen.
Lamothe lief auf dem schmalen Trottoir vor dem Haus hin und her. „Na endlich! Ich dachte schon, du setzt dich wieder an deinen Schreibkram. Lass uns in eine Wirtschaft gehen, sonst werde ich noch verrückt.“
„Was ist los?“ Sie bogen in eine Schänke ein, in der es gutes Bier und Gose gab. Schnaufend ließ sich der Franzose an einem Tisch nieder.
„Einen Krug Wein für mich und meinen Freund.“
Maximilian setzte sich Lamothe gegenüber.
„Was ist los?“ wiederholte er seine Frage. „Ist etwas geschehen?“
Lamothe schenkte ihnen beiden ein und nahm einen tiefen Schluck. Dann verzog er das Gesicht. „Der Wein schmeckt

nicht. Es ist eben kein französischer Wein, Wein von meinem Gut."

Maximilian atmete tief durch. „Du hast Heimweh."

„Ein Mann hat kein Heimweh", widersprach Lamothe. „Aber ich habe einen Entschluss gefasst." Er spürte den fragenden Blick seines Gegenübers. „Ich werde nach Hause zurückkehren."

„Das ist zu gefährlich. Heute hörte ich, das französische Heer hat in Italien die Österreicher besiegt."

„Das berührt mich wenig. Je stabiler das französische Gouvernement wird, umso besser für das Volk. Ich fühle mich ja solidarisch mit den Revolutionsgedanken, aber dieser Robespierre hat Frankreich in Blut ertränkt. Vielleicht gibt es meine Familie schon gar nicht mehr."

Lamothes besorgtes Gesicht berührte Maximilian eigenartig.

„Robespierre ist tot, ich muss wieder nach Frankreich zurück."

„Ich verstehe deine Sorge, mein Freund. Aber du solltest nichts übereilen. Es gibt immer noch jakobinische Aufstände."

„Das muss ich riskieren. Dieser Wein bringt sogar eine Katze um!" Er schob das Glas von sich.

Max drehte sich nach dem Wirt um. „Herr Wirt, bringen Sie uns zwei frisch gezapfte Bier. Mein Freund braucht dringend eine Aufmunterung."

Ein gequältes Lächeln flog über Lamothes Gesicht. „Verabschieden wir uns eben mit Bier."

„Verabschieden? Heißt das etwa …?"

„Ich werde morgen mit der ersten Postkutsche fahren." Er griff zum Bierkrug und hob ihn hoch. „Ich werde dir nie vergessen, wie du mir hast geholfen. Wenn es dich irgendwann in die Gascogne verschlagen sollte, dann bist du bei mir immer herzlich willkommen."

* * *

Maximilian trug seinen besten Gehrock und eine fein gefältelte Leinenkrawatte um den steifen Kragen. Er freute sich auf den Theaterbesuch, zu dem ihn sein Brotherr und Freund Heinrich Beyer eingeladen hatte.
Im Theater traf sich alles, was in der Stadt Rang und Namen und Geld hatte. Eine Theateraufführung war nicht nur ein kulturelles, sondern ein gesellschaftliches Ereignis. Entsprechend zeitig begaben sie sich auf den Weg. Vor der Veranstaltung würden sie bedeutende Persönlichkeiten der Stadt sehen und auch sprechen können, danach vielleicht sogar wichtige Verabredungen treffen. Kutsche um Kutsche fuhr am Theater vor, Herren in Gehrock und steifem Kragen, Damen in schmalen Kleidern in klassisch griechischem Stil entstiegen den Equipagen. Ein Hauch von Freiheit wehte auch durch die Mode. Vorbei die Zeit der steifen aristokratischen Reifröcke und Perückentürme. Maximilian war froh, keine gepuderte Perücke mehr tragen zu müssen. Sein Haar hielt er kurz geschnitten, seine Kleidung war betont schlicht, aber nicht weniger elegant. Die gute Qualität der Stoffe verriet nicht nur seinen Geschmack, sondern auch seine ausgezeichneten Kenntnisse über Tuche.
„Finden Sie nicht auch, mein lieber Speck, die Damen gewinnen mit der neuen Mode an Natürlichkeit." Heinrich Beyer schwenkte seinen Spazierstock, der obligatorisch zur neuen Männermode gehörte.
„Das ist mir nicht entgangen." Maximilian unterdrückte ein Schmunzeln. „Leider benötigen sie nun weniger Stoff für ein Kleid. Viel Verlust für einen Tuchhändler."
Beyer lachte auf. „Sie denken zu geschäftlich. Ich finde, diese klassischen Kleider geben einer Frau viel mehr Charme als die Fischbein-Corsagen und die Reifröcke. Irgendwie erinnerte mich diese Mode immer an eine Sanduhr. Allerdings befürchte ich, die neue Freiheit tut den Frauen nicht gut. Sie könnten zu leichtsinnig werden."

„Nur weil sie kein Korsett tragen? Der neue Geist der Freiheit durch die Revolution in Frankreich stärkt das Bürgertum, den Handel, das Denken. Ohne diese Freiheit könnte die Industrialisierung nicht fortschreiten. Wenn Stoffe an großen Maschinen hergestellt werden, wie man das in den Gazetten liest, werden sie billiger, und jede Bürgersfrau kann sie sich leisten. Sich schön zu kleiden ist kein Privileg von Adel oder Reichtum. Mir gefällt dieses Straßenbild schön gekleideter Menschen. Wozu handeln wir sonst mit Wolle?"
„Um daraus jede Menge Stoffe herstellen zu lassen. Wie wahr, mein junger Freund, was wäre unsere Arbeit wert, wenn wir unser Auge nicht daran erfreuen."
Sie hatten keine Equipage benutzt, sondern waren zu Fuß zum Theater gelaufen. Maximilian genoss den Spaziergang und den fröhlichen Trubel um sich herum. Der Platz vor dem Theater wurde durch zusätzliche Laternen hell erleuchtet.
„Auch die Kultur ist jetzt frei", bemerkte Maximilian. „Sie steht jedem offen. Ich glaube, es ist die Bildung, die jedem zukommen muss, damit man sich seinen Platz in der Gesellschaft erarbeiten kann. Eine humane Gesinnung, eine aufgeklärte Haltung und persönliche Freiheit müssen jedem Menschen zum Bedürfnis werden."
Beyer legte Maximilian eine Hand auf die Schulter. „Sie sind noch jung und voller Enthusiasmus, lieber Speck. Und Sie sind das lebende Beispiel dafür, dass diese Lebenseinstellung einem Menschen zum Vorteil gereicht. Ich bin schon alt, habe zu viel menschliche Unzulänglichkeit erlebt. Und doch, der Aufschwung der Industrie lässt mein altes Krämerherz höherschlagen. Etwas liegt in der Luft, etwas, das ihr jungen Leute aufgreifen und zu olympischen Höhen führen müsst."
Maximilian lachte auf. „Das klingt ja geradezu pathetisch. England macht von sich reden mit seinen großen Manufakturen, auch in Frankreich soll es sie schon geben, und dem eifert man

in den deutschen Fürstentümern nach. So richtig kann ich mir das alles noch nicht vorstellen, auch wenn ich diese Entwicklung befürworte. Die Menschen können nicht gleich sein, wenn sich nicht alle das Gleiche leisten können."
Sein Lachen hatte eine junge Frau veranlasst, sich zu ihm umzudrehen. Sie schenkte ihm ein Lächeln. Es blieb Heinrich Beyer nicht unbemerkt.
„Sehen Sie, Sie erregen bei den Damen schon Aufmerksamkeit. Der Geist der Freiheit ist bei ihnen wohl angekommen." Er schüttelte nachdenklich den Kopf. „Hoffentlich missbrauchen sie ihn nicht."
„Missbrauchen?", erwiderte Maximilian. „Ich hoffe, dass sie ihn mit Köpfchen gebrauchen. Jedenfalls hätte ich nichts dagegen."
Sie hatten das Theater erreicht. Beyer hatte zwei Billetts für den Rang gekauft. Sie blickten zu den Logen hinauf, wo sich die feine Gesellschaft von Leipzig dem staunenden Publikum präsentierte.
„Der Bürgermeister mit seiner Gattin ist auch anwesend", flüsterte Beyer. „Und die Ratsherren. Und Hänel, der Seidenwarenhändler. Wir sollten ihn und seine Gattin anschließend in ein gutes Weinlokal einladen. Ich würde gern mit ihm ein Geschäft einfädeln. Man sagt, er habe gute Beziehungen zum Überseekontor China."
„Wollen Sie jetzt Ihr Sortiment auf Seide ausweiten?", wunderte sich Maximilian.
Beyer schüttelte den Kopf. „Nein, aber vielleicht brauchen die Chinesen Wolle. Im Winter soll es dort regional recht kalt sein."
Sie wurden unterbrochen, als die Aufführung begann. Auf dem Spielplan stand eine griechische Tragödie, die Maximilian eher langweilte. Doch er wollte den Spender der Billetts nicht brüskieren und schwieg. Er bedauerte, dass Uraufführungen, seien

es Opern oder Theaterstücke, stets in Wien oder Paris stattfanden. Leipzig war nur eine mittlere Stadt in einem mittleren Kurfürstentum. Auch wenn es in Leipzig die Messen gab, eine rege Handelstätigkeit, einen großen Aufschwung und allerlei Neuerungen, das wahre Leben fand draußen in der Welt statt. Maximilian war begierig, diese Welt da draußen kennenzulernen.
Er wollte Heinrich Beyer darauf ansprechen, endlich Niederlassungen einzurichten, um das Handelshaus zu vergrößern. Doch bislang hatten die unsicheren politischen Verhältnisse in Europa dies verhindert. Zumindest konnte sich Heinrich Beyer nicht zu diesem Risiko durchringen. Er misstraute General Bonaparte, der halb Europa in Kriege verstrickte. Derzeit kämpfte er in Ägypten. In Italien und auch in Süddeutschland gab es Kämpfe zwischen der österreichischen Armee und den Franzosen.
Gerade als Heinrich Beyer den Seidenwarenhändler Hänel und seine Gattin begrüßen wollte, stockte Maximilian. Ein anderes Paar erregte seine Aufmerksamkeit, das etwas abseits der Theatergäste stand und offensichtlich jemanden suchte.
„Mutter?“

* * *

„Ein feiner Herr bist du geworden.“
Zögernd, beinahe ehrfürchtig strich Anna Kabisch über den Wollstoff, aus dem Maximilians Gehrock gefertigt war. Mit einer Mischung aus Rührung und Verwunderung blickte Maximilian in das faltenreiche Gesicht seiner Mutter. Graue Haarsträhnen hingen unter ihrem altmodischen Hut hervor. Dann entdeckte er den Stiefvater, der verlegen hinter ihr stand.
„Darf ich euch meinen Dienstherrn Heinrich Beyer vorstellen? Ihm habe ich es zu verdanken, dass es mir jetzt so gut geht.“
Beyer hob erstaunt die Augenbrauen. „Darf ich Sie zu diesem Sohn beglückwünschen, Frau Speck.“

Maximilian räusperte sich verlegen. „Meine Mutter ist Witwe Speck. Das ist mein Stiefvater Johann Kabisch."
„Verzeihung, das war mir nicht bekannt. Frau Kabisch, Herr Kabisch, ich freue mich, Ihre Bekanntschaft zu machen."
Anna Kabisch senkte den Blick. „Wir sind nur einfache Leute, und ich hoffe, es ist meinem Sohn nicht unangenehm …"
„Mutter, was reden Sie da? Ich habe Ihnen alles zu verdanken."
Johann Kabisch trat einen Schritt vor. „Nun, wir waren zufällig in Leipzig und wollten Max besuchen. Pfarrer Stephani teilte uns sein jetziges Quartier mit. Und die Wirtin verriet, dass Max ins Theater gegangen sei." Er blickte sich beeindruckt um. „Wie hell es hier ist."
Maximilian neigte den Kopf. „Ihr seid zufällig in Leipzig? Ich verstehe nicht ganz …" Er erhielt keine Antwort.
Heinrich Beyer jedoch verstand augenblicklich. „Speck, begleiten Sie Ihre Eltern in eine Wirtschaft oder nach Hause. Das Treffen mit den Hänels verschieben wir auf ein anderes Mal."
„Herr Beyer, es ist doch wichtig für die Geschäfte, nur …"
„Familie ist wichtiger", erwiderte Beyer und setzte den Hut auf. „Einen schönen Abend!" Damit ließ er die drei stehen.
Nun war auch Maximilian verlegen. Er hob unschlüssig die Hände. „Gehen wir in eine Wirtschaft. Ich vermute, ihr habt noch nicht zu Abend gegessen."
Er erhielt wieder keine Antwort, was ihn in seiner Vermutung bestätigte. Er ging ihnen voraus, bog in eine schmale Gasse abseits des Marktes ein und blieb vor einem hohen Haus mit einer hübschen Portalplastik stehen.
„Zum Arabischen Coffee Baum; hier verkehren Dichter, Komponisten, Gelehrte. Es ist ein sehr berühmtes Haus."
Zögernd blieb Anna Kabisch stehen. „Es ist sicher sehr teuer hier drinnen …"
„Ihr seid meine Gäste. Sie haben eine gute Küche. Ich möchte, dass es euch gefällt."

Sie setzten sich an einen freien Tisch, und Max ließ seine Eltern reichlich bewirten, während er sich nur einen großen Krug Bier bestellte. „Ich habe schon zu Abend gegessen. Lasst es euch schmecken."
Er schwieg, während die beiden die Mahlzeit verschlangen.
„Das Bier ist ausgezeichnet", stellte Johann Kabisch fest, nachdem er die Mahlzeit beendet und Max ihm einen zweiten Krug Bier bestellt hatte.
„Die Stadt lässt nur den Verkauf geprüfter Biere zu", erwiderte Maximilian. „So bleibt die Qualität gewahrt." Er blickte fragend von einem zum anderen. „Ist etwas geschehen, oder warum seid ihr nach Leipzig gekommen?"
Anna Kabisch nestelte an den Fransen ihres Umschlagtuches herum. Max erinnerte sich, dass sie das Tuch bereits besessen hatte, als er noch daheim in Gröba lebte. Eine plötzliche Angst stieg in ihm auf. „Gröba?"
„Wir mussten das ‚Schifflein' aufgeben", sagte die Mutter leise. Maximilian bemerkte, wie schwer ihr diese Worte fielen. Doch gleich darauf hob sie den Kopf. „Keine Angst, mein Junge, wir werden dir nicht zur Last fallen. In einem Dörfchen in der Nähe können wir eine Wirtschaft pachten, damit wir für unseren Lebensunterhalt selbst sorgen. Wir wollten es dir nicht schreiben, um dich nicht zu beunruhigen. Außerdem, du weißt ja, das Schreiben liegt mir nicht so …"
„Eine Pachtwirtschaft?"
Johann Kabisch nickte. „In Borsdorf. Der Pfarrer hat es uns vermittelt. Ich dachte … wir dachten …"
„Dann bist du in unserer Nähe, falls …" Anna Kabisch stockte. „Du brauchst unsere Hilfe nicht mehr. Aber vielleicht …"
Maximilian griff nach ihren faltigen Händen. „Jegliche Hilfe, die ihr benötigt, sollt ihr haben. Ich wünsche euch Glück mit der neuen Wirtschaft. Wenn ihr sie eröffnet, werde ich euch natürlich besuchen. Wie geht es der Schwester und dem Bruder?"

„Es geht ihnen gut. Sie sind bereits in Borsdorf und unterstützen uns. Wir haben heute den Pachtvertrag beim Notar bestätigen lassen und wollen wieder zurückfahren."
„Es ist schon spät. Ihr könnt bei mir übernachten und morgen zurückfahren. Ich weiß gar nicht, ob jetzt noch eine Kutsche geht."
„Mach dir keine Umstände, mein Junge. Wir wollen dir nicht zur Last fallen. Jetzt, wo du ein feiner Mann bist, da hast du sicher anderes zu tun. Dein Dienstherr ist auch ein feiner Mann und sicher sehr reich. Und es gehört sich wohl, ins Theater zu gehen."
„Leipzig ist nicht Gröba. Für die Geschäfte ist es wichtig, alle möglichen Leute kennenzulernen. Und das Theater ... nun ja, ehrlich gesagt, habe ich mich etwas gelangweilt."
Sie lachten und schlenderten, noch viel erzählend, nach Hause.

* * *

Der Brief, der auf Heinrich Beyers Schreibtisch lag, trug das Wappen der Wittelsbacher. Daneben lagen andere Briefe, von Geschäftspartnern, Freunden, Vertrauten. Diese Post bereitete dem Kaufmann einiges Kopfzerbrechen.
Der Inhalt dieser Briefe war brisant. Er konnte ihm sowohl zum Vorteil als auch zum Nachteil gereichen. Welches Geheimnis rankte sich wirklich um den jungen Maximilian Speck? Und warum hatte der so offene und ehrliche Speck ihm nichts davon gesagt? Vielleicht war alles auch ein großer Irrtum, wenn er an den Anblick von Specks Mutter und dessen Stiefvater dachte.
Seufzend kratzte er sich am Kopf. Maximilian Speck ein illegitimer Abkömmling der Wittelsbacher? Ein „Ausrutscher" auf einer Kavaliersreise? Beyer wollte es nicht so recht glauben. Allerdings – das könnte Speck Tür und Tor öffnen. Oder Gegner auf den Plan rufen.

Es lag Heinrich Beyer fern, Max Speck in Gefahr zu bringen. Er würde alles mit der gebotenen Vorsicht in Angriff nehmen. Das hielt ihn jedoch nicht davon ab, seinem Korrespondenten auf den Zahn zu fühlen. Sorgfältig faltete er die Briefe zusammen und verschloss sie in einem separaten Kästchen in seinem Schreibtischfach.

Auch wenn Heinrich Beyer gut seine Verwunderung verbergen konnte, die Gedanken gingen ihm nicht aus dem Kopf. So lächelte er, als Max in sein Büro trat.

„Ich glaube, jetzt können wir es wagen." Er faltete sorgsam die Zeitung zusammen, in der er bis jetzt gelesen hatte und wedelte damit die Rauchwolken seiner Zigarre beiseite. „Frankreich und Österreich haben Frieden geschlossen, der Reichstag billigt den Friedensvertrag von Luneville. In Frankreich selbst hat sich die Lage beruhigt, und es wird höchste Zeit, unsere Geschäftspartner persönlich zu kontaktieren."

Er erhob sich von dem kleinen Rauchtischchen, an dem er die Zeitung zu lesen pflegte. „Das Wetter ist auch mit uns." Er blickte Maximilian, der mehrere Kassenbücher auf Beyers Schreibtisch gelegt hatte, fragend an. „Wollen Sie nach Paris reisen?"

Max spürte die Röte in sein Gesicht schießen. „Paris?" Das Leuchten in seinen Augen entband ihn von einer Antwort.

„Sie wissen, mein lieber Speck, dass ich ein großes Vertrauen in Sie lege und Ihre Arbeit sehr zu schätzen weiß." Er legte eine Pause ein und beobachtete das Mienenspiel von Maximilian. „Sie sorgen sich um Ihre Eltern?"

„Ja … nein … natürlich kümmere ich mich um sie, wie das jeder Sohn tun würde. Warum fragen Sie?"

„Nun, ich hatte ja das leider sehr kurze Vergnügen, Ihre Mutter und Ihren … hm … Stiefvater kennenzulernen. Befinden sie sich wohl?

„Ja, ja, es geht ihnen gut. Mein Stiefvater will eine Wirtschaft in Borsdorf pachten."

„Aha! Verzeihen Sie mir die indiskrete Frage, es ist Ihr Stiefvater?"
„Ja, das ist er."
„Was ist mit Ihrem Vater geschehen? Fiel er in einer Schlacht?"
„Nein, er starb, als ich noch ein Kind war. Ich kann mich kaum an ihn erinnern, weiß nur, dass er als Jäger im Gefolge seines Patenonkels Maximilian von Stetten nach Sachsen kam und sich hier verheiratete. Daher wohl mein Name."
„Jäger?", wunderte sich Beyer.
„Später führte er eine Gastwirtschaft, weil es mit der Jägerei nicht so klappen wollte, erzählte mir zumindest meine Mutter. In Gröba hingen in der Wirtschaft die Trophäen, die mein Vater geschossen hatte."
„Da kamen wohl auch des Öfteren hochrangige Gäste in diese Wirtschaft?"
Maximilian schüttelte den Kopf. „Kaum. Meist waren es Elbeschiffer. Natürlich auch Durchreisende nach Meißen oder Dresden, Soldaten. Ich habe die Pferde der Dragoner getränkt."
Beyer schwieg. Maximilian schien tatsächlich keine Ahnung zu haben. Es stand Heinrich Beyer nicht zu, dem jungen Speck von den seltsamen Spekulationen zu erzählen, von denen ihm sein Geschäftsfreund aus der Pfalz schrieb. Doch in jedem Gerücht steckte zumindest ein Körnchen Wahrheit.
„Nun gut, dann kann ich Sie ja beruhigt auf die Reise schicken. Das aber wird keine Vergnügungsreise." Er rollte eine Karte auf. „Nach Duisburg, Essen, Düsseldorf, Köln, Brüssel, Paris …"
Maximilian schwindelte. Das war sie, die Welt da draußen, die er die ganze Zeit hatte kennenlernen wollen. Nun war es so weit!
„Sie werden nicht immer allein reisen. Verschiedene Geschäftspartner werden Sie begleiten. Das ist manchmal angenehmer, und man kann die Eindrücke miteinander teilen. Halten Sie Augen und Ohren offen, vor allem aber suchen Sie neue Geschäftsbeziehungen. Außerdem gebe ich Ihnen diverse Empfeh-

lungsschreiben mit, die Ihnen so manches unterwegs erleichtern werden."

Die Aufregung stand Maximilian ins Gesicht geschrieben. „Ich werde Sie nicht enttäuschen, Herr Beyer. Wann soll es losgehen?"

Heinrich Beyer schmunzelte. „Nicht so ungestüm, junger Freund. Ich habe die Reiseroute schon vorbereitet, allerdings müssen wir vorher noch etwas regeln."

Maximilian hob erstaunt die Augenbrauen.

Väterlich legte Beyer die Hand auf Maximilians Schulter. „Der Notar weiß schon Bescheid. Ich will Sie zu meinem Teilhaber ernennen!"

⋆ ⋆ ⋆

Die Postkutsche holperte über eine Straße, die diesen Namen nicht verdiente. Maximilian wurde hin und her geschüttelt, stieß zuerst gegen seinen Nebenmann, dann unsanft ans Fenster.

„Bitte verzeihen Sie, es war nicht meine Absicht", entschuldigte er sich.

„Natürlich ist es Absicht, wenn man mit einer Postkutsche fährt." Der Mitreisende klopfte mit dem Knauf seines Stockes an die Decke. „He, Postillon, etwas langsamer bitte!"

„Es liegt an den Straßen. Die Straßen müssten ausgebessert werden."

Der andere prustete. „Jedes kleine Fürstentum hat darüber seine eigenen Ansichten. Und jeder kleine Fürst verbraucht sein Geld lieber für sich oder den Krieg." Sein Gesicht drückte Verachtung aus. „Unsereins muss es ausbaden. Wenn ich nicht unbedingt reisen müsste, ich würde daheim die Füße hochlegen."

„Wenn sie die Straßen nicht ausbessern, müssen eben die Postkutschen verbessert werden."

Der Mann brummelte etwas Unverständliches. Es klang allerdings nicht sehr schmeichelhaft.
Maximilian ging nicht darauf ein. Der Griesgram machte es sich wieder auf seiner Sitzhälfte bequem und starrte an die Decke, als gäbe es dort etwas Interessantes zu sehen. Für Maximilian blieb nicht allzu viel Platz. Von den unbequemen Sitzen schmerzte ihm schon der Rücken, doch es ergab sich keine Möglichkeit, sich die Beine zu vertreten. Sein Gepäck befand sich oben auf dem Dach der Postkutsche, drei weitere Mitreisende teilten sich die andere Sitzbank. Jedes Loch, jeder Stein, jede Furche auf der Straße schlugen sich ungedämpft bis in ihre Körper durch.
Es war der 1. Mai des Jahres 1801, als Maximilian müde und mit schmerzenden Knochen die Stadt Kassel erreichte. Trotzdem wollte er gleich nach Paderborn weiterreisen. Doch auf der Poststation gab es eine große Enttäuschung.
„Die Kutsche nach Paderborn ist bereits abgefahren", erklärte der Stationsmeister, ohne aufzuschauen. Er musste sich jetzt um die erschöpften Pferde kümmern.
„Und wann geht die nächste Post?", wollte Maximilian wissen.
„Am dritten Mai."
„Aber das ist erst in zwei Tagen ..."
„Das ist *schon* in zwei Tagen. Und nun lassen Sie mich meine Arbeit erledigen."
Unschlüssig blickte Maximilian sich um. Es würde ihm wohl nichts anderes übrig bleiben, als Quartier zu nehmen. Der anfängliche Ärger verflog schnell, weil er nun die Möglichkeit hatte, sich die Stadt in Ruhe anzuschauen.
Zum ersten Mal hatte er Sachsen verlassen. Obwohl ihm die Strapazen der Fahrt noch in den Knochen steckten, gönnte er sich nur eine kleine Pause im Hotel, in dem er ein Zimmer angemietet hatte. Reisen war beschwerlich. Schon an den Grenzstationen hatte es immer wieder Aufenthalte, Nachfragen, Gepäckkontrollen, Zollaufnahmen gegeben. Bestechungsgelder

wechselten die Seiten, um schneller abgefertigt zu werden. Jedes kleine Fürstentum besaß seine eigenen Münzen, seine eigenen Maße, seine eigenen Gesetze und seine eigenen Kontrollen. Man reiste langsam durch deutsche Lande.
Müdigkeit und schmerzende Knochen waren bald vergessen, als Maximilian durch die Stadt streifte. Kassel war nicht sehr groß und nicht sehr bedeutend, und doch besaß es einen eigenen Reiz. Schloss Wilhelmshöhe faszinierte ihn ebenso wie eine Wasserkunst mit Fontänen, er bestaunte die Wachparade und den Schlossgarten mit antiken Statuen und kleinen Tempeln. Er besuchte das Opernhaus und die ärmliche Vorstadt, ein Museum, das Mineralien-Kabinett und die Landesbibliothek. Es gab viele sehenswerte Dinge, die ihm die Wartezeit verkürzten. Dann endlich, gegen Abend des 4. Mai, ging die Postkutsche nach Paderborn.
Die alte Unrast nahm ihn wieder gefangen. Diesmal nahm er sich nicht die Zeit, die Stadt zu bestaunen, sondern fuhr sogleich über Münster nach Duisburg, von dort nach Essen weiter. Er stellte fest, dass man sich an die Unbequemlichkeit des Reisens gewöhnen konnte, wenn man ihr keine zu große Aufmerksamkeit widmete.
In Essen traf er sich mit einem Tuchfabrikanten, der ihm seine Fabrik und auch die Stadt zeigte. Eine bunte katholische Prozession unterbrach ihren Spaziergang. Vorsichtshalber zogen sie ihre Hüte. Auch wenn Maximilian als lutherischer Protestant das Spektakel mehr als Unterhaltung betrachtete, so zollte er ihm doch seinen Respekt. Gerade die Unterschiedlichkeit der Landstriche machte die Buntheit der Welt aus.
Maximilians freudige Neugier schlug jedoch in Entsetzen um, als er Düsseldorf erreichte. Die französischen Truppen hatten aus den Stadtmauern, Toren, Kasernen und Feldschanzen ein einziges Trümmerfeld gemacht.
Mit einem Geschäftspartner befuhr er den Rhein.

„Dort drüben ist jetzt französisches Gebiet."
Maximilian blickte zum anderen Rheinufer. Düsseldorf hatte den Franzosen nur einen Tag standhalten können.

⋆ ⋆ ⋆

Die Zukunft hieß industrielle Produktion. Das wurde Maximilian klar, als er seine Reise fortsetzte. Englische Garne, Seidenstoffe, Wolle, Färbemittel, Eisenwaren, es gab nichts, womit man nicht verdienen konnte. Der Reichtum der ansässigen Fabrikanten und Bankiers zeugte davon. Und man hielt viel von Weltoffenheit. Die engen Grenzen kleiner Fürstentümer behinderten den Fortschritt. Vielleicht brachten die französische Revolution und das aufstrebende Bürgertum den Fortschritt auch in die deutschen Lande. Die Zerstörungen, die die französischen Truppen hinterlassen hatten, waren groß. Aber der Aufbau erfolgte fast ebenso schnell, und vieles wurde schöner und größer als zuvor. Ein Hauch von Freiheit wehte über den Rhein.
Nahe Köln besuchte Maximilian eine Baumwollspinnerei. Voller Stolz präsentierte ihm der Fabrikant Bouneke seine Fabrik.
„England hat es uns vorgemacht, aber wir werden die Engländer noch übertreffen." Er deutete auf die Spinnmaschinen. „Diese Maschinen sind so angeordnet, dass ihr Antrieb nur über ein einziges Werk geschieht. Lediglich ein Pferd ist dazu notwendig."
„Nur ein Pferd ... Wie ist das möglich?"
„Durchdachte Mechanik. Aber das ist noch nicht alles." Bouneke zog Maximilian in die Faktoreihalle. „Dreißig Fäden können von einer Person auf einmal gesponnen werden."
Maximilian entdeckte junge Mädchen in langen Kitteln und mit hellen Kopftüchern. Er wollte sie zählen.
„Es sind zwölf", rief Bouneke lachend. „Ersparen Sie sich das Zählen. Sie sind jung, flink und haben geschickte Finger. Und sie kosten nicht viel."

Schweigend ging Maximilian am Rand der Halle entlang. Der Lärm war höllisch, das metallene Klappern mischte sich mit einem lauten Surren und Summen der Spindeln und Spulen. Die Mädchen liefen emsig hin und her, um die Spulen zu wechseln, die Fäden einzulegen und die Spindeln wieder in Gang zu setzen. Seine Aufmerksamkeit wurde von eigenartigen Schächten angezogen, die aus der Decke ragten. „Was ist das?“

„Von dort oben kommt die gekämmte Baumwolle zum Verspinnen herab. Kommen Sie, ich zeige Ihnen die Kardierwerke.“

Über eine Treppe gelangten sie in das nächste Stockwerk. Maximilian blieb die Luft weg. Unzählige winzige Flusen schwebten in der Luft und machten das Atmen beinahe unmöglich. Etwa zehn gezähnte Walzen übereinander verursachten einen unglaublichen Lärm. Kleine Schatten huschten wie Gespenster durch den flockigen Dunst. Erst auf den zweiten Blick bemerkte Maximilian, dass es sich um Kinder handelte. Sie bestückten die Walzen mit der rohen Baumwolle. Die Flocken wurden gezerrt und gekämmt und kamen unten als lange Kardenbänder heraus. Sie wurden in die Schächte an die direkt darunterliegenden Spinnmaschinen geleitet. Das System war ebenso genial wie produktiv. Maximilian vermutete, dass die Kinder ebenso kostensparend waren wie die Spinnmädchen eine Etage tiefer. Alles zusammen brachte wohl einen gewaltigen Profit. Er wusste nicht, ob er überwältigt oder erschüttert sein sollte. Zumindest war es verwirrend und atemberaubend, im wahrsten Sinne des Wortes. Er war froh, als er wieder draußen stand. Vergeblich versuchte er, die kleinen Flusen von seinem Mantel wegzuwischen.

„Bemühen Sie sich nicht“, winkte Bouneke ab. „Das können wir dort drüben in der Reinigung erledigen lassen. Ihr Mantel sieht danach wie neu aus. Wir haben übrigens zwei Plättmaschinen, eine kalte und eine heiße, die die Stoffe und gereinigte Kleidung glätten.“

„Eine heiße?“ Langsam wunderte sich Maximilian über nichts mehr. Die gewaltige Trommel mit den dekorativen Nieten wurde innen mit glühenden Kohlen gefüllt. Der Baumwollstoff wurde dadurch unvergleichlich glatt. Am liebsten hätte er sein Hemd unter die Mangel gelegt. Auch der Antrieb war denkbar rationell: Die Trommeln wurden mit Wasserkraft angetrieben.
Trotzdem war er froh, als er nach Köln weiterreisen konnte. Die vielen neuen Eindrücke konnte er kaum verarbeiten. Ein großes Problem befand sich auf der anderen Seite des Rheins: die Franzosen.

* * *

Die Nacht senkte sich über den Rhein. Die französischen Wachsoldaten hatten Fackeln und Öllampen entzündet. Vor der Brücke stauten sich die Kutschen. Doch die Zöllner ließen niemanden durch. Auch die Expresspost, mit der Maximilian verlorene Zeit aufzuholen gedachte, musste stehen bleiben.
„Warum geht es nicht weiter?“
Der Kutscher zuckte mit den Schultern.
„Jedes Mal das Gleiche“, beschwerte sich ein anderer Fahrgast. „Diese Zöllner nehmen alles auseinander, und wenn man Pech hat, konfiszieren sie, wonach es ihnen gelüstet. Man muss denen schon ein ordentliches Bestechungsgeld zustecken, damit sie einen durchlassen und ein Auge zudrücken. Fremden gegenüber sind sie besonders misstrauisch. Ich hoffe, Ihr Pass ist in Ordnung.“
Maximilian griff unwillkürlich an seine Brust, wo er seinen Pass gut verwahrt unter dem Reisemantel trug. „Ja, natürlich“, murmelte er. „Ich habe nichts zu verbergen und nichts zu verzollen.“
Vielleicht standen ihm diese Worte auf die Stirn geschrieben, als sie am nächsten Morgen die Brücke passierten. Die ganze Nacht

hatten sie ausharren müssen. Doch die Zöllner verlangten weder Maximilians Pass noch durchsuchten sie sein Gepäck. Sie winkten die Kutsche durch – und er befand sich in Köln.

Auf dem Rhein herrschte geschäftiges Treiben. Unzählige Schiffe ankerten am befestigten Ufer, wurden über Kräne be- und entladen. Das Bild wurde von den überall herumschnüffelnden französischen Soldaten geprägt, die alles und jeden kontrollierten, überwachten oder Waren beschlagnahmten. Von der viel gepriesenen französischen Freiheit war hier nichts zu spüren.

Das schreckte Maximilian jedoch nicht ab, sich die Stadt anzuschauen, den Dom zu besuchen und abends ins Theater zu gehen. Begierig saugte er alle Eindrücke in sich auf, die guten wie die schlechten, die schönen wie die hässlichen. Einen tiefen Eindruck hinterließ die Sammlung des Barons von Hüpsch, der sehenswerte und seltene Dinge aus aller Welt zusammengetragen hatte. Gemälde und Statuen, Bücher, Folianten, exotische Musikinstrumente, Geschirr, Lampen und wissenschaftliche Gerätschaften, antike Waffen, Rüstungen und Opfersteine – Maximilian hätte noch Tage darin zubringen können. Doch er gewann auch andere Eindrücke, als er eine öffentliche Gerichtsverhandlung gegen einen Zöllner besuchte, der einen Bürger erschossen hatte. Die ganze Atmosphäre war bedrückend, zumal die blutige Kleidung des Ermordeten mit den Schusslöchern als Beweis vorgelegt und dann den Zuschauern gezeigt wurde.

Auch die vielen Heiligen, die zerstückelt worden waren und deren einzelne Gliedmaßen in Schränken und Schreinen in den Kirchen aufbewahrt wurden, erfüllten ihn eher mit Unbehagen. Da gefiel es ihm am Rhein bedeutend besser. Er wurde nicht müde, die Schiffe zu beobachten, die jede Menge Waren aus ihren Bäuchen ausspuckten. Kräne und Winden bewegten die Lasten, große Waagen überprüften die Gewichte, Lagerhäuser und Speicher nahmen sie auf. Von derartiger Betriebsamkeit wieder versöhnt, freute er sich auf seine Weiterreise nach Paris.

* * *

Paris! Es gab keine Stadt, die sich mit Paris vergleichen konnte. Paris überwältigte Maximilian derart, dass ihm zum ersten Mal die Worte fehlten. Vergessen waren die Unannehmlichkeiten der Reise, die Anstrengungen, der Anblick zerstörter Städte und Kirchen, ausgeraubte Ortschaften und die Armut des einfachen Volkes. Seit Beginn seiner Reise führte er ein Tagebuch, in dem er seine Eindrücke jeden Abend vor dem Schlafengehen festhielt.

Und Paris stellte alles in den Schatten. Der junge Mann, der ebenso spartanisch wie diszipliniert lebte, seinen Arbeitseifer stets über das Vergnügen stellte, ließ sich vom Charme und Charisma dieser Stadt mitreißen. Restaurants, Cafés, Patisserien, Goldschmieden, Putzwarenläden, Weinkeller, Straßenmusiker, Maler, Schuhputzer und Tagelöhner prägten das Bild aus Schönem und Hässlichem, aus Teurem und Verführerischem. Selbst die Freudenmädchen, die kokett vor dem Palais Royal flanierten, statt sich wie in Leipzig in schmutzigen Hinterhöfen herumzudrücken, wirkten gut gekleidet, charmant, und mit ihren fröhlichen Gesichtern und lockeren Sprüchen waren sie ein durchaus sehenswerter Bestandteil der Stadt.

Wie betäubt schlenderte Maximilian durch die Straßen, überwältigt von den Eindrücken, von der Größe und der leichtlebigen Geschäftigkeit der Stadt. Gleich am ersten Abend besuchte er das Theater Montensier. Was für ein Unterschied zu all dem, was er bislang gesehen hatte! Die Leichtigkeit des Lebens, dieses Flair, das nur Paris eigen war, die Weite der Champs Elysée, der verzauberte Garten des vertriebenen Grafen d'Artois, die gigantische Halle des Getreidemarktes, die von den ausgeraub-

ten und zerstörten Kirchen von Notre Dame und St. Germain kontrastriert wurde.
Und doch wehte durch Paris auch der blutige Schrecken der Revolution, die zerstörerische Gewalt des Volkszorns, die verfallene Dekadenz vergangener Herrscher und die Kraft des aufstrebenden Bürgertums. Dort, wo die Bastille gestanden hatte, war der Boden mit Holz bedeckt. Darunter befand sich blutgetränkte Erde. Die Grausamkeiten von 1789 waren noch präsent.
Maximilian fröstelte. Er war froh, in seinem Brieffreund Louis Simon einen Begleiter an seiner Seite zu haben. Mit ihm konnte er seine unmittelbaren Eindrücke austauschen, die Ausrufe der Bewunderung, auch das Schweigen über das Grauen und die blindwütige Zerstörung.
Entsetzen und Bewunderung hielten sich bei Maximilian die Waage. Wahrscheinlich konnte man ein ganzes Jahr und länger hier bleiben und immer wieder etwas Neues entdecken. Louis Simon wurde nicht müde, Maximilian in immer neue Quartiers und Winkel der riesigen Stadt zu führen.
Sie besuchten ein Irrenhaus, ein Invalidenspital, die alte königliche Münze und das Marsfeld. Maximilian war froh, dass sie den geplanten Besuch einer weiteren Nervenheilanstalt nicht durchführen konnten, weil es von der Regierung verboten worden war. Ihm schwindelte von all diesen widersprüchlichen Eindrücken.
Doch Simon ließ nicht locker. Nach einem erholsamen Abend in einem Weinkeller bei delikatem Käse, bestem Wein und vergnüglicher Unterhaltung führte er seinen Gast ins Französische Theater, in die Große Oper, ins Varieté, in die Komödie. Hingerissen verfolgte Maximilian die Aufführungen, bejubelte die berühmtesten Schauspieler, genoss das Ambiente.
Es gab einen Tiergarten, in dem sie den ganzen Tag verweilten, doch Simon führte ihn auch in gewisse Kabinette, Spielhäuser und auf Tanzbälle. Seine Warnung, auf sich und seinen Geldbeutel achtzugeben, war kein Scherz. Doch auch so schien Ma-

ximilians Geldbörse ein Loch zu haben, denn alles war recht teuer und die Verführung, Geld auszugeben, war groß. Unter den Arkaden des Palais Royal, der nun Palais Egalité hieß, reihten sich diverse Vergnügungsstätten aneinander, die Maximilian nur mit leichtem Schauder betrat. Er bereute, das Wachskabinett besucht zu haben. An lebensechten Wachsmodellen wurden diverse Krankheiten demonstriert, die Maximilian auf den Magen schlugen.

„Nun ja, die syphilitische Krankheit macht aus einem schönen Menschen einen grausigen“, erklärte Simon. „Leider sieht man es den hübschen Damen vor dem Theater nicht an. Mein lieber Speck, Sie sind ja so bleich. Ist Ihnen nicht gut?“

Maximilian winkte ab und beeilte sich, das schaurige Kabinett zu verlassen. Draußen presste er die Hand auf seinen Magen und atmete tief durch.

„Ich hoffe, Sie machen nicht schlapp! Morgen findet die große Parade zum Nationalfest statt. Ja, ja, wir haben jetzt eine wahre Demokratie, und das muss gefeiert werden.“

Um sechs Uhr morgens riss Kanonendonner die Pariser Bevölkerung aus dem Schlaf, aber viele waren ohnehin schon auf den Beinen. Auf Bäumen, Dächern und Balkonen drängten sich die Menschen, um die Parade sehen zu können. Maximilian gehörte zu den Privilegierten, die ein Billett für die Tribüne erhielten.

Es war ein farbenprächtiges und exotisches Schauspiel. Nur von Bonaparte war Maximilian enttäuscht. Selbst die Uniform und das schwarze Ross konnten nicht darüber hinwegtäuschen, wie klein dieser Mann war. Sein energisches Kinn, die scharf geschnittene Nase und sein Blick jedoch verrieten Entschlossenheit und Härte. Dunkelhäutige Sklaven aus seinem Ägyptenfeldzug, ihre exotische Kleidung, die prachtvollen Uniformen der Generäle und Garden, Musik, blitzende Waffen und schnaubende Rösser verliehen Bonapartes Parade sowohl Feierlichkeit als auch Weltoffenheit. Das Volk jubelte dem General zu, der ihnen die Freiheit und die großen Siege gebracht und ihren Nationalstolz gefestigt hatte und jetzt als erster Konsul die Geschicke Frankreichs leitete. Die Revolution war erfolgreich gewesen, das Volk hatte gesiegt, und Napoleon Bonaparte wurde vom Volk geliebt.

Es war nicht nur diese Parade, die die Zuschauer begeisterte. Es war das Fest des ganzen Volkes, der Tanz um den Freiheitsbaum, die vielen Theatervorstellungen, Reiterspiele, Feuerwerke, Vergnügungen und Konzerte. Das Volk war sich einig: „Vive la république! Vive Bonaparte!"

* * *

Es war nicht leicht, alle Eindrücke zu Papier zu bringen, Wichtiges von Unwichtigem zu trennen. Dass Maximilian Speck neben all diesen Erlebnissen und Besuchen, Einladungen und Gesprächen auch noch Zeit für seine geschäftlichen Angelegenheiten hatte, erschien ihm selbst fast wie ein Wunder. Doch keinen Augenblick vergaß er den Grund seiner Reise. Er war nicht zum Vergnügen hier, auch wenn er gerade in Paris das Vergnügen leicht und angenehm mit dem Nützlichen verbinden konnte. Er hoffte, diese Stadt später wieder besuchen zu können.

Der Louvre mit seinen Kunstwerken, gleich ob rechtmäßig erworben oder als Beute aus Bonapartes Feldzügen, begeisterte und beeindruckte Maximilian. Zum ersten Mal beneidete er die Künstler, die solche Werke schufen. Kunst, das war die Krone des menschlichen Geistes, des menschlichen Könnens. Zum ersten Mal blieb er stumm und demutsvoll vor dieser Größe stehen. Diese Vollkommenheit vermittelte doch viel mehr als Worte und Regeln, Gesetze und Warnungen. Auch hier zeigte sich Paris einzigartig, es sprach für sich selbst.

Dem Besucher in Generalsuniform im Entree seines Hotels blickte Maximilian erstaunt entgegen. Sein Gesicht kam ihm

bekannt vor, allerdings wusste Max nicht, woher. „Nun, Monsieur Speck, Sie scheinen mich nicht mehr zu erkennen. Habe ich mich so verändert?“
„Monsieur Fouché, sind Sie es wirklich?“
„Ich bin es. Unser gemeinsamer Freund Lamothe hatte uns damals bekannt gemacht, in Leipzig, in dieser hübschen kleinen Weinschänke in der Nähe des Marktplatzes.“
„Aber natürlich erinnere ich mich“, erwiderte Max erfreut. „Wie geht es Ihnen?“
„Wie Sie sehen, prächtig. Ich bin Polizeiminister.“
„Meine Gratulation. Da kommen Sie wohl dem Konsul sehr nahe?“
Fouché lachte. „Sehr nahe. Ich habe ihn gestern bei der Parade begleitet.“
„Oh, das hätte mir auffallen müssen. Ich habe Sie da nicht vermutet.“
„Haben Sie schon Paris gesehen? Ich meine, das wahre Paris?“
„Ich kann mich nicht satt sehen“, gab Max euphorisch zurück. „Vor allem die Kunstwerke. Die Zeit reicht nicht, alles zu sehen.“
Fouché kratzte sich nachdenklich am Kinn. „Vielleicht kann ich mich revanchieren, lieber Speck. Sie haben uns Franzosen so hilfreich zur Seite gestanden, damals, als wir unser Land verlassen mussten. Interessiert Sie das Schloss?“
„Das Schloss? Sie meinen …“
„Die Tuilerien, jawohl. Kommen Sie, ich kann Ihnen Einlasskarten besorgen. Die werden nur selten ausgegeben.“
Es war die Krönung seiner Parisreise, als Max das Innere des Schlosses betrat, das einst Katharina di Medici errichten ließ und in dem nun Napoleon Bonaparte regierte. Fouché zeigte ihm den Sitzungssaal mit einem langen Tisch, an dem Bonaparte verhandelte, die Kabinette für die Schreiber, die Gemächer des hingerichteten Königs Louis XVI., doch am meisten begeister-

ten ihn die herrlichen Marmorstatuen, die Bonaparte in Italien erbeutet hatte. Venus, Apoll, Laokoon, die antiken Schönheiten, so makellos und vollendet, waren unbeschreiblich.
Der Abschied von Paris fiel Maximilian nicht leicht, doch in Brüssel, Antwerpen und Rotterdam erwarteten ihn weitere geschäftliche Pflichten. Über Amsterdam und Braunschweig kehrte er nach Leipzig zurück.
Zweihundertneunundsiebzigeinhalb Meilen lagen hinter ihm. Er fühlte sich zugleich erschöpft und beflügelt. Es würde Wochen und Monate dauern, bis er alle Eindrücke verarbeitet und geordnet hatte. Viele Seiten Papier hatte er beschrieben, manches kaum leserlich und hastig geschrieben, um nichts zu vergessen. Irgendwann würde er vielleicht Zeit und Muße finden, diese Eindrücke aufzuarbeiten. Jetzt jedoch steigerte sich seine Unrast. Er war ausgezogen, seinen Wissensdurst zu stillen, doch er war noch durstiger zurückgekehrt.

* * *

Die Zollstation lag im Dunkeln. Nur zwei Fackeln spendeten notdürftig Licht. Maximilian bereute, nachts gefahren zu sein. Umständlich inspizierten die Zöllner sein Gepäck. Ungeduldig trat Max von einem Bein aufs andere. Es dauerte lange, zudem war es empfindlich kalt. In den Bergen lag noch Schnee. Lieber wäre er in Prag oder in Wien geblieben, aber diesmal verschlugen ihn seine Geschäfte in eine Gegend, die ihm wenig behagte. Er blickte sich um, doch die Nacht blieb für seine Augen undurchdringlich.
Auch wenn ihm die innere Einsicht fehlte, steckte er den Zöllnern Geld zu. Augenblicklich klappte einer den Kofferdeckel zu.
„In Ordnung, Monsieur. Sie können weiterfahren."
Obwohl ihm der ganze Körper schmerzte, bestieg Max aufat-

mend die Postkutsche. Die Pferde ruckten an, und die Kutsche holperte über den ausgefahrenen Weg, der von Schlamm und Schnee bedeckt war. Die Kutsche besaß kein Verdeck, und der Fahrtwind verursachte nicht nur im Gesicht höllischen Schmerz. Da half auch die kratzige Filzdecke nicht, die sich Max über den Körper zog.
Seit der letzten Poststation begleitete ihn Pawel, ein Lohndiener und Übersetzer. Pawel besaß ein rundes Gesicht mit schwarzen, knopfartigen Augen und abstehenden Ohren. Max fand, er ähnele eher einem Wiesel, was besonders an seinen hastigen und unsteten Blicken lag. Vorsichtshalber tastete Max nach den beiden Pistolen, die er unter dem Reisemantel trug.
Die Kutsche durchquerte einen Wald. Der Postillon trieb die Pferde an. Auch ihm war nicht geheuer. Pawel versuchte zu schlafen, was bei dem Gerüttel nicht ganz einfach war. Max bekam kein Auge zu, obwohl er schrecklich müde war. Diesmal halfen ihm weder seine Französisch- noch Englischkenntnisse. Sein Weg führte von Dresden über Prag und Wien durch die Karpaten bis nach Krakau.
Von der Landschaft sah Max diesmal nicht viel. Es war Ende Februar und sehr kalt. Das Reisen forderte ihm diesmal, knapp ein Jahr nach seinem Parisaufenthalt, noch mehr ab. Er hatte sich schnell zu dieser Tour entschlossen, versprachen doch auch Geschäfte im Osten einen guten Gewinn. Er hatte allerdings nicht geahnt, was ihn hier erwartete.
Es war schwierig gewesen, überhaupt einen Reisepass zu bekommen. Max musste zunächst nach Dresden reisen. Allerdings wurde er zuvorkommend behandelt. Heinrich Graf Vitzthum von Eckstädt lud Maximilian ein, die Zeit, die er auf seine Reiseunterlagen warten musste, auf dem Dresdner Hofball zu verbringen. Obwohl Max den Ball als steif und altmodisch empfand, sollte es doch noch das Angenehmste auf seiner Reise sein. Doch das ahnte er zu diesem Zeitpunkt noch nicht.

Prag empfing ihn im Jahr 1802 mit winterlicher Kälte, nachdem auf jeder Poststation sein Pass und sein Gepäck kontrolliert worden waren. Es war entnervend und ermüdend. Nicht wenig Geld brachte Max auf, um die Zöllner zu einer schnelleren Arbeitsweise zu bewegen. Der tief verwurzelte Katholizismus der Bewohner begleitete ihn ständig, überall am Wegrand standen kleine Kapellen, Wegekreuze und Marienbilder. Die Straße nahm teilweise einen abenteuerlichen Verlauf. Auf der einen Seite hoben sich die Felswände bis in den grau verhangenen Himmel, auf der anderen Seite stürzten sie schroff zur Elbe hinab. Mit so manchem Stoßgebet hoffte er zu verhindern, dass ein Rad brach oder ein Pferd fehl trat.
Die Wege durch Böhmen waren unsicher geworden, der Krieg hatte das Land ausgeblutet, die Not der Bevölkerung war größer als ihre Skrupel, Reisende auszurauben. Erst als sie die Moldaubrücke querten, atmete Max auf.
Die Zeit ließ es nicht zu, dass er sich in Prag umsah. Mit der Extrapost fuhr er weiter nach Wien. Wie bereits auf seiner vorherigen Reise war Max begierig darauf, Theater, Oper, Bibliotheken, Museen und technische Kabinette zu besuchen. Doch Wien war ein teures Pflaster, vor allem, wenn der Reisende ein Zimmer mieten wollte. Mit dreistem Charme wurden ihm die winzigsten Zimmerchen zu horrenden Preisen angeboten. Es blieb ihm nichts anderes übrig, als die Wuchermiete zu zahlen. Ein paar Scheite Holz zum Heizen kosteten natürlich extra.
Sein Unmut über die Wiener Verhältnisse wurde aber übertroffen, als ihn sein weiterer Weg gen Osten führte. Nicht nur die sprachlichen Probleme, die schlechten Wege und die Unsicherheit belasteten Max. Als die Postkutsche vor der schmuddeligen Herberge irgendwo in den Karpaten hielt, mochte er am liebsten sitzen bleiben. Er ließ Pawel vorgehen, um das Quartier für die Nacht zu bestellen. Noch einmal wollte Max nicht über Nacht reisen.

Diensteifrig bugsierte Pawel die Reisekoffer in die Herberge. Max folgte ihm, um der unangenehmen Kälte zu entkommen. Im Haus war es düster und stickig. Es roch stark nach Kohl und Zwiebeln. Eine dralle Frau mit roten Wangen und einer schmutzigen Schürze verteilte Suppenschüsseln auf die Tische. Es war eng im Gastraum, und die wenigen Reisenden fanden kaum Platz. Die Suppe schmeckte schauderhaft, doch sie war heiß und erwärmte Max' unterkühlten Körper. Sein Gesicht schmerzte vom kalten Fahrtwind.
„Ich möchte jetzt nur noch ins Bett", murmelte er. Er hatte seine Schüssel nicht gänzlich geleert. Pawel warf einen begehrlichen Blick darauf, und als sich Max vom Tisch erhob, zog er sie zu sich heran und löffelte sie schmatzend aus. Die Frau mit dem üppigen Busen und der schmutzigen Schürze, von der Max nicht erkennen konnte, ob sie die Wirtin oder eine Magd war, deutete mit einem zweideutigen Grinsen nach oben.
Die Stiege hinauf in die Gastkammern wirkte wenig vertrauenserweckend. Sie knarrte unter Max' Stiefeln. Er brauchte keine Einweisung, um seine Schlafkammer zu entdecken. Seine Reisekoffer versperrten den Eingang zur Kammer, sodass er darüberklettern musste. Eine Tür gab es nicht.
„Oh nein", entfuhr es ihm. Es gab weder ein Bett noch sonstige Möbel. In eine Ecke war etwas Stroh auf den Boden geschüttet worden, darauf lag ein ebenfalls mit Stroh gestopfter Sack. Es gab weder Bettzeug, Decken noch sonstige Annehmlichkeiten.
Pawel stand plötzlich hinter ihm und wischte sich den Rest der Suppe mit dem Ärmel vom Mund ab. „Nix Bettzeug, muss Gast selbst mitbringen."
Max kramte einige Münzen hervor. „Vielleicht kann ich damit etwas nachhelfen."
Pawel packte die Münzen und verschwand. Nach einiger Zeit kam er wieder, ohne Bettzeug und ohne Münzen.
„Nix Bett, nix Stoff. Nur das hier."

Er streckte ihm eine Pferdedecke entgegen.
„Die kannst du behalten", gab Max unwillig zurück. In seinem Gepäck suchte er nach etwas Leinentuch, das er in Wien für seinen persönlichen Bedarf gekauft hatte. Es war sehr teuer gewesen und eigentlich für ein Hemd bestimmt. Jetzt legte er es über den staubigen Strohsack. Er mochte seine Kleidung nicht ablegen, sondern deckte sich mit seinem Reisemantel zu.
Seltsame Geräusche drangen durch das winzige Fenster und raubten ihm den Schlaf. Obwohl ihm jeder Knochen einzeln schmerzte, lauschte er auf die Geräusche. Waren es Hunde oder Wölfe, die in der Ferne heulten? Wer schlich ständig die knarrende Stiege hinauf und hinunter? Der Wind heulte gespenstisch in den Ästen der Bäume. Es gab keine Leuchter in den Kammern. Wen ein natürliches Bedürfnis quälte, der musste sich im Dunkeln auf den Hof tasten. Die Latrine befand sich genau neben dem Misthaufen.
Max blickte durch das Fenster hinaus auf die von Nebeln überzogene Wiese vor der Herberge. Ihm stockte der Atem, als er mehrere dunkle Gestalten umherschleichen sah. Einer entzündete eine Laterne, die er gleich darauf wieder löschte. Diese Gestalten hatten bestimmt keine lauteren Absichten. Max tastete wieder nach seinen Pistolen und zog sich den Mantel über den Kopf. An Schlaf war nicht zu denken, und er hoffte nur, dass die Nacht schnell vergehen möge.

* * *

Maximilian schlenderte durch die engen Gassen von Krakau. An die zurückliegenden Reisetage erinnerte er sich nur mit Schaudern. Er hatte sich letztlich entschlossen, doch nachts zu fahren, denn in den Herbergen gab es weder Betten noch etwas zu essen. Das Stroh des Nachtlagers war ebenso faulig wie das Wasser, das man sich am Brunnen schöpfen musste. Räuber und Wegelagerer waren so zahlreich wie die Bauern, die ihr Vieh über den Weg trieben und ein Vorwärtskommen häufig behinderten. An jedem Ort mussten die Reisenden sich bei der Polizeidirektion vorstellen, ihre Pässe vorlegen und sich einen Postzettel ausstellen lassen, ohne den der Postmeister keine Pferde herausgeben durfte. Es war ein mühseliges und umständliches Unterfangen. Das Wetter besserte sich ebenso wenig wie der Zustand der Wege. In den Wirtshäusern bekamen sie nur schlechtes Essen, dafür waren sie von betrunkenen Einheimischen überfüllt. Auch Frauen waren dabei. Hin und wieder kam es zum Streit, man prügelte sich. Nicht selten blieben die Frauen dabei Sieger.

Maximilian konnte sein Unbehagen über eine derart primitive Kultur nicht verhehlen. Ihm fehlte sowohl eine gepflegte Konversation als auch der zivilisierte Umgang miteinander. Pawel konnte zwar sowohl Polnisch als auch Böhmisch übersetzen, aber Max wurde das Gefühl nicht los, dass er dabei seine eigenen Interessen nie vernachlässigte.

Er betrachtete die Auslagen in den Tuch- und Rauchwarengeschäften. Schöne Pelze gab es zu kaufen. Meist waren es Importwaren aus Russland. Fast alle Geschäfte gehörten Juden.

„Vorsicht, Herr, die Juden machen's faul." Pawel flüsterte Max seine Warnung über die Schulter.

„Ich passe auf", erwiderte er. Er näherte sich einem Honigstand. Der Verkäufer trug einen alten schwarzen Anzug und dienerte.

„Gutt Honig, gutt Honig."

„Frag ihn, was der Honig kostet", verlangte Maximilian. Pawel übersetzte.

Er palaverte ziemlich lange mit dem Honigverkäufer, und Max fragte sich, was die beiden zu reden hatten. Er selbst hatte gerade sechs Worte gesagt. Pawel krümmte sich und blickte Max von unten herauf an, als wäre es seine Schuld, dass der Honig derart überteuert war.

„Zwölf Gulden der Wiener Zentner, Herr. Ich vermute aber, er macht es so teuer, weil Sie ein fremder Herr sind."
„Gibt es hier keine anderen Honighändler?"
„Sicher, aber Sie werden nichts billiger bekommen."
„Ich glaube, ich will auch gar nichts haben. Weder Honig noch Rauchwaren." Er wollte weitergehen, doch der Honigverkäufer hielt Max am Ärmel fest. Dann strich er etwas Honig auf ein Holzstäbchen und hielt ihm das Naschwerk hin.
Max schüttelte den Kopf. „Danke, nein." Er wusste nicht, was Pawel übersetzte, doch was ihm der Honigverkäufer nachrief, klang nicht sehr freundlich.
Noch nie war es Max so schwergefallen, Geschäfte abzuschließen. Es wurde geschachert und gefeilscht, übervorteilt und betrogen. Zudem benötigte er fast ständig Pawel zum Übersetzen. Am Rande des Marktplatzes hatte Max ein Zimmer angemietet, das einen interessanten Blick auf das Treiben der Stadt gestattete. Er beobachtete das Marktgeschehen, das Handeln und Feilschen. Die Bauern sahen allesamt ärmlich und abgerissen aus, und Max entdeckte auch bald, warum. Was sie an Waren und Feldfrüchten verkauften, setzten sie sofort in Wodka um. Am Abend waren sie so betrunken, dass sie ihre Wagen nicht selbst heimfahren konnten. Zum Glück kannten die Pferde den Weg und brachten ihren betrunkenen Herrn sicher nach Hause.
Als die Dämmerung kam, setzte Max sich ans offene Fenster, um auf der Flöte zu spielen. Er bedauerte, dass es weder Theater noch Oper gab. Sein Flötenspiel bereitete jedoch den Mädchen Vergnügen, die sich unten auf dem Markt versammelt hatten und schwatzten und lachten. Immer wieder warfen sie kokette Blicke zu ihm hinauf.
Dem langen und unangenehmen Winter war ein kurzer, sehr warmer Frühling gefolgt. Der Gestank aus den Krakauer Gassen lag schwer über der Stadt. Endlich kam Pawel mit den Papieren zur Weiterreise. Maximilian war insgeheim froh, das Land der

Zwiebeln und des Wodkas zu verlassen, um die Heimreise nach Leipzig anzutreten.

* * *

„Hier ist es." Heinrich Beyer wies mit seinem Spazierstock auf ein großes Haus, das sich in der Reihe der Bürgerhäuser am Leipziger Rossplatz durch eine besonders geschmackvolle Fassadengestaltung hervorhob. An der Eichentür befand sich eine Messingklingel.

„Na los, klingeln Sie", forderte Heinrich Beyer Maximilian auf. „Sonst bekommen wir noch kalte Füße."

Sie waren den ganzen Weg gelaufen und hatten die Abendluft genossen. In dieser Straße leuchteten ihnen die Öllaternen den Weg, kleine, mit spitzen Eisenzäunen umgitterte Vorgärten grenzten die Häuser vom Fußweg ab.

Max zog am Messingring, der über einen Draht ins Innere des Hauses führte. Kurz darauf wurde die Tür geöffnet. Ein mit Weste, Kniebundhosen und gepuderter Perücke gekleideter Domestike öffnete und verbeugte sich sofort. Ein Dienstmädchen in tadellos weißer und gestärkter Schürze nahm ihnen die Mäntel und Hüte ab und hängte alles auf einen schmiedeeisernen Kleiderständer. Senator Hänel kam die Treppe hinab und breitete die Arme aus. „Endlich darf ich Sie beide einmal in meinem bescheidenen Heim begrüßen", rief er. Auch er trug eine gepuderte Perücke.

Max kannte den Inhaber der bedeutendsten Seidenwarenhandlung Leipzigs aus Beyers Handelshaus. Er war ein netter, aber etwas altmodischer Mann, der die Geschicke der Stadt im Stadtrat mitbestimmte und unbedingten Respekt genoss. Heinrich Beyer war mit der Familie befreundet, und sie trafen sich oft im Theater. Durch seine Reisen war es Maximilian bislang nicht vergönnt gewesen, an derartigen Abendvergnügen teilzunehmen.

So kam Hänels Einladung gerade recht. „Und der Herr Speck ist auch dabei!“ Senator Hänel schüttelte Max die Hand, nachdem er Heinrich Beyer begrüßt hatte. „Es ist ja ein wahrer Glücksfall, Sie einmal in Leipzig anzutreffen.“ Er vollführte eine einladende Handbewegung die Treppe hinauf. „Meine Gemahlin ist schon neugierig auf den umtriebigen Handelsreisenden. Sie müssen uns unbedingt von Ihren Erlebnissen erzählen.“
Hänel führte sie in das festlich erleuchtete Speisezimmer. In der Mitte stand ein ovaler Tisch, eingedeckt mit edlem Porzellan. Mit kundigem Blick bemerkte Max in der Glasvitrine an der Wand kostbare chinesische Vasen und zierlichen Nippes. Hänels Handelsgeschäfte beschränkten sich offensichtlich nicht nur auf Seide. An der anderen Wand hingen mehrere Gemälde in goldenen Rahmen. Es waren holländische Arbeiten alter Meister. Hänels Gemahlin stand neben dem wuchtigen Buffet. Im Gegensatz zu ihrem Mann trug sie modische Kleidung und hatte ein seidenes Band um ihr lockiges Haar geschlungen. Sie war eine bemerkenswert schöne Frau. Vor allem aber war sie in Kunstkreisen bekannt, in ihrem Salon verkehrten Persönlichkeiten wie Jean Paul oder Siegfried August Mahlmann. Außerdem dichtete sie selbst gelegentlich. Mit einer Mischung aus Neugier und Zurückhaltung blickte sie ihnen entgegen.
„Das ist also der junge Mann, von dem unser verehrter Herr Beyer so schwärmt“, sagte sie mit einem charmanten Lächeln, während sie Max die Hand entgegenstreckte. „Ich hörte viel von Ihnen, lieber Herr Speck.“
„Ich hoffe, es war Gutes dabei“, erwiderte Max.
„Mehr als das. Sie knüpfen Handelsbeziehungen, wo sich andere gar nicht hinwagen.“
„Nun, bis China bin ich leider noch nicht gekommen.“ Er bemerkte die vielen Stühle um den Tisch. Offenbar erwarteten Hänels noch mehr Gäste.
„Meine liebe Elisabeth, warum rufst du nicht unsere Kinder he-

rein? Sie sollen ebenfalls unseren Gast kennenlernen.“ Die Tür zum Nebenraum öffnete sich, und Hänels sechs Kinder marschierten hintereinander ein, vom ältesten, fast erwachsenen, bis zum jüngsten Sohn, der von einer Kinderfrau hereingeführt wurde, dazwischen zwei hübsche Mädchen. Die Ältere mochte fünfzehn oder sechzehn Jahre alt sein. Artig begrüßten sie Heinrich Beyer und Max Speck mit einem tiefen Knicks oder einer Verbeugung.
„Nun können wir das Essen auftragen lassen“, sagte Elisabeth Hänel, während sich die Kinder um den Tisch verteilten. Folgsam warteten sie, bis die Gäste Platz genommen hatten.
„Einen Augenblick“, unterbrach sie der Senator. „Stoßen wir zuerst auf die Gesundheit, auf das Gedeihen des Handels unter Merkurs Flügeln und auf die heile Rückkehr Ihres Teilhabers aus dem wilden Osten an.“ Er erhob das Weinglas. Die Kinder bekamen Saft in ihre Gläser geschenkt.
„Sie müssen uns unbedingt von Ihren Abenteuern in Böhmen und Polen erzählen. Sicher haben Sie dort nicht so gut zu essen bekommen.“ Das war das Stichwort für das Dienstmädchen, die Krebssuppe mit Markklößchen aufzutragen.
Max musste Elisabeth Hänel Recht geben, wenn er nur an den allgegenwärtigen Zwiebelgeruch dachte.
„Es gibt durchaus gute Gasthäuser unterwegs. Prag und Wien sind sehenswerte Städte und empfehlenswert sowohl für den Geschäftsmann als auch für den Kunstfreund.“
„Sie interessieren sich auch für Kunst?“ Es war die ältere Tochter, die diese Frage an ihn richtete. Max blickte ihr ins Gesicht. Sie wirkte interessiert, ohne platte Neugier, fragend, ohne Aufdringlichkeit. Eine gewisse Ähnlichkeit mit ihrer Mutter war nicht zu übersehen.
„Natürlich“, erwiderte Max mit einem Lächeln. „Ich verbinde stets das Nützliche mit dem Angenehmen. Jedenfalls bilden solche Reisen den Menschen auf jegliche Art. Es wäre eine große

Sünde, dieses Angebot auszulassen. Ich sehe, auch Ihre Familie widmet sich der Kunst.“ Er wandte sich zu den Gemälden an der Wand um. Sie waren wertvoll und zeugten vom Wohlstand der Hänels. Aber sie schienen nicht nur reine Sammlerobjekte zu sein.

„Unsere kleine Künstlerin.“ Der Senator warf einen Blick auf seine ältere Tochter. „Sie malt sehr gern und kann vortrefflich kopieren. Dieses Bild da drüben ist eine Kopie von Charlotte.“

„Ach, tatsächlich?“ Max war überrascht. „Das hätte ich nicht erkannt. Meine Anerkennung, Fräulein Charlotte.“

Charlotte Hänel errötete, doch sie senkte den Blick nicht. „Es macht mir einfach Freude. Ich glaube, die gleiche Freude haben die Künstler empfunden, als sie das Original schufen.“

„Haben Sie auch darüber nachgedacht? Ich bewundere jeden Maler, der seiner Seele in Farben und Formen Ausdruck verleihen kann. Ich habe auf meinen Reisen wundervolle Meisterwerke gesehen, Gemälde, Skulpturen. Keine Universität kann mir so einen Reichtum an Kunst bieten wie das Reisen.“

„Haben Sie auch Räuber gesehen?“ Es war der jüngere Sohn, etwa zehn Jahre alt, der Max mit großen Augen anstarrte.

„Das ist sehr unhöflich von dir, Gustav“, wies der Senator seinen Sohn zurecht. „Das fragt man nicht.“

„Warum nicht?“, erwiderte Max schmunzelnd. „Jeder Zöllner war ein Räuber, der mir das Geld aus dem Beutel zog. Und so mancher Gastwirt und Händler war es auch. Dem Fremden wird alles überteuert verkauft, und für jede Gefälligkeit muss man ihnen was in die Hand drücken. Das grenzt wirklich an Wegelagerei. Zudem gibt es im Böhmischen und in den Karpaten tatsächlich Räuberbanden.“

Auch die anderen Kinder starrten Max nun mit offenen Mündern an. „Haben Sie einen Räuber erschossen?“, wollte eines von ihnen wissen.

„Carl!“ Frau Hänel rollte mit den Augen. „Entschuldigen Sie,

die Kinder sind so vorlaut."
„Sie sind wissbegierig", gab Max zurück. „Sollte ich nicht von meinen Abenteuern erzählen?"
„O ja, gern!" Charlotte klatschte in die Hände. Das Eis war endgültig gebrochen. Der Senator ließ noch einmal Wein nachschenken.
„Fritz, sitz gerade! Albert, nimm die Finger vom Suppenteller, er kippt sonst um." Mit hochrotem Kopf eilte die Kinderfrau herbei, um den Jüngsten zu füttern.
Die Kalbsnierchen mit Schwarzwurzeln und gebackenem Püree aus Kartoffeln schmeckten ebenso vorzüglich wie die Schokoladenmousse mit gehackten Nüssen zum Dessert.
„Hatten Sie schon immer Beziehungen zum Wollhandel?" wollte Elisabeth Hänel wissen.
Max schüttelte den Kopf. „Nur zu den Schafen, die wir daheim in Gröba hielten. Als eines Tages der Stall in Flammen aufging, gelang es mir, alle Tiere herauszutreiben, ohne dass ihr Fell versengt wurde. Meine Mutter war sehr dankbar, konnte sie uns davon doch im Winter Socken stricken."
„So ein Held sind Sie?", staunte Louise, die jüngere der beiden Töchter.
„Als solcher habe ich mich nicht gefühlt", gestand Max. „Ich war froh, dass den armen Tieren nichts passiert ist. Schließlich war ich am Brand schuld. Ich hatte eine Laterne umgestoßen."
„Tatsächlich?"
„Es ist allerdings nie herausgekommen. Ich war damals erst sieben Jahre alt."
Es wurde ein lustiger und vergnüglicher Abend, den Maximilian genoss. Er fand Hänels Familie sehr offen und interessiert. Christian Hänel war ein angesehener Mann in der Stadt, und jeder spürte die Weltoffenheit, die so ganz im Gegensatz zu seinem konservativen Äußeren stand.
Max hatte gehört, dass seine Familie adliger Abstammung war.

Da jedoch kein Adliger im Magistrat der Stadt sein durfte, hatte Christian Hänel auf seinen Adelstitel verzichtet. Trotzdem strahlte er eine Vornehmheit aus, die Max beeindruckte. Sie verabschiedeten sich spät am Abend in vortrefflicher Stimmung.

„Wissen Sie, aus der Salonperspektive scheinen meine Abenteuer wirklich recht unterhaltsam zu sein", bemerkte Max, während sie durch die inzwischen still gewordenen Straßen nach Hause gingen. Sie hatten auf eine Kutsche verzichtet, die frische Luft tat ihnen gut. „Jedenfalls schien mir, dass sich die Damen des Hauses sehr amüsiert haben."

„Das war auch der Sinn der Sache. Ich glaube, nur Hänel selbst weiß, was es bedeutet, die Härten von Geschäftsreisen auf sich zu nehmen. Das unterscheidet uns von diesen Spekulanten, die nicht auf gute Handelsbeziehungen, sondern nur auf schnellen Gewinn aus sind."

„Das ist auch meine Ansicht. Grenzen, Zollschranken, selbst Religion und Sprachunterschiede dürfen dabei kein Hindernis sein. Es könnte viel Leid vermieden werden, wenn die Menschen und die Politik den friedlichen Austausch von materiellen und geistigen Werten unterstützen würden. Ich glaube, nur Bildung führt zum Fortschritt und zur Zufriedenheit des Volkes."

Heinrich Beyer legte den Arm um Max' Schulter. „Sie haben ja so Recht, junger Freund. Ihren Enthusiasmus in Ehren, aber bis es so weit ist, wird noch viel Zeit vergehen."

„Darf ich Ihnen widersprechen? Ich bin überzeugt, wenn man diese Ideale vorlebt, werden sie einen positiven Einfluss auf die Menschen haben."

Beyers Lächeln wurde vom Schatten der Straßenlaterne verschluckt. „Na, da haben Sie sich aber was vorgenommen."

⋆ ⋆ ⋆

Der Nordwestwind fuhr mit aller Gewalt in die Segel und

spannte das Leinen bis zum Zerreißen. Das Paketboot „Diane“ tanzte auf den Wellen. Die wenigen Passagiere des Linienschiffes konnten sich nicht mehr auf den Beinen halten.
„Wir hätten gar nicht auslaufen dürfen“, ächzte Maximilian, doch es war ohnehin zu spät. Die aufgewühlte See schien sich gegen die Menschen verschworen zu haben. Der Kapitän schrie gegen den Sturm an und trieb die Matrosen zu waghalsigen Aktionen. Doch es half nichts. Eine große Eisscholle traf das Schiff am Heck. Es drehte sich wie ein Kreisel, dem Steuermann wurde das Rad aus der Hand gerissen. Dann gab es einen Ruck. Passagiere, Gepäck, Ladung, alles purzelte durcheinander. Das Boot saß auf dem Grund fest.
In Panik lief die Mannschaft umher. Das Geschrei der Matrosen ging im ohrenbetäubenden Heulen des Sturms unter. Das Segel knatterte wie eine Peitsche. Die Wellen kippten das Boot, das in gefährliche Schräglage geriet.
Maximilian krallte sich an einem Seil fest. Die Wellen überspülten das Deck. Sein Mantel saugte sich voll Wasser. Mit aller Kraft hangelte er sich zur Luke, die nach unten führte. Ein weiterer heftiger Stoß ließ ihn die schmale Stiege hinunterstürzen. Unten krochen die Passagiere auf allen vieren und versuchten, die Kojenverschläge zu erreichen. Allen war schrecklich übel, einige waren ganz grün im Gesicht. Der Boden glänzte von Wasser und Erbrochenem.
Max fühlte sich sterbenselend. Das Leid der anderen Passagiere ging ihm diesmal nicht nahe. Er konnte ihnen ohnehin nicht helfen. Zu der schweren Seekrankheit kam die Todesangst. Verzweifelt hievte er sich auf die Pritsche und wickelte sich in eine Decke ein. Das Heulen des Sturms drang durch die Bordwand, es knirschte und krachte in den Spanten. Viele Stoßgebete wurden zum Himmel geschickt, aber es war wohl der Umsicht des Kapitäns zu verdanken, dass er die Segel in den Wind drehen konnte. Es ruckte mehrmals, es krachte und etwas splitterte.

Dann begann das Schiff zu schaukeln.
„Wir fahren, wir sind wieder frei", rief jemand. Max nahm es wie aus weiter Ferne zur Kenntnis.
Der Sturm trieb das Postschiff schnell über den Ärmelkanal und machte den zeitlichen Rückstand wieder wett. Mehr tot als lebendig wankte Max in Harwich an Land.
Die Zöllner kümmerte der Zustand der Reisenden wenig. Sie inspizierten das Gepäck, das auf dem Schiff sehr gelitten hatte. Max musste für den Pass bezahlen, die Maut, Träger und die Postkutsche.
London war sein nächstes Ziel. Seine guten englischen Sprachkenntnisse kamen Max zugute, als er die Stadt erreichte. Seine Seekrankheit hatte sich verflüchtigt, seit er wieder festen Boden unter den Füßen spürte.
Auf der Themse drängten sich die Schiffe und Frachtkähne. Auf den Straßen herrschte reger Verkehr. Überall wurde gebaut. In den Läden und Magazinen wurde bis Mitternacht verkauft, es gab viele industrielle Produkte, die Max begeisterten. England war im Jahr 1803 eine aufstrebende Nation, und die Industrialisierung war hier weit fortgeschritten. Die Einladung eines Tuchfabrikanten nahm Max gern an, zum einen, um die fortschrittlichen Webmaschinen zu bewundern, die mit Dampf angetrieben wurden, zum anderen, um in den Genuss des berühmten englischen Fünfuhrtees zu kommen. Im Eiltempo besichtigte er London mit seinen Sehenswürdigkeiten, besuchte am Abend die Oper, um am nächsten Morgen mit der ersten Postkutsche nach Bristol weiterzufahren. Er hatte ein umfangreiches Programm vor sich und durfte keine Zeit verlieren, das Wetter war miserabel, es regnete ohne Unterlass, der Winter war feucht und neblig. Doch die Straßen befanden sich in erstaunlich gutem Zustand, sodass er schnell vorwärtskam. Mr. Hair erwartete ihn schon, um ihm seine Wachstuchfabrik zu zeigen. Wachstuch war ein wundersames Material, aus dem Tapeten, Tischdecken

und Bodenbeläge gefertigt wurden. Doch sein eigentliches Ziel war Manchester.
Die Tuchwebereien beeindruckten Max, auch wenn er häufig Kinder bei der Arbeit sah. Sie wirkten dünn und unterernährt, hatten Gesichter wie alte Männer. Auf den öffentlichen Auktionen wurden gewaltige Mengen von weißem Musselin, Kaliko und Leinwand umgesetzt. Max konnte viele neue Geschäftsverbindungen knüpfen. Manche Verhandlungen fanden in den schäbigen Pubs und Schänken statt, die es in der ganzen Stadt gab. Man trank Bier, und das in großen Mengen.
Überall sah er Schafe. Man sagte, es sollen mehr als zwanzig Millionen im ganzen Land sein, mehr als England Einwohner hat. Dieser Wollreichtum begeisterte Max. Zumindest würde die Menschheit nicht erfrieren.
Über Leeds gelangte Max nach Hull, wo er sich auf einem Zweimaster einschiffte. Es war ein leichtes, wendiges Kriegsschiff. Die Rückfahrt nach Hamburg würde diesmal wohl angenehmer werden, denn die Nordsee lag ruhig vor ihnen.
Doch es war genau diese Windstille, die die Brigg nicht vorwärtskommen ließ. Trotz der Flaute wurde es Max übel. Sein Magen rebellierte gegen das Essen, das aus der Kombüse kam. Das Fett roch ranzig.
Die Beschwerden prallten an Kapitän Schales ab. „Was Besseres kann ich Ihnen nicht bieten, meine Herren. Dies ist ein Kriegsschiff und die Passage für Zivilisten ist nur ausnahmsweise gestattet. Sie müssen sich also fügen oder ein anderes Schiff nehmen."
Max blickte sich um. Rundherum gab es nur Wasser, salzige Nordsee von Horizont zu Horizont. Er beschloss, auf das Essen zu verzichten, bis sie Hamburg erreichten.
Wohl jede Stunde ging Max an Deck und hielt die Nase in den Wind. Doch davon war nichts zu spüren. Bleigrau lag die See, die Segel hingen schlaff herab.
„Warum setzen Sie nicht die Ruder ein, Herr Kapitän?"

Kapitän Schales blickte Max von oben bis unten an. „Sie können gern rudern, Sir. Meine Mannschaft ist dazu zu klein."
„Was glauben Sie, wie lange die Flaute noch anhält?"
Der Kapitän zuckte mit den Schultern. „Kann noch dauern."
Max spürte seinen Magen empfindlich knurren. Bereits sieben Tage befanden sie sich an Bord. Das Essen war noch immer hundsmiserabel – und es wurde immer weniger. Am elften Tag ließ der Kapitän die Notration Schiffszwieback austeilen. Vom fauligen Wasser bekamen alle Durchfall, Passagiere wie Besatzung. Wie eine einsame Kloake schaukelte die Brigg auf offener See, die Menschen an Bord nahe dem Hungertod.
Auch Max war am Ende seiner Kräfte. Hatte er noch geglaubt, es würde nichts Schlimmeres als eine Fahrt durch die Karpaten geben, so wurde er nun eines Besseren belehrt. Selbst ein muffiges Strohlager in einer polnischen Herberge war noch besser als auf offener See zu verhungern und zu verdursten.
Er lag apathisch auf der Pritsche. Die dünne Decke wärmte nicht. In seinem Kopf breitete sich Nebel aus. So hatte er nicht enden wollen, er hatte doch noch so viel vor. Da drang der Ruf von Deck: „Wind! Wind kommt auf!"
Kaum merklich bewegte sich das Schiff. Erst leise, dann immer lauter knatterten die Segel. Das Schiff schaukelte, gleich wurde Max wieder von der Seekrankheit gepackt. Am dreizehnten Tag erblickten die verzweifelten Reisenden endlich die roten Felsen von Helgoland. Das Leben ging weiter!

* * *

Jean Baptiste de Lamothe breitete die Arme aus. „Sei willkommen, meine Freund! Mein Haus soll auch deines sein."
Max ließ seine Reisetasche fallen und fiel in die Umarmung ein.
„Ich hatte doch versprochen, dich zu besuchen."

„Dass ich das noch erleben darf.“ Lamothe standen die Tränen in den Augen. „Komm herein und lass uns trinken, Wein von meinen Reben.“
Der Wein war angenehm temperiert und erfrischte Max’ trockene Kehle.
„Ich bin froh, dich wohlauf zu sehen. Man berichtete mir von einer furchtbaren Schlacht unseres kampfesfreudigen Generals.“
„Die Reste davon habe ich gesehen, als ich über Naumburg und Auerstädt reiste. Der Boden ist blutgetränkt und die Stadt fast völlig zerstört. Den glorreichen Sieger habe ich in Paris gesehen, wie er die Parade abnahm.“
„Ich hoffe, du hast dich in Paris noch anders zerstreut als mit Militärparaden.“
„Aber sicher! Du weißt, dass ich der Kunst sehr zugetan bin, und das Museum hat ja viele Kunstschätze dazugewonnen.“
„Gewonnen ist gut“, spottete Lamothe. „Erbeutet.“
„Damit ist es wohl die wertvollste Sammlung, die man finden kann. Jedenfalls haben mich die Marmorskulpturen überwältigt. Dieser Apoll von Belvedere, die Venus der Medici, sie sind wirklich unsterblich. In der Gemäldegalerie hätte ich noch Wochen verbringen können. Aber was schwärme ich von der Kunst. Wie ist es dir inzwischen ergangen?“
„Was soll ich klagen? Die besten Weine gehen zu Spottpreisen weg. So lernen wenigstens viele Menschen den leckeren Tropfen aus Bordeaux kennen.“ Max bemerkte, wie Lamothe den Ernst der Situation mit Spott zu überspielen versuchte. „Komm, ich stelle dir meine Familie vor. Und dann lass uns nicht mehr über die dunklen Dinge dieser Welt sprechen, sondern uns dem Wein widmen. Meine Mutter ist eine unübertroffene Köchin, und ihre Gänseleber mit Trüffel lässt du nicht stehen. Ich nehme an, in den Gasthäusern unterwegs bist du nicht verwöhnt worden.“
„Wie wahr!“ Max folgte nur zu gern Lamothes Einladung.

Es waren vergnügliche Tage, die Max in der Gascogne verbrachte. Hier spürte man nichts von den Kriegswirren, von den Nachwehen der Schlachten und Feldzüge. Die Gascogner waren gesellig und humorvoll, feierten gern und liebten den Wein, den sie auf ihren Böden zogen. Max war angenehm überrascht von den gepflegten Sitten in Lamothes Familie. Er vergaß die Mühsal des Reisens, die Anstrengungen der Geschäftsverhandlungen, so manches Entsetzen in den kriegszerstörten Ländern.
Im Wein liegt Wahrheit, sagt man, und Max fand echte Freundschaft und Herzenswärme unter der angenehmen Sonne der Gascogne. Da er nur von den besten Sorten probierte, die der französische Boden hervorbrachte, fühlte er sich noch mehr mit der Gegend und seinen liebenswerten Menschen verbunden.
Doch es war wie eine Sucht. Von ständiger Unrast getrieben, reiste Max bald weiter. Es waren nicht nur die Geschäfte für den Beyerischen Wollhandel, es war der Hunger nach Leben, nach Bildung, nach Erfahrung. Oft reichte die Zeit nicht, um alle interessanten Gebäude, Museen, Theater oder Einrichtungen einer Stadt zu besichtigen. Er saugte alle Eindrücke auf wie ein trockener Schwamm. Wo Max Speck auch hinkam, stürzte er sich mit der ihm eigenen Mischung aus Unbeschwertheit und kritischem Beobachten in das wirtschaftliche und kulturelle Leben.
Nur das Reisen selbst verlangte ihm oft mehr als Erträgliches ab. Als er mit der Kutsche die Ardennen überquerte, hielt bereits der Winter mit Schnee und Eis Einzug. Die Straße schlängelte sich am Rand eines schmalen und steilen Flusstales entlang. Das Gebirge wurde von allerlei Zuflüssen der Maas durchfurcht und machte es höchst unwegsam. Die Straße wurde von einer dünnen, aber tückischen Eisschicht überzogen. Die Hufe der Pferde fanden kaum Halt. Zudem rutschten die Räder der Kutsche bedenklich zur Seite.
Mit Grausen blickte Max in den steilen Abgrund zur Linken.

Der Fluss hatte sich tief in das Gestein eingegraben und eine schroffe Schlucht geformt. Die Kutsche kam der Abbruchkante gefährlich nahe. Max schloss die Augen und schickte ein Stoßgebet gen Himmel. Doch ihm war klar, dass sein Leben von der Geschicklichkeit des Kutschers abhing.
Trotzdem war er froh, als er flaches Gebiet erreichte. So imposant Berge auch waren, er war ein Kind des flachen Landes und fühlte sich wohler, wenn er nicht in Abgründe blicken musste.
Es war Abend, als er müde, aber erleichtert Leipzig erreichte. Das vertraute Licht der Öllaternen gab ihm ein Gefühl der Heimkehr. Heinrich Beyer empfing ihn an der Poststation. Das war ungewöhnlich. Ungewöhnlich war auch sein ernstes Gesicht.
„Was ist geschehen?“, fragte Max nach der ersten Begrüßung.
Heinrich Beyer überreichte ihm einen Brief. „Pfarrer Stephani kam, um … um die Nachricht zu überbringen. Es tut mir so leid. Ich weiß, dass Sie Ihre Mutter sehr geliebt haben. Sie ist vor zwei Monaten verstorben.“

Auf eigenen Füßen

Ist das die Möglichkeit! Oh, entschuldigen Sie, Fräulein Charlotte, ich hätte Sie beinahe nicht wiedererkannt."

Charlotte Hänel errötete. „Aber Herr Speck, habe ich mich so verändert? Bin ich hässlich geworden?"

„Hässlich? Was reden Sie da! Ich habe lange keine schönere Frau gesehen."

„Sie machen mir Komplimente, Herr Speck. Dabei würde ich doch liebend gern etwas über Ihre Abenteuer erfahren, die Sie bestimmt in der Zwischenzeit erlebt haben. Herr Beyer berichtete uns, Sie wären die ganze Zeit auf Reisen gewesen."

„Das stimmt. Hamburg, Utrecht, London, Birmingham, Manchester oder Sedan, Lüttich, Paris, Bordeaux …"

„Beneidenswert."

„Beneiden Sie mich nicht", erwiderte Max „die Umstände waren teils entsetzlich." Er dachte mit Schaudern an die Seefahrt. „Allerdings haben mich die Gascogne und mein Freund Lamothe entschädigt. Man sitzt abends unter Weinlauben und trinkt vorzüglichen Wein, kostet von dem köstlichen Käse und bricht helles Brot, das die Gascogner in langen dünnen Laiben backen."

„Ich beneide Sie trotzdem und träumte, ich könnte Sie begleiten."

„Für eine Frau wäre das viel zu anstrengend."

„Sind Sie deshalb noch nicht verheiratet?" Sie schlug sich mit der Hand auf die Lippen. „Verzeihen Sie, ich wollte Ihnen nicht zu nahe treten."

Max fand Charlottes Offenheit angenehm. „Ich habe darüber noch gar nicht nachgedacht, weil ich keine Zeit dazu hatte. Aber Sie haben Recht, ich bin für meine Kompanie ständig unterwegs und könnte mich nicht um eine Familie kümmern." Er senkte den Kopf. „Selbst als meine Mutter starb, konnte ich nicht bei ihr sein. Das habe ich sehr bereut."

„Ich kann es Ihnen nachfühlen. Auch unsere geliebte Mutter ist vor einigen Jahren von uns gegangen. Seither weiß ich den Halt einer Familie noch mehr zu schätzen."

„Sehen Sie, zur Gründung einer Familie gehört viel Verantwortung. Die möchte ich gern wahrnehmen. Aber wenn man ständig auf Reisen ist, geht das nicht."

„Es sei denn, Ihre Familie begleitet Sie auf diesen Reisen."

Sie blickten sich an, dann lachten beide. Ihnen war klar, dass es unmöglich war.

„Welche Frau würde das schon mitmachen ..." Max lockerte seinen Kragen. Ihm war warm geworden.

Charlottes Gesicht wurde ernst. „Ich zum Beispiel."

Auch Max wurde ernst. „Das sagen Sie nur, weil Sie es nicht erlebt haben."

„Unser Vater war früher auch viel auf Reisen. Das gehört nun einmal zum Handelsgeschäft."

„Allerdings, und deshalb ..."

„Schade!"

Sie schwiegen beide. Eine Weile saßen sie so nebeneinander und betrachteten die welken Blätter, die über den Parkweg geweht wurden.

„Ich möchte Sie nicht enttäuschen." Max sprach leise.

„Sie können mich nicht enttäuschen. Ich glaube, Sie würden keinen Menschen enttäuschen. Herr Beyer spricht voll Bewunderung und freundschaftlicher Hingabe von Ihnen."

„Die Wollhandlung ist mein Leben. Nicht nur, weil ich Teilhaber von Heinrich Beyer bin und natürlich auch im eigenen Interesse handle. Eine Freundschaft ist aber etwas Einmaliges, Erhabenes. Das geht weit über unsere Arbeit hinaus."

„Das verstehe ich sehr gut. Eine Beziehung zwischen zwei Menschen muss etwas Einmaliges sein."

Der Blick, den sie ihm schenkte, versetzte ihn in Aufruhr. „Ich weiß Ihre Ehrlichkeit und Offenheit sehr zu schätzen, Fräulein Charlotte. Deswegen will ich auch zu Ihnen offen und ehrlich sein."

„Tun Sie das, Herr Speck. Sagen Sie mir offen und ehrlich, was Sie für mich empfinden."

Maximilian schluckte. „Ich bin kein Mensch, der seine Gefühle auf der Zunge trägt."

„Aber unter dem Herzen. Und wir sind hier allein. Niemand hört uns."

„Ich habe mich in Sie verliebt. Ich möchte mit Ihnen mein Leben teilen. Ich möchte für Sie da sein, Sie beschützen, Sie versorgen. Aber ich bin auch Kaufmann."

„Zum Glück!" Sie lachte. „Aber ich will nicht versorgt sein, obwohl das sicher auch zu einem Familienleben gehört. Ich will das Leben mit Ihnen teilen – Ihr Leben, mit allen Konsequenzen."

„Ich bewundere Ihren Mut. Und ich bin sehr glücklich, dass Sie mir das sagen."

Sie erhoben sich von der Bank, auf der sie gesessen und den fallenden Blättern zugeschaut hatten.

„Fräulein Charlotte, ich hoffe, Sie missverstehen mich nicht."

„Nein, ich habe Sie gut verstanden, Herr Speck. Sie sind sehr verantwortungsvoll. Ein wenig zu verantwortungsvoll, wie mir scheint."

Sie schlenderte den Parkweg entlang zur Straße, den Umhang fest um die Schultern gezogen. Der Herbstwind wehte kalt und kündigte den nahen Winter an. Außerdem ziemte es sich nicht, dass sie als unverheiratete Tochter einer angesehenen Patrizierfamilie allein mit einem Mann im Park spazierte. Auch wenn dieser Mann ein angesehener Leipziger Kaufmann war. Oder gerade deshalb.

* * *

Die Hochzeit fand am 22. April 1811 statt. Der unangenehm harte Winter hatte sich in ein freundliches und sonniges Frühjahr aufgelöst. Die Damen trugen ihre neue farbenfrohe Garderobe zur Schau. Man sah Charlotte Hänel das Glück an. Noch im Herbst hatte Maximilian Speck bei ihrem Vater um ihre Hand angehalten. Christian Hänel hatte nichts dagegen. Trotzdem fragte er seine älteste Tochter, ob sie es sich reiflich überlegt habe.
„Aber natürlich, Papa! Max braucht eine Frau an seiner Seite, die stets für ihn da ist."
„Mir scheint, dass er keine Frau braucht, die ihn ständig umhätschelt. Er ist selbstständig genug und ein erfolgreicher Geschäftsmann."
„Wenn ich das Leben mit Max teile, dann bis zur letzten Konsequenz."
Christian Hänel atmete tief durch und hob die Augenbrauen. „Du bist genauso eigensinnig wie deine Mutter. Sie wollte sich immer in der Welt der Künstler und Denker herumtreiben. Mit einem Seidenwarenhändler war sie wohl doch nicht so glücklich."
„Bitte lass Mutter aus dem Spiel. Ich wünschte, sie hätte mich vor dem Traualtar erleben können. Sie hat mir den Kunstsinn mitgegeben. Warum sollen sich Wollhandel und künstlerische Begeisterung nicht miteinander vereinen lassen? Max vereint diese Tugenden in sich."
„Nun musst du mit deinem alten Vater vorliebnehmen, der dich vor den Traualtar führt. Meine Segenswünsche begleiten euch beide. Und bei seinen geschäftlichen Erfolgen wirst du einen guten Hausstand führen können."
Sie legte sacht ihre Hand auf seinen Arm. „Sicher wirst du es nicht verstehen, Papa, aber ich liebe Max. Und er liebt mich auch. Das ist für mich das Wichtigste."
Der Pfarrer der Thomaskirche erwartete sie in dem ehrwürdi-

gen Baumannschen Haus in der Hainstraße. Maximilian hatte auf eine private Trauung bestanden. Der alternde Christian Hänel führte seine vierundzwanzigjährige Tochter herein und gab ihre Hand in die von Max Speck.
„Ich hoffe, ihr werdet glücklich", flüsterte er und kämpfte gegen eine Träne der Rührung an. Es war ein ungemein feierlicher Augenblick.
An die Trauung schloss sich eine Feier an, die der Brautvater ausrichten ließ. Er hatte alle geladen, die in Leipzig Rang, Namen und Geld besaßen.
Natürlich war Max stolz darauf, in eine so bekannte, reiche und ehrenwerte Familie wie die der Hänels einzuheiraten.
An der Festtafel herrschte eine ausgelassene Stimmung, die nicht zuletzt Charlottes fröhlichem Wesen zu verdanken war.
„Unsere Hochzeit steht unter einem guten Stern. Seit einigen Tagen ist am Himmel ein Komet zu sehen."
Charlottes Onkel, der russische General Sievers, wandte sich zu ihr um. „Ist ein Komet nicht ein Unglücksbote?"
„Unsinn", fuhr Christian Hänel dazwischen. „Das behaupteten die mittelalterlichen Kleriker. Wir sind aufgeklärte Bürger, die nicht an solchen Hokuspokus glauben."
„Mein lieber Schwager, Sie sind doch nur so ungehalten, weil ich das gesagt habe. Sie hegen keine Sympathien für Russland."
„Ich kann mich nicht erinnern, dem russischen Reich wesentliche Dienste geleistet zu haben. Meine Loyalität hält sich in Grenzen."
„Wir sind ebenso aufgeklärt wie die Franzosen oder die Sachsen." Graf Sievers hob prostend sein Weinglas.
„Das entspringt nur Ihrer Arroganz, dem Livländischen Adel anzugehören", wetterte Christian Hänel. „Auch meine Familie ist adlig. Die Ritter von Cronenthall gibt es bereits seit 1674. Nur aus Rücksicht auf meine Ämter im Stadtrat trage ich den Adelstitel nicht."

„Was für eine wahrhaft ehrenwerte Haltung“, spottete Graf Sievers.
Verärgert wandte sich der Brautvater ab. Er wollte nur ungern an ihre Verwandtschaft erinnert werden. Auch wenn seine Frau nicht mehr unter ihnen weilte, so gehörten doch Elisabeths Schwester, die zudem Charlottes Patin war, und deren russischer Ehemann Graf Sievers zur Familie. Doch er konnte mit ihnen nicht viel anfangen.
„Nun seien Sie doch nicht so vergnatzt, lieber Schwager. Oder hat Ihr Amt als Vorsteher des St. Georgen Zucht- und Waisenhauses Sie so ausgetrocknet?“
„Ich verbitte mir das“, schnaubte Hänel. „Es ist ein ebenso ehrenwertes Amt wie das als Ratsherr und Stadtbaumeister.“
„Vor lauter Ehre vergessen Sie zu leben. Es ist schon erstaunlich, was für eine liebenswerte und lebensfrohe Tochter Sie haben.“
„Nun streitet doch nicht an unserem Hochzeitsfest.“ Charlotte hob besänftigend die Hände. „Jedenfalls hat der Komet uns dieses herrliche Wetter beschert. Was sagst du dazu, Max?“
„Ob es am Kometen liegt, weiß ich nicht zu behaupten. Vielleicht liegt es daran, dass eine Frau in die Luft gegangen ist.“
Alle starrten ihn verständnislos an.
„Ich habe es heute früh in der Gazette gelesen. In Berlin ist eine Frau mit einem Heißluftballon in den Himmel gestiegen – und wieder heruntergekommen.“
„Da muss sich die Sonne doch freuen!“ Charlotte klatschte vergnügt in die Hände. „Die Frauen erobern nicht nur Kunst und Literatur, sondern auch den Himmel.“
„Gott bewahre“, erwiderte Graf Sievers. „Mir reicht schon, wenn mein Weib in die Luft geht, auch ohne Ballon.“ Er erntete schallendes Gelächter und einen strafenden Blick der Gräfin.
„Übrigens, lieber Speck, wie haben Sie das fertiggebracht, so viel Zuckerzeug aufzutafeln, wo doch dieser umtriebige Franzo-

se uns mit seiner Kontinentalsperre von derartigen Leckereien abbringen will?"

Maximilian lächelte. „Dieser umtriebige Franzose, wie Sie ihn zu nennen pflegen, ist ein Kriegsherr. Und Kriegsherren haben die unangenehme Eigenschaft, mit ihrer Politik den Handel zu schädigen. Was wären wir für Kaufleute, wenn wir nicht auch da einen Ausweg wüssten?"

„Ach, Schmuggel?" Graf Sievers verzog süffisant die Lippen.

„Nein, Zuckerrüben. Wenn die Bauern mehr davon anbauen würden, brauchten wir nicht auf das süße Vergnügen zu verzichten. Ich habe im Winter einige Zentner davon aufgekauft. Das Rezept für die Süßspeise stammt übrigens von unserer so schmerzlich vermissten Frau Elisabeth. Zu meinem Glück hat Charlotte das Rezept bewahrt."

„Sie Glücklicher!" Ein wenig pikiert leerte Graf Sievers sein Weinglas.

Max tastete unter der Tischdecke nach Charlottes Hand. „Ich bin sicher, alles steht unter einem guten Stern."

* * *

„Du hättest daheim bleiben sollen." Max Speck trat hinter Charlotte ans Fenster und blickte auf die Straße hinaus. Schnee rieselte vom Himmel und legte sich als weiße Decke über Aachen. „Ich habe nicht geahnt, dass ich so lange hierbleiben muss."

Sie legte beide Hände auf ihren hochschwangeren Leib. „Warum? Ich habe dir versprochen, dass ich dich überallhin begleiten werde. Wozu bin ich deine Frau geworden?"

Max zog die Brauen zusammen. „In deinem Zustand! Es wird zu viel für dich."

„Wird es nicht. Wäre ich in Leipzig geblieben, würdest du nicht dein erstes Kind im Arm halten können. Höchstens später, wenn du irgendwann nach Hause kommst."

„Du denkst an mich, anstatt an dich." Er schüttelte den Kopf, dann gab er ihr einen Kuss auf die Stirn. „Du bist eine wunderbare Frau."
„Ich habe alles vorbereitet, unsere Wirtin hat mir eine ausgezeichnete Hebamme empfohlen. Du brauchst dir also keine Sorgen zu machen."
„Gestatte mir, mir trotzdem Sorgen zu machen. Schließlich bin ich nun für dich verantwortlich."
Sie lachte auf. „Deine Fürsorge tut mir gut, aber du musst es nicht übertreiben. Wie war dein Tag?"
„Interessant und erfolgreich. Ignaz van Houtem ist Tuchfabrikant und Handelsgerichtspräsident hier in Aachen. Ich habe seine Fabrik besichtigt und mich mit ihm über die Bruderschaft unterhalten."
„Eine Bruderschaft? Das klingt geheimnisvoll."
Max schüttelte den Kopf. „Ist es nicht. Viele angesehene Bürger Aachens sind Mitglied in diesem Club, vornehmlich Tuchfabrikanten und einige Kaufleute. Sie kümmern sich um das gesellschaftliche Leben und das Gemeinwohl. Ihre Ideale sind recht interessant, eine Mischung aus den französischen Freiheitsidealen und einer stark philanthrophischen Einstellung. Wirklich faszinierend. Ich wünschte, die Zeit ließe mir mehr Möglichkeiten, mich damit auseinanderzusetzen."
„Interessierst du dich jetzt auch für Philosophie?"
„Ich interessiere mich für alles, was den Menschen nützen kann, vor allem, was realisierbar ist."
„Dann schau, was ich heute geschafft habe." Sie führte Max ins Nebenzimmer. Dort stand eine Staffelei mit einem halb fertigen Gemälde. Das Original hing an der Wand. Max hatte es erst wenige Tage zuvor erstanden.
„Du bist eine wahre Künstlerin", rief er begeistert aus. „Es unterscheidet sich ja kaum vom Original. Aber warum kopierst du Gemälde? Warum malst du kein eigenes Bild?"

Sie neigte schelmisch lächelnd den Kopf. „Nun, zum einen möchte ich gern nachempfinden, was der Maler empfunden hat, als er dieses Werk schuf. Und zum anderen …“ Sie legte eine bedeutungsvolle Pause ein. „Falls du das Bild wieder verkaufen solltest, habe ich eine reale Erinnerung daran.“
„Warum sollte ich das Bild verkaufen? Ich habe es doch gerade erst erstanden.“
„Du bist ein Kaufmann, der handelt. Außerdem wäre es nicht das erste Kunstwerk, das du wieder verkaufst.“
Max verzog beleidigt die Lippen. „Ich bin ein Kunstfreund und baue meine Sammlung gerade erst auf. Nur zwei Bilder habe ich verkauft, weil ich dafür einen weitaus höheren Preis und damit Gewinn erzielen konnte. Dafür habe ich ja dieses Gemälde kaufen können. Es ist von Pieter de Hoogh.“
„Siehst du, ich hatte recht. Aber dir sei verziehen, weil es ein Holländer ist. Ich mag die häusliche Idylle dieser Malschule.“
Und als Max noch immer nicht besänftigt schien, schob sie ihn näher an die Staffelei heran. „Es macht mir einfach Freude und vertreibt die Zeit. Wenn der kleine Wurm erst da ist, werde ich wohl dafür keine Zeit mehr haben.“
„Wir werden eine Kinderfrau einstellen, die dich entlastet.“
Charlotte antwortete mit einem Lächeln. „So wie du Geschäft und Kunst miteinander verbinden kannst, kann auch ich Familie und Kunst miteinander verbinden. Irgendwie muss ich mich doch nützlich machen.“
Max wurde plötzlich ernst. „Du bist schon jetzt unentbehrlich. Für mich bist du das Wichtigste im Leben, noch vor allen Geschäften und der Kunst.“

* * *

Es hatte die ganze Nacht geschneit. Auf den Straßen war der Schnee notdürftig zur Seite geschippt worden, damit die Kutschen passieren konnten. Den Rest besorgten die Hufe der Pferde. Charlotte lupfte den Saum ihres Mantels und stieg über die Fahrrinnen. Der schmutzige Schnee quetschte sich in ihre Stiefel. Charlotte verzog das Gesicht. Doch der Laden von Madame Sansson lag schon in Sichtweite.

Eine Frau schüttete ihren Eimer mit Putzwasser über dem Trottoir aus. Charlotte konnte gerade noch beiseite springen. Dabei fühlte sie sich mit ihrem dicken Leib so unbeweglich. Endlich erreichte sie den kleinen Laden und schloss aufatmend hinter sich die Tür.

„Was für ein Wetter! Guten Tag, Madame Sansson!“

„Guten Tag, Madame Speck! Was treibt Sie bei diesem Wetter auf die Straße?“

„Ich benötige noch einige Tuben Farbe und zwei, drei Pinsel. Ich habe mich wohl verschätzt. Der Künstler benutzte so viele Arten von Oliv bei seinem Werk.“

„Aber Madame Speck, die hätte ich Ihnen doch bringen lassen, wenn Sie mich informiert hätten.“

Charlotte zog den Pelzhut vom Kopf und beugte sich zu Madame Sansson herüber. Einige Tropfen Tauwasser fielen auf die dunkle Ladentafel. „Um ehrlich zu sein, ich musste einfach mal raus. Den ganzen Tag in der Pension zu sitzen, da fällt mir die Decke auf den Kopf.“

„Nun ja, aber in Ihrem Zustand …“

Sie hob abwehrend die Hände. „Mein lieber Mann ist schon voller Fürsorge für mich, als wäre ich krank. Dabei habe ich mich noch nie so wohlgefühlt. Da ich den ganzen Tag nichts weiter zu tun habe und unsere Pensionswirtin mich sehr verwöhnt, vertreibe ich mir die Zeit mit dem Kopieren der Bilder. Es macht mir Spaß. Nun benötige ich noch einige Ölfarben; Weiß auf jeden Fall, Oliv, und Braun. Rot habe ich noch genügend, damit ist der Künstler sparsam umgegangen.“

Madame Sansson suchte die gewünschten Tuben aus einer Vielzahl von kleinen Schubladen heraus, die zu einem gewaltigen Drogerieschrank, groß wie die ganze Wand des Lädchens, gehörten.

„Wussten Sie, dass die Maler früher ihre Farben aus Eiern, Quark, Kalk, Terpentin und so manchen unappetitlichen Ingredienzien mischten?"

Madame Sansson legte die Tuben sorgfältig nebeneinander auf die Ladentafel. „Natürlich weiß ich das. Viele Maler mischen sich auch heute noch ihre Farben auf diese Weise. Haben Sie Interesse?"

Charlotte lachte auf. „Gott bewahre! Zum Glück ist manches heutzutage wesentlich einfacher. Ich belasse es bei den Ölfarben. Und zwei Pinsel, bitte. Was bin ich Ihnen schuldig?"

Madame Sansson verpackte die Waren in eine Papiertüte, während Charlotte das Geld auf die Ladentafel legte. „Dann noch einen schönen Tag!"

Es schneite immer noch. Charlotte zog das Band ihres Hutes fester um das Kinn. Jetzt sehnte sie sich doch nach ihrer beheizten Stube in der Pension. Sie war noch keine zwanzig Schritte weit gekommen, als es ihr unvermittelt die Beine unter dem Leib wegzog. Sie ruderte Halt suchend mit den Armen durch die Luft, die Tüte mit den Ölfarben und Pinseln flog davon. Ein Schneehaufen milderte ihren Sturz, mit dem Arm konnte sie sich gerade noch abfangen. Wie betäubt blieb Charlotte liegen und rang nach Luft. Im nächsten Augenblick war es ihr peinlich, so hilflos und unschicklich auf dem Trottoir zu liegen. Hilfreiche Hände streckten sich ihr entgegen. Doch als sie zufassen wollte, zuckte sie mit einem Schrei zurück. Ihr rechter Arm schmerzte höllisch. Mit der linken Hand tastete sie nach ihrem Bauch. Hoffentlich war dem Kind nichts geschehen! Sie hatte doch glatt übersehen, dass sich das ausgeschüttete Putzwasser der Frau inzwischen in tückisches Eis verwandelt hatte.

Max erschrak nicht wenig, als er am Abend in die Pension zurückkehrte. Charlotte saß wie immer vor der Staffelei. Doch ihr rechter Arm war dick bandagiert und hing in einer Schlinge, die sie um den Hals trug.
„Um Gottes Willen, was ist geschehen?"
„In dieser Stadt gibt es sehr verantwortungslose Leute", erwiderte sie, ohne von ihrer Arbeit aufzuschauen. „Sie schütten ihr schmutziges Wasser auf die Straße, dass es zu Eis gefriert und ahnungslose Passanten in eine peinliche Situation bringt. Der Doktor sagte, der Arm ist gebrochen, und es dauert bestimmt sechs Wochen, bis er wieder zusammengewachsen ist. Das ärgert mich natürlich, aber dann male ich das Bild eben mit der linken Hand fertig."

* * *

Carl Maximilian wurde im schneereichen Januar des Jahres 1812 in Aachen geboren. Als Max das Schlafzimmer betreten durfte, hielt Charlotte den winzigen Säugling in ihrem gesunden Arm, während sie den rechten noch geschient trug. Der Sturz hatte zum Glück dem Kind nicht geschadet. Mit der Charlotte eigenen bodenständigen Art hatte sie nur gemeint, sie brauche den Arm nicht zum Gebären. Allerdings mussten sie eine Kinderfrau einstellen, die den kleinen Carl versorgte.
In diesem Augenblick verspürte Max seine Liebe zu Charlotte besonders intensiv. Obwohl sie etwas blass, entkräftet und durch den bandagierten Arm krank wirkte, verströmte sie eine Stärke und Energie, die allen Widrigkeiten trotzte. Charlotte war einfach da, und das schenkte ihm Halt und Freude.
Weniger erfreut war er über das Ergebnis seiner geschäftlichen Bemühungen. Auch wenn er in Aachen viele neue Kontakte knüpfen konnte, so bereitete ihm die politische Situation große Sorge. Die von Napoleon Bonaparte verhängte Kontinental-

sperre gegen England hatte den Warenaustausch fast völlig zum Erliegen gebracht. Sollte der unterbundene Export europäischer Waren nach England die englische Wirtschaft empfindlich treffen und den bis dahin englisch dominierten europäischen Markt für französische Produkte sichern, so trafen die Auswirkungen dieser Maßnahme doch auch die kontinentalen Händler empfindlich.

Das spürte Max, als er mit seiner kleinen Familie wieder nach Leipzig zurückkehrte. Die französische Besatzungsmacht schreckte nicht einmal davor zurück, Besucher der Leipziger Messe nach verbotenen englischen Waren zu durchsuchen. Das Schlimmste jedoch war, dass auch die Franzosen bald einsehen mussten, dass manche Produktionen ohne englische Zulieferungen nicht möglich waren. Vor allem bei der Waffenherstellung, aber auch bei Tuchen, Galanteriewaren und Zucker gab es einen großen Mangel. Und wo Mangel herrschte, waren Wucher und Schmuggel nicht weit.

Die Ausnahmelizenzen, die die französische Besatzungsmacht nun erteilte, waren nichts weiter als legalisierter Schmuggel. Max besaß gute Geschäftsbeziehungen nach England, wenngleich ihn bei dem Gedanken an die Insel stets ein flaues Gefühl der Seekrankheit befiel. Es war moralisch verwerflich, aber bevor der Handel ganz zusammenbrach, mussten englische Wolle und Tuche, Eisenwaren und sogar Kohle durch illegale Kanäle eingeführt werden.

In den Geschäftsbüchern der Beyerischen Wollhandlung klafften große Lücken, die auch Max nicht schließen konnte. Zudem versorgte dieser unersättliche Napoleon Bonaparte seine Familie und Verwandten mit Herrscherwürden in ganz Europa. Als angeblicher Erbe und Vollstrecker der französischen Revolution sonnte er sich nun in der Schacherpolitik royalen Größenwahns. Sein Bruder Louis war König von Holland geworden, sein Bruder Jerôme König von Westfalen, sein Bruder Joseph König

von Spanien, sein Schwager Joachim Murat König von Neapel. Selbst seine Schwestern verkuppelte er mit verschiedenen Herrscherhäusern Europas. Napoleon selbst hatte sich zum Kaiser krönen lassen. Die Bonapartes beherrschten fast ganz Europa. Und den Rest würden sie auch noch erobern.
Auch wenn Napoleon begriff, dass er England nicht allein in die Knie zwingen konnte, und der russische Zar mit seiner Weigerung, sich weiter an die Kontinentalsperre zu halten, den Franzosen in den Rücken fiel, so ließ er nicht ab von seinen Großmachtsplänen.
England hatte einen Ausfall gewagt, war gegen Spanien marschiert und hatte eine Landfront gegen Joseph und Napoleon Bonaparte eröffnet.
Für Max war das alles doppelt prekär. Kam nur noch auf Schmuggelwegen Wolle aus England, so versiegte nun auch die wichtigste Quelle, die Merinowolle aus Spanien.
Charlotte bemerkte es an seinem düsteren Gesicht, als er am Abend heimkehrte. Sie empfing ihn mit einem Lächeln.
„Was bedrückt dich, dass du selbst an der Wiege deines Sohnes so ernst schaust?"
„So? Sieht man mir das an?" Er beugte sich zu Carl hinab und strich ihm über das flaumige Köpfchen. Der Kleine blickte zu ihm auf. „Für diesen Blick lohnt sich sogar der Schmuggel", murmelte er.
„Wie bitte?" Charlotte zog ihn von der Wiege weg. „Gibt es Probleme im Geschäft?"
Er zwang sich zu einem Lächeln. „Damit möchte ich dich nicht belasten. Wir haben nichts zu befürchten."
„Und doch belastet es dich. Ich kenne dich. Was ist es?"
„Schafe", erwiderte er trocken. „Einfach nur Schafe."
„Was sonst", gab sie belustigt zurück. „Du bist Wollhändler."
„Womit soll ich handeln, wenn die Wolle nicht eingeführt werden kann?"

„Du kannst dir keine Schafe in den Vorgarten stellen."
Er blickte sie nachdenklich an. „Warum eigentlich nicht?"
Charlotte lachte herzlich. Er mochte ihr Lachen. Es klang so unschuldig und frei. „Du bist Wollhändler."
„Deshalb beschäftige ich mich mit der Landwirtschaft. Man müsste selbst seine eigene Wolle produzieren."
Sie legte ihm lächelnd die Hand auf die Schulter. „Die einheimische Wolle erreicht nicht die Qualität der spanischen Schafe."
„Stimmt! Allerdings gibt es spanische Schafe hier in Sachsen, wohl wenige, aber immerhin. Es ist schon beinahe fünfzig Jahre her, als Prinz Xavier von Sachsen sich eine kleine Herde dieser Schafe zulegte und die begehrte Wolle hier produzierte. Natürlich nur für den fürstlichen Bedarf. Er ist dafür ausgelacht worden. Ein Prinz als Bauer, Schäfer, Wollproduzent."
„Eben eine fürstliche Wolle", scherzte Charlotte. „Der gute Mann hatte wohl doch mehr Weitblick, als man ihm zugestehen wollte."
„Ganz recht. Nur ist das alles leider in Vergessenheit geraten. Aber ich habe darüber gelesen. Nicht der Schmuggel ist der Ausweg, sondern die eigene Zucht."
„Dieser fürstlichen Schafe? Ja, gibt es die denn noch?"
Max nickte. „Es gibt noch welche. Und ich werde sie finden."
Charlotte hörte ihm geduldig zu. „Wirklich sehr interessant. Aber dazu braucht man Land, viel Land, ein Gut mit Ställen und vor allem besseres Wetter. Wahrscheinlich würden diese armen Tiere jetzt bis zum Bauch im Hochwasser stehen."
Max blickte zum Fenster hinaus. Dicke Regentropfen liefen an den Scheiben herab. Der Winter stand bevor. Eine weitere Reise wollte er Charlotte nicht zumuten. Zudem würde er diesmal nur in Sachsen suchen. Er würde die alten Wollmärkte wiederbeleben, wenn, ja wenn es die politischen Umstände erlaubten. Denn mittlerweile hatte sich ein Heer von einer halben Million

Soldaten nach Russland ergossen, um den abtrünnigen Zaren Alexander wieder zur Räson zu bringen. Es waren Franzosen, Deutsche aus den Rheinbundstaaten, Preußen, Polen, Österreicher, Italiener, Spanier. Russland leistete keinen Widerstand. Napoleon Bonaparte marschierte triumphierend in Moskau ein. Es war ein leichter Sieg.

Doch das russische Friedensangebot blieb aus. Stattdessen steckten die Russen ihre jahrhundertealte Hauptstadt selbst in Brand, sodass es kein Winterquartier mehr für die napoleonischen Truppen gab. Nun hatten sie zwei Feinde: die ausgeruhten russischen Truppen und den russischen Winter.

Der Russland-Feldzug des großen Napoleon im Jahr 1812 fand ein katastrophales Ende. Nur ein Bruchteil der Grande Armée kehrte zurück, geschlagen, demoralisiert, verkrüppelt, von der kriegsverarmten Bevölkerung verachtet und beschimpft. Über ihnen lag der lange Schatten des Abstiegs eines größenwahnsinnigen Despoten.

* * *

Sorgenvoll blickte Charlotte zur Wiege, in der die kleine Maria schlief. Mit ihren vier Monaten hatte sie noch keine Ahnung von den Gefahren des Lebens. Als sich die Tür öffnete, drehte sie sich um. Die Kinderfrau Luise kam mit Carl, ihrem Erstgeborenen, auf dem Arm herein.

„Die Köchin kam eben vom Markt zurück. Ich weiß nicht, was ich den Kindern noch zu essen geben soll. Alle Kartoffeln sind für die Truppen requiriert worden. Das Mehl ist schlecht, voller Spelzen und Würmer. Und Kohl möchte ich dem kleinen Carl nicht geben, er leidet ohnehin schon ständig an Bauchschmerzen."

Charlotte nahm der Kinderfrau den eineinhalbjährigen Carl ab. „Wir haben noch etwas Weißmehl, davon können wir Pfannku-

chen backen. Dazu gibt es warme Konfitüre und Grießbrei. Wir haben doch noch etwas Milch, oder?"
Luise schüttelte den Kopf. „Die Bauern verlangen unverschämte Preise, weil es gefährlich ist, in die Stadt zu kommen. Die Soldaten lagern schon bei Liebertwolkwitz."
„Dann eilen Sie sich und suchen meinen Mann in der Wollhandlung. Er kennt genügend Leute, die uns Milch besorgen können."
„Es ist nicht nur die Milch, Frau Speck. Eier, Wurst, Zucker, Öl und Fleisch gibt es auch nicht mehr. Nicht nur die Kinder müssen hungern."
„Niemand wird hungern. Das ist sicher nur vorübergehend. Napoleon wird sich bestimmt wieder nach Dresden zurückziehen."
Sie ließ sich auf dem Kanapee nieder und hielt Carl auf dem Schoß. Er war ein stilles Kind, fast zu still, wie die Kinderfrau immer wieder orakelte. Charlotte mochte nicht darauf hören. Sie herzte und scherzte mit dem Kleinen, schaukelte ihn und versuchte alles, ihn zum Lachen zu bewegen. Nach einer Weile gab sie es auf. Draußen auf der Straße gab es Lärm. Wahrscheinlich stritten sich wieder Bauern und Kunden, denn die ständig aufflackernden Gefechte hinterließen ihre Spuren auch in der Versorgung der Stadtbevölkerung. Wohl dem, der noch ein paar Hühner oder eine Kuh sein Eigen nennen konnte.
Der viel bewunderte und bislang mit Sachsen verbündete General Napoleon sah sich einem immer stärkeren Widerstand gegenüber. Preußen hatte Frankreich den Krieg erklärt. Die Russen kämpften gegen die Franzosen um Hamburg, gewannen und verloren es wieder. Napoleon siegte in der Schlacht bei Bautzen und verlor in Böhmen. Und nun hatte sich auch Bayern gegen Frankreich entschieden. Charlotte mochte gar nicht mehr in die Zeitung schauen, die Max am Abend mitbrachte. Es gab keine ermutigenden Nachrichten.

Sie legte Carl neben sich auf das Kanapee. Ob es an diesem unglückseligen Sturz lag, damals im Winter in Aachen? Sie hatte sich den Arm gebrochen, der problemlos verheilt war. Kurz danach wurde Carl geboren. Es war eine kalte und stürmische Winternacht. Die Hebamme war spät gekommen und immer wieder war Charlottes Blick zu dem kleinen Fenster ihres Zimmers gegangen. Sie hatte die Vorhänge nicht schließen lassen, während die Wehen beinahe ihren Leib zerrissen. Carls Geburt war mit dem Anblick dieser großen weißen Flocken verbunden, die waagerecht am Fenster vorbeiwehten. Dann war Max glücklich gewesen, einen Sohn in seinen Armen halten zu können.

Sie seufzte, während sie auf Luises Rückkehr wartete und war froh, dass Max derzeit in Leipzig weilte. Selbst in diesem so schlachtenreichen Jahr hatte er wieder eine Geschäftsreise unternommen. Aus Rücksicht auf Carls zarte Gesundheit und ihre erneute Schwangerschaft hatte sie ihn nicht begleitet. Im Augenblick war es zu gefährlich, überhaupt die Stadt zu verlassen.

Auf der Treppe polterte es, dann stand Max im Zimmer. Seine Wangen hatten sich vom schnellen Lauf gerötet, seine Haare standen wirr vom Kopf.

„Gott sei Dank, ihr seid wohlauf!" Schnaufend ließ er einen Sack auf den Boden fallen und nahm Carl auf den Arm.

„Warum sollen wir nicht wohlauf sein? Noch plagt uns nicht der Hunger. Hast du etwas mitgebracht?"

„Heinrich Beyer hat sofort seine Vorratskammer durchsucht, als Luise kam. Grieß, Rübenzucker, Mehl, Äpfel, Rauchfleisch, Erbsen, Steckrüben und eine große Kanne Milch, das hilft uns wohl über einige Tage hinweg. Zum Glück hatte er rechtzeitig einige Vorräte angelegt."

„Meinst du, die Versorgungsnot wird noch schlimmer?" In Charlottes Miene mischte sich Besorgnis.

„Ich hörte von einer Reiterschlacht bei Liebertwolkwitz. Die

Nachrichten sind sehr verworren. Die Alliierten gegen Napoleon haben die Stadt umzingelt."
Charlotte wurde blass. „Das ist ja schrecklich", flüsterte sie. Doch dann erhob sie sich. „Aber deshalb dürfen die Kinder nicht hungern. Ich werde mit Luise zusammen den Grießbrei kochen."
Die Schlacht tobte drei Tage lang. Widersprüchliche Nachrichten drangen in die Stadt und zu den verängstigten Einwohnern. Napoleon befehligte seine Truppen vom Süden Leipzigs aus, kämpfte verbissen mit seiner Artillerie gegen ein preußisch-russisches Heer und schlug Befehlshaber Prinz Eugen von Württemberg. Die österreichischen Truppen versanken in der morastigen Aue bei Connewitz. General Blücher griff von Norden aus an. General Yorck erstürmte nach heftigen Gefechten das Dorf Möckern und durchbrach die französischen Linien. Blücher drang bis vor die Tore Leipzigs. Der Ring um Leipzig zog sich immer enger zu.

⋆ ⋆ ⋆

„Vielleicht ist es vorbei", hoffte Charlotte. Der Geschützdonner war verhallt. Eine beängstigende Stille lag über der Stadt. Nur wenige Menschen wagten sich in die Kirchen.
Die Familie Speck hatte sich im Wohnzimmer der hübschen Stadtwohnung versammelt. Luise kümmerte sich um Carl, die Köchin hatte eine ordentliche, aber nicht zu üppige Mahlzeit hergerichtet und Charlotte las still in der Bibel. Nur Max wanderte ruhelos im Zimmer auf und ab. Er fürchtete, dass der Krieg nur den Atem anhielt, um dann mit noch größerer Macht zuzuschlagen.
Max erinnerte sich an seine Begeisterung für Paris, für Frankreich, für die bürgerlichen Freiheiten, die auch den Handel belebten. Doch nun sah alles anders aus. Napoleons Größenwahn

hatte fast ganz Europa in zahlreiche Kriege und Schlachten gestürzt. Aus dem frischen Wind der Freiheit war eine alles erstickende Fremdherrschaft geworden.

„Es ist besser, du verlässt das Haus in den nächsten Tagen nicht." Er blieb vor Charlotte stehen und blickte auf sie herab. „Es ist alles zu unsicher."

„Die Koalitionstruppen werden doch Leipzig nicht einnehmen." In ihrer Stimme klang Angst. „Ob sie uns etwas antun werden?"

„Nein! Dein Vater sagte, der Stadtrat hat sich entschieden, wie verfahren wird, falls … Das Wohl der Bürger geht vor. Ich habe einige Dinge in Sicherheit bringen lassen."

Charlotte presste die Hände ineinander. „Und du?"

„Ich werde morgen wieder an meine Arbeit gehen. Ein Krieg ist kein Grund, seine Pflichten zu vernachlässigen."

Charlotte kannte Max' Pflichtbewusstsein, das er häufig über sein eigenes Wohlergehen und seine eigene Sicherheit stellte.

„Es gibt so viele Verwundete in der Stadt. Ich sollte in einem Lazarett arbeiten. Es ist unsere Pflicht, uns um diese armen Menschen zu kümmern."

„Das ist gut gemeint, aber du darfst dich nicht in Gefahr begeben, schon um unserer Kinder wegen."

„Du hast eben von unserer Pflicht gesprochen. Ich werde auch dazu beitragen. Einige Stunden kann sich Luise um die Kinder kümmern, dann werde ich wieder zurück sein."

Max verließ am Montagmorgen das Haus, um seine Arbeit in der Beyerischen Wollhandlung anzutreten. Durch die Straßen rollten Wagen mit entsetzlich entstellten Verwundeten. Viele öffentliche Gebäude wurden kurzerhand zu Lazaretten umfunktioniert, doch sie waren hoffnungslos überfüllt. Viele Leipziger Einwohner kümmerten sich um die unzähligen Verletzten. Max war stolz darauf, dass Charlotte dieses Leid nicht gleichgültig war. Er kannte ihre zupackende Art. Mitgefühl allein reichte ihr nicht. Die Not, das Leid mussten gelindert werden. Die Wagen, die die Leichen in die entgegengesetzte Richtung brachten, zeugten davon, dass diese Schlacht weit mehr Opfer forderte, als man sich ausmalen konnte. Die Seuchengefahr war groß.

Charlotte gab Luise entsprechende Instruktionen, bevor sie das Haus verließ. „Falls die Stadt erstürmt werden sollte, bringen Sie die Kinder sofort ins Haus meines Vaters. Dort sind sie sicherer."

Luise nickte nur stumm und rang die Hände. „Mein Gott, Frau Speck, wollen Sie wirklich da hinaus?"

„Natürlich", erwiderte sie. „Uns geht es doch gut. Aber denen da draußen geht es ungemein schlechter. Das dürfen wir niemals vergessen."

Als sie aus der Haustür trat, prallte sie mit einem jungen Mann zusammen. „Albert, was machst du denn hier?"

Charlottes jüngster Bruder war blass und vom Lauf völlig außer Atem. „Charlotte, komm schnell, daheim …"

„Ist etwas mit Vater?"

„Nein, aber sie haben Hannes gebracht."

„Hannes?" Er war der jüngste Sohn von Graf Sievers und Tante Henriette und damit ihr Cousin. Wie alle Söhne der Sievers diente er beim Militär und kämpfte bei den Koalitionstruppen in der russischen Armee.

Sie rannten durch die vom Elend erfüllten Straßen. Nur aus den Augenwinkeln nahm Charlotte die blutgetränkten Decken und notdürftigen Verbände wahr, das Schreien, Stöhnen und Klagen der Verwundeten, das Chaos, den Schmutz und den Hunger. Kinder stritten sich um ein Paar Stiefel, die sie von einem Leichenwagen gestohlen hatten. Außer Atem gelangten sie am Hänelschen Haus an.

Hannes lag auf einem Notbett im Esszimmer. Tante Henriette schluchzte und fiel Charlotte um den Hals, als sie eintrat.

„Ein Bauchschuss. Der Arzt sagt, es sei hoffnungslos."

Entsetzt blickte Charlotte auf den Berg blutiger Laken auf dem Fußboden. Hannes war nicht bei Bewusstsein. Seine Haut war kalkweiß und glänzte von kaltem Schweiß. Sein Atem ging schnell. Charlotte griff nach seiner Hand. Das Einzige, was sie tun konnte, war Trost zu spenden.

Die Franzosen hielten Leipzig besetzt. Vor den Toren Leipzigs tobte indessen die Schlacht erbittert weiter. Kanonendonner drang bis in die Stadt hinein. Die sächsischen Truppen schlugen sich auf die Seite der Verbündeten. Der an Siege gewöhnte Napoleon hatte sich nur ungenügend auf einen Rückzug vorbereitet. Die Übermacht der verbündeten Streitkräfte war erdrückend. Eine einzige Straße in Richtung Weißenfels war noch frei, doch sie konnte die Menge der flüchtenden französischen Soldaten nicht fassen. Als die Verbündeten den Rückzug der Franzosen bemerkten, entschlossen sie sich zur Erstürmung Leipzigs.

Über die Hallesche und die Grimmaische Vorstadt und das Peterstor drangen die Truppen in die Stadt ein. Die Flüchtenden wurden im Stadtinneren zusammengedrängt. Panik kam auf. Da zerriss ein entsetzlicher Knall die von Pulverdampf und Leichengeruch geschwängerte Luft der Stadt. Die Elsterbrücke am Ranstädter Tor war gesprengt worden, der letzte Rückweg abgeschnitten. Die Verwirrung war gewaltig, das französische Heer gesprengt. Napoleon selbst gelang irgendwie die Flucht. Die größte Schlacht, die die Menschheit bis dahin gesehen hatte, war vorbei!

Während die Bevölkerung Leipzigs den Einzug der Monarchen von Preußen und Russland mit großem Jubel begrüßte, starb der junge Hannes von Sievers in Charlottes Armen. Er war nur einer von über einhunderttausend Toten und Verwundeten, die dieser Wahnsinn gefordert hatte.

* * *

Im besten Sonntagsstaat spazierten Max und Charlotte die Reichsstraße hinunter. Noch jetzt atmete sie die Geschäftigkeit und Wichtigkeit der ehemaligen Heerstraße, auch wenn sie nun endlich nur noch dem Waren- und Personenverkehr diente. Heute, am Sonntag, wurde sie von Spaziergängern bevölkert, die die warmen Sonnenstrahlen nutzten, um zu flanieren. Die Stadt hatte sich noch nicht ganz von den Folgen der großen Schlacht gegen die napoleonischen Truppen erholt. Zwar gab es im Inneren Leipzigs kaum Zerstörungen, die meisten Häuser waren im Umland der Schlacht zum Opfer gefallen, aber überall sah man Krüppel, ehemalige Soldaten, die um etwas Geld oder Brot bettelten. Die Versorgung der Bevölkerung war noch immer schlecht, die Lebensmittelpreise stark angestiegen.
Auch das Jahr 1815 fing ungewöhnlich an. Im Winter gab es Gewitter und Frühjahr und Frühsommer waren kühl und regnerisch. Die Felder konnten nur schwer bestellt werden, und es war abzusehen, dass die Ernte nicht üppig ausfallen würde.
Doch die Menschen strebten nach Normalität, gingen ihrem Tagwerk nach und genossen die kleinen Freuden des Alltags.
„Nun verrate mir doch, was für eine Überraschung du hast", drängte Charlotte. „Du bist so geheimnisvoll."
Max schmunzelte. „Ein Geheimnis ist es nicht, aber ich will dich damit überraschen."
Sie wurden ständig unterbrochen, um andere Spaziergänger zu grüßen. Specks waren sehr bekannt in Leipzig, und Max als Kompagnon von Heinrich Beyer hatte es nicht nur zu Wohlstand, sondern auch zu gesellschaftlichem Ansehen gebracht. An der Ecke, wo das schmale Schuhmachergässchen auf die Reichsstraße mündete, blieb er stehen. Verwundert blickte sich Charlotte um. „Und wo ist die Überraschung?"
Max deutete wortlos auf das Eckgebäude. Es war ein zweigeschossiges Haus, das sich bis in die Gasse hineinzog. Auf Straßenhöhe reihten sich mehrere Ladengeschäfte aneinander, eine

große Toreinfahrt ließ vermuten, dass sich im Hof noch Wirtschaftsgebäude befanden. Die Zierde des Hauses war jedoch der über zwei Etagen reichende Erker an der Ecke.

„Ja, und? Ich kenne das Haus. Gehört es nicht Kaufmann Benedix?"

„Gehörte", verbesserte er sie. „Ich habe es für uns gekauft."

Charlotte blieb der Mund offen stehen. „Wirklich? So ein großes Haus!"

„Es ist angemessen, schließlich wird unsere Wohnung langsam zu klein."

Im Jahr zuvor war der kleine Hermann geboren, sodass etwas mehr Raum tatsächlich notwendig wurde. Doch Max dachte in ganz anderen Dimensionen. Als bekannter Kaufmann unternahm er nicht nur viele Reisen, sondern lud auch Geschäftspartner und Freunde gern zu sich ein. Er wollte und musste repräsentieren. Nicht nur seine Gastlichkeit war gerühmt, auch seine erlesene Kunstsammlung, die er in seiner Wohnung ausgestellt hatte. Doch so viele Wände gab es gar nicht, um alle Bilder zu zeigen. Er hatte sich bereits wieder von einigen trennen müssen, sehr zu Charlottes Leidwesen.

Zudem hatten die anhaltenden Versorgungsprobleme Max zum Nachdenken gebracht. Immer öfter beschäftigte er sich nicht nur mit Wolle, mit der er handelte, sondern interessierte sich für die verschiedenen Schafrassen, ihre Zucht und Haltung, für die Landwirtschaft allgemein. Sicher waren die ackerbaulichen Erfolge in erster Linie vom Wetter abhängig. Wenn es derartige Kapriolen schlug wie in diesem Jahr, dann würde sich das auf die Erträge auswirken. Aber es musste noch andere Möglichkeiten geben, die Erträge zu steigern.

Er wurde aus seinen Gedanken gerissen, als Charlotte ihn am Arm zog. „Können wir es auch von innen besichtigen?"

„Aber sicher, meine Liebste. Ich bin schon ganz neugierig, wie es dir gefällt."

Während Max und Charlotte Speck ihr neues Domizil besichtigten, ereignete sich auf der anderen Seite der Welt eine Katastrophe, die Max' Theorien über den Haufen werfen würden.

* * *

Es gab keinen Sommer im Jahr 1816. Überhaupt war es ein beispielloses Jahr an Wetterunbilden. Nach einem Winter, der gar nicht enden wollte, schüttete der Himmel alles an Regen, Hagel und Sturm aus, was er nur hergeben konnte. Bäche und Flüsse traten über die Ufer, die Felder verwandelten sich in knietiefen Morast. Ochsen- und Pferdegespanne versanken nicht nur auf den Äckern, sondern auch auf Straßen und Wegen. Die Wintersaat fiel Nässe und Frost zum Opfer. Wo eine Frühjahrsaussaat gelungen war, reifte sie bis weit in den kalten Sommer hinein nicht. Es war in vielen Landstrichen Mitteleuropas eine Katastrophe für die Bauern und die Landbevölkerung, aber auch die Menschen in der Stadt litten Not. Immer mehr hungernde Menschen drängten in die Städte auf der Suche nach etwas Essbarem. Leipzig hatte sich noch immer nicht von den Folgen der großen Schlacht erholt. Es gab zu viele Kranke und Verwundete, Krüppel und Entwurzelte, die ihre Hand bittend nach einem Stück Brot ausstreckten.
Viele waren davon überzeugt, dass es eine himmlische Strafe sei, die über sie hereingebrochen sei. Nur wenige hatten in der Zeitung die kleine Notiz gelesen, dass im fernen Java ein Vulkan ausgebrochen sei, der wahrscheinlich viele Menschenleben gefordert hatte. Kaum jemand wusste, wo dieses Java lag. Die Menschen hatten andere Sorgen.
„Wir müssen ihnen helfen. Es ist unsere Christenpflicht."
Charlottes Gesicht wirkte sichtlich blass. Der Einkauf mit der Köchin war mehr als ernüchternd gewesen. Das Angebot war spärlich, die Qualität schlecht, die Preise astronomisch. „Etwas

Dinkel und Gerste habe ich erstehen können, aber die Erbsen sind schimmelig und die Kartoffeln verfault. Stell dir vor, der Wispel Roggen kostet dreiundachtzig Taler, der Scheffel mithin dreieinhalb Taler!" Empört zog sie an den Schleifenbändern ihres Hutes. „Von Möhren und Steckrüben ganz zu schweigen. Was soll ich nur meinen Kindern geben? Wovon ernähren sich denn die Kinder armer Leute?"

Sie blickte Max so herausfordernd an, dass er sich genötigt sah, seine Lektüre wegzulegen.

„Ich weiß."

„Was weißt du? Was sie essen?"

„Nein, wie schlimm es ist. Glaube nicht, dass es mir nicht nahegeht. Doch mit Almosen allein ist es nicht getan." Er tippte auf das Buch auf seinen Knien. „Man muss etwas an der Landwirtschaft ändern, an deren Methoden. So wie die Industrialisierung in der Tuchherstellung einen Fortschritt gebracht hat, so tiefgreifend müssen auch die Veränderungen in der Landwirtschaft sein. Dies hier ist das neueste Werk von Albrecht Daniel Thaer über die landwirtschaftliche Gewerbslehre. Ein kluger Mann. Bestimmte Fruchtfolgen auf den Feldern erschöpfen den Boden nicht so schnell, und der Einsatz anderer Rinderrassen könnte die Milchproduktion erhöhen. Man muss es einfach nur in der Praxis umsetzen."

Charlotte streifte ihren durchnässten Umhang ab und setzte sich neben ihn auf das Kanapee. Unter ihrem wollenen Kleid war zu ersehen, dass sie wieder schwanger war. „Mir scheint, du bist eher ein Bauer als ein Kaufmann."

„Vergiss nicht, meine Liebe, ich stamme aus einem Dorf. Ich weiß, wie mühsam es ist, dem Acker das Korn abzuringen."

„Wenn der Himmel aber etwas dagegen hat? Ist das nicht ungerecht?"

„Dieses schreckliche Wetter soll mit dem Vulkanausbruch auf Java in Verbindung stehen."

„Tatsächlich? Liegt dieses Java nicht auf der anderen Seite der Welt? Es ist schon erstaunlich, welche großen Zusammenhänge es gibt, die dem Auge des kleinen Menschen verborgen bleiben. Leider macht das die bedauernswerten Leute nicht satt. Wenn Luise die Kinder gefüttert und zu Bett gebracht hat, werde ich Dinkelschrot und Erbsen in die Armenküche bringen.“

⋆ ⋆ ⋆

„Ich halte es für besser, wenn du und die Kinder mit nach Wien kommen.“ Mit ernstem Gesicht stand Max mitten im Wohnzimmer. Seine Körperhaltung strahlte wieder die bekannte Unrast aus.

„Du weißt, dass ich dich gern begleite, aber ich werde hier gebraucht. Diese Hungersnot …“

„Eben. Ich weiß, dass es in Wien nicht ganz so schlimm ist. Du musst auch an unser Kind denken.“ Er tippte auf Charlottes Bauch. „Du bist so blass und dünn geworden.“

Charlotte versuchte ein Lächeln. Die Wahrheit aber war, sie fühlte sich kraftlos und krank. Die letzten Wochen, die allgegenwärtige Not der Menschen, hatten sie mitgenommen. Dazu kam die fortschreitende Schwangerschaft, die sie belastete. Gern hätte sie noch weiter bei der Linderung der Not geholfen, aber was Max sagte, war vernünftig. So ließ sie packen, für Max, für die Kinder, für sich, für Luise und einen Lohndiener, der sie auf der Reise begleiten würde. Sie war sich im Klaren darüber, dass diese Reise nicht ungefährlich war. Die Kutschen und Karossen für lange Fahrten waren wenig luxuriös, die Straßen nicht im besten Zustand. Vor allem nach der großen Befreiungsschlacht um Leipzig war vieles in Mitleidenschaft gezogen worden.

Mit der ihr eigenen Umsicht und ihrem Organisationstalent überwachte Charlotte das Packen. Luise verlor beinahe die Nerven und jammerte: „Die armen Würmchen, so eine lange Reise! Wer weiß, was uns in Wien erwartet. Vielleicht ist es dort noch schlimmer. Und wenn nun eines der Würmchen unterwegs krank wird? Immer dieser Regen, und Madame sind wieder guter Hoffnung. Das Gerüttel auf der Straße wird Ihnen bestimmt nicht guttun, Frau Speck. Und mir wird schlecht, wenn ich rückwärts fahren muss …“

„Nicht jammern, packen, Luise“, erwiderte Charlotte. „So schlimm wird es schon nicht werden. Wir können nicht hierbleiben, weil mein Mann länger in Wien zu tun hat. So lange will er uns nicht allein lassen, und ich möchte ihn nicht so lange missen. Und mehr zu essen gibt es dort auch. Die Geschäftspartner meines Mannes haben in ihrer letzten Post versichert, dass die Situation in Wien besser ist und sie uns auch helfen werden. Wir mieten eine große Wohnung an, die Platz für uns alle bietet. Noch Fragen?“

Brummelnd beugte sich Luise zu einem Reisekorb herunter und packte Wäsche ein. Was sollte sie noch dazu sagen?

Charlotte staunte nicht schlecht, als die zwei Kutschen in den Hof einfuhren.

„Was ist denn das? Solche Kutschen habe ich noch nie gesehen.“

Max schmunzelte. „Nein? Dann ist es heute eine Premiere. Es ist kein neues Modell, aber ich habe es abändern lassen. Schau, die Aufhängung der Kabine ist so verändert, dass sie die harten Stöße abfängt und nur noch sanft schaukelt.“

„Wer ist denn auf diese geniale Idee gekommen?“

Max antwortete nicht, doch das Blitzen in seinen Augen verriet, wer der Urheber war.

Die Reise nach Wien verlief beinahe problemlos, sogar das Wetter hatte ein Einsehen mit den Reisenden. Es gab einige warme, sonnige Tage, die das Vorwärtskommen erleichterten und beinahe zum Genuss werden ließen. Luises Jammern schmolz im Sonnenschein dahin, und sie zeigte dem sonst so in sich gekehrten Carl bemerkenswerte Sehenswürdigkeiten am Straßenrand, dort eine Kirche, da ein Dorf, eine kleine Stadt, ein Rasthaus mit einer Mühle dahinter. Hatte das Hochwasser eine Brücke weggerissen, mussten sie einen Umweg fahren. Einmal purzelten zwei Koffer vom Dach des Gefährtes, und der Inhalt verteilte sich über die schlammige Straße. Luise begann wieder mit dem großen Wehklagen und beschimpfte den wenig umsichtigen Lohndiener, der die Koffer nicht richtig verschlossen und befestigt hatte. Max musste einschreiten und schlichten, und Charlotte versprach Luise, die schmutzige Wäsche in Wien in eine Wäscherei zu geben. Damit konnte sie die Kinderfrau wieder besänftigen.

Max hatte Charlotte bereits viel von Wien erzählt, als er vor Jahren die Stadt besucht und viele Geschäftskontakte geknüpft hatte. Wien besaß eine sehr vorteilhafte zentrale Lage sowohl bezüglich der Handelsbeziehungen nach Süden – Italien, Frankreich und sogar Spanien als auch nach dem Osten – Ungarn, Böhmen, Russland und auf den Balkan. Die ständig wechselnden politischen Verhältnisse trugen nicht sehr zur Verbesserung des Handels bei, so wollte Max selbst vor Ort die Lage erkunden und mit seinem untrüglichen Gespür für gute Geschäfte eine Entscheidung treffen. Eine Niederlassung in Wien wäre ideal, um hier eine Wollsortierung einzurichten und die aus allen Himmelsrichtungen aufgekaufte Wolle zu konzentrieren. Zudem verfolgte er noch einen ganz besonderen Plan. Doch darüber wollte er noch nicht sprechen.

* * *

„Das ist also Wien!“ Charlotte stieg etwas steifbeinig aus der Kutsche und blickte sich um. „Wie hübsch!“

Ihre neue Wohnung befand sich in einem großen Haus mit fünf Stockwerken. Neugierig stieg sie die Treppe hinauf. Das Treppenhaus war gediegen gestaltet, mit schmiedeeisernem Treppengeländer und Stufen aus gewachstem Holz. Gemälde schmückten die Wände im Eingangsbereich bis zum ersten Stockwerk. Das Treppenhaus wurde durch Fenster mit bleigefassten bunten Butzenscheiben erhellt.

„Es sieht fast wie in einer Kirche aus." Charlotte war beeindruckt. Eine zweiflüglige Wohnungstür, mit filigranen Eisengittern, öffnete sich. Ein Dienstmädchen vollführte einen tiefen Knicks.

„Herzlich willkommen, gnädige Frau! Ich bin die Franzi. Ich hoffe, Sie werden mit mir zufrieden sein."

„Das hoffe ich auch." Charlotte ließ sich von Franzi durch die Wohnung führen. Alle Zimmer waren möbliert, nur Kinderbetten fehlten. Eine Wiege führten sie in ihrem Gepäck mit. Die war für das zu erwartende Kind gedacht. Die größeren Kinder würden gemeinsam in einem großen Bett schlafen müssen, das neben dem Schlafzimmer in einem kleineren Raum stand. Charlotte würde ein zweites Bett für Luise hineinstellen lassen.

„Können Sie kochen?"

Franzi starrte Charlotte an. „Gnädige Frau, ich bin ein Dienstmädchen, keine Köchin. Aber wenn Sie nach einer Köchin suchen ..."

„Im Augenblick nicht. Ich werde selbst kochen, bis ich eine geeignete Köchin gefunden habe."

Max blieb neben ihr stehen. „Das wird doch zu viel für dich. Ich werde meinen Geschäftsfreund fragen, ob er uns eine Köchin empfehlen kann. Ich selbst werde ohnehin selten zu den Mahlzeiten daheim sein."

„Und wenn du Geschäftsfreunde zum Essen einlädst?"

„Dann benötigen wir eine besonders gute Köchin." Er half weiter, das Gepäck in die Wohnung zu schaffen.

Luise schwitzte und war völlig außer Atem. „Warum hilft dieses Dienstmädchen nicht mit?", beschwerte sie sich bei Charlotte.

„Kochen kann sie nicht, tragen will sie nicht. Sind diese Frauen in Wien faul?“

„Das klären wir morgen“, entgegnete Charlotte. „Wir wollen unseren Aufenthalt in Wien nicht gleich mit einem Streit beginnen.“

Knurrend verzog sich Luise in das Kinderschlafzimmer und überwachte das Auspacken der Wäsche. Bei jedem Laken erklärte sie Franzi, wie sie dieses zu behandeln hätte, wie teuer es gewesen war und wofür es gebraucht wurde.

Franzi war sichtlich genervt. Eine Weile hörte sie sich Luises Belehrungen an, dann platzte ihr der Kragen.

„Schleich dich, alte Krot! I brauch niemand, der mich kommandiert.“

„Ich gehe davon aus, dass das ein Schimpfwort war“, gab Luise pikiert zurück. „Die Herrschaft wird das nicht dulden.“

„Ach Schmarrn! Sie werden sich dran gewöhnen. I mach dös net zum erstem Mal. Also?“ Sie starrte Luise herausfordernd an.

„Aber ich weiß, wie es die Herrschaften haben wollen. Ich bin schon seit fünf Jahren in ihrem Dienst.“

„Na und? Soll dös heißen, i hätt von nix keine Ahnung? I kann dös allemal besser als du sächsischer Trampel.“

„Man wird doch wohl mal was sagen dürfen! Und meine Herrschaften sind ebenso sächsisch wie ich. Also bitte keine Ressentiments.“

„Lass mi anglahnt, du alte Vettel“, fuhr Franzi auf.

„Vettel? Das ist doch die Höhe!“ Luises Gesicht lief puterrot an. Sie blies empört die Wangen auf. „Ich werde es der Herrschaft melden!“

„Untersteh dich, hearst, sonst könnt’s für dich brenzlig werden, für dich und deinen fetten Hintern, du damische Nock’n.“

Empört, beleidigt, den Tränen nah und das Herz voller Zorn rannte Luise aus dem Zimmer. Im Gang prallte sie mit Max zusammen.

„Nanu, Luise, so stürmisch?"
„Verzeihen Sie, Herr Speck, aber ... das .... ist zu viel!" Luise kämpfte mit den Tränen, schluckte und wischte sich mit dem Zipfel ihrer Schürze die Augenwinkel aus. „Sächsischer Trampel hat sie mich genannt, diese Wiener Dampfnudel! Verzeihen Sie, Herr Speck, aber ich bin so aufgeregt und empört."
„Das entschuldigt aber nicht, dass Sie das Fräulein Franzi ebenfalls beschimpfen. Sie dienen beide dem gleichen Dienstherren, nämlich mir und meiner Familie. Wir behandeln Sie beide gleich, egal ob Sächsin oder Österreicherin. Ich ersuche Sie, ebenfalls diese Haltung anzunehmen."
„Und die Franzi?"
„Ich werde mit ihr reden und bin sicher, dass sie sich ebenso verhalten wird."
Luise senkte den Blick, dann huschte sie fort.
„Wer's glaubt, dass diese Pomeranze Einsicht zeigt, ich nicht! Und reden werde ich mit der auch kein Wort mehr, ich versteh dieses seltsame Geschwafel ohnehin nicht. Sie ist nichts weiter als eine saublöder Trampel, wienerischer!"

* * *

Das Hämmern der Zimmerleute und Klopfen der Maurer drang bis in den Salon hinein, in dem Charlotte mit ihrem Ältesten Carl saß. Sie hatte die Fenster geschlossen, damit der Baulärm sie nicht störte. Max ließ vieles an dem Haus verändern. Es sollte ein großes Handelshaus werden, ganz auf die Bedürfnisse des Wollhandels abgestimmt. Es gab Lager, Kontore, im Hof Remisen, einen Stall für Pferde, Trockenböden, Ausstellungsflächen, denn zu den Messen war der Andrang in Specks Hof, wie Max sein Handelshaus nannte, besonders groß. Es reihte sich ein in die vielen anderen Höfe und Häuser der Leipziger Kaufleute, die seit jeher umtriebig Ansehen und Reichtum der Stadt ver-

mehrten – ihren eigenen natürlich auch. Max Speck konnte sich durchaus als wohlhabend bezeichnen. Das große Gebäude aus dem 15. Jahrhundert bildete einen angemessenen Rahmen für all die vielfältigen Tätigkeiten des Max Speck. Handelshaus und Kunstsammlung, Repräsentationsobjekt und gemütliches Heim. Charlotte hatte mit sicherer Hand die große Wohnung im ersten Geschoss in ein Heim verwandelt, in das sich Max nach einem arbeitsreichen Tag oder einer anstrengenden Reise zurückziehen konnte. Dieses Familienleben war nur ein Teil, allerdings ein wichtiger Teil, seines Lebens.
In Wien war ihre Tochter Anna geboren worden. Er bewunderte Charlotte für ihre Kraft, für ihr stetes Wirken für die Kinder, für ihre Mitmenschen, für alle, denen es nicht so gut ging wie ihr, aber auch für ihre Kunstsinnigkeit und Malerei. Sie kopierte Werke, die Max im Original erstanden hatte und die nun die zahlreichen Wände im Handelshaus schmückten. Doch sie waren nicht nur Schmuck, nicht nur Kapitalanlage. Sie beide beschäftigten sich mit der Kunst an sich und fanden Erfüllung in einer Harmonie, die aus Farben, Licht und Schatten bestand. Kunst war etwas Erhabenes und hob den Menschen aus dem Niveau der Mittelmäßigkeit heraus.
Charlotte stellte Carl ein kleines, holzgeschnitztes Schaukelpferd hin und tippte es an. Für einen Moment beobachtete der Sechsjährige das Spielzeug interessiert, um gleich darauf wieder abwesend auf einen Punkt zu starren. Das Schaukelpferd hatte für ihn seinen Reiz verloren. Charlotte seufzte leise. Carl bereitete ihr große Sorgen. Sie hatte ihn bereits von mehreren Ärzten untersuchen lassen. Es musste eine Krankheit des Gemütes sein, die Carl so still und in sich gekehrt sein ließ. Manchmal saß der Junge lange vor einem Bild und betrachtete es, als würde er sich im Geiste in der Welt des Bildes bewegen.
„Willst du zuschauen, wie ich male?“ Bereitwillig folgte Carl seiner Mutter in das Zimmer, in dem die Staffelei stand. Sein

Interesse schien wieder geweckt. Still setzte er sich auf einen Hocker und beobachtete Charlottes Hand, wie sie Strich um Strich auf ein Blatt Paper brachte. Bald formte sich das farbige Bild des Originals zu einem neuen Bild aus den filigranen Linien. Es war das gleiche Bild und doch ganz anders. Die Kunst besaß ihren ganz eigenen Geist. Manchmal konnte man in sie flüchten.
Währenddessen setzte Max seinen Entschluss, den er vor einiger Zeit gefasst hatte, in die Wirklichkeit um. Der Grund dafür war Heinrich Beyer. Schon länger hatte dieser mit dem Gedanken gespielt, das Geschäft aufzugeben. Er war alt und krank, die Arbeit zu mühsam geworden. Er wollte noch einige ruhige Jahre verleben. Er war zu Wohlstand gelangt, doch er konnte diesen Wohlstand kaum noch genießen. Max verstand seinen Freund und Geschäftspartner. Doch es gab ein Problem: Max war Teilhaber der Beyerischen Wollhandlung.
„Was steht dem im Wege, dass du dein eigenes Handelshaus gründest?“, fragte Heinrich Beyer Max, der ihm einen Krankenbesuch abstattete. „Wo du doch jetzt dafür ein stattliches Gebäude besitzt. Ich will meinen Handel sowieso liquidieren.“
Max blickte ihn nachdenklich an. „Wir sind nicht nur Geschäftspartner, sondern auch Freunde. Es kommt mir wie Verrat vor.“
Heinrich Beyer lachte zwischen zwei Hustenanfällen. Max stopfte ihm ein Kissen in den Rücken.
„Deine Haltung ehrt dich, mein Freund, aber du hast nicht nur Erfahrungen gesammelt, sondern auch große Erfolge errungen. Du kannst ganz gut auf eigenen Beinen stehen. Ich zahle dir deinen Anteil aus. Ich weiß, dass du damit verantwortungsbewusst umgehst. Also …“
Wortlos umarmte Max seinen alten Freund.
Schon in der Tür, drehte Max sich noch einmal um. „Ich verspreche es“, sagte er mit leiser, aber fester Stimme.
Es gab einen letzten Brief von Heinrich Beyer an seine Belegschaft, in dem er ihnen mitteilte, dass die Beyerische Wollhand-

lung aufgelöst wird. Es war ein harter Schnitt für die Leute. Manche arbeiteten schon seit vielen Jahren für die Kompanie.
Max verbrachte eine schlaflose Nacht. Er fühlte sich verantwortlich, für das Unternehmen, für die Leute, für die ganze Gesellschaft. Noch im Jahr zuvor hatte er die Niederlassung in Wien gegründet. Die Wollsortierung lief ausgezeichnet, sie warf einen guten Gewinn ab. Das zeigte ihm, dass er auch diesmal das Richtige getan hatte. Würde ihm der Geschäftserfolg auch in Zukunft sicher sein?
Er warf sich hin und her, starrte in die Dunkelheit. Die Umbauarbeiten im Gebäude waren noch nicht beendet, und doch konnte man ahnen, was für ein großes und bedeutsames Handelshaus es bereits war. Durch das Tor gingen Waren ein und aus, Händler, Kaufleute, Interessenten kamen und gingen. Der Hof im Inneren des Gebäudekomplexes war eine Welt für sich, und trotzdem mit der Welt draußen verbunden. Es war sein Handelshaus, sein Hof – Specks Hof.
Leise erhob er sich, zündete einen kleinen Leuchter an und zog sich den wattierten Morgenmantel über. Mit dem Leuchter in der Hand ging er durch die Zimmerflucht zu seinem Schreibtisch. Der Kerzenschein warf einen grotesken Schatten an die Wand. Mit einer Hand schob er einige Papiere beiseite und stellte vorsichtig den Leuchter ab. Er zog den gepolsterten Stuhl heran und setzte sich. Der Morgen war noch nicht angebrochen, doch Max war klar, dass dieser Morgen einen besonderen Tag bringen würde.
Er öffnete bedächtig das Tintenfass, nahm einen Federschreiber zur Hand und begann zu schreiben:

Leipzig, den 1. Mai 1818
Sehr geehrte Herren!
Sie werden aus dem gestrigen Umlauf-Schreiben der Herren Beyer & Comp. bemerkt haben, dass diese Firma von jetzt ab auf-

hört. Erlauben Sie mir, Ihnen durch Gegenwärtiges anzuzeigen, dass ich am heutigen Tage, unter meinem Namen und für meine alleinige Rechnung, ein neues Etablissement errichtet habe, welches sich ebenfalls nur auf den Woll-Handel beschränken wird. Genaue Kenntnisse dieses Geschäfts-Zweiges, welche ich mir durch eine anhaltende Tätigkeit im In- und Ausland erworben habe, verbunden mit angemessenen Fonds, lassen mich hoffen, dass mein Bestreben, durch Fleiss, Pünktlichkeit und Redlichkeit, des Zutrauens welches der vorigen Handlung zu Theil geworden, mich auch in meinem künftigen Wirkungskreise, würdig zu zeigen, nicht ohne Erfolg bleiben werde.
Von meiner Unterschrift ersuche ich Sie, Bemerkung zu machen, um nur dieser Glauben beizumessen, und empfehle mich der Fortdauer Ihrer freundschaftlichen Gesinnung mit der aufrichtigsten Hochachtung und Ergebenheit,
Maximilian Speck.

Sorgsam legte er den Federschreiber beiseite und überflog die Zeilen noch einmal. Dann atmete er tief durch. Das Handelshaus Speck war geboren!

* * *

Die Hallesche Straße war gut ausgebaut worden nach der Schlacht im Jahre 1813 und verband das sächsische Leipzig und seine vielen dörflichen Vororte mit dem nunmehr preußischen Gebiet Modelwitz, Schkeuditz, Klein-Liebenau und Altranstädt. Die Kutsche hätte schnell vorwärtskommen können.
Max lehnte sich müde in seinen Sitz. Es war nicht mehr weit bis Leipzig. Er freute sich auf zu Hause, auf Charlotte, auf die Kinder, sein Haus, etwas Erholung. Er konnte sich seine Unrast selbst nicht erklären, aber er war mit Leib und Seele Kaufmann, und ein Kaufmann musste reisen. Diesmal kehrte er aus Hol-

land zurück, wo er vielversprechende Geschäftsverhandlungen geführt hatte. Er hatte seine Wollhandlung um hochwertige niederländische Tuche und Feinwollen erweitert.
Die Kutsche hielt am Zollhaus in Lützschena. Reisen war immer noch mit vielen Hindernissen verbunden. Nachdem die französische Fremdherrschaft 1813 beendet worden war, versuchte Europa sich neu zu ordnen. Doch das deutsche Gebiet bestand noch immer aus Kaiserreich, Königreichen, Fürstentümern, Herzogtümern, Landgrafschaften und freien Städten. Und überall gab es Grenzen, Zollschranken, Hindernisse. Drei Jahre zuvor hatte sich der Allgemeine Deutsche Handels- und Gewerbeverein gegründet, der vom Bundestag im Jahr darauf wieder verboten worden war, weil er die Aufhebung der Zollgrenzen gefordert hatte.
Max stieg aus und vertrat sich die Beine. Sein Lohndiener würde sich um die Formalitäten kümmern. Jenseits der Straße bearbeitete ein Bauer sein Feld. Es war ein friedliches Bild, wie er hinter dem von zwei Ochsen gezogenen Pflug ging, als könne ihn nichts auf der Welt aus der Ruhe bringen. Auf einer Wiese schlug ein Knecht mit einem Hammer angespitzte Holzpfähle in den Boden. Fasziniert, beinahe verzaubert, ging Max weiter, einen schmalen Weg entlang, der hinunter in die Aue führte, wo sich mehrere Flüsse wie Adern durch das waldreiche Tal schlängelten. Es war sumpfiges Land, das häufig von Hochwasser heimgesucht wurde. Der Wald breitete bereits sein grünes Blätterdach aus, ein leichter Wind trieb einen Duft nach Gras, frischer Erde und Bärlauch hinauf zur Straße. Ein kleiner klobiger Kirchturm ohne Dach ragte aus dem Dunst. Ein Pferdewagen, hoch bepackt mit Bierfässern, rumpelte an ihm vorbei. Die beiden massigen Pferde schnauften, aus ihren Nüstern schossen Dampfwolken. Max trat näher an den Acker heran, nahm eine Handvoll der feuchten, dunklen Erde und hielt sie sich unter die Nase. Ein seltsames Glücksgefühl durchströmte ihn. Das war

etwas Handfestes, etwas Urtümliches, Bodenständiges. Hier lag der Ursprung des menschlichen Seins, der Bauer, der den Acker bewirtschaftete, der das Vieh hütete, Kühe molk und Eier einsammelte.
Auf der anderen Seite des Weges entdeckte Max dünne Stangen, die in den Himmel ragten – Hopfen! Wie von einer geheimen Kraft gezogen, ging Max weiter. Er näherte sich der kleinen Kirche im Auengrund. Erst als er davorstand, stellte er fest, dass es eine Ruine war, abgebrannt, offensichtlich vor sehr langer Zeit. Rechts dahinter war ein Mühlengut mit einem Walmdach zu erkennen, doch links lag ein hübsches Schlösschen mit einem Turm darauf. Es gehörte zu dem Rittergut, das hier schon seit mehreren Jahrhunderten existierte.
Er spazierte weiter, nahm all die Eindrücke mit offenen Sinnen auf. Es war ein wunderbares Stückchen Erde, das vergessen machte, dass sich hier noch vor wenigen Jahren große Tragödien abgespielt hatten, in der großen Befreiungsschlacht anno 1813 wie auch zuvor im Dreißigjährigen Krieg, als der Schwedenkönig Gustav Adolf vor den Toren Leipzigs stand. Und doch fühlte Max einen tiefen Frieden in sich.
„Wollen Sie zur Witwe Klengel? Die ist hinten im Garten."
Eine rotwangige Magd riss ihn aus seinen Gedanken. Sie stellte die beiden Eimer ab, die sie mit einem Joch über den Schultern getragen hatte und musterte ihn neugierig.
„Witwe Klengel?"
„Ja, die Gutsherrin. Die suchen Sie doch, oder?"
„Nun ja, ja, ich würde ihr gern meine Aufwartung machen."
Die Magd deutete mit ihrem kräftigen Arm hinter das Schloss. Jenseits des Wirtschaftshofes mit den Stallgebäuden lag ein mit sorgsam geschnittenen Buchshecken eingefriedeter Garten, zu dem ein mit Rosenranken überwucherter Rundbogen den Eingang bildete. Das eiserne Gittertor stand offen. Zögernd trat Max ein.

Eine Frau stand mit gebeugtem Rücken zwischen den ebenfalls mit Buchshecken eingefassten Gemüsebeeten. Sie trug ein dunkelblaues Kleid und darüber eine lange Schürze. Die ersten Pflanzungen waren schon vorgenommen worden.
„Frau Rittmeister von Klengel?"
Die Frau richtete sich auf und drehte sich zu ihm um. „Ja?"
„Entschuldigen Sie bitte mein Eindringen. Ein kleiner Spaziergang von der Zollstation führte mich hierher. Gestatten Sie, dass ich mich vorstelle: Max Speck, Kaufmann in Wolle aus Leipzig."
„Es freut mich, Herr Speck. Aber ich muss Sie enttäuschen. Unsere Herde ist nur sehr klein, und ich fürchte, auch dieses Jahr wird sie zu wenig Wolle erbringen."
Max hob abwehrend die Hände. „Oh, nein, das ist nicht der Grund meines Erscheinens. Es war der Zauber dieses Ortes, der mich hierher führte."
„Zauber?" Frau von Klengel lachte bitter auf. „Sie belieben zu scherzen! Es ist kein guter Ort. Dauernd Überschwemmungen, die vielen Mücken, die traurigen Zeiten. Die Soldaten haben das Gut geplündert. Vor vier Jahren starb mein Mann. Wir haben uns nicht davon erholt." Sie blickte Max traurig an. „Und werden es wohl auch nicht", fügte sie hinzu. „Ich bin alt und müde, die Schulden häufen sich."
Max schaute sie betroffen an. „Davon hatte ich keine Kenntnis, und es tut mir außerordentlich leid. Ich sah die Hopfenstangen und einen Wagen voller Bierfässer."
Sie deutete auf ein Gebäude neben dem Schloss. „Unsere Brauerei. Doch der Verkauf ist mühsam. Wir dürfen das Bier nicht in Leipzig verkaufen, der Rat hat keine Zustimmung erteilt." Sie wischte sich die Hände an ihrer Schürze ab. „Kommen Sie, gehen wir ein Stück spazieren."
Max folgte ihr schweigend. Sie verließen den Garten. Eine Brücke führte über die Weiße Elster, die Frühjahrshochwasser

führte. Noch gelangten sie trockenen Fußes darüber. Auf der anderen Seite wechselten sich große Wiesenflächen mit lichtem Waldgebiet ab. Auch einen kleinen barocken Lustgarten gab es, der sich allerdings in einem bedauernswerten Zustand befand. Offensichtlich war der Gärtner eingespart worden.

„Über achthundert Morgen Ackerland und siebentausendsechshundert Morgen Jagdrevier gehören zum Gut. Aber das alles muss bewirtschaftet werden. Ich bin dazu nicht mehr in der Lage.“ Es klang resigniert. „Die Ziegelei haben wir schon vor fast zwanzig Jahren verpachtet, aber der Pächter lässt alles verfallen. Wenn die Ernte in diesem Jahr wieder so schlecht ausfällt, wird uns wohl der Schrecken der Zwangsversteigerung ereilen.“

Sie hatten sich ein Stück vom Schloss entfernt. Die Frühlingssonne trocknete die Wiesen. In den Bäumen zwitscherten Vögel, zwischen den Stämmen blühten weiße Buschwindröschen. Max trat auf die angrenzende Wiese. Ein Schäfer, auf seinen Hirtenstab gestützt, hütete eine Herde Schafe. Der schwarze Hütehund hatte nicht viel zu tun.

„Beinahe vierhundert Jahre gehört das Gut meiner Familie“, fuhr Frau von Klengel fort. „Und es gab immer wieder schwere Zeiten. Im Krieg gegen die Schweden wurde mein Vorfahr Heinrich von Üchtritz von Cromwells Offizieren in die Sklaverei verkauft. Für achthundert Pfund Zucker!“ Sie schwieg und blickte über die Aue, als könne sie das ferne Land Westindien sehen, wohin ihr unglücklicher Urahne verschleppt worden war. „Mehr als einmal wurde unser Schloss geplündert und angezündet.“ Sie deutete hinüber zum Dorf. „Russen und Franzosen haben sich dort vor acht Jahren ein heftiges Gefecht geliefert. In der großen Schlacht haben die Alliierten französische Gefangene hierher gebracht und in die Scheunen eingesperrt. Es müssen so an die zweihundert gewesen sein.“ Sie schwieg wieder, während sie weiterschlenderten. Auch Max schwieg. Die Zeiten waren für alle schwer, wenngleich er selbst keinen Grund zum Klagen hatte. Der Handel erholte sich langsam wieder, seine Wiener Niederlassung warf einen guten Gewinn ab. Es war ihm auch in schlechten Zeiten relativ gut gegangen.

„Alles haben sie uns genommen", fuhr die Witwe Klengel fort. „Rinder, Schweine, Schafe, Hühner, Korn, Bier. Und natürlich die Pferde. Egal ob Franzosen, Russen, Österreicher, es war ja Krieg. Dazu die Missernten in den letzten Jahren. Und dann ... dann starb mein Mann." Ihr Kinn zitterte.

Max fühlte sich unbehaglich. Was sollte er ihr auch sagen? Wie man eine Landwirtschaft richtig führte? Gegen die politischen Verhältnisse konnte auch er nichts machen.

„Kommen Sie", forderte Frau von Klengel Max auf. „Ich lade Sie zu einem Krug Bier ein. Das ist alles, was ich Ihnen anbieten kann. Wie gesagt, es ist kein guter Ort."

Max dankte ihr mit einem Kopfnicken. Doch in einem musste er der Rittmeisterwitwe widersprechen: Für ihn war es der schönste Ort der Welt!

* * *

Der 22. Januar des Jahres 1822 war ein schwarzer Tag für die Rittmeisterwitwe Maximiliane Ernestine Sophie von Klengel – und ein Freudentag für Max Speck. Das Üchtritzer Rittergut Lützschena wurde zwangsversteigert. Mehr als einhunderttausend Taler bezahlte Max dafür, doch auch diesmal war er sich sicher, es würde sich lohnen. Endlich konnte er seinen großen Traum verwirklichen, eine eigene Landwirtschaft aufzubauen.

Max wartete das Frühjahr nicht ab, um auf sein neues Gut zu eilen. Im Gegenteil. Bis zum Frühjahr musste alles vorbereitet sein, und das mit der Max angeborenen Gründlichkeit. Schließlich wurde er nicht nur Grundbesitzer und Landwirt, sondern auch Patronats- und Gerichtsherr über die zum Gut gehörenden Bauern und das Gesinde sowie drei Dörfer. Zwar besaß er eine Liste des gesamten lebenden und toten Inventars des Rittergutes, doch er musste unter allen Umständen Ordnung in das Gutsleben bringen.

Charlotte freute sich für Max, auch wenn sie ihm im Augenblick nicht behilflich sein konnte. Sie ahnte, dass Max nun noch weniger Zeit für die Familie haben würde. Keine drei Monate zuvor hatte Charlotte ihr fünftes Kind zur Welt gebracht, Alexander. Trotz Luises aufopferungsvoller Hilfe hatte sie alle Hände voll zu tun.

Max hatte für seine Kinder einen Hauslehrer eingestellt, der sie in allen wichtigen Dingen unterrichten sollte. Lesen, Schreiben, Rechnen erachtete er für ebenso wichtig wie Religion, Kunst und technische Fragen. Bildung war wichtig, keiner wusste das besser als Max selbst.

„Ich werde neben dem Schloss einen schönen Park anlegen lassen, in dem du dich mit den Kindern erholen und erbauen kannst", versprach er ihr. „Es ist der schönste Ort, den ich kenne. Wiesen, Wälder, die sich schlängelnden Flüsse und eine wunderbare Aussicht."

„Ist es nicht eher so, dass dich Schafe und Äcker, Schweine und Bier entzücken?"

„Du kennst mich gut", erwiderte Max. „Aber vergiss bitte nicht, ich trage nicht nur Verantwortung für Acker und Vieh, für Schloss und Dörfer, sondern vor allem für die Menschen, die Bauern und das Gesinde. Es scheint manches im Argen zu liegen, sowohl mit dem Gut als auch mit den Leuten. Sogar die Kirche ist eine halbe Ruine, nur notdürftig geflickt für einen Gottesdienst. Kein Wunder, wenn die Leute mehr dem Alkohol zugetan sind als dem Wort Gottes."

„Wenn alles so im Argen liegt, dann wird es sicher im Gutsschloss ähnlich aussehen. Ich möchte so bald wie möglich ebenfalls dahin kommen."

„Die Wege sind schlammig, der Schnee schmilzt. Mit den Kindern wird es nicht möglich sein."
„Die Kinder sind schon ganz neugierig auf das Gut. Sie brauchen Luft und viel Bewegung. Besonders Carl. Vielleicht wird er dort wieder gesund." Ihr Gesicht hatte sich verdüstert. Carls Gemütskrankheit bereitete ihr Sorge.
„Du tust immer das Richtige", erwiderte Max. „Also lass uns beginnen."
Max stürzte sich mit Begeisterung und Eifer in die Arbeit. Er inspizierte Ställe und Scheunen, Äcker, Gerätschaften und Tiere. Charlotte inspizierte Schloss und Garten, Vorratsräume und Wäscheschränke, Möbel und Betten. Die Kinder tollten ausgelassen im alten Lustgarten herum und bereiteten Luise Magenkrämpfe.
„Wenn die Kinder ins Wasser fallen", klagte sie. „Sie sind wie kleine Wildfänge. Das liegt nur an diesem furchtbaren Gestank nach Bärlauch. Es gibt bestimmt ein Unglück!"
„Luise, die frische Luft und auch die Bewegung tun ihnen gut. Sie werden nicht ins Wasser fallen, weil ich sie ermahnt habe. Es gibt eine Brücke hinüber zum Garten. Solange die nicht vom Hochwasser weggespült wird, können sie hinübergehen."
„Gnädige Frau, die Kinder sind dieses freie Leben nicht gewöhnt und kennen die Gefahren der Natur nicht. Da gibt es giftige Pflanzen und wilde Tiere. Und überall Wasser, Wasser, Wasser!"
Max hakte Charlotte unter und zog sie mit sich. „Ich werde hier drüben einen Park anlegen. Ich finde den Auwald mit seinen vielen kleinen Flüsschen einfach reizvoll. Wenn wir hier eine Verbindung zwischen dem Elsterfluss und dem Hinterwasser herstellen, dann würde der Park wie auf einer Insel liegen. Ich stelle mir vor, der Park wird wie eine Miniatur des Auwaldes, mit kleinen Fließen, Brücken, Wiesen, Hainen, dazwischen Tempel, eine Aussichtsplattform, von der man über die Aue blicken

kann.“ Er zeichnete seine Visionen mit den Armen in die Luft.
„Du meinst, du willst den Barockgarten nicht wiederaufbauen?“
Er schüttelte den Kopf. „Nein, es soll ein Landschaftspark werden, wie ich ihn in England gesehen habe. Natur nur sanft gezähmt, nicht perfekt gestutzt. Natur ist Kunst, und Kunst wird zur Natur. Es muss eine harmonische Einheit bilden, beides gehört zusammen und bedingt sich. Und dort drüben werden die Electoralschafe weiden. Die ersten Zuchttiere kommen im nächsten Monat.“
Charlotte lächelte sanft. „Nimmst du dir nicht zu viel vor? Einen Park anlegen, das Gut wieder in Ordnung bringen, Schafe züchten und dich um den Wollhandel kümmern. Wie willst du das alles schaffen?“
„Ich weiß, ich möchte am liebsten alles auf einmal tun, und nun kann ich es kaum erwarten. Ich habe viel über die Landwirtschaft gelesen, jetzt werde ich es in die Tat umsetzen.“ Sie hatten ihren Rundgang beendet. Max ging jedoch nicht zurück zum Schloss, wo Luise versuchte, die ausgelassenen Kinder unter ihre Fittiche zu bekommen. Lediglich der kleine Alexander lag schlafend im Bollerwagen.
„Schau, wie fröhlich Carl ist“, flüsterte Charlotte. „Für die Kinder ist es ein Segen.“
„Um den Segen müssen wir uns auch kümmern.“ Er führte Charlotte zur Kirche, die einen traurigen Anblick bot. „Ich werde sie wenigstens im Innern renovieren lassen, damit Bauern und Gesinde wieder zum Gottesdienst gehen können. Aber da wird wohl noch viel Erziehungsarbeit vonnöten sein.“
Charlotte lachte auf. „Willst du jetzt auch Schulmeister werden?“
„Sicher! Die Bauern müssen angeleitet werden, wie sie richtig ihre Äcker bestellen. Ich benötige tüchtige Schafzüchter, Schafscherer, Landwirte und einen neuen Bierbrauer. Der Hopfen ist

gut, nur die Rezeptur taugt nichts. Wenn ich das Bier in Leipzig anbieten will, dann muss es den Ratsherren schmecken."
„Aber das Bier darf nicht nach Leipzig eingeführt werden. Wie willst du die Ratsherren dazu bringen, das Bier zu trinken?"
Max lächelte verschmitzt. „Wenn der Prophet nicht zum Berg kommt, muss der Berg eben zum Propheten kommen."

* * *

Die Zeit flog dahin. Was sich in den drei Jahren getan hatte, seit Max Speck das Rittergut erworben hatte, glich beinahe einem Wunder. Doch sowohl Max als auch Charlotte wussten, dass es kein Wunder war, sondern das Ergebnis unermüdlicher Arbeit.
„Ab sofort wird kein Acker mehr brach gelassen."
Max blickte in ungläubige, skeptische und ablehnende Gesichter der Bauern und Knechte.
„Mit Verlaub, Herr Speck, aber das ist unmöglich", wagte einer der Bauern zu widersprechen. „Damit wird in wenigen Jahren die Krume erschöpft sein. Seit Jahrhunderten wissen die Bauern, dass sich der Acker erholen muss. Sie sind kein Bauer, sondern Kaufmann. Wir leben seit unserer Geburt auf der Scholle."
„Ich stelle Ihre Erfahrungen in der Landwirtschaft nicht in Abrede", entgegnete Max. Der Widerstand der Bauern schreckte ihn nicht, ja, er hatte ihn erwartet. Bauern konnten ziemlich stur sein. „Doch wer nicht offen ist für Neues, der wird den Anschluss verlieren. Sie benutzen ja auch nicht mehr den Holzpflug der Wenden, sondern den eisernen Pflug."
„Das ist ja auch etwas anderes! Es ist technischer Fortschritt. Aber Weizen bleibt Weizen, und Boden bleibt Boden."
Max hob die Hände. „Genau das ist ein Irrtum. Zum einen gibt es beim Getreide neue Sorten. Zuerst wäre zu untersuchen, welche Sorten auf unserem Aueboden die besten Erträge bringen. So werden wir verschiedene Sorten anbauen und ihre Keimung,

den Wuchs und die Ernte vergleichen. Zum anderen ist es wichtig, den Boden zu düngen. Mist und Jauche verlieren an Qualität, wenn sie zu lange gelagert werden. Mist muss frisch auf die Felder verbracht werden.
Raps entnimmt dem Boden zu viele Nährstoffe und bringt zu wenig Stroh für das Vieh. Zudem kann man nach Raps keinen Hopfen setzen, weil er kümmert. Also werden wir den Raps ganz stark reduzieren und nur so viel anbauen, wie wir zur Ölgewinnung benötigen. Wir bauen mindestens zwanzig Äcker mit Kartoffeln an. Diese Äcker müssen im Herbst und Winter stark gedüngt werden. Zudem Gerste, Roggen mit halber Düngergabe auf den Äckern, Hafer sowie Rüben, Erbsen und Kohl. Auf den Außenschlägen wird Luzerne und Hopfen angebaut, kleinere Schläge mit Hirse und Tischkartoffeln. Die Obstplantagen werden mit Schafen beweidet, um den Unterwuchs kurzzuhalten."
„Und wie lange soll das gut gehen ohne Brachen? In drei Jahren sind die Äcker erschöpft und bringen keinen Ertrag. Gehungert haben wir schon genug!"
„Jawohl! Ich habe mein Weib und drei meiner Kinder am Hunger verloren. Wir sind schon dem Wetter ausgesetzt, da wollen wir uns nicht von einem Kaufmann dreinreden lassen."
Max atmete tief durch. „Ich werde keinem Bauern dreinreden, sondern ich werde alle Bauern mit den neuesten Erkenntnissen schulen. Kluge Köpfe haben geforscht und experimentiert und Bücher darüber geschrieben. Das, was ich vermitteln will, hat sich bereits bewährt. Es ist einfach an der Zeit, diese Erkenntnisse hinaus ins Land zu tragen und Bauern, Viehzüchter, Bierbrauer und Milchwirtschafter zu schulen."
„Wie soll das gehen ohne Brachen?"
„Das Zauberwort heißt Fruchtfolge", verschaffte sich Max Gehör. „Ich erwarte, dass alle Bauern, Pächter und Ackerknechte sich an meine Anweisungen halten. Ich bin Gutsherr und damit

auch für alle verantwortlich. Wenn nur einer von euch unverschuldet in Not gerät, so stehe ich mit meinen eigenen Mitteln dafür ein."
Er blickte in die Runde der gebräunten, zerfurchten Gesichter.
„So wahr ich Max Speck heiße und hier stehe, so übernehme ich die Verantwortung für mein Tun. Mit einer besseren Einsicht in den Feldbau, einer verbesserten Viehzucht, einer Steigerung der Erträge vermehren wir auch den Wohlstand aller Familien. Niemand muss hungern oder darben. Und wir müssen diese Kenntnisse weitergeben, unseren Kindern und Enkeln vermitteln, damit auch ihr Lebensglück gefördert wird."
Es war totenstill.
„Ich habe mir die bisherige Bewirtschaftung genau angesehen und viele Fehler festgestellt. Die Brach- und Sturzfurchen werden viel zu flach gewendet und geeggt. Das Saatgut wird viel zu spät bestellt. Das Stroh für die Einstreu der Schafe wird verschwendet, im Sommer bei der Grünfütterung war es alle, und es gab keinen guten Dünger mehr. Die Mist- und Komposthaufen wurden äußerst mangelhaft angelegt und vernachlässigt. Die Jauche aus den Ställen wird nicht täglich abgefahren. Abgesehen vom unsäglichen Gestank geht damit wertvoller Dünger verloren. Die Kleefelder für Sommerstallfütterung der Schafe wurden nicht eingeteilt, dafür wird das Grünfutter an das Rindvieh verschwendet. Wenn neue Wiesen angelegt werden, wurde bislang eine Grasaussaat unterlassen. Die Wiesen trugen erst nach zwei bis drei Jahren Gras. Zudem besteht die Gefahr, dass diese lose Grasnarbe bei Hochwasser gleich wieder weggespült wird. Außerdem findet man auf den Wiesen zunehmend Gebüsch und Maulwurfshaufen. Auf den Häckselmaschinen wird versäumt, das Futter zu schneiden, sodass ein Teil in den Mist getreten wird. Die Lage der Felder wird bei der Fruchtwahl nicht berücksichtigt, die Fruchtfolge fehlerhaft gewählt und damit die Ernte geschmälert. Soll ich fortfahren?"

Die Bauern blickten betreten zu Boden und drehten verlegen ihre Mützen in den Händen.
„Ich beabsichtige, wertvolle Rassetiere auf dem Gut zu züchten. Die ersten Electoralschafe sind ja schon eingetroffen. Für die Schäfer und Zuchtmeister werde ich gesonderte Unterweisungen vornehmen." Er ließ seinen Blick wieder über die Runde schweifen. Niemand wagte zu widersprechen.
„Es gibt einige nasse Felder, auf denen die Erbsen schlecht gedeihen. Dort werden schwarze Wicken ausgesät. Die liefern eine große Masse an Futter. Und für die Gerste erwarte ich besondere Anstrengungen. Ich weiß, der Boden hier eignet sich nicht besonders für den Anbau, aber abgesehen vom Gerstenstroh für Pferde und Rinder werden wir unsere Gerste für das Bier verwenden. Es muss ein besonders gutes Bier gebraut werden, das auch die Stadträte überzeugt. Ich werde sie hierher einladen und mit dem Bier beköstigen. Werden doch mal sehen, ob sie sich dann immer noch weigern, das Bier in Leipzig verkaufen zu lassen."

* * *

Plötzlich wehte ein anderer Wind über Lützschenas Felder und durch die Ställe. Jeder im Ort und auf dem Gut spürte es.
Maria duckte sich hinter die halbhohe Abgrenzung im Schafstall, so dass der Schäfer und seine Knechte sie nicht entdecken konnten. Hinter ihr kauerte die achtjährige Anna. Der Stall war großräumig und sauber, hell und gut belüftet. Hier befanden sich die wertvollen Electoralschafe mit ihrer weichen und feinen Wolle. Die Herde hatte sich in den zwei Jahren, seit sie auf dem Rittergut existierte, stark vergrößert. Viele Lämmer waren geboren worden, sehr zum Entzücken der beiden Mädchen, die nicht müde wurden, dem lustigen Treiben der Jungtiere zuzuschauen. Die Lämmer wurden groß und bekamen im

Folgejahr selbst wieder Lämmer. Max Speck war stolz auf seine Zuchterfolge und achtete streng darauf, dass die Tiere nicht nur gut versorgt und untergebracht, sondern auch sorgsam gehütet wurden. Der Schäfer durfte nicht vor zehn Uhr die Herde austreiben, bis Tau und Nebel verschwunden und der Klee trocken war. Um vier Uhr nachmittags wurden die Tiere wieder eingetrieben. Im Stall befanden sich Raufen für die Winterfütterung, die so konstruiert waren, dass die Tiere ihr Fell nicht verunreinigten. In der Mitte des Stalles hing ein Gestell an Ketten, das die Salzlecksteine enthielt. Max hatte auch hier eine Neuerung eingeführt. Da reines Salz den Tieren oftmals schadete, hatte er eine Mischung aus Salz, Lehm und Kleie in Laibe ähnlich dem Brot verbacken lassen.
Selbst die Schur erfolgte außerordentlich sorgsam, und die Kinder waren gern dabei, wenn die Schafe vorher zum Waschen in den Fluss getrieben wurden.
Den Schafen ging es wirklich gut. Es waren prachtvolle Tiere. Die Widder trugen gewaltige gebogene Hörner, die den Kindern ordentlich Respekt einflößten.
Im August gab es ein besonderes Spektakel, dem die Kinder aber nur heimlich beiwohnten. Dann wurden die stolzen Zuchtböcke zu den Schafen gelassen. Der Sinn dessen, was dann geschah, entzog sich den Kindern. Sie wussten nur, dass es ihnen strengstens verboten war, Augenzeuge des seltsamen Treibens zu sein. Natürlich hielten sie sich nicht an das Verbot. Hermann fühlte sich zwar ziemlich unbehaglich dabei, aber er konnte sich gegen die beiden Mädchen nicht durchsetzen, und bei den Eltern verpetzen wollte er sie auch nicht. So hockten sie zu dritt im Versteck auf dem Futterboden und beobachteten durch die Lüftungsöffnungen, wie die Böcke hinter den Schafen herrannten, auf sie draufsprangen und seltsame Bewegungen machten.
„Ob der Bock dem Schaf weh tut?“, fragte Anna ängstlich.
„Das sieht nicht danach aus“, erwiderte Maria, die Ältere. „Du

siehst doch, es macht ihnen Spaß. Sie spielen miteinander Reiten."

Luise hatte sie dann doch erwischt, weil einer der Schäfergehilfen sie verraten hatte. Es gab ein fürchterliches Donnerwetter, sie erhielten Stubenarrest, und im nächsten Jahr mussten sie im August und September in Leipzig im Stadthaus bleiben.

Doch nun hatten sie ein neues Geheimnis entdeckt, mitten im Februar. Draußen lag Schnee, die Herde wurde nur zwei Stunden am Tag ausgetrieben, um sich zu bewegen und keine geschwollenen Gelenke oder weiche Hufe zu bekommen. Diesmal wurden die Jungböcke ausgesondert und in ein Geviert zusammengesperrt. Zunächst vermutete Anna, dass sie noch einmal geschoren würden, doch Maria schüttelte den Kopf.

„Jetzt doch nicht mehr", belehrte sie ihre jüngere Schwester. „Schafe werden immer im Sommer geschoren, damit dann das Fell wieder wachsen kann bis zum Winter."

„Aber was machen die denn mit den Böcken?" Anna presste sich die Nase am Lüftungsloch platt.

„Lass mich doch mal schauen, sonst kann ich es dir nicht erklären." Maria schubste Anna beiseite und lugte selbst durch das Loch.

„Bestimmt schlachten sie die armen Schafe", klagte Anna. „Ich mag das nicht sehen."

„Unsinn! Geschlachtet wird nur im November und dann drüben im Schlachthaus, wo gleich die Wurst gemacht wird. Nein, nein, die machen eine Hammelung."

„Was ist eine Hammelung?", wollte Anna wissen.

„Weiß ich auch nicht so genau", erwiderte Maria flüsternd.

„Und woher weißt du dann, dass es eine Hammelung gibt?"

„Weil es der Schäfergehilfe gestern in der Küche gesagt hat. Die Magd meinte, die armen Böcke werden jetzt ihres Vergnügens beraubt, aber sie werden es überleben. Also werden sie nicht geschlachtet."

„Aber was ist denn dann eine Hammelung?“ Anna versuchte, sich am Lüftungsloch hochzuziehen, um selbst zu schauen. „Lass mich doch mal, du schiebst mich ja weg!“
Sie stritten sich so laut, dass es Hermann nicht verborgen blieb.
„Ach, hier steckt ihr.“ Er kletterte die steile Leiter auf den Futterboden hinauf. „Ihr wisst doch, dass es verboten ist.“
„Nur beim Schafe-Reiten“, gab Maria spitz zurück. „Die Hammelung ist uns nicht verboten.“
„Ist sie doch“, widersprach Hermann.
„Und warum?“
„Weil es unzüchtig ist.“
„Was ist unzüchtig?“
„Die Hammelung.“
„Weißt du denn, was die Hammelung ist?“
„Klar!“ Hermann verschränkte die Arme über der Brust. „Und nun kommt, es gibt Schmalzbrot in der Küche.“
„Erst sagst du, was eine Hammelung ist.“
Hermann seufzte. „Ich will nicht wieder wegen euch Stubenarrest bekommen. Also, bei der Hammelung werden aus den Böcken Hammel gemacht.“
„Aha!“ Maria nickte ernst. „Und wie wird das gemacht?“
„Indem den Böcken was abgeschnitten wird.“
„Was abgeschnitten? Fell? Oder ein Ohr?“ Maria presste wieder das Gesicht ins Lüftungsloch. „Oh, die ziehen da was raus und drehen es so … Bei Gott, das blutet ja!“
„Natürlich blutet das, und es tut ihnen auch schrecklich weh. Die Gehilfen müssen die Wunden jeden Tag auswaschen. Und nun kommt endlich.“
Sichtlich blass und erschüttert kletterte Maria hinter Hermann die Leiter herab. Nur Anna protestierte, weil sie nichts gesehen hatte. „Ich will sehen, wie es blutet!“
„Das ist nichts für dich“, würgte Maria hervor. „Ich glaube, ich mag jetzt kein Schmalzbrot essen.“

Mit Hermann zusammen eilte sie zum Schloss. Vielleicht hatte Luise ihr Fehlen nicht bemerkt, weil sie sich mit dem kleinen Alexander beschäftigte. Dass Anna zurückblieb, bemerkten sie nicht. Charlotte saß mit Carl an der Staffelei. Carl sprach nur selten, interessierte sich kaum für seine Umwelt und nahm auch nicht mehr am Unterricht des Hauslehrers teil. Nur wenn er malen konnte, fühlte er sich glücklich. So saß er häufig neben Charlotte, mit einem Bogen Papier, einem Stift und war völlig in sein Werk versunken. Luise brachte Alexander herein. Der stellte sich auf die Zehenspitzen, um Carls Bild sehen zu können.
„Wo sind die anderen Kinder?“, wollte Charlotte wissen.
„Hier sind wir!“ Maria und Hermann traten in den kleinen Salon, mit von der Kälte geröteten Wangen und Nasen. „Wir waren im Garten.“
Charlotte blickte Maria skeptisch an, dann zupfte sie ihr einen Heuhalm aus dem Haar. „Seit wann gibt es im Garten Heu? Da liegt derzeit nur Schnee.“
Marias Gesicht lief puterrot an, doch sie kam nicht dazu, ihre Verfehlung zu beichten. Laut weinend kam Anna ins Zimmer gerannt, Schnee an den Schuhen, ohne Mütze und den Mantel offen. Sie weinte so herzzerreißend, dass Charlotte erschrocken aufsprang.
„Ist dir etwas passiert? Bist du gestürzt?“
„Bist du in den Fluss gefallen?“ Luises Urangst vor den Flüssen ließ ihre Stimme überschlagen.
„N… n… nein“, schluchzte Anna. „Ich … ich … will nicht, dass … den armen Schafen … die Augen herausgerissen werden.“
„Was erzählst du da? Niemand reißt den …“ Sie stockte, als Luise lautstark nach Luft schnappte. „Wart ihr etwa hinterm Schafstall?“
Maria und Hermann senkten schuldbewusst die Köpfe und blickten auf ihre Schuhspitzen, während Anna sich schnüffelnd mit dem Ärmel die Nase abwischte.

„Ich habe es genau gesehen. Da lagen die ganzen Augen im Schnee, und alles war voller Blut. Hier, ich habe sogar ein Auge mitgebracht.“ Sie öffnete ihre Mütze, die sie die ganze Zeit in der Hand hinter dem Rücken verborgen gehalten hatte. Alle starrten hinein.
Luise schlug entsetzt die Hände über dem Kopf zusammen. „Herr im Himmel, diese Kinder! Nun haben sie es gesehen!“
Maria presste sich vor Ekel die Hand vor den Mund.
„Oh je!“ Charlotte nahm die Mütze samt dem Corpus Delicti an sich. „Das ist kein Auge, Anna. Das ist ein Testikel. Die Böcke brauchen das nicht mehr, deshalb wird es ihnen entfernt.“
„Können sie dann wieder sehen?“, fragte Anna zaghaft.
„Ganz sicher“, beruhigte Charlotte sie. „Und nun geht alle in eure Zimmer zum Spielen und vergesst das alles.“
„So geschieht es bösen Kindern, wenn sie nicht folgen und Verbotenes tun. Dafür werden sie dann bestraft.“ Zwischen Luises Augenbrauen bildete sich eine steile Zornesfalte. „Und ich werde auch bestraft, weil ich nicht genügend auf euch aufgepasst habe.“
Alle wussten, dass Max Speck ein gerechter, aber auch strenger Vater und Dienstherr war.
Schuldbewusst tastete Anna nach Luises Hand. „Nicht traurig sein, Luise. Ich werde Papa sagen, dass er nicht böse mit dir sein soll und auch mit dir keine Hammelung machen darf, damit du immer gut sehen und auf uns Achtgeben kannst.“

* * *

Max ließ nichts unversucht, die werten Ratsherren der Stadt Leipzig nach Lützschena auf sein Rittergut einzuladen. Dabei beherrschte ihn ein Hintergedanke. Vor einiger Zeit hatte er einen Brief an den Leipziger Rat geschrieben:
„Eure Magnifizenzen haben bisher immer die Güte gehabt, den benachbarten Rittergütern die Einführung der dort gebrauten

Biere nach Leipzig zu gestatten, und da sich nun auf dem mir gehörigen Rittergut Lützschena die Brauerei wieder in gutem Zustand befindet und auf meinem Grund ein gutes und gesundes Einfach- und Doppelbier gebraut wird, so hoffe ich als Leipziger Bürger, dass mir ebenfalls die Einführung des Biers nach Leipzig unter den gegebenen Vergünstigungen gestattet wird.
Mit vorzüglicher Hochachtung
Max Speck."

Im Frühjahr meldeten einige Ratsherren, darunter der Deputierte für den Burgkeller, das älteste Schankhaus Leipzigs, Christian Traugott Koch, ihren Besuch auf Gut Lützschena an.

Charlotte hatte längst mit sicherer Hand das kleine Ritterschlösschen in ein wohnliches und repräsentatives Heim verwandelt. Viele Gemälde aus dem Stadthaus hatten hier ihren Platz gefunden. Max führte die kleine Delegation durch das Schloss, über Gärten und Felder. Obwohl es noch kalt und ungemütlich war, kamen die ehrenwerten Herren ordentlich ins Schwitzen. Noch nie hatten sie eine solch vorbildlich geführte Landwirtschaft gesehen. Auch das Brauhaus beeindruckte sie. Max hatte es nach den neuesten Erkenntnissen ausstatten lassen.

Im Brauhaus stand eine lange Tafel mit gläsernen Krügen.

„Ich lade Sie zu einer kleinen Verkostung ein, meine Herren. Ich denke, nach dem Fußmarsch tut eine Erfrischung gut."

Keiner der Honoratioren wollte widersprechen.

„Hm, ganz angenehm." Koch leckte sich den Schaum von den Lippen. „Trotzdem, mein lieber Speck, als Stadtrat sind wir natürlich bestrebt, nur die besten Biere in Leipzig ausschenken zu lassen. Das Klengelsche Bier hatte uns damals nicht überzeugt."

„Wohl zu Recht", erwiderte Max. „Inzwischen ist allerhand verändert worden. Nicht nur den Braumeister habe ich ausgewechselt. Was hier im Brauhaus investiert wurde, davon können Sie sich mit eigenen Augen überzeugen. Aber das ist es nicht allein.

Zu einem erstklassigen Bier gehören auch erstklassige Zutaten. Den Hopfen bauen wir auf unseren eigenen Feldern an. Er ist von milder Würze und von gutem Ertrag. Doch auch das allein macht noch kein gutes Bier aus. Die Grundstoffe müssen richtig behandelt werden.“

„Süß, würzig, kühl, fürwahr, Speck, Sie scheinen ein glückliches Händchen zu haben. Trotzdem ...“ Koch schenkte sich selbst einen zweiten Krug ein. „Schicken Sie einige Proben in den Burgkeller. Dort wird es untersucht. Sie bekommen Bescheid.“

Wenig später erstellte Christian Traugott Koch ein Gutachten der Speck'schen Bierproben für den Leipziger Rat, und der Leipziger Rat erteilte die Genehmigung, das Einfach- und Doppelbier vom Rittergut Lützschena in Leipzig verkaufen zu dürfen.

Max' Hoffnung hatte sich erfüllt.

* * *

Bei all den Anstrengungen, die Landwirtschaft auf dem Gut nach neuesten Erkenntnissen umzugestalten, aber auch die Handelsgeschäfte auszubauen, neue Produkte wie Hasenfelle, Schweineborsten, Talg und Kupfer aus Russland einzuführen und somit das Speck'sche Handelshaus zu weiterem Ansehen zu bringen, beschäftigte Max sich ebenso mit Musik, Kunst und der Gestaltung des Parks.

Zwischen dem Elsterfluss und dessen Nebenarm, der von den Anwohnern Hundewasser genannt wurde, erstreckte sich eine wundersame kleine Landschaft, Natur und Kunstwerk zugleich. Dem feuchten Auwald nachempfunden, reihten sich Haine, freie Wiesenflächen, wassergefüllte Lehmkuhlen und künstliche Fließe aneinander. Geschwungene Brücken führten hinüber, Statuen, Tempelchen und Vergnügungsbauten wirkten wie zufällig über den Park verstreut, doch nichts hatte Max dem

Zufall überlassen. Knorrige Eichen ragten über den Park hinaus, lauschige Plätze boten einen traumhaften Ausblick in die Aue. Auf einer Anhöhe hatte Max einen kleinen Ehrentempel für herausragende Persönlichkeiten der fortschrittlichen Landwirtschaft errichten lassen. Im Inneren waren ihre Namen im kuppelförmigen Dachgewölbe verewigt. Bei Regen bot er ganz profan Unterschlupf.

Auf den Fließen konnte die ganze Familie mit dem Kahn gondeln. Da die einzelnen Teiche miteinander verbunden waren, wurden die Kahnpartien zu sehenswerten Rundfahrten durch Kunst und Natur. Charlotte und die Kinder liebten diese Gondelfahrten, während Luise jedes Mal beinahe vor Angst starb. Wasser war und blieb ihr suspekt, und ihre größte Angst war, dass eines der Kinder hineinfiel.

Doch es gab noch mehr Lustbarkeiten im Park, die die Familie gern in Anspruch nahm. Auf einer kleinen Insel im Fluss gab es eine Badestelle mit hölzernem Häuschen im gotischen Stil, steinerne Stufen führten ins Wasser. Im Inneren befand sich eine Büste des griechischen Gottes der Heilkunde Äskulap. Bunte Fenster verzauberten das Licht.

Eine hölzerne Wendeltreppe wand sich um eine hohe Eiche. Wer sie erklomm, dem bot sich ein weiter Ausblick, zur Linken zum Herrenhaus mit dem erweiterten Garten und dem gläsernen Gewächshaus, zur Rechten hinaus in die Aue. Ein Stück weiter bot eine hölzerne Plattform mit Überdachung einen angenehmen Ruhesitz. Hier verweilte Charlotte oft und gern mit den Kindern. Manchmal nahmen sie Speisen und Erfrischungen mit, veranstalteten ein lustiges Picknick oder studierten Werden und Vergehen der Natur im Laufe der Jahreszeiten. Lachend schaukelten die Mädchen an einem starken Eichenast. Die Seile der Schaukel hatten sie mit Blumengirlanden geschmückt. Hermann musste sie immer wieder anstoßen; es konnte nicht hoch genug gehen.

Luise rang verzweifelt die Hände. „Entweder ist überall Wasser, worin die Kinder ertrinken können oder Leitern und Aussichten, wo die Kinder hinaufklettern und herunterfallen können. Nein, nein, im Stadthaus ist es viel sicherer."
„Aber Luise, lassen Sie den Kindern doch die Freude. Sehen Sie nicht, wie gut es ihnen hier geht, wie gesund sie sind und was sie für eine frische Gesichtsfarbe haben? Die Natur tut ihnen gut, und es ist nicht verkehrt, viel über sie zu wissen."
„Indem sie heimlich beim Kastrieren der Schafe zuschauen", gab Luise brummelnd zurück.
Charlotte blickte schmunzelnd von ihrer Stickarbeit auf, die auf ihrem Schoß lag. „Dann müssen wir sie eben der Kunst zuführen. Der ganze Park ist voll davon."
„Ja, wie dieser nackte Mann, der sich so unzüchtig rekelt. Anna hat mich schon gefragt, warum er anders aussieht als die Frau in ihrem dünnen Kleid, die gleich hinter der Brücke steht."
„Oh, Luise, dann lassen Sie sich etwas einfallen, wie Sie es den Kindern erklären. Erklären Sie es am besten mit der Kunst."
„Kunst? Ich habe keine Ahnung von Kunst, aber von Kindern, und ich weiß, was für sie schädlich ist."
„Gute Luise, im Park gibt es ein Entenhäuschen mit allerlei Wasservögeln und Schwänen. Da können sich die Kinder erbauen …"
„… und fragen, wie die Entenküken aus den Eiern kommen. Es ist einfach zu viel Natur hier, gnädige Frau."
„Was ist mit der Marienkapelle? Da thront Maria mit dem Christuskind."
Luise hob abwehrend die Hände. „Da soll der Herr Pastor erklären, wie das mit Maria, dem Kind und dem Heiligen Geist als Vater ist." Sie wischte sich den Schweiß von der Stirn und verjagte verärgert die Mücken. Die Ausflüge auf den erhöht gebauten Ruhesitz bereiteten ihr Unbehagen, sie war nicht schwindelfrei.

„Schauen Sie, Luise, von hier aus kann man bis hinüber zur Landstraße nach Ehrenberg blicken. Da sehe ich gleich, wenn Besuch kommt."

In der Tat war es ein idyllischer Anfahrtsweg. Aufgrund der häufigen Überschwemmungen war der Weg zu einem Damm erhöht worden, führte durch die Wiesen an der Statue des griechischen Gottes Chronos vorbei durch ein gotisches Baumtor, über die Brücke des Hundewassers, entlang der Pappelallee bis zur Elsterbrücke. Unmittelbar dahinter befand sich das Schloss. Charlotte liebte diese Anfahrt, die jedes Mal die Vorfreude auf den Aufenthalt im Schloss erhöhte. Sie verstand Luises Jammerei nicht.

„Wer weiß, was dieses Hundewasser wirklich ist", orakelte Luise weiter. „Sicher haben die Bauern hier ihre Hunde ersäuft, und nachts geistern sie herum. Oder es wohnt ein Werwolf in den Wurzeln der Bäume und säuft des Nachts aus dem Hundewasser."

Charlotte schlug lachend die Hände zusammen. „Ich hoffe nur, Sie erzählen den Kindern nicht solche Schauergeschichten."

„Weiß man's?"

„Allerdings! Dieser Flussarm heißt richtig Hinterwasser, weil der Seitenarm vom Dorf aus gesehen hinter dem Fluss liegt. Wir kennen ja die sächsische Aussprache, nicht wahr, liebe Luise? Da wird schnell aus dem Hinterwasser ein Hundewasser."

Luise schwieg, doch ihre Miene verriet, was sie dachte. Natur war unheimlich und sündhaft, auch wenn man sie als Kultur bezeichnete.

Hermann empfand es oft als langweilig, sich mit seinen beiden Schwestern vergnügen zu müssen. Er bedauerte, keinen gleichaltrigen Jungen zum Spielen zu haben. Dabei gab es so viel Abenteuerliches auch außerhalb des Parks zu entdecken. Mehrere Brücken führten über die Flüsse der Aue. An einer Brücke über den Fluss namens Luppe bemerkte Hermann einen Jungen mit einer Angel. Neugierig trat er näher. Der Junge trug ärmliche Kleidung, eine braune Jacke und eine zu kurze Hose, aus denen seine nackten Beine ragten. Er ging barfuß. Unter der Jacke trug er kein Hemd, sondern nur ein schmutziges Halstuch, sein struppiges Haar wurde von einer zerknautschten Mütze bedeckt.

Der Junge warf ihm nur einen kurzen Blick zu, dann konzentrierte er sich wieder auf seine Angel.

„Willst du mich nicht grüßen?“, fragte Hermann.

„Wieso? Sollte ich das?“, erwiderte der Junge ohne aufzublicken.

„Ich bin Hermann, der Sohn des Barons.“

„Und ich bin August, der König von Sachsen.“

Hermann grinste. „So siehst du aber nicht aus.“

„Na und? Ich trage seinen Namen.“

„Warum angelst du hier? Macht es dir Spaß?“

Der andere schüttelte den Kopf. „Wir haben nichts zu essen, deshalb angle ich hier.“

„Die Fische gehören uns. Du darfst hier nicht angeln. Aber ich werde dich nicht verraten.“

„Sehr großzügig, Herr Baron.“ August würdigte ihn keines Blickes. „Fische gehören niemandem, auch die Vögel nicht.“

An der Angel zuckte es. „Wieso habt ihr nichts zu essen? Mein Vater sagt, wer fleißig arbeitet, hat auch zu essen. Wieso arbeitet ihr nicht?“

„Pah, was redest du so klug daher? Mein Vater würde gern arbeiten, aber er hat keine Arbeit. Er verdingt sich als Tagelöhner. Mal bringt er Geld, mal bringt er kein Geld“

„Hat er es vielleicht vertrunken? Mein Vater sagt …“

„Er hat beim Müller Säcke geschleppt und sich dabei die Rippen gebrochen. Der Müller hat ihm kein Geld gegeben, weil er die Säcke selbst schleppen musste.“

„Das ist natürlich ungerecht. Warum hat er es nicht gemeldet?

Mein Vater hätte ihm sicher Recht gegeben."
„Was sollen wir mit Recht? Ihr feinen Herren habt doch immer Recht und bestraft keine Reichen. Wir sind elf Kinder daheim, weißt du, was auf dem Tisch steht?"
„Meine Mutter verteilt Almosen. Wo wohnst du?"
„Im Armenhaus."
Hermann blickte ihn betroffen an. „Meine Mutter sagt, dort wäre es besonders schlimm."
Er erntete einen vernichtenden Blick von August. „Hätten wir mehr Arbeit, wäre es nicht so schlimm." Er zog einen zappelnden silbernen Fisch aus dem Wasser, befreite ihm vom Haken und warf ihn in einen hölzernen Eimer.
Hermann hockte sich nieder und betrachtete ihn. „Dann nimm diesen Fisch als Almosen von mir. Wollen wir Freunde werden?"
August nahm den Eimer vor Hermanns Nase weg. „Nein!"
Hermann blickte ihm verständnislos und traurig hinterher. Warum konnte er keine Freunde haben?
Die Aufenthalte auf dem Rittergut bedeuteten für Max eine glückliche Zeit, trotz aller Arbeit. Doch in mancher Beziehung war es für die Familie einfacher, im Stadthaus zu leben. So pendelten sie alle zwischen Specks Hof in der Reichsstraße und Lützschena hin und her. Es war nur eine Dreiviertelstunde Fahrt mit der Kutsche.
Max benutzte nicht den idyllischen Weg durch die Aue in die Stadt. Durch Lützschena führte die mittlerweile gut ausgebaute Chausseestraße zwischen Halle und Leipzig. Nun besaß die Familie genügend Pferde und eine leichte Kutsche für die kurzen Fahrten zwischen Leipzig und dem Rittergut.
Geschickt steuerte der Kutscher sein Gefährt durch die schmalen Straßen Leipzigs. In der Reichsstraße hielt er an. Max hatte bereits einen Fuß auf die Straße gesetzt, als er stutzte. Eine Frauenstimme, grell und ordinär, drang an sein Ohr. Die Markt-

frau pries lautstark Äpfel an. Max wagte einen vorsichtigen Blick hinter die Kutsche. Er hatte sich nicht getäuscht, es war Max' Schwester Auguste!
Einen Augenblick zögerte er. Es lag ihm fern, auf Auguste hinabzublicken. Schließlich kamen sie beide aus dem gleichen Vaterhaus. Doch Auguste hatte ihn ausgelacht, wollte nicht begreifen, dass man für sein Leben selbst verantwortlich war, dass man viel tun musste, um sich seinen Stand im Leben zu erarbeiten. Wahrscheinlich hätte er heute noch Bier in einem Gasthaus ausgetragen oder als Tagelöhner sein kärgliches Brot verdient.
Nein, er wollte seine Herkunft nicht verleugnen. Noch immer brannte in ihm die Schuld, dass er damals nicht am Sarg seiner Mutter stehen konnte. Er hatte seiner Mutter ein schlichtes Grabmal setzen lassen, schlicht, wie das Leben der Mutter gewesen war. Mehr hatte er nicht tun können. Und trotzdem …
Er sprang zurück in die Kutsche und schlug die Tür zu. Mit dem Stock klopfte er gegen die Scheibe. „Kutscher, fahren Sie eine Straße weiter!"
Dort stieg er aus und huschte durch den Seiteneingang ins Haus. Nicht, dass er sich seiner Schwester schämte. Oder doch?

Russische Erfahrungen

Max Speck war sprachlos. So etwas geschah nur selten. „Nun, mein lieber Speck, Sie sagen gar nichts." Wilhelm von Freygang beobachtete amüsiert Maximilians Miene.

„Es ist unglaublich", flüsterte Max. Sein Blick folgte der grandiosen Fassade des Winterpalastes in St. Petersburg. Die vielen weißen Säulen mit den vergoldeten Kapitellen bildeten einen Kontrast zum grünen Hintergrund des Mauerwerks. Bald schon gab er es auf, die Fenster an der Front zu zählen.

Freygang deutete zur ersten Etage. „Hier residierte Zarin Katharina, wenn sie sich in St. Petersburg aufhielt."

„Welch eine Leichtigkeit, und das für ein barockes Gebäude diesen Ausmaßes." Max' Stimme klang belegt, so ergriffen war er von dem Anblick.

„Kein Wunder, es stammt von dem italienischen Baumeister Francesco Rastrelli."

„Es war schon immer mein Wunsch gewesen, dieses Land zu bereisen. Ich habe viel über die glorreiche Vergangenheit Russlands gelesen. Aber die Realität übertrifft jede Reisebeschreibung."

Freygang lachte. „Also mögen Sie keine Reisebeschreibungen?"

„Um Gottes willen, sehen Sie es einem beeindruckten Besucher nach, dass er schwärmt angesichts dieser Pracht."

„Da haben Sie noch nicht die Kunstsammlung in der Eremitage gesehen", erwiderte Freygang.

„Nein, aber gäbe es denn eine Möglichkeit?"

„Bei dem Wohlwollen, das der Zar Ihnen entgegenbringt, wird es sich sicher einrichten lassen."

In der Tat war es für Max Speck eine außerordentlich große Ehre, dass sich der russische Zar so für ihn und sein Wirken interessierte. Zwar hatte Max den Zaren bereits einmal von Angesicht zu Angesicht gesehen, 1813, als die russischen Truppen gemeinsam mit den verbündeten Armeen Napoleon vernichtend geschlagen hatten, doch niemals hätte Max damals gedacht, dass der schlanke, fast schüchtern wirkende russische Kaiser noch einmal seinen Lebensweg kreuzen würde. Die Einladung nach Russland, angeregt durch den in Leipzig stationierten Konsul Freygang, vermittelt vom russischen Finanzministerium, ausgesprochen von Zar Alexander persönlich, war eine außerordentliche Ehre.

„Landwirtschaft und Schafzucht sind wohl der Grund meines Hierseins, aber ich versäume nirgendwo, mir die Kunstschätze des Landes anzuschauen."

„Und zu kaufen", erwiderte Freygang lachend. „Nun, das alles befindet sich im Privatbesitz unseres Zaren. Seine Großmutter, Zarin Katharina, war eine kunstbegeisterte Monarchin und hat eine außerordentliche Sammlung zusammengetragen."

„Es ist das Verdienst so manches Fürsten, dass er sein Geld nicht nur im Krieg verbrennt, sondern auch die Kunst erhält und fördert."

„Wie wahr! Allerdings bleibt es manchem Regenten nicht erspart, in den Krieg zu ziehen. Wenn dieser französische Kaiser in seinem Großmachtstreben nicht zu weit gegangen wäre ..."

„... hätte ich Seine Majestät, Zar Alexander nicht kennengelernt", ergänzte Max. Mit einem Tuch wischte er sich den Schweiß von der Stirn. Der Sommer in St. Petersburg war kurz, aber intensiv. Obwohl der Betrachter angesichts der Paläste, der granitgefassten Uferpromenaden an den Flüssen, der geschwungenen Brücken, die an Venedig erinnerten, und der Großzügigkeit der Areale kaum glauben konnte, dass hier noch vor einhundertzwanzig Jahren nichts als Sumpfland war.

„Welch eine Weitsicht von Peter dem Großen, hier diese Stadt zu gründen."

„Ich glaube nicht, dass dies ursprünglich seine Absicht war. Es hat sich wohl mehr oder weniger so ergeben." Freygang deutete hinüber zur Peter-und-Paul-Festung. „Zuerst ist die Festung erbaut worden, um die Mündung der Newa gegen die Schweden zu schützen. Er hat die Stadt auch nicht nach sich selbst benannt, sondern nach seinem Namenspatron, dem heiligen Peter. Über dem Zaren steht immer noch Gott."
Max antwortete nicht. Einstmals hatte er auch Napoleon Bonaparte und dessen teils geraubte Kunstsammlung bewundert. Doch Monarchen lebten wahrscheinlich in einer illusionären Welt, die nichts mit dem bodenständigen Alltag zu tun hatte, auch wenn Zar Peter I. sich offensichtlich nicht gescheut hatte, den Zimmermannshammer anzupacken.
Freygang schüttelte den Kopf, als ahnte er Maximilians Gedanken. „Diese Stadt ist auf Knochen gebaut. Es mögen Zehntausende Leibeigene gewesen sein, die der Zar zum Bau herbefohlen hat, und Tausende, die hier den Tod fanden durch Unfälle, Sumpffieber, Skorbut, Hunger und Entkräftung."
Er bemerkte Max' abweisende Miene. „Unsere Zaren haben aber auch viel dafür getan, dass die Stadt aufblühte. Sie holten die besten Handwerker, Künstler, Architekten und Gelehrten nach Russland. Zarin Katharina besiedelte einen großen Teil der Ukraine mit deutschen Bauern."
„Sicher stammen die landwirtschaftlichen Methoden noch aus dieser Zeit."
Wilhelm von Freygang klopfte Max versöhnlich auf die Schulter. „Deshalb sind Sie ja jetzt hier."
Max setzte sich auf eine Graniteinfassung an der Promenade und betrachtete gedankenversunken das gewaltige Generalstabsgebäude gegenüber dem Winterpalast. Ein prächtiger Triumphbogen verband die beiden Flügel der beeindruckenden Gebäude, gekrönt von der Siegesgöttin auf einem sechsspännigen Streitwagen. Zwischen beiden Gebäuden befand sich ein riesiger

Platz, auf dem die Menschen winzig wie Ameisen wirkten.
„Wenn eine Armee ein solch gewaltiges Generalstabsgebäude benötigt, wie gewaltig muss dann diese Armee sein?"
„Russland ist ein großes Land! Es benötigt viele Soldaten. Zum Glück richtet unser geliebter Zar seinen Blick mehr nach innen auf das Wohl seines Landes."
„Ich werde mein Möglichstes tun, um die hohe Kommission vom Fortschritt in der Landwirtschaft und meinen Erfahrungen zu überzeugen."

* * *

Wie alles in St. Petersburg protzte auch der Sitz der Kaiserlich-Ökonomischen Gesellschaft mit einem palastähnlichen Gebäude. Die Wichtigkeit einer Einrichtung wurde nach außen präsentiert. Max konnte es nur recht sein, denn diese Gesellschaft war wichtig für seine Mission. Eine Kommission ehrenwerter und mit Auszeichnungen hoch dekorierter Herren empfing Max in einem prächtigen Saal mit holzgetäfelten Wänden. Für einen Augenblick war Max sowohl beeindruckt als auch nervös. Wie würde man seine Ausführungen aufnehmen? Wären seine Erfahrungen wirklich auf Russland übertragbar?
Als Zar Alexander so siegreich vom Wiener Kongress zurückkehrte, wollte er Russland einen neuen Frieden bringen. Die Leibeigenschaft sollte endlich aufgehoben werden. Doch es waren nur leere Versprechungen. Der Zar beugte sich den Forderungen des landbesitzenden Adels. Er wäre nicht der erste Zar, den aufständische Adlige ermordet hätten. Die neue Verfassung mit dem befreienden Erlass für die Hunderttausenden von Leibeigenen verstaubte in einem Aktenregal.
Max hob den Kopf und blickte in die Gesichter der Gelehrten. So wie er seine eigenen Bauern, Schäfer und Verwalter überzeugt und geschult hatte, würde er auch diese Männer über-

zeugen. Die Beweise hatte er in unzähligen Probekästen, Schautafeln und Stoffproben mitgebracht.
Einen Augenblick hielt er inne, um die Situation auf sich wirken zu lassen. Wilhelm von Freygang hatte sich als Übersetzer angeboten, da aber die meisten Gelehrten der französischen Sprache mächtig waren, gab es eine gute Verständigungsbasis.
Es wurde ein grandioser Erfolg. Niemand konnte sich den überzeugenden Beweisen der vorgelegten Proben entziehen. Eine solche wissenschaftlich durchdachte Reformierung, ja, Umwälzung althergebrachter Methoden konnte nur zu einem höheren Wohlstand führen. Das sahen nicht nur die Herren der Ökonomischen Gesellschaft ein, sondern auch die anwesenden Gelehrten der Akademie der Wissenschaften. Max ging in jedes Detail, vom Aufbau der Wollfaser bis zur Dichte des Vlieses, von der Haltung und Fütterung der Electoralschafe und ihren Vorzügen gegenüber angestammten Rassen bis hin zu den technischen Möglichkeiten der Verarbeitung der Wolle. Er berichtete von Zuchtversuchen, von Erfahrungen, auch von Rückschlägen und den Lösungsmöglichkeiten. Er legte sorgfältig geführte Ertragslisten vor, referierte über den Anbau von Futter, über die Sorgfalt der Schafschur, über die Prinzipien der Wollsortierung.
Am Ende seines mehrstündigen Vortrages, den Max in der ihm eigenen Begeisterung für das Thema bestritt, war der Funke übergesprungen. Er hatte die Herren überzeugen können. Etwas atemlos, mit geröteten Wangen und leuchteten Augen lächelte Max.
Einer der Herren trat auf ihn zu und schüttelte ihm lange und herzlich die Hand. „Monsieur Speck, es war ein außerordentlich interessanter und lehrreicher Vortrag, der uns alle nicht nur erstaunte, sondern auch davon überzeugte, ihre Erfahrungen in Russland umzusetzen. Nicht nur, dass wir Einfuhr und Zucht dieser Schafrasse in Russland befürworten, landwirtschaftliche Lehreinrichtungen gründen und entsprechendes Lehrpersonal

ausbilden wollen, wir beabsichtigen, Ihren Vortrag als Drucksache von der Akademie der Wissenschaften veröffentlichen zu lassen. Mögen Ihre Erfahrungen und Anstrengungen zu unserem beiderseitigen Nutzen sein."

„Es ist mein größter Wunsch, mein Wissen dem Allgemeinwohl zur Verfügung zu stellen und dabei selbst neue Erfahrungen zu sammeln."

Mit der ihm eigenen Mischung, aus Wissensdurst und kaufmännischer Betriebsamkeit verabschiedete sich Max von der Komission. Nur Freygang begleitete ihn durch die Stadt. Es waren die berühmten Weißen Nächte, in denen es nicht vollständig dunkel wurde und die zu einem erholsamen Spaziergang einluden.

Am Stadtrand blieben sie vor dem Triumphtor stehen, das der Zar zu Ehren des Sieges über Napoleon hatte errichten lassen.

„Sie können sich glücklich schätzen, dass die Akademie Ihren Vortrag publiziert. Es gibt eine strenge Zensur, die Wissenschaft, Literatur und Unterricht behindert. Die Geheimpolizei versucht, einen gewissen Geist des Widerstandes gegen unseren Herrscher und seine Politik zu bannen. Zu allem Überfluss gab es im vergangenen Jahr eine verheerende Überschwemmung hier in St. Petersburg, die zu großer Unzufriedenheit unter der Bevölkerung führte."

„Man spürt kaum noch etwas davon", wunderte sich Max. „Mir erscheint Russland sehr weit und farbenprächtig."

Freygang blickte ihn aufmerksam an. „Sie begeben sich auf eine Reise durch Russland. Bilden Sie sich selbst ein Urteil."

* * *

Für einen wichtigen Grund unterbrach Max seine Reise von St. Petersburg nach Moskau. Dieser wichtige Grund war der Zar höchstpersönlich. Er hatte Max zu einem Besuch nach Zarskoje Selo eingeladen.

Die beliebte Sommerresidenz der russischen Zaren lag zwischen St. Petersburg und Moskau. Als die Kutsche vor dem Katharinenpalast hielt, verschlug es Max den Atem. Hatte ihn die Pracht in St. Petersburg schon beeindruckt und auch irritiert, so schien ihn die Pracht der Residenz schier zu erschlagen. Die Fassade trug erneut die Handschrift des Baumeisters Rastrelli, doch hier schien er sich selbst übertroffen zu haben. Dreihundert Meter maß das Bauwerk. Das Blau bildete einen atemberaubenden Kontrast zu den weißen Säulen mit den vergoldeten Atlanten, die die Fassade rhythmisch gliederten. Max hatte noch nie etwas Vergleichbares an Pracht und Luxus gesehen. Seltsamerweise verspürte er Furcht davor, den Palast zu betreten. Was würde ihn drinnen erwarten?

Wilhelm von Freygang, der ihn auf Anordnung des Zaren nach Zarskoje Selo begleitete, ließ Max Zeit, die Eindrücke wirken zu lassen. Doch dann räusperte er sich mahnend. „Einen Kaiser lässt man nicht warten." Er führte Max durch Gänge und Säle, durch Kabinette und Salons. Die Pracht der Ausstattung betäubte Max. Sie wurden von Bediensteten und Höflingen begleitet und geführt. Für jeden Saal gab es einen anderen Verantwortlichen. Letztlich betraten sie einen Raum, in dem sie mehrere hochrangige Persönlichkeiten erwarteten. Mit einer Mischung aus Höflichkeit und aristokratischer Herablassung begrüßten sie die Ankömmlinge. Max fühlte sich unbehaglich. Der Prunk bedrückte und erzürnte ihn zugleich. Wie konnte ein einzelner Mensch nur so verschwenderisch leben?

War das wirklich der gleiche Zar, den Max in Leipzig gesehen hatte? Damals trug er eine schmutzige Uniform, sein Pferd schwitzte und der Zar hielt siegestrunken seinen Säbel erhoben. Für Max war der Kaiser ein Held gewesen, der vornehmlich daran beteiligt war, Europa von der französischen Fremdherrschaft zu befreien. Wenn Russland so reich war, wie es in diesen Palastbauten den Anschein hatte, was sollte er dann hier, der

Wollhändler, Kaufmann und Schafzüchter aus dem kleinen Königreich Sachsen?

Alexander empfing ihn in einem vergleichsweise schlichten Salon, der im Gegensatz zu den meisten Etablissements des Palastes im klassizistischen Stil gehalten war. Trotzdem gab es noch puren Luxus zu bewundern: Schnitzereien aus Jade, Vertäfelungen aus edlen Hölzern, Tapeten aus chinesischer Seide, Gemälde in goldenen Rahmen. Große Porzellanvasen standen neben einem Kachelofen, ein ovaler Tisch war mit weißem Damast gedeckt, darauf silbernes Geschirr. Etwas verloren stand Alexander daneben, mit einem gequälten Lächeln. Max hatte nicht in Erinnerung, dass der Zar von so zierlicher Gestalt war.

Max verspürte keine Berührungsängste im Umgang mit hochgestellten Persönlichkeiten. Auf seinen vielen Geschäftsreisen wurde er häufig in Fürstenhäuser eingeladen. Meist stand die Kunst im Mittelpunkt dieser Visiten, die Betrachtung von Gemälden und Plastiken, von Gartenanlagen und Parks. Er beschloss, sich von dieser blendenden Pracht nicht beeindrucken und einschüchtern zu lassen. Er verbeugte sich respektvoll vor dem Monarchen.

„Sie sind ja noch so jung!“ Alexander schien überrascht. „Ich hoffe, Sie hatten eine angenehme Fahrt hierher. Ihr Ruhm reist Ihnen voraus.“

„Majestät überraschen mich ebenfalls. Ich fühle mich geehrt, dass Sie Anteil an meiner Arbeit nehmen.“

Alexander, der die ganze Zeit die Hände hinter dem Rücken gehalten hatte, hob eine Hand. Max bemerkte die Publikation der Akademie der Wissenschaften.

„Ich habe Ihren Vortrag gelesen“, fuhr der Zar fort. „Wirklich interessant. Ich gebe zu, man hat mir vorher bereits von Ihren außerordentlichen Innovationen berichtet. Aus diesem Grund habe ich verfügt, dass Sie nach Russland kommen sollen. Es war ein guter Entschluss.“ Nun trat er einige Schritte auf Max zu.

„Ich wünsche, dass Sie in Russland Musterschafzuchten einrichten, die Schafzüchter anleiten und somit Russlands Landwirtschaft einen großen Schritt voranbringen. Unser Landadel ist manchmal etwas konservativ, aber ich bin überzeugt, dass Sie Ihre Neuerungen zum Wohle der Allgemeinheit verbreiten." Er klopfte gegen die Broschüre in seiner Hand. „Mich haben Sie jedenfalls überzeugt."

Max beugte den Kopf. „Majestät sehen mich glücklich."

„Ich hoffe, Sie sind ebenso glücklich, wenn ich mich für Ihre Arbeit und Ihre Leistungen erkenntlich zeige, Monsieur Speck. Es ist mein Wunsch, Ihnen den Orden des heiligen Wladimir der niederen Klasse zu verleihen. Sie werden damit geadelt."

Nun verschlug es Max doch die Sprache. Er fühlte Röte in seinem Gesicht, dann verbeugte er sich. „Majestät sehen mich in tiefer Dankbarkeit und Demut. Mit einer derartigen Ehre habe ich nicht gerechnet."

„Nicht so bescheiden, Monsieur Speck. Ich erkenne Leistungen hoch an, wenn sie meinem Volk dienen."

Das Mienenspiel des Zaren wirkte plötzlich abwesend, als nähme er Max nicht mehr wahr. Geduldig wartete Max. Alexander hob den Kopf, als erwache er.

„Ach ja, ich hörte, Sie interessieren sich für Kunst? Haben Sie schon das Bernsteinzimmer gesehen? Mein Hofmarschall wird Sie dahin führen." Ohne einen weiteren Blick verließ der Zar den Raum und ließ den überraschten und sprachlosen Maximilian Speck zurück.

* * *

Russland war anders. Das musste Max während seiner Reise durch dieses riesige Land erfahren. Sein Enthusiasmus war ungebrochen, hier seine Erfahrungen zu verbreiten, Musterschafzuchten aufzubauen und die Landbevölkerung zu schulen. Doch

die Landbevölkerung bestand aus Heerscharen von leibeigenen Bauern, die in entsetzlicher Armut lebten, und einer kleinen Oberschicht, die oftmals mehr als freigiebig mit Ländereien und Gütern samt lebendem und totem Inventar vom Zarenhaus belohnt wurde. Die meisten dieser Adligen hegten keinerlei Interesse an einer ökonomischen Landarbeit, an Verbesserungen der Verhältnisse oder gar einer Schulung der Bauern. Sie zogen den Ertrag, den die Bauern auf den Ländereien erschufteten, ohne Gewissensbisse heraus und verprassten das Geld in ihren Stadthäusern, am Zarenhof oder in den Offizierskasernen. Nur wenige Landadlige schenkten Max Speck Gehör.
Kaum einer der Bauern konnte überhaupt lesen und schreiben, die Lebensumstände waren oftmals so schlecht, dass ihr einziges Interesse darin bestand, ihr eigenes Überleben wie das ihrer Familie zu sichern. Zudem wurden unter der Herrschaft Katharinas II. die Privilegien des Adels erheblich ausgeweitet. Geadelte Beamte wurden von ihrer Dienstpflicht am Hofe befreit und zu reinen Nutznießern ihrer Landgüter erklärt. Dies schloss das totale Verfügungsrecht über die leibeigenen Bauern ein. Sie durften geschlagen und gefoltert, bestraft und verkauft werden, Familien wurden auseinandergerissen, unliebsame Untertanen nach Sibirien deportiert oder an die Armee als Soldaten verkauft. Auch Zar Alexander hatte es nicht vermocht, diese unseligen Umstände zu verändern. In Preußen war bereits ein Vierteljahrhundert zuvor die Leibeigenschaft abgeschafft worden, und auch Sachsen schickte sich an, Fron und Erbuntertänigkeit abzulösen. Max hütete sich, gegenüber seinem Begleiter Wilhelm von Freygang gesellschaftliche Kritik zu üben. Doch er konnte es sich nicht verkneifen, seine liberale Überzeugung zu äußern.
„Ich bin der Meinung, dass ein freier Bauer auf eigenem Grund sich mehr für die Wohlfahrt des Landes einsetzt. Es sollte nicht Stand und Herkunft über das gesellschaftliche Ansehen entscheiden, sondern Besitz, Bildung und Leistung."

Freygang versteckte das Grinsen hinter vorgehaltener Hand. „Das sind ja sehr liberale Überzeugungen, Herr Speck. Sie gehören doch nicht diesen Freimaurern an, denen unser Zar den Kampf auf allen Ebenen angesagt hat?"
Max hob die Augenbrauen. „Ich bin Kaufmann, Landwirt, Schafzüchter. Ich benutze nur meinen gesunden Menschenverstand und mein kaufmännisches Können. Beides hat mir Recht gegeben."
Zum Glück für Max gab es unter den Adligen auch offene Geister. Südlich von Moskau hielt er sich einige Zeit auf dem Gut von Fürst Gagarin auf, der gleich erkannte, welchen Vorteil die neuen Methoden boten. In Vorträgen und Vorführungen zeigte Max, wie man die Wollproduktion durch selektive Zucht, genau durchdachte Haltung und Einführung besserer Rassen steigern konnte. Und plötzlich wuchs der Bedarf nach den wunderbaren Electoralschafen, die Max nun auch nach Russland exportieren würde.
Die Reise führte Max von Moskau über Rjasan, Tambow und Pensa. Es war ein abenteuerliches Unternehmen. Vom Statthalter Neurusslands, Graf Woronzow, erhielten sie alle erforderlichen Papiere, um möglichst sicher das Gebiet durchqueren zu können. Wo immer es möglich war, hielt Max Vorträge und bewies seine Worte mit einer Vielzahl mitgebrachter Proben und ökonomischen Berechnungen.
Regelmäßig erstattete er Bericht an den russischen Finanzminister Georg Graf von Cancerin, der die Organisation der Reise übernommen hatte. Er war es auch, der Max die wichtigen Papiere besorgte, ohne die er diese Reise nicht hätte unternehmen können. Während der Fahrt erwies sich sein Begleiter Wilhelm von Freygang als kurzweiliger Unterhalter und ausgezeichneter Beobachter. Der russische Diplomat mit deutschen Wurzeln war nicht nur ein angesehener und mit Orden ausgezeichneter Diplomat, seine Leidenschaft galt der Reisebeschreibung.

„Ein Jahr lang bereiste ich mit meiner Gemahlin Friederike den Kaukasus“, erzählte er, während sie in der Kutsche durchgerüttelt wurden. Die Straßen waren kaum zu unterscheiden von dem Steppenboden, der beim Blick aus der Kutsche sichtbar wurde. „Ich erinnere mich noch mit Schrecken daran. Auch Friederike schreibt viel über die Natur, die wir beide lieben. Der wilde Kaukasus und seine noch wilderen Bewohner haben es uns angetan. Uns begleiteten damals unsere beiden Kinder. Andreas war drei Jahre alt, Katharina erst drei Wochen.“ Er schwieg einen Moment, und sein Gesicht verdüsterte sich. „Es gab viele Entbehrungen. Als wir durch Georgien reisten, wurden wir mehrfach überfallen. Unsere kleine Tochter starb kurz darauf an Entkräftung.“

„Das tut mir leid“, murmelte Max. Er konnte die Strapazen gut nachvollziehen. Hier in Russland war alles noch härter.

„Es ist schon einige Jahre her“, winkte Freygang ab. „Es hat mir das Reisen nicht verleidet.“

„Dafür möchte ich mich bedanken“, erwiderte Max. „Ohne einen kundigen Begleiter hätte ich mich wahrscheinlich nicht auf dieses Abenteuer eingelassen.“

„Oh ja, ein Abenteuer ist es immer noch, wenngleich sich vieles verändert hat in den letzten zwanzig, dreißig Jahren. Zuvor hätten uns die Nomaden wahrscheinlich an ihren Pferden durch die Steppe geschleift.“

Max schwieg und unterdrückte sein Unbehagen. Er presste seine Hand an die Brust, wo er unter seinem Reisemantel die Papiere trug, die ihn vor jeglichem Ungemach bewahren sollten.

* * *

Das Unbehagen hielt an, als ihre Kutsche ein kleines tatarisches Steppendorf ansteuerte.

„Wir brauchen frisches Wasser. Unseres ist durch die Hitze ungenießbar geworden.“ Wilhelm von Freygang bemerkte Max’ skeptische Miene. „Nun kommen Sie schon! Sie werden etwas Interessantes zu sehen bekommen.“

Zögernd folgte Max seinem Begleiter über den gelben, staubigen Boden. Einige Kinder kamen ihnen entgegengerannt, blieben dann aber scheu stehen und betrachteten sie aus ihren schlitzförmigen Augen. Staub bedeckte ihre Haut, das Haar, die Kleidung, und Max vermutete, dass sie sich niemals wuschen. Wo sollte auch das Wasser herkommen?

Das Dorf bestand aus einer Ansammlung von Hütten, die wie abgebrannt wirkten. Hätten nicht einige schläfrige Hunde auf den flachen, mit Dung und Heu gedeckten Dächern in der Sonne gedöst, Max hätte schwören können, dass es unbewohnt war.

Die Kinder folgten ihnen mit einer Mischung aus Neugier und Scheu in respektvollem Abstand.

Die Hütten bestanden aus Stein und Lehm, auf deren rechteckig angeordneten Wänden einfach Holzstangen gelegt und mit Stroh und festgestampfter Erde bepackt wurden. Vor einer dieser Hütten stand ein alter Mann, mit dünnem weißen Bart und sichtbar krummen Beinen. Trotz der Hitze trug er eine dicke Pelzmütze mit einer Spitze. Seine Augen verschwanden in den tiefen Höhlen über seinen Wangenknochen. Er war klein, sein wettergegerbtes Gesicht hatte die Farbe von Lehm, doch seine Haltung war hoheitsvoll und stolz.

Drei Schritte vor ihm blieben sie stehen. Wilhelm von Freygang legte seine Hand auf sein Herz und sprach ihn an. Max wiederholte diese Geste in der Annahme, dass sie Hochachtung bedeute.

Der Alte hörte mit unbewegter Miene zu. Dann drehte er sich um und ging ihnen voraus durch das ärmlich wirkende Dorf. Nirgendwo war ein Garten zu sehen, das Dorf wirkte trist und schmutzig. Lediglich am Dorfrand gab es einige gartenähnlich angelegte Felder mit Melonen, Zwiebeln, Gurken und Mais. Dahinter befand sich ein riesiger Kral mit einer Schafherde. Mehrere Männer auf gedrungenen Steppenpferden bewachten sie. Max fiel auf, dass hier in der Steppe alles klein war, die Häuser, die Menschen, die Pferde und auch die Schafe. Diese Schafe konnten Max überhaupt nicht begeistern. Ihr Fell war grau, schmutzig und dicht. Sie trugen seitlich gebogene Hörner und hatten Fettschwänze. Max konnte nicht ganz nachvollziehen, warum sein Begleiter ihm diese Schafe zeigte. Vielleicht sollte er hier seine Electoralschafe vorstellen? Doch dann bemerkte er zwischen den erwachsenen Schafen viele Jungtiere.

„Wieso tragen diese Schafe Anzüge?“ Max war tatsächlich überrascht.

„Nur die Lämmer“, erwiderte Freygang schmunzelnd. „Wusste ich doch, dass ich Sie noch überraschen kann.“

Der Alte winkte mit der Hand, und einer der Männer packte vom Pferderücken aus eines der Lämmer und brachte es ihnen.

„Die Lämmer besitzen ein eigenartiges gekräuseltes Fell, das sehr begehrt ist. Man nennt es Persianer, weil es ursprünglich aus Persien kommt. Aber das ist eine Legende. Die Tataren züchten sie schon immer. Die Lämmer tragen diese Anzüge aus Leinen, um das kostbare Fell zu schützen. Sie werden nach wenigen Wochen geschlachtet. So ein Fell bringt bis zu zwei Rubel das Stück.“

Angezogene Schafe mitten in der brütenden Steppe! Max tastete vorsichtig unter den Anzug des Lammes. Durch den Stoff wurde es dicht zusammengedrückt und blieb so wunderbar gelockt, während die älteren Tiere nur zur Zucht verwendet wurden.

„Zwei strenge Winter haben den Schafbestand leider sehr reduziert, deshalb werden keine Felle mehr nach Westeuropa ausgeführt. Der Preis für ein gutes Persianerfell ist danach stark gestiegen.“

Der Alte sagte etwas zu Freygang und vollführte eine einladende Handbewegung.

„Er bittet uns in seine Hütte zu einem Trunk. Wir sollten aus Höflichkeit nicht ablehnen.“

Max war einverstanden, war er doch neugierig darauf, wie diese Hütten innen aussahen.
Die Tür der Hütte wurde von einem Leder verhangen, das der Alte beiseiteschlug. Im Haus befanden sich mehrere Frauen, junge wie alte, die er mit einer unwilligen Handbewegung wegscheuchte. Die Frauen gehorchten augenblicklich und schweigend. Dann bat er die beiden Fremden einzutreten.
Max musste den Kopf einziehen, um sich nicht am Türsturz zu stoßen. Das Innere der Hütte überraschte ihn. Es gab keine Möbel, dafür war der Boden mit einem dicken Filz bedeckt. Darüber lagen bunte, dicht gewebte Teppiche und unzählige Kissen, mit Borten und Quasten bestickt. In einer Ecke des Raumes stapelten sich Matratzen, Decken und Kissen, die augenscheinlich als Nachtlager dienten und tagsüber einfach beiseitegeräumt wurden.
Sie ließen sich auf den Kissen nieder, in einer für Max etwas unbequemen Haltung, die Beine untergeschlagen. Neben der Tür befand sich ein Herd mit Rauchfang, in dem ein Feuer glomm. Max bemerkte, dass es mit getrocknetem Dung am Leben gehalten wurde. Ein jüngerer Mann war ihnen lautlos gefolgt, hantierte nun am Herd und brachte kochendes Wasser, das der Alte sorgsam in eine Teekanne aus getriebenem Kupfer goss. Augenblicklich verbreitete sich ein aromatischer Duft im Raum. Während der Tee in der Kanne zog, blickte Max sich um. Sein erster Eindruck trog ihn nicht, es gab keine Möbel. Lediglich eine Truhe entdeckte er in einer Ecke. An den Wänden hingen bestickte Tücher mit Blumenkanten, teilweise mit Gold- und Silberfäden durchwirkt. Der jüngere der Tataren stellte nun drei dickwandige Gläser auf den Teppich, und der Alte lenkte mit Schwung zielsicher den Teestrahl aus dem geschwungenen Ausguss der Kanne in die Gläser, sodass eine kleine Schaumschicht darauf entstand. Doch statt die Gläser auszuteilen, goss er den Tee zurück in die Kanne und wiederholte das Zeremoniell noch

zweimal. Nach dem dritten Mal bildete sich eine besonders schöne Schaumschicht auf dem Tee. Nun teilte er die Gläser aus. Der junge Mann hatte sich lautlos zurückgezogen.
Der Tee war stark und heiß, aber er erfrischte und belebte. Durch die unverglasten kleinen Fenster wehte der Steppenwind hinein und erinnerte sie an ihre Weiterfahrt. Doch die Höflichkeit gebot, so lange sitzen zu bleiben, bis der Gastgeber sein Glas geleert hatte.
Max verspürte ein unangenehmes Jucken an den Beinen. Verstohlen kratzte er sich. Er glaubte, Bewegungen im dunklen Filz wahrzunehmen. Zu allem Unglück begann der alte Tatar seine Zeremonie mit den Teegläsern von vorn. Noch ein weiteres Glas leerten sie, dann brachte Freygang seine Bitte um frisches Wasser vor.
Der Alte stand bereitwillig auf, und sie verließen die Hütte zum Brunnen, wo sie sich mit frischem Wasser versorgen konnten.
„Nun, wie hat es Ihnen gefallen?“, wollte Wilhelm von Freygang wissen, als sie wieder in der Kutsche saßen.
Max juckte sich nun hemmungslos. „Sehr gastfreundlich, diese Tataren. Und sehr blutrünstig, diese Flöhe.“

* * *

Der Kutscher der an der letzten Poststation gemieteten Kutsche versuchte, alles aus den Pferden herauszuholen. Es war eine weite Reise bis in den Süden, weit und gefahrenvoll. Es war das Land der Tataren, erobert und dem Zarenreich der großen Katharina einverleibt von dem legendären Grigorij Potjomkin. Das Tatarenland war zivilisiert worden, doch ganz so sicher waren sich weder Max' Reisebegleiter Freygang noch der Kutscher. Auch die anderen Reisenden in der Kutsche warfen immer wieder besorgte Blicke aus dem Fenster. Noch immer streiften tatarische Reiterhorden über die Steppe. Doch es gab auch Wandlungen.

Viele deutschstämmige Bauern hatten sich hier angesiedelt. Aus der ehemaligen Hauptstadt der Goldenen Horde, des mongolischen Teilreichs in Osteuropa und Westsibirien, war zunächst die Zarenfestung Saratow geworden, nun war sie die viertgrößte Stadt Russlands.
Max freute sich darauf, hoffte er doch, unter den vielen angesiedelten Bauern interessierte Zuhörer zu finden. Doch im Augenblick waren nur einige armselige tatarische Hütten auf dem steinigen Steppenland zu sehen. Milliarden von Heuschrecken zogen in dunklen Wolken über den ausgebrannten Boden. Am Horizont zog sich das Hügelland der Wolgaplatte hin, durch das der gewaltige Fluss sein breites Bett gegraben hatte.
Plötzlich gab es einen heftigen Schlag, die Kutsche sprang in die Höhe und wirbelte die Reisenden durcheinander. Ein zweiter Schlag, und die Kutsche stürzte um. Schreie, splitterndes Holz, aufgewirbelter Staub und ein Körper, der auf ihn fiel, waren das Letzte, was Max wahrnahm. Dann wurde es dunkel um ihn.
Er besaß kein Gefühl dafür, wie viel Zeit vergangen war, als er wieder erwachte. Es war unheimlich still. Langsam hob Max den Kopf. Es fiel ihm schwer. Durch einen Spalt drang Tageslicht zu ihm. Wo war er? Was war geschehen? Er wollte sich erheben, doch es war unmöglich. Ein heftiger Schmerz schoss durch seinen Brustkorb. Etwas Spitzes musste ihn durchbohrt haben. Vorsichtig versuchte Max, mit den Händen seinen Körper abzutasten. Er fand nichts, was ihn durchbohrt haben könnte, doch das heftige Stechen blieb. Er rang nach Luft. Unter fast übermenschlicher Anstrengung versuchte er, sich aus seiner prekären Lage zu befreien. Plötzlich wurde es hell. Jemand hatte die Abdeckung über ihm weggezerrt.
„Gott sei Dank, Herr Speck, Sie leben!“ Wilhelm von Freygang beugte sich über ihn. „Warten Sie, ich helfe Ihnen heraus. Oh je, Sie sind verletzt!“
„Ich … nein … ja … es tut weh. Was ist denn passiert?“

„Die Kutsche hat sich überschlagen, und die Pferde sind durchgegangen."
Mit Freygangs Hilfe befreite sich Max aus den Trümmern. Vor Schmerzen zusammengekrümmt, schleppte er sich zu den anderen Reisenden, die am Wegrand saßen oder lagen. Aus Kleidungsstücken hatten sie notdürftige Verbände hergestellt.
Max wurde übel, und er musste sich übergeben. Ächzend ließ er sich nieder. Etwas Warmes lief ihm übers Gesicht. Max wollte es wegwischen. Es war Blut. Erschrocken starrte er auf seine Hand.
Wilhelm von Freygang kam mit einem Stoffstreifen herbeigeeilt und wickelte ihn um Max' Kopf. „Pressen Sie mal drauf. Ich hoffe, die Blutung hört auf."
Max tat, wie ihm geheißen, dann wagte er einen Blick in die Umgebung. Über eine längere Strecke hatten sich die Trümmer der Kutsche verteilt. Aufgerissene Gepäckstücke, zersplittertes Holz, ein Rad, dann fiel Maximilians Blick auf eine zugedeckte Gestalt.
„Der Kutscher", flüsterte Freygang. „Er war sofort tot."
Stöhnend lehnte sich Max zurück und schloss die Augen. In seinem Hirn hämmerte es. Auf Reisen hatte er genügend Unbilden erlebt, aber noch nie einen solch schrecklichen Unfall.
Rundherum war nichts als Steppe. Von den Pferden war nichts mehr zu sehen. Wie sollten sie Hilfe finden?
„Wir werden zum nächsten Dorf laufen und Hilfe holen." Freygang schien Max' Gedanken zu erraten. „Ich bin nicht weiter verletzt, dieser Reisende auch nicht. Halten Sie durch!"
Die Sonne brannte unbarmherzig auf sie herab, es gab kein Wasser, um den Durst zu löschen, die Wunden zu säubern und den Kopf zu kühlen. Max zog sich eine Jacke übers Gesicht und kämpfte gegen den Schmerz an. Langsam dämmerte er in einen unruhigen Schlaf hinüber.
Jemand zog ihm die Jacke vom Gesicht. Max blinzelte irritiert. Eine aufgeregte Frau schnatterte auf Russisch, schlug immer

wieder die Hände über dem Kopf zusammen. Dann packten ihn kräftige Männer und legten ihn vorsichtig auf einen Wagen mit Stroh. Ruckend setzte er sich in Bewegung. Max sah den Himmel über sich, blassblau mit Schleierwolken, eine verwaschene Sonne. Die Hitze lastete wie ein Albdruck auf ihm. Das Atmen wurde zur Qual.

Der Wagen hielt auf einem Bauernhof. Eine kleine Holzhütte, eine angebundene Kuh, ein Misthaufen. Mehr konnte Max nicht erkennen.

In der Hütte war es düster. Die winzigen Fenster ließen kaum Licht hinein. Es roch nach Zwiebeln, Kohl und Jauche. Max wurde auf ein Bett gelegt. Es war wohl das einzige im Haus.

Es gab auch nur einen Raum. Vom Deckenbalken hing ein seltsames Gestell, das sich als Kinderwiege herausstellte. Die niedrige Decke bestand aus lose aufgelegten Brettern, darüber lagerte Stroh. Der Zipfel einer Decke hing von dort herab, und Max vermutete, dass dort weitere Familienmitglieder schliefen. Die füllige Frau mit dem bunten Kopftuch hielt ihm eine Schale mit heißem, süßem Tee an die Lippen. Vorsichtig schlürfte Max das aromatische Getränk. Es tat ihm gut.

Die Frau stopfte ihm ein dickes Kissen in den Rücken, dann ließ sie ihren Blick auf ihm ruhen. Dabei redete sie unaufhörlich. Eine zweite Frau trat hinzu und schlitzte ihm mit einem Messer das Hosenbein auf. Max wollte protestieren, doch an den blutdurchtränkten Fetzen sah er, dass sein Bein verletzt sein musste. Stöhnend fasste er sich an die Brust. Die jüngere Frau öffnete seine Jacke, dann ging wieder das russische Palaver los. Max war es unangenehm, doch der Schmerz war schlimmer. Beinahe willenlos ließ er sich entkleiden, waschen, seine Wunden versorgen. Mit unvermutet sensiblen Fingerspitzen tastete die junge Frau seine Rippen ab, dann richtete sie Max auf und schnürte ihn mit langen Stoffstreifen zusammen wie in ein Korsett. Max röchelte, weil ihm die Luft ausging. Doch die Frau strich ihm

nur über die Schultern und nickte. Es schien alles seine Ordnung zu haben.
Sie schob ihm einen hölzernen Löffel mit Honig in den Mund. Max spürte einen unangenehm bitteren Geschmack, den der Honig nicht überdecken konnte. Die Frau bedeutet ihm, dass er schlucken sollte. Sicher war es Medizin. Er schluckte tapfer, obwohl er angewidert das Gesicht verzog. Nach einiger Zeit fühlte er sich besser. Ja, er hätte vielleicht sogar aufstehen können. Offenbar war seine Verletzung nicht so schlimm.
Ein Mann trat an sein Bett. Max versuchte sich zu erinnern, woher er ihn kannte. Das Gesicht des Mannes verzog sich zu einer seltsamen Fratze, dann flossen bunte Farben darüber. Alles geschah langsam, wie in einem Traum. Die junge Frau trat hinzu. Max fand sie unheimlich anziehend und schön. Er streckte die Hände nach ihr aus, um sie an sich zu ziehen. Er griff ins Leere. Ihr Lachen klang entfernt und schrill.
„Er verspürt jetzt keine Schmerzen mehr", sagte sie auf Russisch zu Freygang. „Die Reiter sind nach Saratow unterwegs. Mehr können wir im Augenblick nicht tun."

* * *

„Sie haben großes Glück gehabt." Diese wenigen, englisch gesprochenen Worte wirkten eigenartig fremd und doch vertraut in dieser Umgebung. Der Mann, der dies sagte, beugte sich über Max. „Ich bin Dr. James Wylie, der Leibarzt seiner Majestät. Ich wurde unterrichtet, dass Sie einen schweren Unfall hatten. Seine Majestät haben sofort verfügt, Ihnen zu helfen. Die Platzwunde am Kopf habe ich genäht. Haben Sie nichts bemerkt?"
Max schüttelte schwach den Kopf.
„Nun, eine gehörige Gehirnerschütterung haben Sie auch, dazu Rippenbrüche, eine böse Fleischwunde am Bein und diverse Verletzungen, die aber allesamt nicht lebensgefährlich sind. Al-

lerdings sollten Sie hier nicht länger bleiben." Der Arzt blickte sich mit Sorge und Widerwillen in der Hütte um.
„Der Tee schmeckt gut", flüsterte Max. „Und die Menschen sind sehr freundlich."
Dr. Wylie nickte. „Und Sie haben Ihnen Peganum gegeben. Das erklärt, warum Sie in so einem Zustand sind."
„Peganum? Sie meinen die Steppenraute?"
„Ach, Sie kennen sich damit aus? Das Zeug wächst hier überall und die Einheimischen benutzen den Samen und die Blätter als Medizin. Es besitzt aber auch berauschende Wirkung, und man sieht Dinge …"
Max blickte sich um. Die Hütte war dunkel, niedrig, mit Fellen auf den Holzbänken und mehreren irdenen Schüsseln auf dem grob gezimmerten Tisch. Die Wände wurden von Teppichen verkleidet. In einer Ecke stand ein Ofen aus Lehm und Erde, auf dem man in den kalten Winternächten liegen konnte. Jetzt war es allerdings drückend warm und stickig. Fette Fliegen brummten an der aufgeheizten Holzwand. Der intensive Geruch nach Mist drang von außen herein.
„Ich interessiere mich für Botanik", murmelte Max. „Eigentlich wollte ich Pflanzen sammeln … und die Schafe …"
„Vergessen Sie die Pflanzen und die Schafe. Ich nehme Sie mit nach Taganrog, wo ich Sie besser behandeln kann."
„Taganrog? Da wollte ich doch sowieso hin, aber …" Er fasste sich an den Kopf, der heftig schmerzte. Gleichzeitig verspürte er das Stechen in seiner Brust und Atemnot. Die gebrochenen Rippen!
„Ich lasse Ihnen noch etwas Peganum verabreichen, damit Sie die Fahrt überstehen. Im Palast werden Sie sich schnell erholen."
Max nickte schwach. „Aber die freundlichen Leute … Ich möchte mich erkenntlich zeigen. Vielleicht kann ich Ihnen etwas über die Schafzucht vermitteln …"

Von der Fahrt nach Taganrog am Schwarzen Meer bekam Max nicht viel mit. Das Peganum tat seine Wirkung, er fühlte sich gut und sah die Steppe in leuchtenden Farben. Nur die Hitze machte ihm zu schaffen. Selbst der Fahrtwind kühlte nicht. Aufgrund seiner Verletzungen konnte die Kutsche, in der er eine halbwegs bequeme Liegeposition eingenommen hatte, nicht schnell fahren. So dämmerte er in bunten, fließenden Träumen dahin, die die bittere Realität übermalten.

Der Palast in Taganrog empfing ihn mit orientalischer Pracht und angenehmer Kühle. Hier hatte das Militärsanitätswesen von Neurussland seinen Sitz, deren oberster Leiter Dr. Wylie war. Von Geburt Schotte, besaß er einen unübertroffenen schwarzen Humor, ebenso große Lebensfreude, rötliches Haar und war grobschlächtig. Doch er behandelte Max mit großer Fürsorge und so fachkundig, dass dieser sich schneller erholte, als er es für möglich gehalten hätte. Kleine Springbrunnen, kühle, mit halbhohen Bäumen bewachsene Innenhöfe und ein großes Angebot an exotischen Früchten trugen zur Genesung bei.

Taganrog war vor über einhundert Jahren von Zar Peter I. zur Festung ausgebaut worden, um sich gegen die kriegerischen Tataren zu schützen. Jetzt schien das Gebiet befriedet. Im Hafen wurden große Mengen von Hartweizen umgeschlagen. Bevor Max weiterreiste, wollte er unbedingt einen Eindruck von diesem Ort mitnehmen. Alles atmete den Hauch des Orients, den Duft nach Rosen und Gewürzen, nach Feigen und Granatäpfeln. Viele Frauen trugen lange Kleider und verhüllten ihr Haupt unter farbigen Tüchern. Schlanke Minarette neben kuppelförmigen Moscheedächern verrieten, dass ein großer Teil der Bevölkerung nach dem Koran lebte.

Die südländische Geschäftigkeit weckte in Maximilian wieder die altbekannte Unrast, jedoch fühlte er nach seinen Verletzungen Schwäche und Schmerz. Dieser Unfall hatte seine Pläne durcheinandergebracht. Er hatte wesentlich mehr Vorträge halten, Schulungen durchführen, vor allem aber Geschäftskontakte knüpfen und Handel tätigen wollen. Die ganze Reise hatte er aus seiner eigenen Tasche bezahlt, in der Überzeugung, früher oder später würden sich die Anstrengungen auszahlen. Nun hatte alles einen bitteren Beigeschmack bekommen. Diese Bitternis klang auch in seinem Brief an Finanzminister Cancerin durch, den Max am Abend vor seiner Abreise schrieb. Seine Reisekasse war deutlich zusammengeschrumpft, und er hatte nur einen Bruchteil von dem durchgeführt, was er sich vorgenommen hatte. Zum ersten Mal fehlte ihm der Enthusiasmus, die Welt verbessern zu wollen.

* * *

Mit dem Frieden von Jassy im Jahr 1792 verleibte sich Russland ein großes Gebiet des vormaligen Osmanischen Reichs ein. Zarin Katharina ließ die Festung Odessa zu einer Stadt ausbauen, um einen strategisch wichtigen Schwarzmeerhafen zu besitzen. Seitdem hatte sich die Stadt zu einem wichtigen Drehkreuz entwickelt. Ihr Aufblühen hatte sie fähigen Statthaltern zu verdanken. Der Generalgouverneur von Neurussland und Bessarabien, Graf Worontzow, machte die Stadt zu seinem Verwaltungssitz. Er lud westeuropäische Ingenieure, Ärzte und Wissenschaftler ein und schuf eine moderne Infrastruktur, zu der auch ein Theater, ein Lyzeum, eine Bibliothek und diverse wissenschaftliche und kulturelle Institute gehörten.

In der Stadt herrschte ein Gewimmel von mehreren unterschiedlichen Nationalitäten und Religionen, Griechen, Bulgaren, Serben, Deutsche und Schweden, orthodoxe Christen, Muslime, Juden, protestantische Christen. Begeistert betrachtete Max das Treiben in der Nähe des Hafens.

Obwohl er überzeugt war, wieder gesund zu sein, so fühlte er sich nicht so. Mochte es an der Wärme liegen, dem Seewind, an dem

ungewohnten Essen oder doch den Folgen seiner Verletzungen, jeder Schritt fiel ihm schwer.
Vielleicht lag es auch an der seltsamen Begegnung am Tag seiner Abreise von Taganrog. Man hatte es geheim gehalten, nur Dr. Wylie wusste es. Zar Alexander war in Taganrog eingetroffen. Er hatte Max die Gelegenheit zum Wiedersehen gegeben.
Einerseits war Max unangenehm berührt. Vielleicht hatte Graf Cancerin den Zaren von seinem verbitterten Brief unterrichtet, vielleicht waren dem Zaren die gelegentlichen Klagen des deutschen Wollhändlers über seine finanziellen Verluste zu Ohren gekommen.
Doch der Zar erkundigte sich nach Maximilians Genesungsfortschritten und fragte ihn, ob ihm Dr. Wylie gute Dienste geleistet habe. Max konnte es nur bestätigen und bedankte sich in aller Höflichkeit bei dem Monarchen. Der Zar schien ihm gar nicht richtig zuzuhören, sondern im Geiste woanders zu weilen. Man munkelte, die Zarin sei erkrankt. Vielleicht drückte Alexander die Sorge um seine Frau, was Max gut nachvollziehen konnte. Er selbst hatte die Gedanken an Charlotte, die Kinder, das Rittergut, die ihn vor allem nachts überkamen, ständig unterdrückt. Zum ersten Mal verspürte er Sehnsucht, Heimweh und Trübsinn im Herzen. Mochte es an der Fremdartigkeit dieses Landstriches liegen, der zwar sein Interesse und die Neugier reizte, aber auch beschwerlich und anstrengend war.
Dr. Wylie verabschiedete sich von Max. Er musste jetzt der kaiserlichen Familie beistehen. Und auch von Wilhelm von Freygang, seinem Reisebegleiter, musste Max sich trennen. Der größte Teil von Max' Mission war beendet. Einen Wunsch wollte Max sich allerdings noch erfüllen. In seinem Reisegepäck befand sich ein botanisches Buch des Freiherrn von Bieberstein, die „Flora taurica-caucasica". Es hatte ihn derart fasziniert, dass er sich nichts sehnlicher wünschte, als einmal die Halbinsel im Schwarzen Meer zu bereisen und Spuren des von ihm verehrten Botanikers

zu folgen. Max interessierte sich für alles, was der Boden hervorbrachte.
Nun hatte er endlich die Gelegenheit dazu. Taurien lag nur wenige Seemeilen von Odessa entfernt, fast zum Greifen nahe. Wenn, ja, wenn er noch Geld in seiner Reisekasse gehabt hätte! Zudem fehlte ihm ein Reisebegleiter, denn allein wäre es zu gefährlich gewesen, durch die Steppen und Gebirge der Halbinsel zu streifen, trotz Schreiben von Graf Worontzow.
Beinahe neidisch hörte er den weitschweifigen Ausführungen von Doktor Kaczkowski zu, der von seinem bevorstehenden Ausflug auf die Halbinsel erzählte. Vor längerer Zeit hatte ein polnischer Freund Maximilians ihn mit Dr. Karl Kaczkowski bekannt gemacht, namentlich Doktor der Medizin und Chirurgie und in Polen ein bekannter Schriftsteller. Es war eine wundersame Fügung, dass Max ihn in Odessa wiedertraf. Doch es hatte einen recht trivialen Grund: Im milden Klima der Schwarzmeerküste wollte Dr. Kaczkowski seine angegriffene Gesundheit kurieren. Es schien ihm gelungen zu sein, denn mit gebräuntem Gesicht, von Bädern und Massagen gestärkt, machte er auf Max einen unternehmungslustigen und vitalen Eindruck.
Max schluckte. Er hätte liebend gern mit Kaczkowskis beiden Reisebegleitern getauscht.
So war es nur ein kurzes Wiedersehen, und Max zog sich am zeitigen Abend auf sein Zimmer im Gasthof zurück. Es war ein ihm unbekanntes Gefühl, ein angestrebtes Ziel nicht erreichen zu können. Vielleicht würde er sich daran gewöhnen müssen.

* * *

Es verwunderte Max nicht wenig, als er am nächsten Morgen Dr. Kaczkowski allein am Frühstückstisch sitzen sah. Er schien sehr verstimmt. „Oh, bitte setzen Sie sich doch“, forderte er Max auf. „Mir ist der ganze Tag verhagelt, trotz Sonnenschein.“

„Darf ich fragen, was Sie so verstimmt hat?“ Es war eine Frage der Höflichkeit.

„Meine beiden Reisebegleiter kamen gestern am späten Abend an und mussten heute gleich wieder zurück nach Polen. Und ich will unbedingt Taurien bereisen. Was nun?“ Er starrte Max an, als erwarte er von ihm eine Antwort.

„Warum reisen Sie nicht allein?“

Der Arzt schüttelte den Kopf. „Meine angegriffene Gesundheit lässt es nicht zu. Mir fehlt die Kraft, und die Reise ist beschwerlich und gefährlich.“

„Ja, ich weiß.“

„Ach ja? Haben Sie Taurien schon bereist?“

„Nein, leider nicht. Ich hatte zwar die Absicht, aber ...“ Max unterbrach sich selbst. Es war ihm peinlich, darüber zu sprechen, dass sein Geld knapp geworden war.

„Ich muss mich nach einem anderen Reisebegleiter umschauen.“ Dr. Kaczkowski schlürfte Tee, dann setzte er das Glas hart ab. „Warum kommen Sie eigentlich nicht mit? Würden Sie mich begleiten?“

Max freute sich. „Es wäre mir eine große Ehre und Freude. Ich interessiere mich vor allem für die Botanik Tauriens, habe sogar ein Buch dabei ...“ Er stockte wieder. „Entschuldigen Sie, aber durch verschiedene Umstände erlaubt es meine Reisekasse leider nicht.“

Kaczkowski lachte auf. „Machen Sie sich darüber keine Gedanken, Herr Speck. Wir teilen uns in die Kosten, damit es für keinen zu viel wird. Und nun lassen Sie uns die Reisepässe besorgen. Zum Glück hat Graf Worontzow seinen Statthaltersitz hier in Odessa. Morgen können wir mit dem ersten Schiff nach Taurien auslaufen.“

Max unterdrücke die aufkommende Übelkeit, die ihn jedes Mal befiel, wenn er die Planken eines Schiffs betrat. Er empfand es als eine wunderbare Fügung, dass er diese Reise doch noch

unternehmen konnte, und so war er Dr. Kaczkowski dankbar. Es war ein Postschiff, das zwischen Odessa und der Halbinsel pendelte, ein Kanonierboot der kaiserlichen Flotte. Dank der von Statthalter Worontzow beigefügten Begleitpapiere wurden sie freundlich aufgenommen und ihr Gepäck verstaut.
„Übernehmen Sie die Reisekasse", bot Dr. Kaczkowski Max an. „Aber rechnen Sie bitte genauestens ab. Sie sind doch Kaufmann und können besser mit Geld umgehen als ich."
Dann erfolgte der Befehl: „Anker lichten!" Die Segel wurden gehisst, die Flagge herabgezogen, acht Kanonenschüsse donnerten, dann fuhr das Schiff langsam aus dem Hafen hinaus.
Max dankte dem Himmel, dass nur ein leichter Nordwestwind wehte und das Meer relativ ruhig blieb. So konnte er die Überfahrt halbwegs genießen. Eine Delfinschule begleitete das Schiff eine Weile, und für einen Moment ließ sich Max derart begeistern, dass er sogar seine allgegenwärtige Seekrankheit vergaß.
Nachts jedoch frischte der Wind auf, das Schiff wurde von den Wellen hin und her geworfen. Max kniete in der Kabine vor seinem Bett, grün im Gesicht und von einer derartigen Übelkeit gepackt, dass er am liebsten sterben wollte. Voller Neid betrachtete er Dr. Kaczkowski, den ewig jammernden Rekonvaleszenten, dem dieser Sturm offensichtlich gar nichts ausmachte. Max fand es ungerecht, dass er derart leiden musste, während der doch so kranke Doktor friedlich neben ihm schlief.
Das Festland erschien Max wie eine Verheißung und er schickte ein stilles Dankgebet gen Himmel, als er endlich wieder Boden unter den Füßen spürte. Allerdings schwankte sein Schritt, und die Übelkeit ließ auch nur allmählich nach, was den Doktor zu spöttischen Bemerkungen veranlasste. Er war einfach nicht für die Seefahrt geboren.
Nachdem ihr Gepäck ausgeladen worden war, bestiegen sie eine Mietkutsche mit zwei Pferden und setzten die Reise fort. Die Vorfreude auf botanische Exkursionen ließ Max seine Seekrank-

heit schnell vergessen. Er wurde allerdings schwer enttäuscht. Die Sommerhitze hatte die Vegetation verbrannt, und was überlebt hatte, wurde zum Fraß von Heuschrecken, die in dunklen Wolken über die Steppe zogen. Lediglich das allgegenwärtige Peganum diente den Kamelen und Eseln als Futter.

Sie erreichten einen Salzsee, den ein flacher Damm aus Sand vom Meer abtrennte. Der Anblick der schneeweißen Salzkruste war überraschend und erinnerte an einen zugefrorenen See. Unzählige Arbeiter hackten Blöcke ab, legten sie in die Sonne zum Trocknen und brachten sie dann in die umliegenden Lagerhäuser.

Max entdeckte blühende Strandpflanzen, die er gern in seine Botanisiertrommel gesammelt hätte. Doch Dr. Kaczkowski protestierte.

„Es ist zu heiß, wir fahren weiter. Ich kann nicht in dieser Hitze stehen bleiben, während Sie Pflanzen suchen. Ich bin krank!" Er wischte sich fortwährend den Schweiß aus dem Gesicht und zerrte an seinem Kragen.

Wohl oder übel musste Max sich fügen und hoffen, später ähnliche Pflanzen zu finden.

Der Kutscher kannte kein Erbarmen mit den kleinen Pferden. Am späten Nachmittag hielten sie endlich an einer einsam gelegenen Hütte. Sie wurde von Verwandten des Kutschers, die ein gutes Geschäft witterten, bewirtschaftet.

Japsend schleppte sich der Doktor in den Schatten und ließ sich etwas zu trinken bringen, während Max Hunger verspürte. Durch die Seekrankheit hatte er lange nichts gegessen. Er kaufte der Bäuerin zwei Hühner ab und bat sie, sie zuzubereiten. Währenddessen nutzte er die Gelegenheit zu einem kleinen Ausflug in die nähere Umgebung. Leider war der Steppenboden karg und die Ausbeute gering. Als Max zurückkehrte, hatte die Bauersfrau die Hühner zubereitet und Brot dazu gelegt. Da der Doktor auf das Essen verzichtete, verspeiste Max die beiden

Hühnchen mit großem Appetit. Danach fühlte er sich bedeutend wohler.
Dr. Kaczkowksi wälzte sich vom Diwan und wankte zur Kutsche. Den Rest der Fahrt bis Karlow lag er in einer Ecke seines Sitzes, durchtränkte mehrere Schweißtücher und trieb den Kutscher ständig an, schneller zu fahren. Max blieben nur sehnsüchtige Blicke aus dem Kutschenfenster auf die dürftige, aber interessante Vegetation Tauriens. Er unterdrückte seine Enttäuschung und den aufkommenden Zorn. So hatte er sich seine Reise nicht vorgestellt, doch er musste zufrieden sein, schließlich trug der polnische Doktor einen Teil der Reisekosten.
In ihrer Herberge fielen beide sofort in einen tiefen Schlaf. Am nächsten Morgen war Dr. Kaczkowski ernsthaft erkrankt.

* * *

Max wurde von einem schlechten Gewissen geplagt. Auch wenn er sich über die verpassten Exkursionen ärgerte, so wünschte er seinem Reisegefährten doch nichts Schlechtes. Und nun lag dieser danieder, und ihre Weiterreise war gefährdet.
Max eilte in den Ort zu einem Apotheker, besorgte Medizin und verabreichte sie dem Kranken. Mehr konnte er im Augenblick nicht für ihn tun. So nutzte er die Zeit zu einem weiteren Ausflug zu Fuß. Die Sonne brannte vom Himmel, nur gelegentlich verdeckt von Wolken dahinziehender Heuschrecken. Bei jedem Schritt über den ausgedörrten Boden flogen sie auf, stießen Max ins Gesicht und verirrten sich unter seine Kleidung. Schweiß floss ihm in den Kragen, die Füße brannten, und Durst quälte ihn. Er ließ seinen Blick über die trostlose Landschaft wandern. Nicht einmal vom Meer her kam Abkühlung, so trat er den Rückweg an, voller Sorge um seinen zurückgelassen Reisegefährten. Doch er war nicht wenig erstaunt, als ihn Dr. Kaczkowski bei bester Laune in der Tür empfing.

„Wo bleiben Sie denn, lieber Speck? Ich würde gern einen Ausflug in die Stadt mit Ihnen unternehmen."
Nun wischte sich Max mit einem Tuch den Schweiß von Gesicht und Hals und suchte den Schatten auf. Doch der Doktor ließ ihm keine Zeit zur Erholung. Wohl oder übel begleitete Max ihn durch die engen Gassen der orientalisch wirkenden Stadt, die sie auf einen Basar führten. Im Gegensatz zu der kargen Steppe vor den Toren der Stadt gab es hier ein üppiges Angebot an Melonen, Gurken, Pflaumen, Zwiebeln, an Fladenbrot und auch Fleisch. Moscheen und Synagogen bestimmten das Stadtbild, unter die sich die schlichten Häuser des ansässigen Völkergemischs duckten. Weit draußen umschloss das taurische Gebirge wie ein Amphitheater den alles überragenden Tschatirdagh. Dieser über eintausendfünfhundert Meter hohe Berg sollte der Höhepunkt ihrer Reise werden.
Doch zunächst wechselten sie Kutscher und Gefährt. Dr. Kaczkowski schob seine Erkrankung auf die unbequeme Fahrt und den tollkühnen Fahrstil des Kutschers. Auf der Straße nach Simferopol gelangten sie zu einer flachen Meeresbucht, deren pechschwarzes Wasser im Sommer verdunstete und einen heilsamen Schlamm zurückließ. Aus diesem Grund wollte Dr. Kaczkowski unbedingt hierher. Er hatte von erfolgreichen Kuranwendungen gehört.
Sie verließen die Kutsche und schlenderten zum Ufer. Ihnen bot sich ein kurioses Bild. In ausgehobenen Gruben, die wie Gräber aussahen, wurden die Patienten versenkt, mit Schlamm zugeschaufelt, bis nur noch die Köpfe herausschauten. Um sie vor der sengenden Sonne zu schützen, wurden zwischen Stöcken Stoffstücke aufgespannt. Trotzdem lief den armen Patienten der Schweiß die Stirn hinab. Manche lagen so apathisch da, dass Max meinte, sie seien tot, in der Hitze vertrocknet.
Füllige alte Tatarenfrauen in bunten Kleidern liefen dazwischen herum und weckten diejenigen, deren Behandlungszeit abgelau-

fen war. Dann wurden die Patienten wieder ausgegraben, und die alten Frauen wuschen ihnen mit warmem Salzwasser den Schlamm vom Körper. Mit derben Leinentüchern wurden sie trocken gerieben, bis die Haut rot glühte.

„Kann das wirklich gut sein?“, zweifelte Max angesichts dieser Tortur.

„Aber sicher“, entgegnete der Doktor. „Gegen Rheumatismus, Hautausschläge, Skrophulus und Paralyse. Man müsste das alles genauer von Ärzten untersuchen lassen.“

Er wurde unterbrochen, als mehrere tatarische Frauen auf sie zukamen, wild durcheinander auf sie einredeten und an ihrer Kleidung zerrten. Immer wieder deuteten sie auf frisch ausgehobene Schlammgruben. Die freundlich dankende Ablehnung beachteten sie nicht, wohl weil sie die Sprache nicht verstanden. Indes war eindeutig, was die Frauen wollten. Sie schienen nicht zu verstehen, dass die beiden Männer eine solch wunderbare Kuranwendung ablehnten. Wozu waren sie denn sonst gekommen?

Nun wandten die Frauen sanfte Gewalt an, und Max und Dr. Kaczkowski hatten alle Mühe, sich der Frauen zu erwehren. Es kam zu einem Handgemenge, dem die beiden Männer sich nur noch durch Flucht entziehen konnten. Schwitzend und aufatmend erreichten sie ihre Kutsche mit dem grinsenden Kutscher.

„Warum wollten Sie denn kein Schlammbad nehmen, wo Sie doch die Vorzüge der Kur so gelobt haben?“, wunderte sich Max.

Dr. Kaczkowski verzog das Gesicht, als hätte er in eine Zitrone gebissen und schüttelte sich. „Diese alten Weiber“, ächzte er. „So krank bin ich nun auch wieder nicht!“

* * *

Max stand am Fenster und starrte hinaus in die Dunkelheit, die hin und wieder von Blitzen zerrissen wurde. Er war müde und hätte gern geschlafen. Allein die mit Flöhen, Läusen und Wanzen gespickten Matratzen ließen es nicht zu. Sich unaufhörlich kratzend betrachteten die beiden Männer das Naturschauspiel und atmeten erst auf, als der Morgen graute und sie die ungastliche Herberge verlassen konnten. Auf der Straße stießen sie mit einem Bauernpaar zusammen, das mit einem Wägelchen zum nahe gelegenen Basar zog. Der Bauer betrachtete erstaunt die bunten Reiseanzüge der beiden Männer, dann wandte er sich grinsend an seine Frau. „Hörst du, Katerle“, sagte er in breitem Schwäbisch, „das sind die Komedianta, wie ich sie im Theaterle gesehen hab’. Der im Strohhut da ist der Kasperle, ein verfluchter Kerle.“ Dabei stieß er Max immer wieder mit dem Zeigefinger an.

„Irrtum, guter Mann“, erwiderte Max auf Sächsisch und lüftete seinen Hut. „Wir sind Reisende, die eine schlechte Nacht verbracht haben.“

Der Alte starrte sie verblüfft an, dann grinste er breit mit seinem zahnlosen Mund. „Sapperlot! Der spricht ja wie ich.“

„Beinahe, guter Mann. Ich komme aus Sachsen.“

„Ach du liebes Herrgöttle von Biberach, woher all die Leut’ auch kommen! Sogar aus einem Ländle, das ich gar nit kenn’.“

Gut gelaunt bestiegen sie die Kutsche. Ein neuer Reisebegleiter, der Franzose Monsieur Armand Durand, gesellte sich zu ihnen. Er war mit Dr. Kaczkowski bekannt, und beide unterhielten sich während der Fahrt angeregt, während Max wieder bedauernde Blicke aus dem Kutschenfenster warf. Das Gelände wurde bergig, der Untergrund aus Kalkstein war durchsetzt mit dunkler Muttererde, auf der Obst, Gemüse und Getreide üppig wuchsen.

„Können wir nicht eine Pause einlegen? Ich würde gern einige Pflanzen sammeln.“

„Nein! Sonst schaffen wir unser Tagesziel nicht.“ Dr. Kaczkowski schüttelte entschieden den Kopf.
„Der Meinung bin ich auch“, fügte Monsieur Durand hinzu. „Der Weg ist noch weit.“
Verärgert wandte Max sich ab. Dann beugte er sich zu dem Kutscher hinaus und bedeutete ihm, langsamer zu fahren. Tollkühn sprang er während der Fahrt aus der Kutsche, sammelte schnell einige Pflanzen ein und lief hinter der Kutsche her, bis er sie wieder eingeholt hatte. Er wiederholte dieses Kunststück einige Male, bis er völlig außer Atem war und sein Vorhaben entnervt aufgab.
Gut, er war überstimmt worden und hatte sich zu fügen. So etwas nannte man Demokratie. Trotzdem gefiel es ihm nicht. Er fühlte es als größte Strafe, die man einem Botaniker auferlegen konnte, ihn neben den schönsten und seltensten Gewächsen vorbeifahren zu lassen und ihm nicht zu gestatten, seine Leidenschaft zu befriedigen. Den Rest der Fahrt saß er schweigend und schmollend auf seinem Platz.
Sie erreichten Baktschisarai, die alte Residenz der tatarischen Khane. Die Stadt lag in einem engen Tal, von fast senkrechten kreideweißen Felswänden umgeben. Die orientalischen Häuser waren kaum höher als ein Stockwerk, mit Ziegeln gedeckt, die meist kleinen Fenster vergittert. Eine Gasse zog sich durch die Stadt, die gleichzeitig als Basar diente. Zu beiden Seiten siedelten Handwerker mit ihren zur Gasse offenen Werkstätten. Über allem wachte der vergoldete Halbmond auf den Minaretten der Moscheen.
Ein Papier des Statthalters verschaffte den Reisenden Eintritt in den Palast der Khane. Hier hatte einst auch Katharina die Große für die Zeit ihrer Taurien-Reise residiert. Sie besichtigten den Zeremoniensaal, den Speisesaal, das mit einem Springbrunnen verzierte Unterhaltungszimmer sowie das Schlafgemach mit dem Bett der verstorbenen Regentin. Dann traten sie auf

einen Hof hinaus. Dicke Mauern umschlossen ihn, einem Kerker gleich.
„Was ist das?“, wollte Max wissen.
„Der Serail“, antwortete der russische Führer und Aufseher des Palastes. Er winkte, ihm zu folgen. Inmitten eines Gartens erhob sich ein unansehnliches Gebäude, das nur durch eine kleine Tür zu betreten war. Das Innere war in viele Kämmerchen unterteilt, wovon jedes einen separaten Eingang besaß. Daneben erhob sich ein steinerner Turm mit einem rundum vergitterten Salon, der den Frauen des Khans als Aufenthaltsraum gedient haben mochte.
Entsetzt blickte Max sich um. Die hölzernen Gitter waren so eng gearbeitet, dass wohl kaum eine Fliege hindurchgepasst hätte, und erst recht nicht der Blick eines Fremden. Es war nichts weiter als ein riesiges Gefängnis. Wie viele Frauen hatten hier ihr Leben für einen tyrannischen, eifersüchtigen Despoten zwischen Mauern und Gittern verbringen müssen!
Er trat an das Gitter heran und versuchte, einen Blick hindurchzuwerfen.
„Heil euch, Europäerinnen“, rief er laut zu Dr. Kaczkowskis Überraschung. „Ihr habt das Tageslicht in einem Teil der Welt erblickt, wo durch strenge, auf moralische Prinzipien gegründete Gesetze dergleichen die Menschheit entehrende Sitten nicht mehr existieren dürfen. Ihr würdet bei dem Anblick dieser Qualen, die euren Schwestern bereitet wurden, schaudern und ihr trauriges Los beweinen!“
Die Sehnsucht kam in Maximilian wieder auf, Heimweh nach Charlotte, den Kindern, dem einfachen Landleben inmitten seiner Schafe. So war er froh, dass sie die Stadt in Richtung Sewastopol alsbald verließen.
Der Weg führte durch Täler und Wälder, über Wiesen, bewaldete Höhen. Max unterdrückte seine Wut angesichts der wundervollen Flora beidseits des Weges. Doch auch diesmal wurde

er überstimmt. Die Kutsche rollte weiter. Zudem verschlechterte sich das Wetter zusehends. Es war bereits mitten in der Nacht, als sie auf einem Berg hielten.

„Was ist los?“, fragte der Doktor.

„Der Weg endet hier“, gab der Kutscher zurück.

„Unsinn! Das ist unmöglich!“ Sie stiegen alle aus und blickten sich um, doch es war nichts anderes zu sehen als dichter Wald und Blitze am Himmel.

„Das kann wirklich nicht sein“, erregte sich Max. „Nach meinen Berechnungen liegt Sewastopol keine halbe Stunde von hier entfernt.“

„Und wo?“, wollte der Kutscher wissen. „Ich kenne mich hier nicht aus.“

Ratlos liefen sie um die Kutsche herum, diskutierten, in welche Richtung sie weiterfahren müssten. Ihre Lage war nicht ungefährlich. Noch während sie diskutierten, spannte der Kutscher die Pferde aus, wickelte sich in seinen Schafpelz und legte sich aufs Ohr.

„He, was soll das?“, erregte sich Kaczkowski. „Spann sofort an und fahr weiter! Auf keinen Fall übernachte ich hier in der Wildnis!“

„Ich auch nicht“, pflichtete Durand ihm bei.

„Wahrscheinlich ist es aber das Vernünftigste.“ Max sah sich wieder in der Minderheit. Nein, auch der Kutscher war seiner Meinung. Es fing an zu regnen, ein eisiger Wind fegte über sie hinweg. Max wickelte sich in seinen Reisemantel und kletterte in die Kutsche. Die beiden anderen folgten ihm wohl oder übel.

Es wurde eine denkbar unbequeme Nacht. An Schlaf war nicht zu denken. Keiner konnte die Beine ausstrecken. Es war eng. Außerdem wurde es beinahe unerträglich kalt. Es regnete in Strömen, sodass sie auch die Kutsche nicht verlassen konnten. In schlechter Stimmung warteten sie so den Anbruch des Tages ab.

Das Tageslicht bescherte ihnen eine angenehme Überraschung. Unweit der Kutsche fanden sie den Weg, den sie knapp verfehlt hatten. Der Kutscher spannte an, und eine halbe Stunde später fuhren sie durch Sewastopol.

* * *

Von Sewastopol aus reisten sie zu zweit weiter. Monsieur Durand hatte sich von ihnen verabschiedet. Max war erleichtert. Jetzt konnte er nicht mehr so schnell überstimmt werden. Sie mieteten sich zwei Reit- und zwei Packpferde und begannen unter Führung eines redseligen Griechen namens Kristoforo mit dem Aufstieg zum Tschatirdagh.

Es wehte bald ein heftiger Wind, dunkle Wolken jagten über ihren Köpfen dahin. In einem Wald unterhalb des Gipfels suchten sie Schutz. Nach kurzer Zeit waren sie durchgefroren.

„Sollen wir nicht besser umkehren?“, fragte Max.

Dr. Kaczkowski schüttelte den Kopf. „Jetzt sind wir einmal hier, da werden wir doch nicht aufgeben, so kurz vor dem Ziel. Der Gipfel ist ja schon zu sehen.“

„Gut, reiten wir weiter, ehe wir festfrieren.“ Sie bestiegen wieder die Pferde und verließen den Wald. Der Sturm packte sie mit aller Gewalt und drang durch ihre Kleidung. Die Pferde duckten ihre Köpfe und legten die Ohren an. Die Luft war dünn, das Atmen fiel schwer.

Auf diese Weise erreichten sie den Gipfel.

Max stieg vom Pferd. Er hatte einige seltene Exemplare eines Gebirgsveilchens entdeckt. Seine Botanisiertrommel hatte er überall dabei, auch auf diesem stürmischen Gipfel. Er ging die wenigen Schritte zu Fuß und betrachtete seinen Fund, doch als er sich wieder aufrichtete, war er von Nebel umgeben. Ratlos blickte er sich um. Wo war er hergekommen, wo waren seine Reisebegleiter?

Aus dem Nebel erklang Husten. Vorsichtig tastete Max sich vorwärts. Er konnte keine drei Schritte weit sehen. Unvermittelt tauchten die Silhouetten der beiden Männer aus dem Nebel auf.
„Sehr ungemütlich“, stellte Max fest.
Dr. Kaczkowski konnte nicht antworten, er hustete so heftig, dass Max den sofortigen Abstieg beschloss. Zurück nahmen sie einen anderen steileren Weg, sodass sie nicht reiten konnten. So führten sie die Pferde hinter sich am Zügel, darauf bedacht, sicheren Tritt zu finden und nicht abzustürzen. Max gelang es trotzdem, einige Pflanzen aufzusammeln, die er am Wegrand fand. Sobald es möglich war, schwangen sie sich wieder auf die Pferderücken. Max machte sich Sorgen um Dr. Kaczkowski, dem es zunehmend schlechter ging.
Am Fuß des Berges legten sie eine Rast ein. Der polnische Doktor ließ sich stöhnend unter einen Baum sinken. Max hatte Hunger, doch über ihm boten die Äste nur halbreife Kornelkirschen.
Die Pferde wieherten. Max wandte sich um und entdeckte drei Tataren, die von ihren Pferden abgestiegen waren und sich ihnen näherten. Der Älteste lächelte und redete ununterbrochen, was Kristoforo übersetzte.
„Tabak, sie fragen nach Tabak.“
Seufzend zog Max seinen Tabaksbeutel hervor. Es war sein letzter Tabak. Dr. Kaczkowski rauchte nicht. Ihm machte seine angegriffene Lunge ohnehin genug zu schaffen.
Der Alte dankte, die drei stopften ihre Pfeifchen und rauchten genüsslich. Dann schwangen sie sich auf ihre Pferde und verschwanden.
Der Hunger trieb Max, den Doktor und Kristoforo bald weiter. Im nächsten Tatarendorf erwartete sie eine Überraschung.
„Sind das nicht die drei, die nach Tabak gefragt haben?“
Der Doktor zuckte mit den Schultern. „Keine Ahnung, die sehen doch alle gleich aus.“

Der Alte hielt einen Korb mit Obst in der Hand und bot ihn den drei Entkräfteten an. Da griffen sie zu. Doch nicht genug, der alte Tatar lud sie in sein Haus ein. Dr. Kaczkowski lebte sichtlich auf.
„Ich hoffe, wir bekommen hier noch etwas mehr zu essen", flüsterte er. „Ich habe Hunger wie ein Bär."
Auf eine Handbewegung des Alten hin ließ er sich auf die Kissen nieder und schien sich für eine längere Zeit einzurichten.
Offensichtlich hatte der alte Tatar, wie es bei ihnen Sitte war, seine Frauen und Töchter zuvor aus der Hütte gewiesen, denn er bewirtete die drei Reisenden selbst mit großer Gastfreundschaft. Hart gekochte Eier, rohe Zwiebeln, schwarzes Brot, Salz, Kaimak und eine Kanne Wasser stellte er auf den niedrigen Tisch.
Mit Misstrauen beäugte Max den Kaimak. Es war eine Spezialität der Tataren, aus Ziegen-, Stuten- und Kuhmilch bereitet, die man kochte und von der man die Haut abschöpfte. Diese Milchhaut wurde auf eine umgedrehte Schüssel gelegt und im Backofen zu einem dünnen Kuchen ausgedünstet. Allerdings mangelte es in den Hütten der Tataren an Sauberkeit, und gewisse Gerichte sollten nur mit Vorsicht genossen werden. Max entschloss sich zu einem Mahl aus Eiern, Zwiebeln und Brot, während Dr. Kaczkowski mit gutem Appetit alles verschlang, was der Alte ihm vorlegte. Auf jeden Fall wurden sie alle satt und bedankten sich herzlich bei dem Alten, bevor sie weiterritten.
Es dauerte nicht lange, da krümmte sich Dr. Kaczkowski vor Schmerzen. Der Kaimak begann in seinem Bauch zu rebellieren. Kristoforo konnte sich ein Grinsen nicht verkneifen. Kein Wunder, sein Magen war derartige Kost gewohnt. Die weitaus meiste Zeit ihrer Rückreise verbrachte der Doktor hinter gewissen Büschen und Hecken, bis sie irgendwann Baktschisarai erreichten.

* * *

Der Brief trug das kaiserliche Siegel des Finanzministeriums als Absender. Der Finanzminister bot Max eine Entschädigung für die beträchtliche Summe, die Max aus eigener Tasche für seine Reise bezahlt hatte. Es klang gut: über fünftausend Hektar Land am Asowschen Meer, auf denen Wollwäschen und Sortieranlagen eingerichtet werden sollten. Deutsche Landwirte und Schafzüchter sollten sich auf dem Land niederlassen und unter Anleitung Maximilian Specks Electoralschafe halten. Es klang zu gut.

Mit spitzer Feder rechnete Max durch. Der Einsatz, den er für diese Musterzucht leisten müsste, überstieg die Entschädigung um mehr als das Zehnfache. Max' Dankbarkeit hielt sich in Grenzen.

Wilhelm von Freygang erwartete Max in Odessa. Er bemerkte Max' Zweifel.

„Warum nehmen Sie das Angebot nicht an, lieber Speck? Im Laufe der Zeit wird es sich rentieren."

„Im Laufe welcher Zeit? Es ist nicht abzusehen, wie viel Zeit, Geld und Mühe ich hier aufwenden muss, bis sich das alles rentieren wird. Es gibt noch nicht einmal deutsche Schafzüchter hier. Ich sehe mich außerstande, weitere Opfer zu bringen."

„Sie wollen das Angebot tatsächlich ablehnen?"

Max blickte ihn fest an. „So leid es mir tut. Ich werde Finanzminister Cancerin bitten, mich davon zu entbinden."

„Haben Sie bereut, nach Russland gekommen zu sein?"

Max hob erschrocken die Hände. „Auf keinen Fall! Ich habe unvergleichlich viele Eindrücke sammeln können, meine Kenntnisse weitergereicht und die Saat für das Wohlergehen der russischen Landwirtschaft legen können. Zudem zieht mein Vaterland ja ebenfalls Vorteile daraus, indem es viele Zuchtschafe nach Russland exportieren wird. Ich bleibe Russland auch weiter in Freundschaft verbunden." Er blickte übers Meer dorthin, wo Taurien lag. „Ich werde wiederkommen, bei Gott, dieses Land ist wunderbar, nicht nur wegen seines glücklichen Klimas und der Freundlichkeit seiner Bewohner. Diese üppigen Gefilde, die Landschaft! Ich komme im nächsten Jahr wieder, mit mehr Zeit und Muße. Möge mir der Himmel die Erfüllung meines Wunsches nicht versagen!"

Damit setzte Max seine Vortragsreise fort. Bessarabien lag vor ihm. Wilhelm von Freygang bekam eine Nachricht, per Eilkurier und von höchster Geheimhaltung. Doch es blieb nicht geheim, was das ganze Land in Erstarrung fallen ließ: Zar Alexander war tot!

Plötzlich war Max allein. Niemand kümmerte sich mehr um ihn. Jeder musste seinen Platz in dieser neuen politischen Situation suchen. Er beschloss, nach Hause zurückzukehren.

Als Max Speck kam er nach Russland, als Ritter von Speck verließ er es wieder. Seine Verletzungen waren noch nicht ausgeheilt und seine Reisekasse leer. Er wollte es positiv sehen. Die Handelsbeziehungen zu Russland würden weiter gedeihen, und er hatte in den vergangenen sechs Monaten ein großes, schönes Land kennengelernt.

Einladung nach Bayern

Charlotte Speck hob ein wenig den Rocksaum, als sie über eine Pfütze hüpfte, die sich mitten auf der Straße befand. Es hatte lange geregnet im Frühjahr des Jahres 1828, und der Boden war nass und schwer. An eine Bestellung der Felder war nicht zu denken. Der Verwalter hatte Charlotte davon unterrichtet, aber es war auch so zu sehen, dass es ein unsägliches Frühjahr war.

In den Hütten der Bauern herrschten Not und Krankheiten. Charlotte hatte es sich nicht nehmen lassen, diese Familien zu besuchen, um ihnen Trost zu spenden, Hilfe anzubieten und für die Kranken Heilmittel und Almosen auszuteilen.

Auch wenn der Verwalter in Maximilians Abwesenheit sich um alle finanziellen und organisatorischen Belange des Gutes kümmerte, hielt Charlotte stets ein wachsames Auge darauf. Einen Verwalter hatte Max bereits entlassen müssen, weil er unzuverlässig gewesen war. Max war ein strenger, aber gerechter Patron. Er tadelte, wo es dafür Grund gab, lobte aber auch, wenn er mit der Arbeit zufrieden war. Mit spitzer Feder rechnete er die Kosten für Haltung und Zucht aller Tiere, für den Ackerbau, die Erhaltung der Gebäude bis hin zur Zahlung und Verköstigung der Angestellten vor..

Für Aufregung hatte die Aufstellung eines Strafenkatalogs gesorgt, den Maximilian auf dem Rittergut eingeführt hatte. Für alle möglichen Verfehlungen wurden Strafen angeordnet, die zumeist in Geld zu begleichen waren. Rauchen in Ställen und Scheunen, Schlagen des Viehs, Verschwenden von Futter, liederliche Arbeit, aber auch Diebstahl, Trunksucht und Widerspenstigkeit gegen Vorgesetzte wurden bestraft. Schließlich war Maximilian Speck nicht nur Patronats-, sondern auch Gerichtsherr. Es lag Max nicht daran, durch Strafen seine Angestellten

zu unterdrücken, sondern sie zu belehren und zu erziehen. Eingezogene Geldstrafen ließ er in eine Kasse legen, aus der fleißige und ordentliche Knechte und Mägde belohnt wurden. Und da er alle nur möglichen Verfehlungen akribisch aufführte, konnte es keine Missverständnisse geben. Wer sich an die Regeln hielt, wurde durch Fürsorge, pünktliche Lohnzahlungen und Verköstigung, Anerkennung von Arbeit und Leistung und ein freundschaftliches Verhältnis durch die Herrschaft belohnt.
Die strenge Gerechtigkeit ihres Gemahls versuchte Charlotte mit besonderer Hingabe und Mildtätigkeit zu ergänzen. Jeder in den zum Gut gehörenden Dörfern pries sie als Wohltäterin. Dabei hatte Charlotte genügend eigene Sorgen unter dem Dach des kleinen Schlösschens. Während Maximilians Reisen – und Max reiste beinahe jedes Jahr – war sie immer auf sich selbst gestellt. Die euphorischen Briefe, die Max ihr schrieb, gaben ihr Kraft, die vielen Aufgaben zu bewältigen. Sie war Gemahlin und Hausfrau, Mutter ihrer fünf Kinder, Gefährtin auf Reisen und Stellvertreterin in seiner Abwesenheit, Vorbild als Patronin und Freundin für Gleichgesinnte. Es war erstaunlich, dass sie neben all ihren Pflichten noch Muße zur künstlerischen Betätigung besaß. Wann immer es ihr möglich war, kopierte sie Gemälde und Kunstwerke, die Max von seinen Reisen mitbrachte, hielt die Kinder zu künstlerischer Arbeit an und gestaltete mit geschickter Hand Schloss Lützschena und Specks Hof in der Stadt zu gemütlichen und geschmackvollen Etablissements.
Doch die Russland-Reise, auf der Max verunglückte, zeigte ihr nur zu deutlich die Gefahren dieser Reisen. Luise lag Charlotte ständig in den Ohren, der Herr Ritter solle doch nun endlich daheim bleiben, weil sie des Nachts kaum noch schlafen könne aus Sorge, er würde wieder verunglücken.
Charlotte wusste, dass Luise nachts sehr gut schlief und auch lautstark schnarchte, vor allem, wenn sie sich abends ein Gläschen Branntwein oder einen Krug Bier genehmigte. Bierbraue-

rei und Branntweinbrennerei gehörten zum Rittergut, und für das Personal gab es als Lohn gewisse Mengen an Deputaten. Luise behauptete, dass sie ja nur den ihr zustehenden Lohn konsumiere.

Für Anna und Maria war die schnarchende Luise stets ein Glücksfall, denn so konnten sie ihren Argusaugen entwischen. Tagsüber wurden sie von einem Hauslehrer unterrichtet, den Max und Charlotte bereits vor der großen Reise nach Russland in Dienst genommen hatten. Für die wissbegierigen Kinder gehörte dieser Unterricht zu den schönsten Stunden des Tages. Allerdings lagen die Interessen der Kinder weit auseinander.

Maria interessierte sich für Naturwissenschaften, für Technik, für Fremdsprachen und Literatur. Der Hauslehrer Ernst Moritz Reichel hatte manchmal seine Mühe, den Wissensdurst des Mädchens zu stillen. Nichts wünschte sich Maria mehr als Bücher, aus denen sie Interessantes erfahren konnte. Das Lernen fiel ihr leicht, und sie spürte darin eine Befreiung. Am liebsten hätte sie all die fremden Länder bereist, über die sie in den Büchern las.

Doch Max behütete seine Töchter mit ebenso viel Liebe wie Eifersucht. Jetzt, wo sie an der Schwelle zum Erwachsenenalter standen, achtete er noch stärker darauf, sie zu bilden, religiös zu unterweisen und ihren Charakter zu formen. Hauslehrer Reichel unterstützte Max in seinem Bemühen mit Hingabe. Anna besaß eine mitfühlende Seele, kümmerte sich um die Armen des Dorfes und begleitete Charlotte oftmals zu Krankenbesuchen und in die Dorfschule in Hänichen. Anna, die keine Schule kannte, staunte über das kleine Zimmer mit den vielen Bänken, den eisernen Ofen und über den Backraum dahinter. Die Schulkinder mussten von den Dörfern Lützschena und Quasnitz nach Hänichen laufen, im Winter oft durch hohen Schnee, im Frühjahr vom Hochwasser bedroht. Während der Ernte fiel die Schule aus, denn die Kinder mussten auf den Feldern helfen.

Hermann zeigte schon zeitig sein Talent für Dichtung und Malerei. Doch das genügte Max nicht. Auch wenn es Charlotte das Herz zerriss, schickte er Hermann nach Paris auf das Institut Royal.

Für den kleinen Alexander begann die Schule erst, doch auch er zeigte sich eifrig und lernfreudig.

Nur Carl, der Älteste, bereitete allen Sorge. Er litt zunehmend an seiner Gemütskrankheit, schwankte zwischen geistiger Apathie und verrückten Ideen, die er unbedingt umsetzen wollte. Es war nicht leicht, ihn daran zu hindern. Hinzugezogene Ärzte waren ratlos. So wurde Carl immer wieder in verschiedene Kureinrichtungen geschickt, in der Hoffnung, Bäder und Behandlungen würden sein Leiden lindern.

Hauslehrer Reichel war glücklich über sein Leben im ländlichen Rittergut, mit einem wohlwollenden Patronatspaar und lerneifrigen Kindern. Eigentlich hatte er Theologie studiert, doch alle Pfarrstellen waren besetzt. So war die Hauslehrerstelle bei den Specks eine willkommene Alternative.

Nach dem Unterricht spielten die Kinder gern im Park und versuchten, Luises strenger Aufsicht zu entkommen, sehr zu Luises Leidwesen, die gegen den Erfindungsreichtum der Kinder nicht gewappnet war.

„Gott sei Dank sind Sie endlich da, Frau Speck!“ Luise kam Charlotte völlig aufgelöst entgegengelaufen und rang dabei theatralisch die Hände.

„Was ist denn los?“ Charlotte putzte sich ihre schmutzigen Schuhe an einem Grasbüschel ab.

„Der Verwalter sagt, die neuen Zuchtrinder aus der Schweiz sind eingetroffen. Der Stier ist furchterregend und von einer Kraft, die wohl kein Stalltor aushält. Ich fürchte um das Leben der Kinder, denn sie sind ja so neugierig und wollen unbedingt dieses Untier begrüßen.“

„Sie wollen es begrüßen?“, wunderte sich Charlotte.

„Ja, sie haben Kränze aus Buchsbaum geflochten und wollen sie ihm auf die Hörner stecken. Natürlich habe ich es ihnen strengstens verboten, aber auf mich hört ja keiner!"
Wie ein aufgescheuchtes Huhn flatterte sie um Charlotte herum.
„Luise, helfen Sie mir doch bitte, meine Stiefel zu säubern. Ich mache sonst Flecken auf den neuen Teppich."
Luise starrte ihre Herrin fassungslos an. Die Kinder befanden sich in Lebensgefahr, und Frau Speck kümmerte sich um die Sauberkeit von Schuhen und Teppich!
„Ich kümmere mich gleich darum, aber bitte, Luise …"
Im nächsten Moment kam ihnen Alexander weinend entgegengelaufen. Charlotte fuhr erschrocken herum. „Ist etwas passiert? Wo sind Maria und Anna?"
Alexander zeigte hinauf auf den Heuboden. „Da! Wir wollten sehen, wie der Stier die Kränze auf die Hörner bekommt."
„Wer hat euch das erlaubt? Ihr wisst, wie gefährlich so ein Stier ist."
Alexander wischte sich mit dem Ärmel die Tränen aus den Augen. „Der Verwalter hat gesagt, er legt ihnen die Kränze selbst um."
„Hat er es getan?"
„Jaaaa-haaahaaa-haaa!" Wieder begann Alexander zu weinen. „Und nun … und nun …"
„Um Gottes Willen, der Stier hat den Verwalter totgetrampelt!"
Sie eilte mit gerafften Röcken zum Stall, gefolgt von der laut barmenden Luise, die sich Alexander kurzerhand unter den Arm klemmte, um schneller laufen zu können.
Der Stier stand in einem Geviert aus dicken Baumstämmen. Es war ein prachtvolles Tier, mit einem Ring in der Nase und einem mächtigen Nacken. Der Verwalter und die Knechte standen am Zaun und betrachteten ihn.
„Gott sei Dank, Sie leben!" Charlottes Stoßseufzer verriet ihre Erleichterung. „Ich dachte schon …"

Erstaunt wandte sich der Verwalter zu ihr um. Dann erblickte er Alexander, der sich hinter Luises Rock versteckte und sich daran seine Nase abwischte. „Der junge Herr wäre ja liebend gern zu dem Stier hineingeklettert, wenn ich ihn nicht zurückgehalten hätte. Er wollte ihm unbedingt die Hörner umkränzen."
„Dem Himmel sei Dank, dass Sie es verhindert haben. Aber wo sind die Kränze? Wir könnten sie ja an die Stalltür hängen."
Der Verwalter zuckte mit den Schultern. Alexander fing wieder lauthals an zu weinen. „Das ist es ja! Der Stier hat sie gefressen!"

* * *

„Ich wusste, ich würde dich hier finden." Max setzte sich neben Charlotte auf die Bank vor der Fischerhütte, einem lauschigen Plätzchen am Rande des Parks. Das Hinterwasser beschrieb einen Bogen und umschloss die Landzunge. Von hier hatte man einen weiten Ausblick in die Aue hinein, über die Wiesen, auf denen Nebelschleier lagen, Eichen, die ihre Äste in den Himmel reckten, bis zum Wald. Der Wind wehte die letzten Blätter von den Bäumen. In der Nacht hatte Raureif das Laub bedeckt. Es war Charlottes Lieblingsplatz, an den sie sich gern zurückzog. Sie fand selten Zeit dazu, umso wichtiger waren ihr diese stillen Augenblicke. Sie zog ihren wollenen Mantel enger um die Schultern.
Luise kannte die Vorliebe ihrer Herrin und verbrachte die Zeit mit den Kindern an einer anderen Stelle des Parks. Derzeit beliebt war das kleine russische Häuschen, das Max nach seiner Russlandreise hatte errichten lassen. Es ähnelte dem Bauernhaus, in dem er damals nach seinem Unfall aufgenommen worden war. Allerdings hatte er es romantischer ausgestaltet, mit bunten Glasscheiben in den Fenstern, Gemälden mit russischen Szenen, und es war außen von Wein und Efeu umrankt. Hier

wurde oftmals Tee genossen, was besonders Maria faszinierte. Am liebsten wäre auch sie nach Russland gereist.
Im Häuschen duftete es nach Tee und frischem Gebäck. Ein Samowar stand auf dem Tisch, der das Wasser erwärmte, mit dem der starke Teesud verdünnt wurde. Dazu gab es dunkelbraune Zuckerklumpen zum Süßen. Nur Luise rührte nichts an. Ein Blick auf ihre grimmige Miene ließ alle Hoffnungen auf eine tatsächliche Reise schwinden. Alles Fremdländische war Luise suspekt, außerdem trank sie ohnehin lieber Kaffee.
Max umgab eine Aura der Unrast, als er sich neben Charlotte setzte. Sie spürte es sofort.
„Was gibt es, was du mir unbedingt mitteilen willst?“
„Ein Brief ist angekommen, vom Bayrischen Königshof.“
„Oh! Hast du Seiner Majestät wieder geschildert, welche Gemälde du von deiner letzten Reise mitgebracht hast?“
„Natürlich! Und wie immer sind Seine Majestät sehr interessiert. Ich kann es selbst kaum fassen, welche Aufmerksamkeit er mir widmet.“
„Er ist eben ein sehr kunstsinniger Monarch.“
„Wie es auch der russische Kaiser war. Aber, nein, diesen Brief schrieb sein Innenminister Eduard von Schenk. Stell dir vor, Seine Königliche Majestät laden mich nach Bayern ein!“
Überrascht fuhr Charlotte herum, und ihre Augen leuchteten freudig. „Wie wunderbar! Welch eine Ehre! Er wird dir bestimmt seine Kunstsammlungen zeigen.“
Max lachte. „Das hoffe ich doch sehr. Allerdings ist das nicht der Zweck der Einladung.“
„Sondern?“
„Ich soll in Bayern ein Mustergut mit Electoralschafzucht errichten, wie hier in Lützschena.“
Charlotte schlug die Hände zusammen. „Ist das die Möglichkeit? Der Ruhm unseres kleinen Rittergutes ist bis nach Bayern gedrungen?“

„Was kann mir Besseres passieren, als meine Erfahrungen und meine Schafe auf höchst königliches Geheiß nach Bayern zu exportieren?"

Einen Moment wurde Charlotte ernst. „Wird es dir nicht zu viel, ein weiteres Gut aufzubauen? Nein, ich weiß, dass nichts auf der Welt dich davon abhalten kann." Sie erhob sich. „Komm, das müssen wir den Kindern erzählen."

* * *

„Nun, wie finden Sie es?" Joseph von Hormayr blickte Max erwartungsvoll an.

Max' Miene verriet nicht, was er dachte. „Ich bin Seiner Majestät außerordentlich dankbar für dieses Angebot", antwortete er ausweichend. Er schlug den Kragen seines Mantels hoch. Schneeflocken wehten in sein Gesicht. „Ist das Dach dicht?"

Hormayr zuckte mit den Schultern. „Man geht davon aus …"

Sie standen vor dem Schloss Fürstenried bei München, einem ehemals imposanten Lustschloss, in dem ein Jahrhundert zuvor die Wittelsbacher rauschende Feste gefeiert und ein feudales Leben geführt hatten. Doch jetzt war von dem Glanz nicht viel übrig. Das Schloss war seit Jahren verwaist und hatte durch die Einquartierung von französischen und österreichischen Truppen während der Napoleonischen Kriege stark gelitten.

„Sie können die Gebäude selbstverständlich bewohnen, sie nutzen und auch umbauen. Natürlich auf eigene Kosten. Aber für eine Schafzucht und Wollsortierung bietet Fürstenried genügend Raum."

Max blickte sich in den leeren Zimmern um. „Ja, Raum ist genug." Er seufzte. Es würde eine Unsumme Geld verschlingen, und es wäre fraglich, wann er hier den ersten Gewinn erwirtschaften würde.

„Wie lange kann ich es pachten?"

„Zehn Jahre – vorerst, mit Option zur Verlängerung. Nun, wie finden Sie es?“, wiederholte Hormayr seine Frage.

„Leer und kaputt“, gab Max trocken zurück.

Um Joseph von Hormayrs Mundwinkel spielte ein Lächeln. „Ich werde mich beim Innenminister dafür einsetzen, dass zuvor wichtige Reparaturen erledigt werden.“

Max wandte sich zu ihm um. Joseph Freiherr von Hormayr zu Hortenburg war ein faszinierender Mann. Nicht sein angenehmes Äußeres machte ihn so interessant, als vielmehr seine abenteuerliche Vergangenheit. Er entstammte einem alten Tiroler Adelsgeschlecht. Berühmt wurde er jedoch als Freiheitskämpfer im Tiroler Bauernaufstand an der Seite von Andreas Hofer. Er erbeutete den Degen von General Bisson in der Schlacht am Berg Isel und wurde daraufhin von Napoleon für vogelfrei erklärt. Gemeinsam mit drei Freunden beschloss er, Napoleon zu ermorden. Das Attentat schlug fehl. Fürst Metternich persönlich brachte ihn ins Gefängnis, wo er vierzehn Monate Haft verbüßte.

Bayern jedoch war an dem rebellischen Geist interessiert, und der Freiherr trat in bayrische Staatsdienste. König Ludwig betraute ihn mit der Leitung des Außenministeriums. Zudem war er wie geschaffen für die Durchführung vertraulicher Aufgaben. Offenbar auch in Bezug auf Fürstenried.

„Vielleicht sollten Sie sich besser an den Minister für Finanzen wenden, damit es auch bezahlt wird“, erwiderte Max. „Das Scheunendach ist nur unvollständig gedeckt, die Scheunentore verfault, die Böden in den Ställen kaputt.“ Er deutet mit dem Finger zur Decke, wo mehrere Löcher im Putz klafften. „Und das Wohnhaus ist auch zu sanieren. Ich möchte diese Punkte in den Pachtvertrag aufgenommen wissen.“

„Also sind Sie einverstanden?“

Max seufzte. „Kann ich den Wunsch Seiner Majestät ablehnen?“

* * *

Es waren nicht nur die baulichen Mängel, die Max auf seinem Pachtgut Fürstenried zu schaffen machten. Es fehlte auch an geschultem Personal, an Einsicht in eine straff geordnete Arbeit und Unterstützung seitens der bayrischen Regierung. Zugesagte Reparaturen wurden nicht durchgeführt. Max bezahlte sie aus eigener Tasche. Diszipliniertes Kaufmannswesen prallte auf eingefleischte Dickschädel. Doch vor dem König wollte sich Max keine Blöße geben. Er ließ eine Herde Electoralzuchtschafe aus Sachsen nach Bayern bringen, unterwies die Schäfer in Zucht und Haltung der wertvollen Tiere, überwachte die Wollgewinnung und die Sortierung. Zudem musste er sich auch um das Rittergut Lützschena kümmern, was Charlotte bislang in seiner Abwesenheit immer getan hatte.
Charlotte hatte diesmal jedoch kurz entschlossen die Sachen packen lassen und war mit den Kindern, Luise und zwei Dienern nach München gereist, um Max beizustehen. Max hatte in seinen Briefen nach Hause alles genau beschrieben, ohne auf die Probleme direkt einzugehen. Aber Charlotte besaß ein feines Gespür dafür, dass er wohl manches zu positiv schilderte, und wollte sich selbst ein Urteil bilden. Vor allem aber wollte sie Max zur Seite stehen.
„Ach, herrje!“ Charlottes Ausruf beschrieb den ersten Eindruck, den sie von Fürstenried hatte.
„Das schaffen wir schon.“
„Gut, kümmere du dich um die Schafe, ich kümmere mich um das Schloss.“
Nur Luise verfiel wieder in ihr altes Lamento. „Lieber Gott, das kann man doch keinem zumuten! Alles ist verfallen, der Wind pfeift durch die Fenster, und wir werden alle an Schwindsucht sterben. Außerdem ist es hier kalt und ständig schneit es. Die Leute sprechen eine Sprache, die man nicht versteht. Doch das Schlimmste ist, alle sind katholisch! Wie soll ich denn die Kinder im rechten Glauben erziehen?“

„Das überlassen Sie mir, liebe Luise“, erwiderte Charlotte. „Im Kathechismus werde ich sie unterweisen, daheim übernimmt es dann wieder der Pfarrer. Das Schloss ist groß genug, und wir werden hier einen kleinen lutherischen Andachtsraum einrichten. Es schadet den Kindern allerdings nicht, wenn sie sich auch mal eine katholische Kirche anschauen. Die hier in Fürstenried ist sehr prachtvoll.“

„Teufelszeug, dieser katholische Protz! Ich gehe jedenfalls nicht hin, und Sie können es nicht von mir verlangen!“

„Ich werde Sie selbstverständlich nicht dazu zwingen, Luise. Sehen Sie diese Kirche doch als Kunstwerk an.“

„Ich verstehe nichts von Kunst und denke, die Kinder werden davon nur verdorben. Für mich gibt es nur Gott da oben und nicht noch einen Papst dazwischen.“

Charlotte gab es auf, mit Luise darüber zu diskutieren. Luise hatte immer ihre eigene Meinung.

Am Sonntag trafen sich die Familie und das protestantische Personal, das Charlotte aus Leipzig mitgebracht hatte, in dem kleinen Gebetsraum, den sie mit viel Liebe eingerichtet hatte. Er war schlicht, mit einem Bildnis der Lützschenaer Schlosskirche versehen, und hatte zwei Stuhlreihen. An der Seite stand eine kleine Heimorgel, auf der Charlotte zur Andacht spielte.

„Ein feste Burg ist unser Gott, ein gute Wehr und Waffen. Er hilft uns frei aus aller Not, die uns jetzt hat betroffen …“

Luise schmetterte das alte Kirchenlied, das aus Luthers Feder stammte und an den Psalm 46 anlehnte, besonders inbrünstig. Sollten doch alle Katholiken rundherum es vernehmen, hier war eine starke protestantische Familie, die sich allen Anfeindungen erwehren würde. Und Anfeindungen gab es genug. Luise erinnerte sich an den ersten Streit mit der Gesindeköchin, der beinahe mit einer handfesten Prügelei endete.

„Und wenn die Welt voll Teufel wär und wollt uns gar verschlingen, so fürchten wir uns nicht so sehr, es soll uns doch gelingen.“

Luise nahm sich vor, in Zukunft immer einen Knüppel unter der Schürze mit sich zu führen. Sicher war sicher.
Die Probleme auf Gut Fürstenried ließen die Familie noch enger zusammenrücken. Max war sichtlich froh, Charlotte in seiner Nähe zu haben. Ihr ausgleichendes Wesen wirkte beruhigend auf alle Seiten, sogar auf Luise.
„Weißt du, ich fühle mich hier sicher wie in einer Burg“, sagte Charlotte später zu Max. „Auch wenn der Putz bröckelt.“
„Eine Burg, über der ein Stern leuchtet“, erwiderte er. Und leise setzte er hinzu: „Ich bin glücklich, dass du da bist.“
Nur wenige Tage später erfuhr Max eine ganz besondere Ehrung durch König Ludwig I. von Bayern. Er erhob ihn in den Freiherrenstand. Nach dem Ritterschlag durch Zar Alexander war es nun die zweite Adelung, die seine Verdienste belohnte. Die Electoralschafe mit ihrer herrlichen Wolle hatten keine Ahnung, was Max ihnen verdankte. Doch waren es wohl in Wahrheit der unermüdliche Arbeitseifer und die beharrliche Zielstrebigkeit des Maximilian Speck, die ihm diese hohe Anerkennung einbrachten.
Der Geehrte durfte sogar einen Wunsch äußern, den ihm der in Freundschaft zugetane Monarch gern erfüllte. Max wünschte sich einen Zusatznamen. In Erinnerung an Charlottes Worte wählte er den Namen „Sternburg“.
„Maximilian Ritter von Speck, Freiherr von Sternburg gibt sich die Ehre.“ Max küsste Charlottes Hand. „Ich hoffe, ich bin Charlotte Hänel von Cronenthall nun ebenbürtig.“
Charlotte lachte und neigte huldvoll den Kopf. „Ich bin stolz auf den verdienstvollen Freiherrn von Sternburg. Aber verliebt habe ich mich in Max Speck.“

* * *

Während Charlotte noch damit beschäftigt war, das Fürstenrieder Schloss halbwegs wohnlich einzurichten, meldete Joseph von Hormayr seinen Besuch an und lud die ganze Familie zu einem Ausflug ein. Er tat sehr geheimnisvoll, sprach von einer Überraschung.

„Nun, wie finden Sie es?" Joseph von Hormayrs Enthusiasmus schien ungebrochen. Max blickte sich um. Die hügelige Gegend bot einen angenehmen Anblick. Das Flüsschen Rott umfloss die Hügel, weite Wiesenflächen begrenzten sein Bett. Unweit von Neumarkt, einem hübschen Marktflecken, lag das Klostergut St. Veit. Das Schloss bot einen großartigen Anblick. Es war massiv gebaut und offensichtlich in bestem Zustand. Gleich daneben stand die Kirche. Selbst die Nebengebäude – Stallungen, Scheunen, Ziegelei und eine Brauerei mit Brennerei – wirkten solide. Alles in allem ein gewaltiger Unterschied zu Fürstenried.

„Sehr hübsch, wirklich sehr hübsch", erwiderte Max und auch Charlotte pflichtete bei.

„Das Kloster wurde 1171 hier angelegt, nachdem es zuvor bereits einige Jahre im nahe gelegenen Elsenbach bestand. Also ein Ort mit großer Tradition." Wieder blickte Joseph Hormayr ihn erwartungsvoll an.

„Wem gehört es?", wollte Charlotte wissen.

„Dem Damenstift St. Anna in München."

„Kann man es besichtigen?"

„Ich bitte sogar darum." Joseph von Hormayr besaß ungemein viel Charme, was natürlich auf die Damen wirkte. Charlotte küsste er galant die Hand, den beiden Mädchen machte er Komplimente. Carl, der sie begleitete, schien den Minister nicht zu bemerken, was Hormayr diskret zur Kenntnis nahm. Dafür konnte Maria kein Auge von ihm wenden. „Sind Sie es tatsächlich, der Held von Tirol?"

Joseph von Hormayr lächelte geschmeichelt. „Sie haben von mir gehört, gnädiges Fräulein?"

„Gelesen, Herr von Hormayr, mit großem Interesse gelesen, vom Tiroler Befreiungskampf, von Ihren Heldentaten, von Ihrem Kampf gegen Napoleon. Was haben Sie alles erleiden müssen! Sie sind ein wahrer Patriot. Ich habe auch einige Ihrer Schriften gelesen, die ‚Geschichte der gefürsteten Grafschaft Tirol' und die ‚Geschichte des Andreas Hofer'. Was für eine Wortgewandtheit, welch Intellekt …"
„Sie machen mich verlegen, Fräulein Maria!" Joseph von Hormayr hob lachend die Hände. „Ich ahnte nicht, dass Sie sich solcher Literatur widmen."
„Unsere Töchter sind gebildet, darauf legen wir großen Wert", schaltete sich Max ein. „Und natürlich beschäftigen sie sich auch mit Politik, mit dem Zeitgeschehen, mit den Persönlichkeiten der Geschichte. Wer könnte sich dem verschließen?"
„Meine Bescheidenheit verbietet mir, mich stolz zu fühlen." Hormayr zwinkerte Maria verschwörerisch zu, und Maria zwinkerte zurück. Ihre Wangen hatten sich vor Aufregung gerötet. Joseph von Hormayr imponierten Marias Bildung und Intellekt. Mit dieser jungen Dame konnte er sich über mehr als die neueste Mode oder den Klatsch des letzten Hofballs unterhalten.
„Sie haben uns doch nicht hierher geführt, um mit uns einen Sonntagsausflug zu machen", unterbrach Max die Gedanken des Ministers. „Dazu haben Sie zu viele Hintergedanken."
Hormayrs Mundwinkel zuckten belustigt. „Sie haben mich durchschaut, lieber Speck-Sternburg. Es hat einen bestimmten Grund. Kommen Sie, wir besichtigen das Klostergut."
Von Nahem betrachtet sah das Klostergut nicht mehr ganz so solide aus. Vor allem an den Wirtschaftsgebäuden war der Verfall sichtbar.
„Hier scheint lange nichts mehr gemacht worden zu sein", stellte Max fest.
„Das dürfte doch für Sie kein Problem sein", erwiderte Hormayr. „So wie Sie Fürstenried wieder in Schuss gebracht haben."

Max fuhr herum. „Wie meinen Sie das?"
„Das Klostergut steht zum Verkauf."
„Zum Verkauf? Sie meinen ..."
Hormayr nickte. „Seine Majestät würden es Ihnen zu einem guten Preis überlassen."
Max wechselte einen kurzen Blick mit Charlotte. Fürstenried hatte er in kürzester Zeit mit außerordentlich viel Fleiß und Mühe beachtliche Erfolge erreicht. Eine Herde von eintausendzweihundert Electoralschafen hatte er herbringen lassen und begonnen, Schafzuchtmeister auszubilden.
„Na ja, ich könnte die Herde teilen, sechshundert Schafe hierher bringen ...", überlegte er laut. „Wie sieht es mit Land aus?"
„Genügend Acker, etwa fünfhundert Tagwerke. Kartoffeln, Gerste, Weizen, Roggen, Hafer, Klee und zwischendurch Grünfutter. Auch Rüben, Kohl und Raps. Die Kartoffeln werden zumeist für die Branntweinbrennerei gebraucht. Wollen Sie sich die Brauerei anschauen?"
„Wird hier Hopfen angebaut?", wollte Max wissen.
Hormayr schüttelte den Kopf. „Nicht mehr. Aber wie ich hörte, haben Sie große Erfahrungen damit auf Ihrem Rittergut in Lie ... äh ... Latsch ... wie heißt es doch?"
„Lützschena", berichtigte Charlotte. „Eine wendische Gründung."
„Wendisch, so, so." Joseph von Hormayr räusperte sich.
„Warum besuchen Sie uns nicht mal in Lützschena? Papa hat dort einen wunderbaren Park anlegen lassen, und ausreiten kann man in der herrlichen Aue zwischen den Flüssen." Marias Augen glänzten.
„Maria", tadelte Max. „Sei nicht so vorlaut! Es ziemt sich nicht, dem Vater zuvorzukommen." Er wandte sich an Hormayr. „Natürlich sind Sie eingeladen und uns sehr willkommen."
„Dann können Sie uns von Ihren Heldentaten erzählen", fiel Maria ein. „Wie Sie dem General Besson den Säbel abnahmen."

„Ach, das wissen Sie auch?"
„Sicher, und noch viel mehr! Was für eine Ehre, so einen berühmten Mann zu kennen."
„Maria …" Charlotte seufzte, dann warf sie Hormayr einen entschuldigenden Blick zu. „Verzeihen Sie, Maria ist manchmal mit dem Mundwerk vornweg. Ihre Wissbegierde ist nicht zu bremsen."
„Das sollte kein Makel sein, verehrte gnädige Frau Speck. Im Gegenteil, es adelt Ihr Fräulein Tochter. Selten findet man Schönheit und Intelligenz in einer Person vereint."
Max zog Maria beiseite. „Geben Sie sich keine Mühe, Herr von Hormayr. Meine Mädchen sind mein ganzer Stolz, und ich habe ihnen das Versprechen abgenommen, dass sie mich niemals verlassen werden. Sie werden nicht heiraten, sie brauchen keinen Ehemann. Sie haben mich, ihren Vater."
Einen Augenblick lang wandte sich Joseph Hormayr ab und räusperte sich hinter vorgehaltener Hand. „Nun, wie lautet Ihr Entschluss?"
„Ich sagte doch, meine Töchter werden sich niemals verhei …"
„Nein, ich meinte St. Veit. Werden Sie es kaufen?"
„Geben Sie zu, es war die ganze Zeit Ihre Absicht, mich dahingehend zu überzeugen."
„Seine Königliche Majestät sind überzeugt, dass Ihnen das gleiche Kunststück gelingt wie in Liebitschi … wie heißt das doch gleich?"
„Lützschena", korrigierte Charlotte.
„Ach ja, Lützschena. Und in Russland. Und in Fürstenried. Seine Majestät wünschen eine Steigerung der Landwirtschaft in Bayern, vor allem eine Modernisierung der Schafzucht zur Gewinnung hochfeiner Wolle. Und da Sie mit seiner Königlichen Majestät ja schon seit einiger Zeit im intellektuellen Austausch stehen …"
„Über Kunst, nur über Kunst, Herr von Hormayr!"

„… sind Seine Majestät überzeugt, dass Sie auch zur Verbesserung der Landwirtschaft in unserem schönen Königreich beitragen werden, zum Wohle aller Untertanen seiner Königlichen Majestät und zur Hebung unseres patriotischen Gefühls der Verantwortung für die uns anvertrauten Menschen. Sie fühlen doch Verantwortung, lieber Freiherr von Speck-Sternburg? Man berichtet, auf Ihrem Gut in Liepitzschi …"
„Lützschena!"
„Ja, genau dort haben Sie eine bemerkenswerte Ordnung geschaffen als Patronatsherr, die von einer hohen moralischen Verpflichtung der Herrschaft gegenüber ihren Untergebenen zeugt, wie auch die Untergebenen ihrer Herrschaft gegenüber eine moralische Verpflichtung besitzen. Sie haben sogar die Gründung von Dienstboten-Verbesserungsvereinen angeregt."
„Leider ist mir das in Fürstenried noch nicht gelungen."
„Ja, ja, die hiesigen Bauern sind ein wenig – nun, sagen wir mal – dickköpfig. Aber wer kann sich schon Ihrer Überzeugungskraft widersetzen, wo Sie doch diese Moral vorleben?"
Max atmete tief durch. „Ich bin nun mal so", entgegnete er etwas verkniffen. „Es ist meine Natur."
„Seine Königliche Majestät wissen das zu schätzen. Er hat Sie in den Freiherrenstand erhoben. Sie haben es sich verdient."
„Ich bin Seiner Majestät zu untertänigstem Dank verpflichtet."
„Also kaufen Sie St. Veit?"
Max überlegte nur einen Augenblick. „Könnte ich den König enttäuschen?"

* * *

Max stürzte sich in diesem Sommer 1829 in die Arbeit. Wie er es schaffte, nicht nur in Fürstenried, seinem Pachtgut, sondern auch in dem vom Damenstift St. Anna abgekauften Klostergut St. Veit Musterlandwirtschaften aufzubauen, war selbst Charlotte ein Rätsel. Mit jeder neuen Aufgabe wuchs auch Max. Zwischendurch musste er nach Leipzig reisen, um dort nach dem Rechten zu schauen, Streitigkeiten zu schlichten und erneut den Verwalter auf Gut Lützschena auszuwechseln.

In München und Umgebung hielt er Vorträge über Schafzucht, ließ das vielversprechende Berner Rindvieh auch auf Fürstenried und St. Veit einführen, und trat dem Landwirtschaftlichen Verein Bayern mit Sitz in München bei.

Wo er sich gerade aufhielt und über die Landwirtschaft referierte, nutzte er die Gelegenheit, sich mit Kunst, Kultur und Architektur der Stadt zu beschäftigen. Er führte nach wie vor einen regen Briefwechsel mit Kunstsachverständigen, mit Kunstfreunden und wichtigen Persönlichkeiten in Politik, Geistesleben und Gesellschaft. Er arbeitete und lebte wie in einem Rausch, immerfort getrieben von dem Bemühen, sein Wissen, seine Kenntnisse, seine Erfahrungen anderen Menschen zur Verfügung zu stellen, sie zu überzeugen, mitzureißen.

Immer an seiner Seite stand Charlotte, Rat gebend, ohne sich in den Vordergrund zu drängen. Mit organisatorischem Geschick schaffte sie es, sich um ihren Mann, um die Kinder, um Bildung, Kunst und das Wohl der ihnen anvertrauten Menschen zu sorgen. Sein arbeitsreiches Leben ließ Max nur wenig Zeit, darüber nachzudenken, wie wichtig ihm Charlotte war. Er liebte sie aufrichtig, liebte seine Kinder, so unterschiedlich sie auch waren.

Ein neues Familienwappen krönte die Verbindung zwischen Max und Charlotte. Ein Hahn aus dem Familienwappen der Hänel von Cronenthalls, der einen Ehering im Schnabel hielt, fand Eingang in das Sternburgsche Wappen.

Maximilians gesellschaftliches Ansehen stieg immer weiter, die Anerkennung unter wichtigen Persönlichkeiten wuchs.

In Fürstenried lief die Schafschur auf Hochtouren. Wandernde Schafscherer, die Max höchstpersönlich unterwiesen hatte, be-

sorgten die Schur. Zuvor wurden die Schafe mehrmals gebadet, um Verunreinigungen aus dem Fell zu entfernen. Die Rott führte weiches Wasser, was die Wolle besonders weiß werden ließ. Mehr als vierzig Schafscherer wurden beschäftigt, um die Tiere in kürzester Zeit zu scheren. Dann wurde die Wolle zu vier Vliesen lose zusammengeschnürt und für den Versand nach Leipzig fertiggepackt. Von dort aus würde sie nach England und den Niederlanden verkauft werden.
Die Herde hatte sich prächtig entwickelt, die Jungtiere waren kaum von Lämmerlähme befallen, und der Klauenseuche wurde durch gute Hufpflege vorgebeugt, sodass Max viele Tiere zur Zucht in die Umgebung verkaufen konnte. Electoralschafe waren nun überall auf bayrischen Gütern und Höfen gefragt.
„Halt! Die Wolle ist konfisziert, bis sie geprüft wurde!"
Zwei gewichtig aussehende Herren standen plötzlich vor der Einfahrt des Gutes und versperrten den Weg. Einer der beiden packte die Pferde am Zaumzeug, um die Abfahrt des Wagens zu verhindern.
Erstaunt und verständnislos starrten die Arbeiter die beiden Männer an. Max kam gleichzeitig mit seinem Verwalter herbeigelaufen, als er den Tumult bemerkte.
„Was ist hier los? Was soll das?"
„Freiherr von Speck-Sternburg? Die Wolle ist beschlagnahmt."
Max rang nach Luft. „Mit welcher Berechtigung? Auf wessen Befehl?"
Einer der beiden Herren zog mit hochmütiger Miene ein Schreiben aus seiner Aktenmappe und reichte es Max. „Auf allerhöchsten Befehl", näselte er. „Es wird Ihnen Betrug vorgeworfen."
Fassungslos nahm Max das Schreiben an sich und überflog die Zeilen.
„Es ist behauptet worden, dass der Freiherr von Speck-Sternburg keine feinwolligen Schafe nach Bayern eingeführt habe. Da in wenigen Tagen die zu Fürstenried gewonnene Wolle von dort

abgeht, so haben Seine Königliche Majestät beschlossen, dass diese Wolle noch vor dem Abgehen, also sogleich, durch eine Kommission, bestehend aus dem Direktor Freiherrn von Wevelt und dem Geheimen Rat von Utzschneider eingesehen und deren Qualität festgestellt werden solle.
Die zur Kommission bestimmten Personen haben sich umgehend nach Fürstenried zu begeben, den fraglichen Wollvorrat in Augenschein zu nehmen, die Güte des Erzeugnisses nach üblicher Sortierung zu beurteilen und über den Befund einen schriftlichen Bericht vorzulegen.
Auf seiner Königlichen Majestät allerhöchsten Befehl
Der Minister des Innern."
Geheimrat von Utzschneider grinste süffisant. „Und bis das Präsidium der Königlichen Regierung des Isarkreises darüber befunden hat, bleibt die Wolle beschlagnahmt!"

Mit Bier zum Wohle

Es war wohl der Geruch des Bieres, der Max an seine Kindheit erinnerte. Bier war nicht nur ein Genuss, sondern ein Wirtschaftsfaktor. Das hätte sich der kleine Max damals im Gasthaus „Zum Schifflein“ nicht träumen lassen.
Es gab viele kleine Brauereien. Zu fast jedem Gut gehörte eine, deren Erzeugnis meist nur im nächsten Gasthaus verkauft wurde.
Das Klostergut St. Veit besaß tief in den Fels getriebene kühle Bierkeller. In den Gewölben herrschte ganzjährig fast die gleiche Temperatur, ideal für Lagerbier. Dazu kam die wertvolle Erfahrung des bayrischen Braumeisters.
Nachdem sich die Vorwürfe um seine Wolle als haltlos erwiesen hatten, ließ Max nun die Brauerei auf Vordermann bringen und die Mängel beseitigen, die Kessel und Leitungen erneuern, den Boden pflastern und stellte dem Braumeister im Winter drei Brauknechte zur Seite. So konnte die Produktion auf das Dreifache gesteigert werden. In der Gegend besaß das Klosterbier aus St. Veit einen außerordentlich guten Ruf. Der Inspektor war verantwortlich für den Einkauf der Rohmaterialien, für die Rechnungsführung und die Versiegelung der Lagerkeller. Die Brauabfälle wurden an das Vieh verfüttert, das dadurch besonders gut gedieh.
„Was meinst du, ob man das essen kann?“ Alexander betrachtete eingehend den Treber, der, mit Heu vermischt, den Kühen zum Fraß gegeben wurde.
„Unsinn, das ist doch Abfall“, widersprach Anna. „Außerdem, was Tiere fressen, ist für den Menschen nicht gut.“
„Na ja, aber daraus ist doch das Bier gemacht worden.“ Alexander gab sich nicht geschlagen. Er war der Jüngste der fünf Kinder, mittlerweile zwölf Jahre alt und gezwungenermaßen immer

mit seinen beiden älteren Schwestern zusammen. Hermann lebte wechselweise auf Internaten. Max ließ seinen zweiten Sohn besonders gut ausbilden, weil dieser einmal Majoratsherr auf den Gütern werden sollte. Carls Nervenleiden ließ es nicht zu, dass er eine solch große Verantwortung übernahm. Um ein Unheil zu vermeiden, musste er ständig beaufsichtigt werden. Die arme Luise war damit hoffnungslos überfordert, so wurde Carl häufig in Kurbäder geschickt, um unter ärztlicher Aufsicht sein Leiden zu kurieren. Und da Hermann, mit dem Alexander gern seine kleine Welt erobert hätte, ebenfalls nicht da war, schloss sich der Jüngste seinen beiden älteren Schwestern an. Es war sein Glück, dass Maria und Anna ebenso wissbegierig waren wie er, allerdings schon weit gebildeter, und so fragte er sie über Gott und die Welt Löcher in den Bauch. Seit Neuestem interessierte ihn das Bierbrauen. Der Braumeister versagte den Kindern den Zugang zum Brauhaus, denn dort war äußerste Sauberkeit geboten.

„Ich möchte aber wissen, wie aus dem Hopfen und dem Malz Bier wird", sagte Alexander.

„Dann frag doch den Braumeister. Der weiß es."

„Der sagt, es wäre ein Geheimnis."

„Ist es auch, sonst könnte jeder so gutes Bier brauen, und wir würden nichts verdienen." Für Anna war die Sache erledigt.

Nicht für Alexander. Eine Weile drückte er sich in der Nähe des Brauhauses herum. Im Sommer gab es nicht so viel zu tun, sodass sich nur ein Brauknecht auf dem Gut befand. Der hieß Xaver, hatte rotblondes Haar und eine schiefe Nase.

„Du, Xaver, warte mal! Ich muss dich was fragen."

„Hab koa Zeit. Woas will der junge Herr?"

„Lernen, ich will lernen."

„Da soan S' bei mir falsch. I kann nix."

„Doch, Bierbrauen."

Xaver lachte auf. „Die Arbeit mach i, anweisen tut's der Breimoaster."

„Na, da weißt du doch, wie es geht.“
„Wie woas geht?“
„Das Bierbrauen. Ich möchte wissen, wie aus Hopfen, Malz und Wasser Bier wird. Ich habe es versucht, alles zusammengemischt, aber es hat nur gestunken.“
Xaver wollte sich ausschütten vor Lachen. „So a Schmarrn! Dös is a Kunst, die kann net jeder. Außerdem gibt's da an Geheimnis, da drinnen im Berg.“
Ehrfürchtig blickte Alexander hinüber zum Lagerkeller. Xaver zog eine wichtige Miene.
„Doa drinnen lebn die Kellergeister, die zaubern aus der Mischung, die im Kessel gärt, das Bier, wenn es im Fass ist.“
„Kellergeister? Stimmt das wirklich?“
Xaver stemmte die Hände in die Hüften. „Wer ist hier der Fachmann fürs Gebrei, woas?“ Seine Stimme klang bedrohlich.
Alexander wich zurück. „Ich glaub's ja.“ Dann kam er wieder näher. „Hast du die Kellergeister gesehen?“
Xaver schüttelte den Kopf. „Naa, die arbeiten nur, wenn es dunkel und kalt ist.“
Alexander schwieg beeindruckt. Und trotzdem, ein Geheimnis war etwas furchtbar Aufregendes. Und es musste gelüftet werden.

* * *

Es war ein Ereignis, als der große Kupferkessel für die neue Brennerei geliefert wurde. Der Münchner Kupferschmied Köppel hatte ihn gefertigt. Zum Kessel gehörten noch diverse geheimnisvolle Teile, vor allem eine gewundene Rohrschlange, glänzende Hebel und Hähne und diverse Stutzen.
Die gesamte Familie Speck von Sternburg war anwesend, als der Kessel von dem von vier Brauereipferden gezogenen Wagen abgeladen wurde. Viele Männer waren dazu notwendig, und Max

achtete darauf, dass der Kessel dabei keinen Schaden nahm.
Alexander zupfte an Luises Ärmel. „Was ist der Unterschied zwischen Branntwein und Bier?“, wollte er wissen.
„Das muss ein Kind noch nicht wissen“, erwiderte Luise ungehalten.
„Ich will es aber wissen“, beharrte Alexander. „Der Vater sagt, man muss möglichst viel wissen.“
Luise seufzte ergeben. „Den Unterschied zwischen Branntwein und Bier merkt man, wenn man beides trinkt.“
„Aha! Und was merkt man da?“
„Von Branntwein ist man schneller betrunken. Das heißt, man kann nur wenig davon trinken, während man vom Bier mehr trinken kann, weil man davon nicht so schnell betrunken wird.“
„Wird Branntwein genauso gemacht wie Bier?“
„So ähnlich. Nur dass beim Branntwein noch Kartoffeln hinzukommen.“
„Dann ist das wie Kartoffelsuppe?“
„Ja, ja, so ähnlich.“
„Gibt es da auch ein Geheimnis?“
„Was für ein Geheimnis?“
„Die Berggeister, die dann daraus das machen, was im Fass ist.“
„Was denn für Berggeister?“
„Der Xaver sagt, da sind Geister im Keller, die das Bier im Fass verzaubern.“
„Was der Xaver wieder für Unsinn erzählt! Der junge Herr sollte nicht darauf hören. Diese Bayern glauben an Heilige, Geister und den Papst. Das kommt davon, wenn man zu viel Bier und Branntwein trinkt.“
„Trinkst du nicht auch Bier?“
„Nur meinen Lohn, nur meinen Lohn“, beteuerte Luise. „Das ist legal.“
Alexander lief hinüber zu Maria und Anna, die etwas abseits

standen und sich mit weißen Sonnenschirmen vor der Sonne schützten. Beide steckten die Köpfe zusammen, tuschelten und kicherten.
„Stimmt das, man sieht die Berggeister nur, wenn man Branntwein trinkt?“, wollte Alexander wissen.
„Was? Wie? Woher hast du denn diese Weisheit?“ Maria schüttelte lachend den Kopf, dann wandte sie sich wieder ab. Alexander bemerkte, dass es Freiherr von Hormayr war, der Marias Aufmerksamkeit fesselte. Er war extra aus München gekommen, um die Ankunft des Brennkessels zu erleben.
Die Einrichtung der neuen Brennerei war ein weiterer Fortschritt auf St. Veit. Nachdem die Brauerei genügend Gewinn abwarf und die Produktion des Klosterbiers gesteigert werden konnte, war die Branntweinbrennerei eine folgerichtige Entscheidung. Joseph von Hormayr nutzte jede Gelegenheit, um nach St. Veit oder Fürstenried zu kommen, offiziell, um Max von Speck-Sternburg zu besuchen, in Wirklichkeit, um Maria zu sehen. Und Maria war glücklich, den berühmten Freiherrn zu sehen.
„Hör doch mal, Maria, wie machen das die Kellergeister?“
Anna prustete laut. „Was denn für Kellergeister?“
„Die das Bier machen. Luise sagt, die machen auch den Branntwein.“
„Du verwechselst da was. Im Keller lagert das Bier und reift. Da entsteht der Alkohol, von dem man dann betrunken wird.“
„Und die Geister?“
„Die siehst du dann, wenn du das Bier getrunken hast.“ Anna kicherte wieder.
Maria stieß sie tadelnd an. „Haltung, liebe Schwester, sonst bekommen wir von Papa eine Rüge. Es ist ein feierlicher Augenblick.“
Maria hatte sich nicht getäuscht. Ihr Vater fühlte sich berufen, anlässlich der feierlichen Einweihung der Brennerei einen selbst verfassten Reim vorzutragen. Max Speck dichtete gern und bei

vielen Gelegenheiten. Selbst einen Spaziergang von Leipzig zum Rittergut Lützschena hatte er in blumige Worte gefasst.
Alle klatschten, als Max geendet hatte. Dann drängten sie hinein in die Brennerei, wo nicht nur die Tür mit Girlanden umkränzt, sondern auch eine Tafel mit Tabletts voller Schmalzbrot, Würstchen, eingelegten Zwiebeln und Bier aufgebaut war.
Joseph von Hormayr richtete es ein, neben Maria zu stehen.
„Es ist mir eine außerordentliche Freude“, flüsterte er.
„Uns auch“, erwiderte Maria ebenso leise. „Papa hat sich schon lange auf den Brennkessel gefreut.“
„Das meine ich nicht, wenngleich es natürlich ein besonderer Tag für St. Veit ist. Mit Branntwein kann man gute Geschäfte machen.“
Sie beugte sich noch näher zum Freiherrn von Hormayr herüber. „Ehrlich gesagt, ich mag keinen Branntwein. Der kratzt so im Hals.“
„Für mich ist es ein besonderer Tag, weil ich Sie sehen kann.“
„Das lassen Sie mal nicht Papa hören. Der ist ziemlich eifersüchtig.“
„Er behütet nur seine schöne Tochter, Fräulein von Sternburg.“
„Maria, ich heiße Maria.“
„Ich weiß.“
„Nun, was sagen Sie dazu, lieber Hormayr?“ Maximilian drängte sich zwischen ihn und Maria.
„Entzückend, wirklich entzückend.“
„Den Kessel finden Sie entzückend?“
„Nein, Ihr Fräulein Tochter.“
Max räusperte sich ungehalten. „Sie wissen doch, dass weder Maria noch Anna heiraten werden. Trinken Sie lieber einen Krug Bier, das beste Obergärige, das uns je gelungen ist.“
Joseph von Hormayr ließ sich nicht zweimal bitten. Über den Rand seines Kruges blinzelte er Maria zu. Maximilians harsche Worte nahm er nicht ernst.

„Ihnen gelingt so manches, Herr von Speck-Sternburg. Meine Hochachtung! Mir scheint, Sie haben überall einflussreiche Gönner sitzen, die Ihnen Tür und Tor öffnen. Auch am Königshof."

„Wer behauptet denn so etwas?"

„Ich! Ein Teil meiner Aufgaben liegt im Reichsarchiv in München. Glauben Sie mir, da entdeckt man so manches Geheimnis, das nicht an die Öffentlichkeit kommen soll."

„Ihre Fantasie geht mit Ihnen durch. Sie sind dafür bekannt, Giftpfeile gegen ihre besten Freunde zu verschießen. Ich bin Kaufmann, kann rechnen. Und ich bin der Überzeugung, nur durch Fleiß, Gewissenhaftigkeit und Aufrichtigkeit kann man zu etwas kommen. Ich will Vorbild für meine Kinder sein und meinem Sohn Hermann später vorbildlich geführte Güter überlassen."

„Hermann? Und was wird aus Ihren anderen Kindern?"

„Ich werde ein Fideikomiss einrichten. Hermann wird Majoratsherr. Mein Erbe soll unteilbar sein, damit alle Kinder und meine Witwe davon leben können."

„Als Protestant sind Sie aber sehr aufs Jenseits gerichtet", staunte Hormayr. „Ich dachte, das sind nur die Katholiken."

„Unsinn! Das entspringt nur der Verantwortung meiner Familie gegenüber. Was glauben Sie, für wen ich das tue? Sicher nicht für Schwiegersöhne, die auf die Mitgift meiner Töchter aus sind. Sie brauchen keine Ehemänner, weil ich keine Schwiegersöhne brauche. Prost!"

„Prost!" Joseph von Hormayr war sich sicher, dass darüber noch nicht das letzte Wort gesprochen war.

* * *

„Ich bin so unglücklich", schluchzte Maria und warf sich an die Brust ihrer Mutter. „Warum will Papa nicht, dass ich heirate?"

„Weil er dich liebt, mein Kind.“ Charlotte strich tröstend über Marias Rücken. „Er will, dass du glücklich bist.“

„Dann soll er mich den Joseph heiraten lassen.“

„Freiherr von Hormayr würde dich nur unglücklich machen.“

„Wieso? Bist du denn unglücklich mit Papa, nur weil du ihn geheiratet hast?“

Charlotte schmunzelte. „Nein, im Gegenteil.“

„Siehst du! Ich liebe Joseph, und er liebt mich.“

„Pssst! Lass das nicht deinen Vater hören. Er denkt ganz anders darüber.“

„Was denkt er denn?“

„Dass ein Mann, der bereits einmal verheiratet war und zwei Töchter hat, nichts für dich ist.“

„Kannst du ihn nicht umstimmen?“ Maria blickte ihre Mutter flehend an.

„Das glaube ich kaum. Er achtet Freiherrn von Hormayr sehr, aber … nun, das ist nichts für die Ohren eines jungen Mädchens.“

„Was denn, Mama?“

„Herr von Hormayr genießt den Ruf eines … eines Menschen, der … etwas intrigant ist. Man sagt, er diene dem König und arbeite gleichzeitig gegen ihn. Er ist politisch unzuverlässig.“

„Was interessiert mich die Politik, wenn ich ihn doch liebe! Er ist ein Held, hat im Tiroler Bauernaufstand für sein Land gekämpft, ist sogar eingesperrt worden. Er wollte Napoleon ermorden …“

„Ich weiß, mein Kind, ich weiß. Er ist ein Held. Helden verehrt man, aber man heiratet sie nicht.“

Etwas betroffen stand Alexander hinter dem Vorhang, der den Salon vom Speisezimmer abtrennte. Marias Gefühlsausbruch verwirrte ihn. Er wusste, dass sie dem Freiherrn tiefe Blicke zuwarf und dieser sie erwiderte. Doch Anna hatte ihm erklärt, das sei nur ein Spiel, das man in Bayern zwischen adligen Familien spiele. Allerdings dürfe man das erst ab einem gewissen Alter. Alexander fand dieses Spiel doof, vor allem, wenn es Maria traurig machte. Er mochte Maria, und er mochte auch Anna. Mehr als einmal hatten sie seine unerlaubten Erkundigungen und so manche Dummheit gedeckt. Und wenn sie Luise nicht gerade dabei erwischte und es brühwarm den Eltern mitteilte, hielten die beiden Mädchen dicht. Dafür war Alexander ihnen nicht nur dankbar, dafür liebte er sie.

Eigentlich wollte er Maria fragen, was es denn nun mit den Berggeistern im Bierkeller auf sich habe, doch nun getraute er sich nicht. Auf Zehenspitzen schlich er davon und beschloss, seine Frage auf später zu verschieben.

Christian Schellenberg, der langjährige Diener der Specks, der die Familie auch stets nach Fürstenried und St. Veit begleitete, brachte die Post. Maria trocknete sich verschämt die Tränen ab. Der Diener tat, als bemerke er nicht, dass Maria geweint hatte. Er lächelte ihr aufmunternd zu.

„Post aus der Heimat, gnädige Frau. Ich hoffe, daheim ist alles in bester Ordnung."

„Das werden wir gleich sehen." Charlotte öffnete den Brief. „Er kommt von Lehrer Reichel." Sie überflog die Zeilen. „Oh!", entfuhr es ihr. „Unser Pfarrer ist verstorben."

„Das tut mir leid", flüsterte Maria. „Gab es nicht immer wieder Unstimmigkeiten zwischen euch und dem Pfarrer?"

„Über Tote sagt man nichts Schlechtes", rügte Charlotte ihre Tochter. „Es ist vorbei. Möge er in Frieden ruhen."

„Wer wird denn neuer Pfarrer?"

„Tja, das ist wohl die Überraschung. Der alte Pfarrer war ja schon lange krank, und Lehrer Reichel hat dann und wann seine Arbeit übernommen und gepredigt. Da er ein studierter Theologe ist, bittet er nun darum, die Pfarrstelle einnehmen zu dürfen. Die Gemeinden unterstützen diese Bitte."

„Ist er dann nicht mehr unser Hauslehrer?", fragte Maria.

„Nein, das ginge dann nicht mehr. Natürlich muss das Papa entscheiden, aber ich befürworte es auf jeden Fall. Einen besseren Pfarrer können wir uns nicht wünschen." Sie wedelte mit dem Brief durch die Luft. „Stell dir vor, er will heiraten. Caroline, die Tochter des verstorbenen Pfarrers."
„Die Caroline? Herr Reichel wird sie heiraten?" Maria riss die Augen auf.
Charlotte nickte lächelnd. „Unsere Glück- und Segenswünsche werden ihn begleiten."
Maria brach augenblicklich wieder in Tränen aus. „Der Pfarrer darf heiraten ... und ich ... ich darf nicht!" Sie warf sich laut aufschluchzend über die Lehne des Kanapees.
Marias herzzerreißender Kummerausbruch wurde jäh durch Luise unterbrochen, die schreckensbleich und mit lautem Wehklagen hereingepoltert kam. Maria verstummte, Charlotte wandte sich mit einem entschuldigenden Lächeln um.
„Es ist nichts, Luise, Maria übertreibt etwas ..."
„Frau Baronin, Frau Baronin, es ist etwas Entsetzliches passiert. Der junge Herr ... der junge Herr Alexander ... ist verschwunden!" Luise rang nach Luft.
„Was heißt verschwunden?"
„Weg! Wie vom Erdboden verschluckt. Wir haben ihn schon überall gesucht. Hoffnungslos!"
„Das Gut ist groß, er kann überall sein", erwiderte Charlotte. „Sie wissen doch, dass er sich gern in den Ställen herumtreibt. Haben Sie auf der Darre nachgeschaut, in der Scheune, im Heu? Gestern war er auf dem Schindelholzfeld. Da stehen zurzeit Kartoffeln, und er hat Kartoffelkäfer gesammelt."
„Ja, die er mir ins Bett geschüttet hat, der Bengel!"
„Das haben Sie mir noch gar nicht erzählt, Luise." Charlotte musste sich ein Schmunzeln verkneifen.
„Wenn ich jeden Streich des Knaben erzählen würde ... der Herr Baron ist so streng."

„Also gut, suchen wir ihn. Maria, hast du eine Ahnung, wo er stecken könnte?"
Maria schüttelte den Kopf.
Luise rannte über den Hof, ruderte mit ihren dicken Armen durch die Luft und jammerte fortwährend. Charlotte ging wesentlich planvoller vor, durchsuchte systematisch alle Zimmer, Kammern und Nebengelasse, bevor sie sich selbst in die Ställe, Remisen und Scheunen begab.
Maximilian kam mit dem Braumeister vom Hopfenfeld, wo er die Qualität des Hopfens untersucht hatte.
„Ich werde das Anbaufeld vergrößern", sagte Max. „Der Hopfen gedeiht gut, vor allem dank der Düngung mit Schafmist. – Ja, was ist denn hier los? Seid ihr von allen guten Geistern verlassen?"
Charlotte legte die Hände auf seinen Arm. „Bitte reg dich nicht auf, mein Lieber. Alexander ist wieder mal verschwunden, aber wir werden ihn gleich finden. Seine Wissbegierde treibt ihn gern an Orte, die er uns nicht verraten will."
Luise blieb abrupt stehen, mit erhobenen Armen und offenem Mund starrte sie ihre Herrschaft an. „Geister! Alexander sprach von Geistern. Die haben ihn bestimmt geholt!"
„Luise, haben Sie am helllichten Tage wieder Bier getrunken?", fragte Maximilian streng.
„Herr Baron, ich schwöre, ich habe keinen Tropfen angerührt! Ich trinke nie tagsüber Bier. Aber der junge Herr ... der hat erzählt, dass Geister ... aber das war nur dieser nichtsnutzige Xaver, der ihm diesen Floh ins Ohr gesetzt hat."
„Xaver, der Brauknecht? Wo steckt er?"
„In der Ziegelei, Herr Baron." Der Braumeister stand betreten daneben. „Bislang hat der Bub gute Arbeit geleistet. Ich kann mir nicht vorstellen, was er angestellt haben soll."
„Holen Sie ihn her", befahl Max. Dann wandte er sich an Luise. „Was hat der Xaver für Flöhe verteilt?"

„Er hat von Berggeistern erzählt und dem jungen Herrn Baron den Kopf verwirrt. Die Berggeister sollen im Keller Kartoffelsuppe zu Branntwein verzaubern."
„Um Gottes willen!" Charlotte lupfte ihren Rocksaum und rannte so schnell sie konnte zum Sommerkeller. „Aufschließen! Schließ doch jemand den Keller auf!"
Der Braumeister kam mit Xaver aus der Ziegelei zurück, wo der Brauknecht arbeitete, wenn es in der Brauerei nichts zu tun gab.
„Schnell, schließen Sie auf! Alexander ist bestimmt hier drinnen!"
„Unmöglich! Der Keller ist versiegelt. Es sei denn …" Er wandte sich zu Xaver um, der errötend den Kopf senkte.
„I woas von gar nix", murmelte er.
„Warst du im Sommerkeller?"
„Heit in der Früh. I hoab auf Anweisung des Herrn Baron ein Fass Obergäriges als Deputate für die Knechte geholt. I hoab den Keller aber ordnungsgemäß wieder versiegelt."
„Und niemand ist hineingegangen?"
Xaver schüttelte entschieden den Kopf.
„Aufschließen!" Max entzündete eine Laterne, auch Charlotte und der Braumeister nahmen eine Laterne zur Hand. Dann betraten sie alle zusammen den Sommerkeller.
Feuchte, kalte Luft schlug ihnen entgegen. Das Gewölbe war voll mit Fässern, in denen das Bier lagerte. Nur schmale Gänge blieben dazwischen, durch die sich jetzt die Suchenden schlängelten.
„Alexander! Alexander, bist du hier?" Es blieb still.
Luise schluchzte auf. „Ihm ist bestimmt etwas geschehen! Die Kellergeister haben ihn geholt!"
„Seit wann glauben Sie denn an diesen Unsinn?", schalt Maximilian. „Ich will davon nichts mehr hören. Dem Bengel werde ich …"

Er stockte und hob die Laterne höher. Zwischen zwei Fässern, einem großen und einem kleinen, in das aus Qualitätsgründen Reste aus den großen Fässern umgefüllt wurde, hockte Alexander, zusammengekrümmt, die Arme um den Leib geschlungen. Er rührte sich nicht. Neben ihm stand eine erloschene Laterne. Der Braumeister hob ihn hoch und roch an ihm.
„Der hot an Fetznrausch", stellte er fest.
Max bemerkte den Abfüllschlauch. „Er hat tatsächlich Bier getrunken. Was in aller Welt hat ihn hierher getrieben? Frönt er heimlich der Trunksucht?"
Maria drängte sich vor. „Bitte, Papa, schimpfe nicht mit ihm. Er trinkt weder Bier noch Branntwein, sondern wollte nur wissen, wie das Bier entsteht."
„Du brauchst ihn nicht zu verteidigen. Darüber sprechen wir noch, wenn er wieder nüchtern ist."
Sie trugen ihn aus dem Keller hinaus ans Sonnenlicht. Alexander blinzelte, dann krümmte er sich zusammen. Aus seinem Mund entschlüpfte ein Rülpser, gefolgt von einem sauren Schwapp Bier. Der Braumeister streckte die Arme vor, um nichts davon abzubekommen. „Jesses, so a Mognschoaß!"
„Der arme Junge, er hat sich doch nur vor der Kälte schützen wollen", verteidigte ihn Charlotte. „Aber das bekommen wir wieder hin."
„Mir ist so schlecht", klagte Alexander. „Ich möchte sterben."
Charlotte tätschelte ihm die Wange. „So schnell stirbt es sich nicht. Ich hoffe, es war dir eine Lehre!"
Alexander schloss wieder die Augen. „Papa wird böse mit mir sein. Aber ich habe sie gesehen, die Kellergeister. Sie haben mit mir gesprochen, ich glaube, sie sind meine Freunde geworden."
„Der junge Herr foaselt, er fuit sich greisli." Xaver beugte sich über Alexander.
Der Braumeister stieß ihn beiseite. „Hoit die Bappn. Du bist schuld."

Xaver senkte den Kopf. „I fui mi ja a miserawi“, murmelte er.
Charlotte zog Alexander in ihre Arme. „Lasst es genug sein, der Junge muss seinen Rausch ausschlafen.“
Max winkte den Brauknecht zu sich heran. „Strafe muss sein. Ein unordentlicher Knecht, der sich fahrlässig verhält und so Leib und Leben anderer gefährdet, wird mit sechs oder zwölf Stunden Gefängnis bestraft. Im Wiederholungsfalle bekommt er den Abschied. Das ist dir bekannt?“
„Ja, Herr, dös steht im Lohnbuch.“
„Also, dann tritt deine Strafe an.“
Xaver schlich davon, froh, dass alles so glimpflich verlaufen war. Er wollte sich nie wieder mit neugierigen jungen Baronen einlassen.

* * *

Die Erfolge der Brauerei in St. Veit beflügelten Max, auch in Lützschena das Braugewerbe zu erweitern. Die alte Brauerei war viel zu klein, um den hohen Anforderungen zu entsprechen. Vor allem aber sollte mehr Bier gebraut werden. Gleichzeitig zur Erweiterung des Hopfenanbaus ließ er eine neue Brauerei errichten. Dazu gehörten ein Brauhaus, ein Sudhaus, eine Darre, eine Kühle, ein Gärkeller, ein Schenkkeller, ein Sommerkeller, ein Böttchereigebäude und das Getreide-, Malz- und Hopfenhaus. Zudem beinhaltete ein großes Sandsteinbecken das zum Brauen notwendige Wasser.
Maximilian hatte den erfahrenen Braumeister von St. Veit nach Leipzig geholt. Zum ersten Mal wurde in Sachsen das Bier nach bayrischer Art gebraut. Als Lagerkeller diente ein tonnenförmiges Gewölbe unter der Erde. Da in Lützschena, anders als in St. Veit, kein Fels im Untergrund anstand, musste der Keller gemauert werden. Darüber befand sich eine acht Ellen starke Lehmdecke, um die Temperatur niedrig zu halten.

Eingedenk Alexanders Abenteuer im Bierkeller von St. Veit wurde den Kindern, besonders jedoch Alexander, strengstens verboten, sich dem Bierkeller zu nähern. Doch Alexander hatte inzwischen andere Interessen. Er befasste sich mit Geologie und Mineralogie und wollte Goldschürfer werden.

Da die Herrschaften in Lützschena weilten, ergab sich die Gelegenheit, den Geburtstag der bei allen beliebten Baronin Charlotte von Speck-Sternburg zu feiern. Ernst Moritz Reichel, nunmehr Pfarrer der drei Gemeinden um Rittergut Lützschena, wurde nicht müde, Gedichte und Lobgesänge auf die Frau Baronin zu dichten und an ihrem Ehrentag vorzutragen. Die Schulkinder hatten Kränze geflochten und trugen sie dem Jubelzug voran. Die herrschaftliche Familie fuhr in der Kutsche vor. Es fehlte nur Carl, der sich wieder in einem Kurbad aufhielt. Es war ein sonniger Maitag. Die Bäume standen in voller Blüte. Charlotte vergaß in diesem Augenblick, dass sie sich seit einiger Zeit nicht so recht wohlfühlte. Vielleicht lag es an den ständigen Reisen zwischen Leipzig, Lützschena und München, vielleicht auch an der Sorge um ihren Ältesten Carl, dessen Nervenleiden sich stetig verschlimmerte. Doch die Aufgaben in der Gemeinde und den Dörfern lenkten Charlotte von ihren Sorgen ab.

Pfarrer Reichel zelebrierte in der Schlosskirche einen feierlichen Gottesdienst. Auf der Wiese davor hatte Charlotte für alle Besucher ein Frühstück ausrichten lassen. Doch noch etwas Wichtiges hatte Charlotte, im Einvernehmen mit Maximilian, veranlasst. Ein Legat für die ansässige Schule sicherte die Bildung für alle Kinder der Dörfer. Bildung war wichtig, und Maximilian wurde nicht müde, es auch den Fronbauern, den Häuslern, Pächtern und Beamtenfamilien des Rittergutes nahezubringen.

„Die Kirche ist wirklich sehr schön geworden." Charlotte betrachtete die neu verputzte Kirchenfront, deren Restaurierung Max veranlasst hatte. „Und wenn erst die neue Kirchturmuhr eingebaut ist …"

„Das Ziffernblatt ist ja schon angebracht“, bemerkte der Pfarrer. „Es wird sicher nicht lange dauern, bis uns allen die Stunde schlägt.“

„Das erinnert mich daran, Sie zum Mittagessen aufs Schloss einzuladen, lieber Herr Pfarrer“, erwiderte Charlotte. „Sie haben sich so viel Mühe gegeben, meinen Geburtstag würdig auszugestalten.“

„In aller Bescheidenheit, das schöne Wetter und die Blütenpracht hat unser Herr zu verantworten.“

Während die Kinder noch auf der Wiese tanzten und der Schullehrer sie beaufsichtigte, strebte der Zug nun wieder dem Herrenhaus zu. Aus der Herrschaftsküche wurde ein festliches Mahl aufgetragen, das die Gäste nicht nur lobten, sondern mit bestem Appetit verzehrten. Danach bat Maximilian alle in den Garten hinter dem Gewächshaus, wo sie windgeschützt und mit angenehmem Blick auf die blühenden Bäume ein Gläschen Branntwein aus der eigenen Brennerei genossen.

Es war ein wunderbarer Tag. Für den Diener Schellenberg jedoch wurde es wohl der schrecklichste seines Lebens. Wer überbrachte schon gern schlechte Nachrichten?

Er beugte sich diskret zu Maximilian hinab und überreichte ihm die Eildepesche aus St. Veit. „Bitte, Herr Baron, ich möchte der Frau Baronin nicht diesen schönen Tag verderben, aber …“

„Was gibt es, dass Sie ein Gesicht ziehen, als würde der Himmel einstürzen?“

Schellenberg schwieg, während Max die wenigen Zeilen des Eilbriefes überflog. „Nein!“, ächzte er.

In St. Veit war die Brauerei bis auf die Grundmauern abgebrannt.

Der Kunstsammler

Es war nicht die schnöde Lust am Sammeln, die Maximilian seit mehr als fünfundzwanzig Jahren befallen hatte. Wäre es nur das gewesen, so hätte er auch Knöpfe, Käfer oder Bierkrüge sammeln können. Ihn hatte die Kunst an sich in ihren Bann geschlagen. Er fühlte bei der Betrachtung eines Kunstwerkes, dass sich darin eine andere Welt verbarg, die sich ihm nur dann erschloss, wenn er nur deren Nähe suchte.

Seine geschäftlichen Reisen führten ihn in viele Länder Europas, und überall, wo er hinkam, fand er atemberaubende Kunstwerke vor. Maximilian war überzeugt, dass Kunst und Bildung untrennbar zusammengehörten. Kunst gehörte keiner Elite, sondern allen Menschen. Doch nur wenige besaßen das Geld, um sich Kunstwerke leisten zu können. Es sei denn, man raubte sie, wie einst Napoleon auf seinen Kriegszügen.

Von seinem ersten Gewinn hatte er sich sein erstes Bild gekauft. Inzwischen hatte sich seine Sammlung beträchtlich vergrößert. Sein Interesse an der Kunst hatte ihm so manche Tür geöffnet, so manches Fürstenhaus, das ihm wohl sonst verschlossen geblieben wäre. Was sich da seinen Augen geboten hatte, war märchenhaft gewesen. Nach und nach hatte sich sein Blick für künstlerischen und kaufmännischen Wert, vor allem aber für Schönheit und künstlerischen Inhalt geschärft. So wie er sich als Kind Lesen und Schreiben erarbeitet hatte, öffnete sich ihm nun die Welt der Bildsprache, in die er nur zu gern eintauchte und dabei alles um sich herum vergessen konnte.

Indem er sich auf das Beste konzentrierte, erreichte seine Sammlung ein hohes Niveau. Vor allem in Wien hatte er aus verschiedenen Galerien und Privatsammlungen wertvolle Kunstwerke erwerben können. Aber auch in Paris, Brüssel, Rom und in zwei Kabinetten in Leipzig war Max fündig geworden.

Selbst das Rittergutsschloss in Lützschena wurde schon bald zu klein für die vielen Kunstwerke.
Maximilian führte gern interessierte Gäste durch seine Sammlung, wollte gleichsam Bildungsarbeit leisten. „Kunst bloß zur Befriedigung der Künstler ist ein Unding. Durch Anschauen und Belehrung muss die allgemeine Empfänglichkeit für Kunst verbreitet werden. Das ist die erste Bedingung einer gedeihlichen Entwicklung", pflegte er zu sagen. Er wollte nicht als Sammler bewundert werden, sondern alle Menschen von der Kunst begeistern.
„Ich hätte gern ein Haus voller Bilder, mit kleinen Statuen, mit einem Garten, so wie die Museen in Paris", schwärmte er. „Das wäre mein Traum."
„Du willst ein Museum bauen?", staunte Charlotte.
Maximilian schüttelte den Kopf. „Ich bin kein Fürst, deshalb wird es kein großes Museum, aber eine Villa mit einem Bildersaal, mit kleinen Kabinetten und vielen Wänden, an denen die Bilder hängen können."
Charlotte lächelte. Sie kannte die Träume ihres Mannes, auch wenn dieser selten darüber sprach. Sie hatte Verständnis, ja, sie unterstützte ihn dabei. Doch auch sie konnte das Schloss nicht vergrößern. Rings um das Schloss gab es nur Scheunen, Ställe, Remisen, Lagerkeller, Heuböden.
„Ich werde eine Möglichkeit finden", sagte Max. Und Charlotte wusste, dass es so sein würde.
Charlotte unterstützte Max in seiner Sammelleidenschaft und beim Studium der verschiedenen Kunstgattungen und Malschulen. Doch es gab ein Bild, das ihr mehr wert war als die gesamte Kunstsammlung – es war eine Zeichnung ihres Ältesten Carl. Ihm galt ihre besondere Liebe und Fürsorge. Carl saß oft mit Pinsel und Leinwand neben Charlotte. Ein Bild hatte er seiner Mutter geschenkt, das ihr Zimmer schmückte. Es zeigte die kleine Waldkapelle im Park, verwunschen und märchenhaft, mit

der Brücke über den Wassergraben und zwei weiblichen Wesen, die zur Kapelle gingen. Ganz sicher waren es Maria und Anna, doch das konnte der Betrachter nicht erkennen. Die Gestalten waren so geheimnisvoll wie das Bild selbst.

So akribisch, wie Max die Rechnungsbücher über seine landwirtschaftlichen Güter führte, so akribisch stellte er einen Katalog seiner Kunstsammlung auf, mit der genauen Bezeichnung des Werks, des Künstlers, des Verkäufers, des Kaufpreises, aber auch einer kurzen Beschreibung des Kunstwerks. Als er den Katalog fertiggestellt hatte, begriff er, welchen Schatz er da hütete, einen Schatz, den er nicht für sich allein beanspruchte. Es waren Kunstwerke, die der Menschheit zur Verfügung gestellt werden mussten. Er wollte bekannte und kunstbegeisterte Männer aus Politik und Gesellschaft auf seine Sammlung aufmerksam machen.

Mit König Ludwig von Bayern unterhielt er bereits einen regen Briefwechsel und Gedankenaustausch über die Kunst. Nun schrieb er an den Geheimen Rat Johann Wolfgang von Goethe und übersandte ihm seinen Katalog. Der alte Geheimrat war beeindruckt und widmete der Sammlung in seinem Werk über Kunst und Altertum sein ganz persönliches wohlwollendes Urteil.

Es erfüllte Maximilian mit Stolz und Freude, mit welcher Aufmerksamkeit viele Persönlichkeiten seine Sammlung bedachten. Es war unabdingbar, dass sie einer angemessenen Umgebung bedurfte.

In Gedanken versunken querte Maximilian die Hallesche Straße. Er hatte dem Gasthof einen Besuch abgestattet und sich davon überzeugt, dass das Sternburg-Bier ordnungsgemäß an die Gäste ausgeschenkt wurde. Seit der bayrische Braumeister nach Leipzig gekommen war und seine geheime Rezeptur auch hier angewandt hatte, steigerte sich der Bierabsatz enorm. Maximilian konnte zufrieden sein.

Jedem interessierten Gast zeigte er gern seine Kunstsammlung, und nicht wenige Kunstfreunde unterbrachen ihre Reise, um sich neben dem Genuss des Bieres außerdem der Kunst zu widmen. Im Obergeschoss des Gasthofes hatte Maximilian ebenfalls einen Teil seiner Schätze aufgehängt. Doch das alles stellte ihn nicht zufrieden.

Er sprang erschrocken beiseite, als sich eine Kutsche in hohem Tempo näherte. Der Kutscher brüllte.

„Solche Verkehrsrüpel", schnaufte Max. „Die Menschen sollten sich mehr Zeit nehmen, auch einmal zur Seite zu blicken." Er stand auf dem Gemeindeanger, der von der Straße sanft zur Aue hin abfiel. Über die Nutzung des Angers kam es immer wieder zum Streit, und Maximilian hatte bereits einmal die Auflösung dieses Gemeindegrundstücks angeregt. Er blickte sich um. Was für eine Verschwendung! Es wäre der ideale Ort für den Bau eines Hauses für seine Kunstsammlung …

Max hatte es plötzlich eilig. Er würde noch einmal beantragen, den Gemeindeanger aufzuheben und zu teilen.

* * *

Ganz so einfach ging es nicht, auch wenn Maximilians Worte großes Gewicht besaßen. Letztlich jedoch wurde die Auflösung des Angers durch den Gemeinderat beschlossen, und er konnte einen Teil daraus erwerben. Das Gelände fiel zum Wasser hin ab, lag aber hoch genug, um vor den häufig wiederkehrenden Überschwemmungen geschützt zu sein. Es lag nahe genug an der Straße, um Reisende aufmerksam zu machen. Und es lag fast gegenüber vom Gasthof, eine gute Gelegenheit, nach der Rast noch einen Kunstbesuch anzuschließen.

Mit der ihm eigenen Gründlichkeit ging Maximilian auch hierbei ans Werk. Nachdem er das Grundstück erworben hatte, ließ er eine Villa errichten. Beidseits befanden sich Wohnungen. Eine davon bewohnte der neu eingestellte Kustos, der die Kunstsammlung betreuen und Besucher durch die Räume führen sollte. In der Villa fanden fast alle Kunstschätze der Sammlung Platz. Nur einen ausgesuchten Teil behielt Maximilian im Schloss, zur Erbauung der Familie, aber auch für Gäste, denn auch das Herrenhaus stand für kunstinteressiertes Publikum offen, nach Maximilians Festlegung an Sonn- und Feiertagen nachmittags von zwei bis fünf Uhr. Der Eintritt war für alle frei. Besondere Besucher hatten natürlich jederzeit Zutritt, und Max ließ es sich nicht nehmen, diese selbst durch die Räume zu führen.

Um die Villa ließ er einen Obstgarten anlegen. Die Bäume würden nicht nur einen angenehmen Anblick bieten und im Sommer Schatten spenden, das Obst würde gleichzeitig Verwendung finden.

Pieter Breughels „Winterlandschaft“ fand hier ebenso ihren Platz wie Callegos „Abraham vom Kreuze“, das Bildnis einer alten Frau von Bartholomé van der Helst genauso wie die Jungfrau Maria von Murillo, das Bild eines Mönchs von Peter Paul Rubens, aber auch Werke zeitgenössischer Künstler, wenn Max ihr Talent und ihr Können ausreichend schien.

Nur mit zwei Bildern hatte es eine Zeit lang ein Problem gegeben. Lucas Cranach hatte sie als Teile eines Flügelaltars gemalt. Es waren Adam und Eva im Paradies. Ohne Zweifel besaßen sie einen außerordentlich hohen künstlerischen Wert. Sie hingen im Eingangsbereich des Schlosses. Das Problem bestand in der Nacktheit der beiden Abgebildeten.

„Das kann ich nicht verantworten, Herr Baron“, hatte Luise immer wieder gewettert. „Die Kinder werden durch solche Bilder verdorben. Die beiden müssen so gehängt werden, dass die Kinder sie nicht sehen. Nein, sie müssen ganz weggestellt werden. Was hat sich der Maler denn dabei nur gedacht? So eine Ferkelei!“

„Aber Luise, haben Sie mal in die Bibel geschaut? Adam und Eva sind Gottes Werk. Das ist keine Ferkelei."
„Mag ja sein, aber um Gottes Werk verstehen zu können, sind die Kinder noch zu klein. Und bis dahin bekommen sie Menschen nur im angekleideten Zustand zu sehen. Schlimm genug, dass im ganzen Park nackte Menschen verstreut sind."
„Aus Stein und Gips, Luise, auch das ist Kunst."
„Herr Baron, ich bestehe darauf, die Kinder dürfen die Bilder erst sehen, wenn sie volljährig sind!"
Max räusperte sich. „Lucas Cranach war ein sehr angesehener Künstler seiner Zeit. Die Nacktheit von Adam und Eva ist bereits in der Bibel beschrieben. Er konnte ihnen keine Kleider anziehen."
„Dann sollten die Bilder wenigstens übermalt werden. Ein Kleid, vielleicht ein antikes Gewand …"
„Luise!" Max schnappte nach Luft. „Für diese beiden Bildtafeln habe ich dem Fürsten von Reuß zweihundert Taler gezahlt. Da wird nichts drübergemalt!"
„Gut, dann müssen die Kinder dort untergebracht werden, wo sie diese Bilder nicht sehen können. Bis sie volljährig sind!"
Luises Moralvorstellungen waren ebenso unerschütterlich wie ihr Willen. Doch da die Kinder ihre Zimmer im oberen Geschoss nicht über eine Leiter verlassen konnten, sondern das Treppenhaus benutzen mussten, waren die beiden Bilder auf den Dachboden verbannt worden.
Doch mittlerweile waren die Kinder verständiger, zumindest beinahe, und Maximilian ließ Adam und Eva wieder ans Licht bringen. Alexander würde es überleben.

* * *

Ernst Moritz Reichel war ein glücklicher Mann. Er pries noch immer den Tag, an dem es ihn nach Lützschena verschlagen

hatte, Jahre zuvor, als der junge Student in Begleitung seiner Tante das Mühlengut besuchte und bei der Familie des Mühlenbesitzers Küttner angenehme Tage verbrachte. Oft verzog er sich zu jener Zeit an das lauschig gelegene Mühlenwehr und paukte hebräische Vokabeln. Das Rauschen des Wassers empfand er als beruhigend und erfrischend. Gut fünf Jahre später verschlug es ihn wieder nach Lützschena, diesmal als Hauslehrer der Familie Speck von Sternburg. Das Wohnhaus am Mühlenweiher lag gleich neben dem Mühlengut, und das Rauschen des Wehrs drang wieder in seine Kammer. Es konnte sich seiner Meinung nach nur um eine göttliche Fügung handeln.
Es war eine schöne Zeit im Herrenhaus der Specks, ein angenehmes Arbeiten mit den Kindern, und mit der Lützschenaer Pfarrersfamilie Theile verband ihn eine Freundschaft. Ihm blieb die hübsche Tochter des Pfarrers nicht verborgen, doch dauerte es noch vier Jahre, bis er, enttäuscht von einem vorherigen Verlöbnis, endlich auch im Herzen frei war.
Pfarrer Theile litt an einer Lungenkrankheit, die ihn immer wieder aufs Krankenlager warf. So sprang Ernst Moritz Reichel hin und wieder als Prediger ein, betreute die Gemeinde und gewann hohes Ansehen. Als der Pfarrer starb, herrschte große Trauer. Aber es war für den Hauslehrer auch die Chance, endlich als Pfarrer wirken zu können. Die drei Gemeinden, die zum Rittergut gehörten, befürworteten seine Bewerbung, und Maximilian Speck, inzwischen Freiherr von Sternburg, als Patronatsherr, stimmte freudig zu. Das Glück des jungen Mannes wurde gekrönt von der Heirat mit Caroline Theile. Nach sieben Jahren im Herrenhaus Speck begann nun ein neues Leben als Pfarrer von Lützschena, Hänichen und Quasnitz.
Doch er blieb nicht vom Leben in Maximilians Familie ausgeschlossen. Noch im gleichen Jahr durfte er die vier ältesten Kinder Specks konfirmieren, nachdem er ihnen ein halbes Jahr lang Konfirmandenunterricht erteilt hatte. Maximilian legte viel Wert

auf eine religiöse Erziehung und konnte sich auf Pfarrer Reichel verlassen. Zudem kümmerte sich Maximilian um manches Problem, ob an der Kirche, der Turmuhr, der Friedhofsmauer oder dem Pfarrhaus. Großzügig unterstützte er Bauarbeiten, Erweiterungen und sogar die Neubepflanzung des Pfarrgartens.
Die Konfirmation zu Pfingsten wurde zu einem Höhepunkt in Ernst Moritz Reichels bisherigem Pfarrerleben. Schulmädchen streuten Blumen auf den Weg vom Herrenhaus zur Schlosskirche, die ganze Familie folgte dem Pfarrer in einem feierlichen Zug. Die Türen von Schloss und Kirche waren mit Girlanden geschmückt.
Pfarrer Reichel predigte über den wohltätigen Einfluss des Christentums auf das Familienleben, Carl sprach das Glaubensbekenntnis, dann segnete der Pfarrer die Konfirmanden. Es war eine außerordentliche Liturgie, feierlich und anspruchsvoll.
Am nächsten Tag war Ernst Moritz Reichel heiser. Ihm versagte die Stimme, er hatte sich tags zuvor zu sehr verausgabt. Seine geliebte Caroline kochte ihm Hafergrützschleim, verabreichte ihm Eidotter mit Zucker und wickelte seinen Hals mit Essigtüchern ein.
„Großzügig ist unsere Gerichtsherrschaft“, krächzte er, während ihm Caroline den Wickel erneuerte.
„Du sollst doch deine Stimme schonen“, tadelte sie ihn. „Der Herr Baron und die Frau Baronin sind wirklich sehr gütig.“
„Zwölf Taler und vier Silbermedaillons haben sie mir ge... chrrrr ... Caroline, nicht so fest!“
„Bis zum nächsten Sonntag musst du deine Stimme wiederhaben. Also schweig jetzt, und iss deine Hafergrütze!“
Das Glück schien nicht mehr zu übertreffen zu sein, als Caroline eine Tochter gebar, die sie Therese tauften. Gleichzeitig starben viele Kinder in den Gemeinden an Fieber, andere erkrankten an den Masern, und der Schullehrer hatte nicht viel zu tun. Letztlich wurde die Schule ganz geschlossen.

Vor dem Pfarrhaus jedoch geschah eine Verwandlung. Pfarrer Reichel maßte sich nicht an, sich mit der Herrschaft zu vergleichen, allerdings hatte er das manchmal recht angenehme Leben im Herrenhaus zur Genüge kennengelernt. Maximilian saß mit seiner Familie an Sommerabenden gern im Garten, geschützt zwischen Hecken und Rosenlauben.

„Mir würde es gefallen, wenn wir den kleinen Garten um das Haus schöner gestalteten. Einige Büsche und Hecken, die im Frühjahr blühen, würden doch einen schönen Anblick geben. Und einen Sitzplatz für gesellige Abende könnten wir auch einrichten. Unser Patron meinte, der Platz vor der Kirche, wo wir bislang immer gesessen haben, wäre nicht geeignet für den Feierabend."

„Hat er das tatsächlich gesagt?", wunderte sich Caroline. „Dabei ist er sonst so großzügig ..."

Der Pfarrer räusperte sich verlegen. „Nun ja, unser Herr Baron hat manchmal recht eigene Vorstellungen. Dabei empfinde ich es nicht als Entweihung, wenn wir abends neben der Kirche sitzen und uns vergnüglich unterhalten. Aber ich will keinen Streit mit der Herrschaft. Also, sollten wir einige Sträucher anpflanzen?"

„Der Gärtnerbursche soll dir helfen. Er weiß am besten, wann und wie die einzelnen Büsche gepflanzt werden müssen."

Auf Carolines Geheiß wurden einige Sträucher so gesetzt, dass der Ausblick aus dem Stubenfenster nun ins Grüne ging.

„Ich hoffe, unser Herr Baron wird es uns nicht verübeln, aber eine Predigt schreibt sich leichter, wenn das Auge Grün erblickt und über einem die Vögel singen."

„Zumindest im Sommer", ergänzte Caroline. „Und für Therese ist es ein schöner Platz zum Spielen, wenn sie sich nicht zu weit ans Wasser wagt."

„Ich habe sie oft genug ermahnt. Sie wird nicht ans Wasser gehen."

Der Sommer brachte heftige Gewitter und wolkenbruchartige Regenfälle. Der Wasserstand der Weißen Elster stieg gewaltig an, der Mühlgraben wurde geflutet. Das Wasser überflutete nicht nur den Pfarrgarten, sondern drang auch ins Haus ein. Das Mauerwerk wurde nass, der Keller stand unter Wasser und verdarb die letzten Vorräte. Bis zur nächsten Ernte war es noch eine Weile hin. Zudem wurden die Beete beschädigt und das Gemüse zerstört. Es war eine Katastrophe.

Am Herrenhaus war die gesamte Belegschaft damit beschäftigt, den Damm zu verstärken, Sandsäcke aufzustapeln oder Mist hinzuschütten, in der Hoffnung, das Wasser würde nicht darübersteigen.

Der erste Heuschnitt wurde in Sicherheit gebracht, trotzdem ging ein großer Teil der Ernte verloren. Auch die Hopfenplantage wurde stark in Mitleidenschaft gezogen.

So schnell, wie die Unwetter gekommen waren, zogen sie auch wieder ab. Das Hochwasser sank und hinterließ zerstörte Felder und Gärten. Es würde eine geraume Zeit und viel Anstrengung benötigen, alles wieder in Ordnung zu bringen. Mägde, Knechte, Lohnarbeiter und Verwaltungsbeamte arbeiteten Tag und Nacht auf dem Rittergut, um die Schäden zu beseitigen.

Maximilian atmete auf. Das Schloss selbst war vom Hochwasser verschont geblieben und damit auch die darin befindlichen Kunstschätze.

Die Aufräumarbeiten waren kaum beendet, da gab das anhaltende Läuten der Feuerglocke Alarm. Aus dem Park stiegen dunkle Rauchwolken auf. Das Hochwasser hatte die Brücke vom Herrenhaus beschädigt. Die Löschwehr musste über den Bauernsteg anrücken. Doch da war es bereits zu spät. Baronin Charlottes Lieblingsplatz, die Fischerhütte auf der Halbinsel am Hundewasser, war aus unbekannten Gründen abgebrannt.

* * *

Die Vorhänge ließen nur wenig Licht in den gediegen ausgestatteten Herrensalon in der Wohnung des Großkaufmanns Carl Lampe. Er stand am Fenster und blickte hinaus in den grauen Novembertag, als hätte er die anwesenden vierzehn Herren hinter sich vergessen. Es war etwas eng im Salon, und Lampe hatte mehrere Stühle hereinbringen lassen. Doch es war ein wichtiger Tag, und es waren wichtige Leute, unter ihnen der Bankier und Kaufmann Gustav Harkort, die Buchhändler Friedrich Brockhaus und Hermann Härtel und der Rittergutsbesitzer Maximilian Speck von Sternburg.

„Nun, meine Herren, wollen wir unseren großen Plan in Angriff nehmen?"

Er erntete wohlwollende Zustimmung.

„Was kann es Höheres geben, als die Kunst dem ganzen Volk zu vermitteln?", fragte Maximilian.

„Oh, das machen wir schon mit der Musik", erwiderte Gustav Härtel. „Aber Kunst ist mehr."

„Lieber Speck-Sternburg, ich kenne Ihre Sammlung und bewundere die Schönheit von Malerei und Bildhauerkunst. Unser Kunstverein, den wir zu gründen gedenken, soll sich aber nicht nur auf bildende Kunst beschränken, sondern jegliche künstlerische Äußerungen unserer Zeitgenossen berücksichtigen. Die Kunst darf nicht mehr allein dem Adel vorbehalten sein ..." Er wandte sich mit einem entschuldigenden Lächeln an Maximilian. „Unser Baron möge mir verzeihen, aber ich weiß, auch Ihnen steht das Bürgertum nahe."

Maximilian erwiderte das Lächeln. „Ich bin kein geborener Adliger. Es ist meine tiefste Überzeugung, dass neben einigen prägenden Charaktereigenschaften wie Fleiß, Strebsamkeit und Disziplin, Bildung das wichtigste Mittel auf dem Weg in eine gehobene gesellschaftliche Stellung ist, nicht die Abstammung."

Carl Lampe trat vom Fenster weg und entzündete zwei weitere Leuchter. „Uns eint das Ziel, jedem kunstinteressierten Menschen die Kunst nahezubringen, und zwar ohne dass dabei finanzielle Interessen eine Rolle spielen."

Er erntete erneut zustimmendes Nicken. „Wir tragen und fördern das Leipziger Museum, in dem Kunstschätze ausgestellt werden, die dem Museum gestiftet wurden. Ich bin überzeugt, Mäzene zu finden, die sich dieser großen Aufgabe annehmen werden."

Der Unternehmer Lampe, dessen Liebe seit jeher der Kunst galt, atmete tief durch. Bereits sein Elternhaus hatte ihn musisch geprägt, später pflegte er Kontakte zu Künstlern wie Ludwig Richter und Peter von Cornelius. Und er engagierte sich auf vielen sozialen Gebieten seiner Heimatstadt. Seine menschenfreundliche Haltung berührte Maximilian, weil er ebenso empfand. Er hatte nicht einen Augenblick gezögert, als Lampe ihn bat, den Kunstverein in Leipzig mitzubegründen.

„Nach dem Vereinsrecht wählen die Mitglieder in einer demokratischen Abstimmung den Vorstand. Wir sind fünfzehn Gründungsmitglieder, und wir bringen jeder unseren Beitrag ein. Ziel muss es sein, weitere Förderer der Kunst zu finden, die Mitglied werden. Wir selbst werden sie werben, wo wir unsere Beziehungen, Geschäftspartner, Freunde haben."

„Für mich werden das Prag und Wien sein", sagte Maximilian. „Zudem habe ich geschäftliche Beziehungen nach Berlin, Frankfurt, Düsseldorf, Hamburg, München, Nürnberg und Hannover."

„Respektabel", lobte Carl Lampe. „Also werden wir unser Gründungsprotokoll alle unterschreiben." Er öffnete den Schrank und entnahm eine Holzkiste. „Zur Feier des Tages spendiere ich Ihnen eine Zigarre aus meinem eigenen Import. Und bedienen Sie sich bitte am schottischen Whisky."

Es hatte zu jener Zeit etwas Menschenfreundliches, Vereine zu gründen. Überall wuchsen sie auf dem Boden des bürgerlichen Demokratieverständnisses. Mittels Vereinen wurde Wissen weitergegeben, über Kunst, über industriellen Fortschritt, über Gartenbau, über Landwirtschaft, über Wissenschaft. Wer Mitglied in einem oder gar mehreren Vereinen war, der genoss hohes Ansehen, tat er doch seine bürgerliche Pflicht, sich um das Allgemeinwohl zu kümmern.

Auch Maximilian befand Vereine für eine wunderbare Einrichtung zur Bildung des Volkes.

„Die Mitgliedschaft in einem Verein adelt einen im Reich des Geistes", pflegte er zu sagen. Natürlich lag sein Interesse vor allem im Bereich der Landwirtschaft, wo er bereits mehreren Vereinigungen als ordentliches Mitglied angehörte, bei anderen Ehrenmitglied war. Inzwischen sammelten sich die Diplome von vielen verschiedenen Vereinen.

Der neu gegründete Kunstverein Leipzig wurde schnell zum Stadtgespräch. Durch die Beziehungen in andere Städte des Deutschen Bundes genoss er bald großes Ansehen. Max war stolz darauf, spendierte Geld und Kunstwerke.

Leipzig erwartete hohen Besuch. Der sächsische König gab sich die Ehre. Friedrich August II. war ein intelligenter und beim Volk beliebter Monarch, vor allem, weil er den Städten die freie Selbstverwaltung gebracht hatte.

Der Stadtrat befahl allen Einwohnern, die Häuser zu schmücken. Die Straßen wurden beleuchtet, Leipzig erstrahlte. Die Bürger hatten die schwere Zeit nach dem Ende der Befreiungskriege von der Napoleonischen Herrschaft überwunden. Industrien hatten sich in Leipzig angesiedelt, durch die Anbindung an die Eisenbahnstrecke Dresden-Magdeburg konnte nicht nur der Personentransport, sondern auch der Warenaustausch gesteigert werden.

Auch Max schmückte sein Handelshaus in der Reichsstraße mit Girlanden und einem Transparent, auf das er einen selbst gedichteten Vers schrieb: „O! möchte stets in unserm Sachsen/ Electoral veredelt wachsen."

Sein Gegenüber, ein Schuhmacher, schüttelte den Kopf. „Der Speck will wieder alle Blicke auf sich ziehen“, sagte er zu seiner Frau. „Will er sich jetzt selbst veredeln?“

Sie beugte sich aus dem Fenster. „Warum hängen wir nicht auch ein Plakat auf?“, fragte sie ihn.

„Gute Idee! Der Speck soll nicht denken, er wäre allein hier in der Reichsstraße.“ Kurze Zeit später hängte er sein Transparent aus dem Fenster, so, dass man es von Specks Hof gut lesen konnte:

„O, möchte doch in unserm Sachsen
Electoral auf Schweinen wachsen.
Damit der Speck auf dieser Erde
Noch immer mehr veredelt werde!“

* * *

Neben seinen wertvollen Gemälden und Statuen besaß Maximilian auch einige Bilder, die ihm ebenso viel bedeuteten, aber von ganz anderer Herkunft waren. Er verpflichtete einen jungen Künstler, seine Tiere auf dem Rittergut Lützschena zu zeichnen.

Es entstanden lebensgetreue Bilder einer Muttersau mit Ferkeln, einem Electoralschaf mit einem prächtigen Widder, einem tibetanischen Ziegenbock und einer brasilianischen Ziege sowie einer Berner Zuchtkuh mit Kalb.

Diese Bilder waren kein Selbstzweck. Max ließ sie lithografieren und davon Drucke fertigen. Während die Originale einen angemessenen Platz im Herrenhaus bekamen, nahm er die Lithografien als Anschauungsmaterial zu seinen Vorträgen mit, und verwendete sie in Veröffentlichungen über Landwirtschaft und Tierzucht.

Haupterwerb auf Maximilians Gütern waren die Schafe. Sollten die anderen doch spotten, manche die Nase rümpfen, er hatte bewiesen, dass durch eine wissenschaftliche Lehre die Schafzucht in Menge und Qualität derart zu steigern war, dass es dem ganzen Land viel Geld einbrachte. Die Wollverarbeitung wurde immer intensiver, Maschinen förderten die Produktion von Stoffen und benötigten immer größere Mengen an feiner Wolle. Neue Landwirtschaftsgesetze, die die Fron und Zehnten ablösten und die Bauern aus ihrem Zwang befreiten, gaben der gesamten Landwirtschaft Auftrieb. Und so profitierten nicht nur die Schafzüchter, sondern auch die Ackerbauern und Futtermittelproduzenten. Wenn Max das Bild seiner Schafe betrachtete, so konnte er sicher sein, damit ein Werk für das ganze Land vollbracht zu haben.

Die Ziegen züchtete er weniger aus wirtschaftlichen Gründen, da sie zu wenig Wolle abwarfen, sondern wegen ihrer Seltenheit. Eigentlich stammten die Kaschmirziegen aus den Steppen bei Taganrog und Cherson. Max hatte sie auf seiner Russlandreise dort häufig beobachten können. Liebhaber in Frankreich hatten sie nachgezüchtet, wovon sich Max einige Tiere gekauft hatte. Die brasilianischen Ziegen stammten aus einer kleinen Herde des verstorbenen Kaisers Franz, der sie von seiner Tochter, der Kaiserin von Brasilien, geschenkt bekommen hatte.

Max hatte den exotischen Tieren ein kleines Gelände inmitten des Parks einzäunen lassen, wo sie gemeinsam mit Enten zur Freude der Parkbesucher lebten.

Anders sah es bei den Schweinen und Kühen aus. Das rot-weiß gefleckte Rind aus dem Berner Oberland wurde rasserein in Lützschena gezüchtet. Der reichliche Futteranbau und die Verfütterung der Abfälle aus Brauerei und Brennerei führten zu großen, kräftigen und vitalen Tieren, sodass das Gut sich selbst ausreichend mit Milch, Käse und Butter versorgen konnte. Zudem wurden die Kälber verkauft. Es gab bereits eine Liste von Vorbestellungen für die Kälber, weil Max auch andere Gutsbesitzer von den Vorteilen dieser Rasse überzeugen konnte.

Max hatte extra einen Tierarzt beauftragt, über Gesundheit und Vitalität seiner Zuchttiere zu wachen. Zudem stellte er seine prächtigen Bullen gern auf landwirtschaftlichen Ausstellungen aus und errang so manchen Preis dafür. Bald schon übertraf seine Zucht die Qualität der Tiere aus dem Ursprungsland.
Auch mit den Schweinen besaß Max eine glückliche Hand. Durch verschiedene Kreuzungen erreichte er einen Typ mit lang gestrecktem Körper, schmalem Kopf und ruhigem Charakter. Auch hier konnte er die Abfälle aus Brauerei und Brennerei gut verwerten. Es reichten zwei Eber und acht Zuchtsauen, um mit den Ferkeln genügend Fleisch durch die Schlachtung zu gewinnen. Der Rest der Ferkel wurde verkauft. Max hatte eine Magd eingestellt, die sich nur um die Ferkel kümmerte, vom ersten Augenblick ihres Lebens an. Je besser sie die Tiere pflegte, umso mehr konnte sie am Schwanzgeld für jedes verkaufte Ferkel dazuverdienen. Der Dünger der Schweine ließ sich zudem vorzüglich auf den Hopfenfeldern verwenden.
Deswegen betrachtete Maximilian diese Bilder sehr gern. Sie zeigten den Grundstock seines Wohlstandes.

* * *

„Hörst du das auch?“ Caroline Reichel fuhr aus den Federkissen hoch und hielt den Atem an.
Ihr Mann drehte sich schlaftrunken um. „Ich habe nichts gehört. Das war sicher der Wind.“
„Wenn du die Ohren in die Kissen drückst, kannst du auch nichts hören“, gab Caroline zurück. Sie zündete die Kerze auf dem Nachtschrank an und blickte sich um. In der Schlafkammer schien alles unverändert.
Ernst Moritz zog sich das Federbett über den Kopf. In der Schlafkammer war es lausig kalt.
„Vielleicht sind es Einbrecher?“

„Du erwartest doch nicht etwa, dass ich jetzt da hinausgehe?“
„Doch!“ Entschlossen stieg Caroline Reichel aus dem Bett. „Ich fürchte mich nicht, Ernst Moritz, und du dich auch nicht!“
Seufzend schlug der Pfarrer das Federbett beiseite und griff nach seinem Mantel. Im Bett trug er immer wollene Socken, so schlüpfte er nur in seine Pantoffeln und nahm ein Windlicht zur Hand. Hintereinander tappten sie zur Haustür und lugten hinaus. Der Hof lag im Dunkeln, ein kalter Luftzug drang hinein.
„Ich werde mich erkälten“, klagte der Pfarrer. Hinter sich hörten sie tapsende Schritte. „Was ist denn los?“, fragte Therese mit verschlafener Stimme.
„Therese, du begibst dich sofort wieder ins Bett!“
„Ist etwas passiert?“
„Ich hoffe nicht“, erwiderte Caroline. „Du bleibst im Haus!“
Dann trat sie auf den Hof hinaus. „Ernst Moritz, zünde doch mal eine Stalllaterne an. Ich glaube, hier ist …“ Sie stockte. „Ach, herrje!“
„Was ist?“ Der Pfarrer kam mit einer Laterne herbeigeeilt und hielt sie hoch. Das Schloss am Gänsestall war aufgebrochen, die Tür stand offen. Er leuchtete in den Stall hinein. Ein eiskalter Stich fuhr ihm durch den Bauch. „Unsere Gänse! Unsere schönen fetten Gänse sind weg!“
„Und die Jungtiere auch“, ergänzte Caroline. „Und das kurz vor Weihnachten.“
Pfarrer Reichel war augenblicklich hellwach. „Diese Gauner, diese Banditen! So ein gottloses Volk! Aber diese Verbrecher sollen mir nicht entkommen.“
„Ernst Moritz, schau doch mal …“ Caroline leuchtete mit der Laterne zur Mauer, die das Pfarrgrundstück gegen das des benachbarten Bäckers abgrenzte. Dort klaffte ein großes Loch. Von der anderen Seite gewahrten sie einen Lichtschein. Bäckermeister Zorn, mit einer weißen Zipfelmütze auf dem Kopf, trat an das Loch heran.

„Bei Ihnen auch, Herr Pfarrer?", fragte er mit erstickter Stimme. Pfarrer Reichel nickte. „Zwei Mastgänse und drei Jungtiere."
„Bei mir ein Entenpaar."
„Diese Halunken! Ich gehe am Montag sofort auf die Gendarmerie und zeige den Diebstahl an."
„Ich werde Sie begleiten", erwiderte der Bäcker. „Diese Verbrecher haben die Tiere gleich hier getötet, damit sie sie nicht verraten."
„Gottlose Menschen sind das", wiederholte der Pfarrer aufgebracht. „Sie müssen ihre gerechte Strafe bekommen."
Der Gendarm von Schkeuditz, bei dem die beiden Bestohlenen Anzeige erstatteten, hatte bereits einen Verdacht. „In Papitz wohnen zwei Männer, die es mit den Gesetzen nicht so genau nehmen. Ich werde mir die beiden mal vorknöpfen."
Im Dörfchen Papitz wohnte der Tagelöhner Thömer in mehr als bescheidenen Verhältnissen. Doch in der Küche sah es ganz anders aus als sonst, überall Federn, ausgelassenes Fett. Der Gendarm blickte sich um. „Nanu, Frau Thömer, wo haben Sie denn die Gänse her?"
Das Gesicht der Frau lief rot an. „D… d… die haben wir gemästet."
„Ach! Können Sie das beweisen?"
In diesem Augenblick kam ihr Mann herein. Er trug einen Sack in der Hand. Darin zappelte ein Tier. Als er den Gendarm bemerkte, wollte er augenblicklich flüchten. Doch der Gendarm war schneller, packte ihn an der Jacke. „Halt! Im Namen des Gesetzes, Sie sind verhaftet!"
Frau Thömer brach weinend auf der Küchenbank zusammen. „Ich habe gleich gesagt, das kommt raus! Jetzt ist es geschehen. Ja, mein Mann hat die Gänse gestohlen. Wir hätten doch sonst zu Weihnachten nichts auf dem Tisch gehabt."
Pfarrer Reichel musste noch einmal auf dem Amt erscheinen und seine Aussage beeiden.

„Darf ich dich begleiten?“, fragte Therese.
Ihr Vater schüttelte entschieden den Kopf. „Eine Gendarmerie ist nichts für ein kleines Mädchen. Dort gibt es ein Gefängnis und böse Menschen, die eingesperrt werden. Bleib du hier.“
Therese schob schmollend die Unterlippe vor, zog die Wollmütze tiefer über die Ohren und begab sich in den Garten, wo sich Eis gebildet hatte. Dort konnte man wunderbar schlittern. Wenn sie noch etwas größer war, würde sie sich Schlittschuhe wünschen, um damit auf dem Eis zu fahren. Das hatte sie bei der Herrschaft gesehen und sofort den Wunsch verspürt, es ihnen gleichzutun.
Während sich Ernst Moritz Reichel zu Fuß auf den weiten, mit Glatteis überfrorenen Weg nach Schkeuditz in die Gendarmerie begab, vergnügte sich Therese allein im winterlichen Garten. An der Gartenbrücke war das Eis besonders dick. Doch plötzlich knackte es unter ihren Füßen. Ein furchtbarer Schreck durchfuhr sie. Das Eis brach in mehrere Schollen auseinander, und Therese versank bis an die Brust im eisigen Wasser. Es schnürte ihr die Lunge zusammen, ihr Atem setzte aus, sodass sie nicht einmal um Hilfe rufen konnte. Der Vater hatte sie immer wieder gewarnt, nicht zu nahe ans Wasser zu gehen. Aber sie hatte gar nicht sehen können, wo der Garten aufhörte und das Mühlwasser begann.
Die Kälte des Wassers fuhr ihr durch Mark und Bein. Geistesgegenwärtig breitete sie die Arme aus und schob die Eisschollen beiseite. So kam sie nicht in Gefahr, darunterzugeraten. Vorsichtig schob sie sich näher ans Ufer heran. Auf dem Bauch kroch sie aus dem Wasser heraus und blieb erschöpft auf der vereisten Wiese liegen. Einen Moment wünschte sie sich zu sterben. Sie spürte ihren Körper nicht mehr, doch dann blinzelte sie und sah das Haus. Es schien unendlich weit entfernt.
Die Magd Gerda schüttete einen Eimer aus und gewahrte etwas am Fluss liegen. Neugierig lief sie näher, dann schlug sie entsetzt

die Hände überm Kopf zusammen. „Oh Gott, das kleine Fräulein, ein Unglück, ein Unglück!"
Mühsam hob Therese den Kopf. „Psst, Gerda, die Mutter soll's nicht merken. Ich werde sonst schrecklich ausgeschimpft."
„Eine Lungenentzündung bekommst du. Komm sofort herein in die Küche und zieh die nassen Sachen aus. Hier ist heißes Wasser, ich schütte es gleich in dem Bottich."
Es war der Bottich, in dem sonst das Fleisch nach der Schlachtung gebrüht wurde. Am ganzen Körper zitternd stieg Therese in das Fass. Das Frieren war schlimmer als der Ekel.
Von all dem hatte Pfarrer Reichel keine Ahnung, als er mit roter, tropfender Nase und beinahe abgestorbenen Fingern die Gendarmerie in Schkeuditz erreichte. In dem kleinen Eisenofen brannte ein Feuer, in der Teekanne darauf blubberte es. Ernst Moritz Reichel warf einen sehnsüchtigen Blick darauf.
„Ich habe die beiden Täter dingfest gemacht", berichtete der Gendarm nicht ohne Stolz. „Sie haben gestanden. Leider ist vom Fleisch nichts mehr übrig, aber die Federn und das Fett sind noch da. Sie müssen feststellen, ob es Ihre Tiere waren."
Der Pfarrer starrte den Gendarm entgeistert an. „Wie soll ich denn das machen, wenn sie nicht mehr in der gewohnten Form sind?"
„Erkennen Sie sie an den Federn wieder?"
„Sicher! Es war eine graue Gans und ein weißer Ganter. Die drei Jungtiere waren gescheckt mit grauen Flügeln."
„Stimmt! Solche Federn haben wir gefunden. Hier – wir haben alles konfisziert."
Der Pfarrer betrachtete die kläglichen Überreste seiner einst so prachtvollen Tiere. „Wenn es meine Tiere sind", meinte er zögerlich, „dann ist es doch nur recht, wenn ich die Federn und das Fett zurückbekomme."
Der Gendarm strich sich nachdenklich über seinen Schnurrbart. „Dem steht nichts entgegen. Ich werde einen Aktenvermerk an-

fertigen. Nehmen Sie das Zeug mit. Frohe Weihnachten, Herr Pfarrer!"
„Frohe Weihnachten und Gottes Segen für Ihre Tat, Herr Gendarm", erwiderte der Pfarrer. Dann begab er sich auf den Rückweg nach Lützschena. Seine Stimmung steigerte sich, je näher er seinem Haus kam. Weihnachten war auch das Fest der Vergebung.
Als er näher kam, bemerkte er, dass die beiden Tannenbäume, die beidseits des Eingangs gestanden hatten, ziemlich unsanft abgesägt worden waren. Jemand hatte sie wohl als Weihnachtsbäume gebraucht.

⋆ ⋆ ⋆

Es lag ein seltsamer Geruch in der Luft, etwas stickig, nach Papier und Staub, nach altem Leder und gewachstem Holz. Maria liebte diesen Geruch, der so typisch war für die Bibliothek. Sie liebte die mächtigen Bücherregale aus dunklem Holz, sie liebte die exakt aufgereihten Bücher, die Buchrücken mit ihren geheimnisvollen Aufschriften, und vor allem liebte sie es, eines der Werke aufzuschlagen. Sie tauchte ein in eine andere Welt, in die Gedanken eines anderen Menschen, in andere Zeiten und an andere Orte.
Neben literarischen Werken gab es viele über Kunst, Kunstwerke und Baudenkmäler. Maximilian legte nicht nur Wert auf den Inhalt, auch das Äußere war wichtig. Besondere Bücher ließ er in rotes Ziegenleder fassen und mit Golddruck prägen. Zu Marias Glück besaß ihr Vater die gleiche Passion wie sie – Reisebeschreibungen. Darüber konnte sie die Zeit und ihre Umgebung vergessen, sich in fremde Länder träumen, Abenteuer bestehen, unbekannte Landschaften kennenlernen. Viele dieser Beschreibungen waren reich illustriert und mit Karten versehen. Ihre Lieblingslektüre waren mehrere Bände einer Beschreibung

Ägyptens in französischer Sprache. Die fünf Bände hatten Maximilian ein kleines Vermögen gekostet, und doch gehörten sie ebenso in seine Sammlung wie Werke über Naturwissenschaften, Botanik, Wappen, berühmte Persönlichkeiten und die Genealogie bekannter Adelshäuser. Das wundersamste Werk jedoch war eine Beschreibung von Kleidung, Sitten und Gebräuchen der Chinesen, Russen, Türken und Perser.
Wann immer sich die Möglichkeit bot, zog sich Maria hierher zurück, um in den dicken Büchern zu blättern und den eigenartigen Geruch des bedruckten Papiers einzuatmen.
„Wusste ich doch, dass du hier steckst." Anna platzte in die Bibliothek herein.
Maria hob ein wenig verärgert über die Störung den Kopf. „Hast du einen triftigen Grund, mich zu stören?"
„Sicher!" Anna strahlte übers ganze Gesicht. „Papa wünscht, dass wir in den Park kommen."
Seufzend klappte Maria das Buch zu. Papa war streng, sein Wort Gesetz, und er erwartete Folgsamkeit von allen, auch und vor allem von seiner Familie.
„Hat Alexander wieder etwas angestellt?", wollte sie wissen.
Anna schüttelte den Kopf. „Diesmal nicht. Papa tut sehr geheimnisvoll, und Mama hat ein gutes Kleid angezogen. Es soll etwas Feierliches sein."
„Haben wir einen Ehrentag vergessen? Hat der König Ludwig Geburtstag oder gibt es einen neuen russischen Kaiser?"
„Nein, nein, nein! Und nun komm!" Ungeduldig zog Anna ihre Schwester mit sich. Sie eilten durch den Garten, vorbei an der Orangerie und dem Schwanenteich mit den beiden Putten, die die Freitreppe flankierten. An der Brücke über die Weiße Elster sahen sie die Eltern mit Carl, Hermann und Alexander stehen. Auf eine strenge Rüge des Vaters gefasst, beeilten sich die beiden Mädchen. Doch Maximilian schien bestens gelaunt. Mit einem verschmitzten Schmunzeln winkte er mit einer Mappe, die er in

der Hand hielt. Tatsächlich, Charlotte trug ein hübsches Kleid im Empire-Stil, abgesetzt mit geblümtem Stoff aus feiner Baumwolle, in ihren lockigen Haaren ein Seidenband und einen Schal um die Schultern. Ein Sonnenschirm schützte ihre helle Haut, am Handgelenk baumelte ein bestickter Stoffbeutel. Auch sie lächelte erwartungsvoll.

Maria und Anna fassten sich an den Händen und atmeten sichtlich auf. Charlotte streckte ihnen eine Hand entgegen, während sie mit der anderen den Sonnenschirm drehte. Die Mädchen hängten sich bei ihr ein, während Hermann das schmiedeeiserne Tor mitten auf der Brücke öffnete und den Eingang zum Park freigab. Am anderen Ende der Brücke, neben dem Standbild einer griechischen Vestalin, erwartete sie der Gärtner, den Maximilian bereits vor einigen Jahren zur Pflege des Parks, aber auch als Führer für interessierte Gäste eingestellt hatte.

„Gibt es ein neues Denkmal im Park?“, wollte Maria wissen.

„Pssst, euer Vater hat eine Überraschung“, flüsterte Charlotte.

Nachdem der Gärtner sich verbeugt hatte – Maria fiel auf, dass auch er seinen Sonntagsanzug vom Kirchgang trug, obwohl gar kein Sonntag war –, wandte Maximilian sich um und öffnete die Mappe. Sie enthielt einige Blätter Papier, eng beschrieben in Versen, wie Anna nach einem neugierigen Blick auf Zehenspitzen feststellte.

„Meine liebe Familie soll als Erste Zeuge meiner musischen Tätigkeit sein. Ihr wisst, dass ich vor einigen Jahren den talentierten Wiener Maler Friedrich Loos beauftragt habe, Zeichnungen von den Architekturen und Ansichten des Parks anzufertigen. Die sind eine besondere Kostbarkeit in meiner Sammlung, aber sie lagen immer recht einsam daneben. Ihnen fehlte etwas, das ich ihnen jetzt gegeben habe. Diese Zeichnungen haben mich auf die Idee gebracht, einen Spaziergang in Verse zu kleiden.“

„Papa hat gedichtet“, flüsterte Anna. „Das macht er wirklich zu gern.“

„Pssst!" Charlotte legte mahnend den Zeigefinger auf die Lippen.
„Ich hätte schon gern gewusst, wie meine Kinder diesen gedichteten Spaziergang finden", erwiderte Max.
„Willkommen ist, so oft im Erdenwallen
Der Tag des Lebensfestes wiederkehrt,
Wohl immer jede Gabe – doch vor allen
Die, welche treue Herzlichkeit verehrt ..."
Sie schlenderten von der Brücke aus in den Park hinein, vom Bildnis des heiligen Georg auf dem Obelisken zur Leiter, die auf einen Baum führte, vorüber an der abgebrannten Fischerhütte, wo Charlottes Gesicht ernst wurde, weil sie ihren Lieblingsplatz vermisste. Von dort wanderten sie zur Einsiedelei im hinteren Bereich des Parks mit mächtigen alten Eichen. Zu jeder Station hatte Maximilian einen Vers gedichtet, auch über die Schaukeln, die kleine Marienkapelle, die aus St. Veit stammte, oder das türkische Entenhäuschen, das auf einer Insel in einem kleinen See stand. Dann gelangten sie zum Tempel der Liebe mit den Figuren von Amor und Psyche, die Luise schlaflose Nächte bereiteten, weil sich die beiden im ewigen Kuss vereinten.
„Das ist des Lebens Tempel und der Liebe,
Die Leben schafft, erhält und hochbeglückt!
Und Absicht war's, dass er das letzte bliebe,
was heut' Ihr Auge hier mit Lust erblickt."
Maria fragte sich, wann der viel beschäftigte Vater dieses lange Gedicht geschrieben hatte.
„Unser verehrter Gärtner soll mit diesem Gedicht unsere Gäste durch den Park leiten", verkündete Maximilian, und als er bemerkte, dass der Gärtner sichtlich blass wurde, setzte er hinzu: „Keine Angst, ich lasse das Gedicht beim Verleger Teubner drucken und als kleine Broschüre herausgeben. Schließlich ist es ein Wegweiser für Freunde der Natur, Kunst und Landwirtschaft."

Anna neigte sich zu Maria und flüsterte ihr ins Ohr. „Ich hoffe, Papa lässt es uns nicht auswendig lernen."
Alexander war vorausgeeilt und tätschelte den nackten Amor am Hinterteil. „Der sieht so aus wie ich", stellte er zufrieden fest. Charlotte war froh, dass Luise, die an einem heftigen Schnupfen litt, nicht zugegen war. Wahrscheinlich wäre sie wieder in moralisches Lamento gefallen.
Sie wandte sich zu Max um und klatschte begeistert in die Hände. „Wie wundervoll! Jeder Besucher kann nun nachempfinden, welcher Geist der Parkgestaltung zugrunde liegt."
Max lächelte gerührt. „Darf ich es poetischer sagen, meine Liebe?

Ein freundlich Bild von dem möcht' ich entfalten.
Was, schön mit Kunst sich einend, die Natur
In zauberischer Schöpfung tät gestalten
Und weise sinnend auf Lützschenas Flur."

Familienbande

Der Funke sprang von Frankreich über – wieder einmal. Dort flüchtete der letzte Bourbone vor dem Zorn des Volkes nach England und überließ den freien Regentenstuhl seinem Verwandten Louis Philipp von Orleans. Dieser neue König versuchte, die Gunst seines rebellierenden Volkes zu erringen.
Alle Augen in Europa richteten sich auf Frankreich, obwohl selbst der alte Geheimrat Goethe bezweifelte, dass es den Deutschen je gelänge, zur Nation zu finden, zog ein neuer Geist durch die deutschen Lande. In Braunschweig wurde der unbeliebte Herzog Karl II. von Braunschweig gestürzt, und auch in Sachsen gab es Unruhen, die den König zwangen, eine neue Verfassung einzuführen.
In Leipzig kam es zu Tumulten, die ihren Auslöser in der französischen Julirevolution hatten. Polizeiwillkür und Dünkel in der erstarrten städtischen Verwaltung brachten die Menschen auf. Zugleich gründete sich eine Bürgerwehr zur Aufrechterhaltung der Ordnung. Im Leipziger Burgkeller befand sich der Stützpunkt dieser Kommunalgarde, die sich aus Handwerkern aller Zünfte zusammensetzte und mit untauglichen Mitteln gegen den wütenden Mob kämpfen wollte. Doch bevor diese Kommunalgarde überhaupt ihrer selbst ernannten Aufgabe nachkommen konnte, hatten die Studenten den Wachdienst in der inzwischen polizeilosen Stadt übernommen. Sie kamen diesem Ratsauftrag mit Freude nach, zumal begüterte Bürger ihre Beschützer freigiebig bewirteten.
Maximilian betrachtete diese Brände im Volk mit großer Aufmerksamkeit. Er wusste, alles in der Welt war zu überstehen, wenn man gewappnet war.
Max besaß ein untrügliches Gedächtnis für Personen, für Fakten und Zahlen. Mit Personen von Bedeutung suchte er den

Gedankenaustausch, er verlor nie die politischen Geschehnisse aus den Augen und wusste gut, deren Hintergründe zu deuten. Das befähigte ihn, auch in politisch stürmischen Zeiten seine Handelsgeschäfte aufrechtzuerhalten. Allerdings musste er auch erkennen, dass er diese wichtige Gabe nicht an seinen Sohn Hermann vererbt hatte.

Es war eine schlichte Bank aus Stein, von der man einen weiten Ausblick über die Aue hinter dem Herrenhaus genoss. Hermann liebte diese Stelle, die etwas versteckt im hinteren Teil des Parks lag. Hier konnte er träumen, dichten, seinen Gedanken freien Lauf lassen. Die Stille und die aus den Wiesen aufsteigenden Nebel versetzten ihn in eine Melancholie, der er sich gern hingab.

Auf seinen Knien lagen einige Bogen Papier. Mit der Rückseite des Stiftes strich er sich über den blonden, etwas spärlich gewachsenen Schnurrbart.

„Ich bin froh, wieder in Lützschena zu sein", sagte er zu dem neben ihm sitzenden Alexander, der bislang schweigend mit dem Messer an einem Stöckchen geschnitzt hatte.

„Wirklich? Ich habe dich immer beneidet, dass du Reisen unternommen hast. Paris, das Institut Royal, das muss doch wunderbar gewesen sein."

Hermann blickte unbestimmt in die Ferne. „Ja, es war wunderbar", flüsterte er. „Aber ich hatte immer Heimweh."

„Ich weiß nicht, was Heimweh ist", erwiderte Alexander. „Ich war ja noch nie fort."

„Sei froh, dass du hierbleiben kannst", seufzte Hermann. „Ich habe vor allem Mutter vermisst, ihre Wärme, ihre Güte. Mir scheint, auch sie leidet, wenn ich nicht bei ihr bin."

„Wie kommst du darauf? Wir sind doch auch noch da." Mit wir meinte Alexander sich und seine anderen Geschwister.

„Wir fünf gehören nun mal zusammen."

Alexander rückte näher an seinen Bruder heran. „Zeig mal, was du gezeichnet hast."

Hermann schob ihm einen Bogen Papier hin.
„Aber das ist doch etwas ganz anderes als hier …“ Verständnislos blickte Alexander über die Aue, dann auf das Blatt, wo eine hölzerne Brücke über einen Fluss führte, dahinter ein Berg mit einem Haus darauf. Auf der Brücke saß ein Junge mit einer Angel, dahinter stand ein Mädchen. Beide schienen sich zu unterhalten. Am Ufer waren Felsen und eine Steinmauer zu erkennen. In der Aue gab es keine Steine und Berge.
„Ich habe aus dem Gedächtnis gemalt, was ich auf einer meiner Reisen gesehen habe.“ Er strich wieder nachdenklich mit dem Stift über sein Gesicht. „Ich werde noch ein Gedicht dazu schreiben und es Mutter widmen. Sie hat bald Geburtstag.“
Alexander nickte. „Sie wird sich darüber freuen. In letzter Zeit ging es ihr nicht besonders gut. Sie hustet viel.“
„Das liegt an den feuchten Nebeln. Im Schloss ist es auch kalt, und durch die Fenster zieht es. Aber sie will nicht in der Stadt bleiben. Irgendwie kann ich sie verstehen.“
Sie hörten Schritte hinter sich. Maximilian trat heran. Seine Miene verhieß nichts Gutes.
„Hermann, ich hatte dich im Haus erwartet. Wir wollten gemeinsam die Rechnungsbücher des Verwalters durchgehen. Ich bin schon sehr verwundert. Hast du diese Unpünktlichkeit auf den Internaten gelernt? Dann habe ich wohl das Geld zum Fenster hinausgeworfen?“
Eine ungewohnte Röte überzog Hermanns sonst so blasse Wangen. Er sprang auf, die Blätter fielen zu Boden. Eilfertig hob Alexander sie auf.
„Vater, ich habe es nicht vergessen! Und die Rechnungsbücher kann ich auch allein kontrollieren. Ich habe viel gelernt, dein Geld war gut investiert. Ich wünschte nur, du würdest es erkennen.“
Maximilian verschränkte die Hände hinter dem Rücken und hob verwundert die Augenbrauen. „Davon konnte ich mich

noch nicht so recht überzeugen. Du träumst in den Tag hinein. Pünktlichkeit ist eine Tugend, und wenn ich sage, wir kontrollieren die Rechnungsbücher um neun Uhr …“

„Sie werden sich nicht ändern, wenn ich sie um drei Uhr kontrolliere“, fiel ihm Hermann ins Wort. „Mutter hat bald Geburtstag. Ich habe ihr eine Zeichnung gefertigt, und nun werde ich ihr ein Gedicht widmen. Ich verstehe nicht, was dich daran stört. Du dichtest doch auch.“

Maximilian warf einen verärgerten Blick auf seinen Jüngsten. „Alexander, du gehst sofort ins Haus, ich habe mit Hermann einiges zu klären.“

Zögernd entfernte sich Alexander, die Zeichnungen noch immer in der Hand. Maximilian streckte fordernd die Hand aus. „Die bleiben hier!“ Er betrachtete sie lange, bevor er sich an Hermann wandte. „Du hast das Talent deiner Mutter geerbt, die künstlerische Veranlagung. Aber du wirst Majoratsherr, und das verpflichtet dich zu Vorbildlichkeit, zu Pflichterfüllung, zu Pünktlichkeit und Arbeitseifer.“

Er bemerkte Hermanns niedergeschlagene Miene und setzte sich auf die Bank. Mit der Hand klopfte er neben sich. Hermann ließ sich ebenfalls nieder. Beide blickten hinaus in die Aue. „Ich setze meine ganze Hoffnung in dich“, begann Max mit leiser Stimme. „Über viele Jahre, mit unendlich viel Mühe und Arbeit habe ich das alles aufgebaut. Lützschena, Fürstenried, St. Veit, nichts tut sich von allein. Jede Minute, die ich die Hände in den Schoß lege, erscheint mir vergeudet. Das Verhältnis zwischen Dienstherrn und Diener ist ein Geben und Nehmen. Nicht die Arbeiter allein haben mir den Wohlstand gebracht. Ich bin für sie verantwortlich, ich muss sie anleiten, kontrollieren, beschützen.“

„Tust du das nicht auch mit uns?“

Max zuckte zusammen, dann fing er sich. „Du siehst nicht, dass es nur zu eurem Besten ist. Ich bin auch für euch verantwortlich. Was glaubst du, für wen ich das alles tue?" Er machte eine ausholende Armbewegung. „Für die Familie, für euch, für dich! Du sollst einmal mein Werk fortführen, und dafür brauchst du Bildung, Erziehung, Anleitung."

„Und Kontrolle", ergänzte Hermann.

„Kontrolle ist nichts Schlechtes. Ich will dich vor Fehlern bewahren. Die können fatale Folgen haben, finanziell und für das Ansehen unserer Familie. Du weißt, welche Stellung wir nicht nur in Leipzig einnehmen. Wir müssen uns dieser gesellschaftlichen Stellung würdig erweisen."

„Schämst du dich meiner?" Auf Hermanns heller Haut bildeten sich rote Flecken.

Max erschrak. „Wie kannst du nur so etwas denken? Ich liebe dich, wie ich alle meine Kinder liebe. Doch du wirst Majoratsherr, an dich stelle ich besonders hohe Anforderungen."

Hermann senkte den Kopf. „Manchmal glaube ich, das schaffe ich nicht. Es ist alles ... so viel. Immer nur Pflichten, Selbstdisziplin, Forderungen. Ich mag nicht die Leute kontrollieren. Es sieht so aus, als traue ich ihnen nicht."

„Ein gesundes Misstrauen ist immer berechtigt. Du siehst, dass ich schon wieder den Verwalter wechseln musste. Der alte hat in die eigene Tasche gewirtschaftet, und so mancher Knecht auch. Ob sie Heu stehlen, die Pferde am Sonntag zu ihrem Vorteil arbeiten lassen oder sich im Bierkeller bedienen. Man darf solche Dinge nicht durchgehen lassen, sonst verlierst du den Respekt der Angestellten."

„Ich bin kein Bauer, die Landwirtschaft ist mir nicht in die Wiege gelegt."

„Glaubst du, mir etwa?", fuhr Max auf. Er streckte die Hände vor. „Alles habe ich mit meinen eigenen Händen aufgebaut. Es ist nichts Ehrenrühriges, den Boden zu bearbeiten, Vieh zu züchten und damit Menschen zu ernähren. Der Landbau ist der kräftigste Hebel der öffentlichen Wohlfahrt, die Wurzel des

Nationalreichtums und damit der Ruhe und Sicherheit. Da der Handel seiner Natur nach immer ein Tausch ist, kommt doch zuletzt alles wieder auf die Bodenkultur zurück."

„Ich weiß nicht, ob ich das alles wirklich will."

„Carl ist krank, das weißt du. Er könnte nie diese Aufgaben übernehmen. Du bist mein Nachfolger, der Verwalter meines Erbes. Wer sonst sollte es sein?"

Hermann zuckte mit den Schultern.

„Du bist der Zweitälteste. Das ist nun einmal so. Füge dich in die Tatsachen, die nicht zu ändern sind." Er legte seinen Arm um Hermanns Schulter und gab ihm die Zeichnungen zurück. „Wenn wir die Rechnungsbücher kontrolliert haben, kannst du deiner Mutter Verse dichten."

* * *

Gustav Hänel heiratete. Trotz ihrer vielfältigen Verpflichtungen hatte Charlotte nie den Kontakt zu ihrer eigenen Familie verloren. Friedrich hatte nach dem Tod des Vaters den Seidenhandel übernommen und besaß eine einträgliche Seidenwarenfabrik in Leipzig. Carl hatte ebenfalls ein Handelshaus eröffnet und betätigte sich als Kaufmann. Gustav hatte Jura studiert und bereits im Alter von achtzehn Jahren promoviert. Auf ihn war Vater besonders stolz gewesen. Und Albert hatte Medizin studiert, war Arzt geworden und lehrte als Professor an der Universität in Leipzig. Vor drei Jahren hatte er Iduna Buddens geheiratet. Jetzt saß Iduna hochschwanger an der Hochzeitstafel. Nur Louise fehlte. Sie hatte bereits zehn Jahre zuvor geheiratet und war ihrem Mann nach Basel gefolgt. Sie hatte jedoch einen lieben Brief und Geschenke geschickt. Der Fröhlichkeit an der Hochzeitstafel tat es keinen Abbruch. Gustavs Braut Therese sah reizend aus in ihrem Hochzeitskleid aus champagnerfarbenem Seidentaft. Friedrich hatte ihr den Stoff dazu geschenkt.

Max hatte sich von seiner spendablen Seite gezeigt und einige wertvolle Geschenke gestiftet. Und natürlich stammte das Bier auf der Festtafel aus dem Lagerkeller von Lützschena.
„Also, lieber Schwager, mein Kompliment", rief Gustav und hob sein Glas. „Seit du den bayrischen Braumeister hast, hat das Sternburg-Bier an Qualität gewonnen. Es ist würziger, mit feinem Schaum. Wie macht ihr das bloß?"
Max lächelte verschmitzt. „Das bleibt ein Betriebsgeheimnis."
Maria, die ebenfalls wie ihre Schwester und Brüder an der Feier teilnahm, klopfte mit dem Löffel gegen ihr Bierglas. „Wisst ihr, warum Vater es nicht verrät? Weil er es selbst gar nicht weiß. Die Rezeptur kennt nur unser Braumeister, und der ist schweigsam wie ein Grab."
Sie erntete herzliches Gelächter. Carl beugte sich zu Charlotte herüber. „Übrigens habe ich beantragt, dass unsere Familie den Adelsnamen von Cronenthall wieder tragen darf. Da niemand von uns mehr im Stadtrat tätig ist, ist die ganze Sache doch hinfällig."
„Oh, das wäre natürlich wunderbar. Dann wäre ich für den Baron Speck-Sternburg eine standesgemäße Partie."
Max drehte sich zu ihr um. „Charlotte, was erzählst du denn da? Als wir heirateten, waren wir beide bürgerlich."
„Als wir heirateten", entgegnete Charlotte, „waren wir beide ineinander verliebt."
„Und jetzt?", wollte Carl Hänel wissen.
„Sind wir zweiundzwanzig Jahre verheiratet."
„Und immer noch verliebt", ergänzte Max.

„Es war eine schöne Feier", seufzte Charlotte und schmiegte sich an Max' Schulter. Der Fahrtwind blies ihnen ins Gesicht. Sie hatten eine offene Kutsche gewählt, die sie zurück auf das Rittergut brachte.
Max räusperte sich. „Charlotte, Haltung", flüsterte er. „Die Kinder sind dabei."

Anna wandte sich kichernd ab, während Alexander angestrengt zur Seite blickte. Hermann lächelte. Seine Mutter wirkte heute so fröhlich und gelöst wie lange nicht mehr.
Charlotte zog den Mantel enger um die Schultern, ihr fröstelte. Ein Hustenanfall erschütterte sie. Sie presste ein Taschentuch vor den Mund. Als sie es wegnahm, war es voller Blut.
Kurze Zeit später erhielt sie die Nachricht, dass ihr Bruder Albert gestorben war. Er hatte sich im Krankenhaus mit Tuberkulose infiziert. Es war ihm nicht mehr vergönnt gewesen, sein Kind zu sehen.

* * *

Während Max weiter zwischen Lützschena und St. Veit pendelte, wehte ein liberaler Wind wehte durch die deutschen Kleinstaaten. Trotz behördlicher Schikanen und Unterdrückungsversuchen zog ein neuer Geist durch das Bürgertum. Immer lauter wurden die Rufe nach einem deutschen Nationalstaat. Gleichzeitig gab es Angriffe gegen Königtum und Adel. Diese Unruhen wirbelten auch die kleinen Dörfchen vor den Toren Leipzigs durcheinander. In der Silvesternacht 1835 zogen Studenten und Bürger der Stadt zum Zollhaus in Hänichen, um die Gründung des Deutschen Zollvereins als ersten Schritt zur wirtschaftlichen Einigung Deutschlands zu feiern. Es wurde getrunken, gefeiert, gepöbelt, skandiert.
„Die rebellieren gegen unseren König und unser Vaterland Sachsen“, stöhnte Pfarrer Reichel verzweifelt. „Wie kann man diese Irregeleiteten nur auf den rechten Weg zurückführen?“
Betroffen stand er an der Straße, als er vom Gottesdienst aus der Hänichener Kirche kam. Es war kalt, doch noch mehr schmerzte ihn die Unruhe, die diese Leute verbreiteten.
„Freiheit!“, riefen sie immer wieder. „Freiheit kann man nur in einer Republik erreichen!“

Ernst Moritz Reichel eilte verstört nach Hause. „Die kämpfen gegen den König, sie wollen eine Republik errichten! Das ist der Untergang!"
Auch im Herrenhaus herrschte Aufregung. Max hatte sich mit Hermann in das Arbeitszimmer zurückgezogen. „Die Gründung des Deutschen Zollvereins kommt dem Handel, dem Handwerk und der Industrie sehr entgegen. Achtzehn Staaten haben den Vertrag unterschrieben. Ich bin sicher, dass sich noch mehr von den Vorteilen überzeugen lassen. Endlich gehören diese lästigen Zollkontrollen der Vergangenheit an."
Hermann hob den Kopf. „Mir scheint, der Liberalismus schreckt dich nicht."
„Nein, er verhilft der Industrialisierung zum Fortschritt. Ich bete nur, dass dieser Fortschritt nicht mit Blut erkauft wird." Er erhob sein Glas. „Ich wünsche, dass es dir in deinen Geschäften einmal leichter ergeht als mir. Was haben die Kontrollen mich Zeit und Nerven gekostet. Da wurde das Gepäck durchwühlt, die Waren beschlagnahmt und Bestechungsgelder erwartet. Die Zollschranken haben den Handel und das Reisen nur behindert."
Er bemerkte den skeptischen Blick seines Sohnes. „Woran denkst du?"
Versonnen drehte Hermann sein Glas in der Hand. „Was ist in Frankreich aus all den Idealen geworden – Freiheit, Gleichheit, Brüderlichkeit? Jeder intelligente Mensch muss doch von dieser Entwicklung enttäuscht sein. Es zeigt, wie vergänglich alles ist, das Leben, die Ideale, die Gedanken …"
„Umso mehr sollten wir dieser Dinge gedenken, der Liebe, berühmter Persönlichkeiten, auch des eigenen Lebens."
„Hast du deshalb eine Kapelle im Park bauen lassen?"
„Sie steht als Gleichnis für den Heimgang. Wo etwas lebt, wird es auch sterben."
„Und was haben die Bauern, Handwerker, Knechte und Tagelöhner davon, wenn sich die ganze Welt auf den Kopf stellt?"

„Die Waren werden billiger, weil die Zölle wegfallen.“
Hermann lachte bitter auf. „Weltmacht ist Geldmacht, weiter nichts.“ Er erhob sich aus seinem Sessel und hob deklamierend die Arme: „Ich bin allein dein Herr, du sollst
Nicht Anderen gehorchen neben mir!
Spricht Heide Plutos, und ein Zeter schreit
Dem falschen Götzen zu die Christenheit.
Doch beten still sie auf den Knien brünstig:
O einz'ge Gottheit, sei nur du uns gnädig!
Die Weltmacht bückt zur Geldmacht sich zum Throne,
Carriere reiten die Privat-Couriere,
Die Königlichen humpeln hinterher;
Doch nein, jetzt fliegt des Telegraphen Blitz
Von einem zum andern Plutos-Sitz,
und Telegraphen-Linien rufen: Geld,
Geld und Diplomatie beherrscht die Welt!“

Charlotte öffnete die Flügeltür, die das Arbeitszimmer vom Salon trennte. „Warum feiert ihr nicht das neue Jahr mit uns im Salon? Die Mädchen und Alexander vermissen euch.“

Hermann umarmte seine Mutter. „Vater führt wichtige Gespräche, was die Zukunft unserer Güter betrifft.“

„Nein, unser Sohn vertritt seltsame Ansichten. Offenbar mag er kein Geld und tut es als Mammon ab. Dabei ist doch die harmonische Verbindung zwischen Tätigkeit und Kunst das Ideal unseres Lebens. Das schließt zwangsläufig die Erzielung von Gewinn ein. Wie sonst könnte man die Kunst allen zur Verfügung stellen? Ich will mich damit nicht selbst erhöhen, ich will nicht bewundert werden. Bewundert werden soll meine Haltung, dass mein Gewinn allen zugutekommen soll.“

Hermann warf seiner Mutter einen verzweifelten Blick zu. Charlotte wusste, dass Hermann befürchtete, den hohen Anforderungen seines Vaters nicht gewachsen zu sein. „Ich bin kein Kaufmann“, fügte er flüsternd hinzu.

„Das Kaufmännische ist doch nur eine Seite der Verantwortung eines Patronats“, erwiderte sie. „Das Wichtigste ist die moralische Verantwortung für die uns anvertrauten Menschen. Da ist die Fürsorge für das Personal, für ihre gerechte Entlohnung, für die Arbeitsbedingungen, für ihr Wohlergehen. Sie müssen angeleitet werden, auch im geistigen Leben. Wir sorgen für ihre Familien, kümmern uns um die Alten und Kranken, die Kinder, die Kirche, die Schule.“

„Es ist eine große Verantwortung.“ Hermann lächelte gequält. „Ich habe mir Gedanken gemacht, um die Bildung dieser Kinder, um die Familien. Sie haben ein schweres Leben.“

„Wir versuchen, es ihnen zu erleichtern. Für die Schule haben wir schon ein Legat ausgeschrieben.“

„Man muss mehr tun. Ist euch schon einmal aufgefallen, dass die Frauen daheim bleiben und auf ihre Kinder aufpassen? Ich meine die ganz kleinen, die noch nicht in die Schule gehen. Weißt du, wie viele Frauen so der Arbeit im Sommer verloren gehen und selbst kein Geld verdienen können?“

Max starrte seinen Sohn an. „Darüber hast du dir Gedanken gemacht?“

„Sicher. Die haben keine Luise, die auf die Kleinen aufpasst. In Frankreich gibt es Anstalten, wo die Kinder tageweise bleiben, während die Mütter arbeiten gehen.“

„Du meinst eine Kinderbewahranstalt?“

„Es wäre nicht nur ein Akt der christlichen Nächstenliebe, es wäre sehr fortschrittlich und zum Nutzen der Wirtschaftlichkeit wie für die Frauen und Familien selbst.“

Maria und Anna wandten sich begeistert um. „Das ist wunderbar, Hermann“, rief Maria. „Das muss ich unbedingt dem Joseph erzählen, sobald wir wieder in St. Veit sind. Nein, ich werde ihm morgen gleich einen Brief schreiben und ihm dein Vorhaben mitteilen.“

Max räusperte sich. „Hast du dir Freiherrn von Hormayr noch

nicht aus dem Kopf geschlagen, Maria? Ich achte ihn als guten Freund, als Geschichtsforscher, als Staatsmann, aber …“
„Papa, ich doch auch. Nur ein Brief. Er soll wissen, wie gut es hier in Lützschena läuft.“
„Im Gegensatz zu St. Veit und Fürstenried“, ergänzte Max. „Manchmal denke ich, sobald die Katze aus dem Haus ist, tanzen die Mäuse über Tisch und Bänke. Wir werden wohl bald wieder nach St. Veit fahren. Hermann, dort wirst du mir zur Hand gehen, um Ordnung zu schaffen. Wahrscheinlich müssen wir auch dort einen neuen Verwalter einstellen.“
„Ich würde aber lieber gern hier in Lützschena bleiben“, wagte Hermann zu widersprechen.
Max schien es zu überhören, zumal Charlotte zu husten begann. Besorgt eilte er zu ihr. „Hast du dich erkältet, mein Engel? Ich lasse gleich noch etwas Kohle auflegen. Schellenberg, heizen Sie ein, meine Frau fühlt sich nicht wohl.“
Christian Schellenberg stellte das Tablett mit den Sektgläsern ab. „Sehr wohl, Herr Baron. Es ist kühl hier.“ Er legte etwas Kohle auf die Glut, doch es würde noch eine Weile dauern, bis der Ofen sich wieder erwärmte.
„Soll ich unseren Leibarzt holen lassen?“ Max’ Sorge um Charlottes Gesundheitszustand wuchs.
Sie schüttelte heftig den Kopf. „Es ist Silvester, Max, und ich habe eine Erkältung. Lieber Schellenberg, lassen Sie mir in der Küche einen Tee zubereiten, dann geht es mir bald wieder besser.“
Alexander stand betreten dabei und kam sich überflüssig vor. Alles drehte sich nur um Hermann. Alexander kannte den Grund, aber er wusste auch, wie sehr es Hermann belastete. Ihm tat sein Bruder leid, aber er wusste nicht, wie er ihm hätte helfen können.

⋆ ⋆ ⋆

Für Maximilian brach eine Welt zusammen. Charlotte war tot. Die vergangenen Wochen hatten sie, Charlottes angegriffener Gesundheit wegen, im Stadthaus in Leipzig verbracht. Doch auch hier besserte sich ihr Zustand nicht. Der Leibarzt der Familie, Dr. Polack, schaute täglich nach Charlotte, auch Mediziner der Leipziger Universität wurden hinzugezogen. Doch die Schwindsucht ließ sich nicht aufhalten, verordnete Medikamente brachten keine Besserung. In den Abendstunden des 9. März beendete ein Schlaganfall Charlottes Leiden.

Max schämte sich seiner Tränen nicht. Die Liebe seines Lebens war gegangen.

Vier Brauereipferde zogen den Wagen mit dem schlichten Sarg von Leipzig hinaus zum Rittergut nach Lützschena. Die Familie folgte in einer weiteren Kutsche. Der Schein brennender Fackeln begleitete den düsteren Zug. Max schnürte es das Herz zusammen, als er seiner über alles geliebten Charlotte auf diesem letzten Weg folgte. Tausend Gedanken schossen durch seinen Kopf, ob er ihr ausreichend seine Liebe gezeigt habe, ob er ihr mehr Zeit hätte widmen können, ob er ihr vielleicht zu viel Arbeit aufgebürdet hatte. Gleichzeitig breitete sich eine schreckliche Leere in ihm aus. Charlotte war nicht mehr …

Für die Kinder war es ein ebenso harter Schicksalsschlag. Anna und Maria hatten Charlotte aufopfernd gepflegt und ihr bis zur letzten Stunde beigestanden. Carl schien überhaupt nicht zu begreifen, dass seine Mutter nicht mehr lebte. Immer wieder starrte er verständnislos auf den schwarz beflorten Wagen, der ihnen vorausfuhr. Maria und Anna ließen ihren Tränen freien Lauf. Alexander versuchte, Haltung zu bewahren, doch es gelang ihm nur schwer. Immer wieder wischte er sich verstohlen übers Gesicht. Neben ihm saß Hermann mit versteinertem Gesicht. Was in ihm vorging, konnte Alexander nur ahnen. Hermann hatte mit abgöttischer Liebe an seiner Mutter gehangen. Umso furchtbarer litt er unter diesem Verlust. Alexander legte ihm tröstend

die Hand auf den Arm, doch Hermann rührte sich nicht. Sein Blick war starr nach vorn auf den Leichenwagen gerichtet.
Pfarrer Ernst Moritz Reichel erwartete den Trauerzug an der Grenze zur Lützschenaer Flur, begleitet von Kreuzträgern, weinenden Schulkindern und vielen Mitgliedern der Kirchgemeinde. Der frühe Tod der bei allen beliebten Baronin Charlotte hatte tiefe Betroffenheit und Trauer ausgelöst.
Vor der mit Altarkerzen ausgeleuchteten Schlosskirche hielt der Trauerzug, der Sarg wurde vom Wagen gehoben und in der Kirche auf den Altarplatz gestellt. Max legte seine zitternde Hand auf den Sarg, um ein letztes Mal Abschied zu nehmen. Schweigend löschte der Pfarrer die Kerzen und verschloss die Tür. Max und den Kindern stand eine schwere Nacht bevor.
Am nächsten Tag läuteten die Kirchenglocken von Lützschena und Hänichen. Es war Sonntag, der 10. März 1836, und alle trauerten. Charlottes Sarg wurde in einer feierlichen Prozession von der Schlosskirche zum Herrenhaus getragen, wo Max mit den Kindern und allen Gutsangehörigen wartete. Max stand gramgebeugt, übernächtigt, mit dunkeln Schatten unter den Augen. Maria und Anna hielten sich an den Händen. Alexander presste sich an Luises Seite. Sonst hätte er sich mit seinen fünfzehn Jahren geschämt, doch heute war er für ihre Nähe dankbar. Hermann stützte seinen Vater, aber es schien, als brauche er selbst Halt.
Langsam zogen sie in den Park hinein, wo Maximilian an der Stelle der abgebrannten Fischerhütte eine kleine Kapelle hatte errichten lassen. Nun sollte Charlotte an ihrem einstigen Lieblingsplatz zur letzten Ruhe gebettet werden.
Die Kreuzträger umrundeten die kleine Kapelle, der Pfarrer weihte sie zu ihrer neuen Bestimmung, der Chor sang „Ruhig ist des Todes Schlummer“, und viele der Trauergäste weinten.
Mit starrem Blick verfolgte Max, wie der bronzebeschlagene Sarkophag in die Kapelle getragen und dort aufgestellt wurde.

Der Tod war so endgültig.

Mit tränenverschleiertem Blick wandte er sich zu Hermann um. „Ein Stern ist verloschen."

Drei Monate später wurde der Familie Hänel vom Sächsischen König Friedrich August II. gestattet, wieder ihren Adelsnamen von Cronenthall zu tragen. Für Charlotte kam diese Ehre zu spät.

* * *

Für Maria bedeutete es nicht nur einen großen Trost, dass Joseph von Hormayr in Lützschena weilte. Schon einige Male hatte er das Rittergut vor den Toren Leipzigs und Familie Speck-Sternburg besucht, damals, als Charlotte noch lebte.

Hormayr war ebenso betroffen von Charlottes Tod. Seit er die Familie kannte, sprach er in den höchsten Tönen von all ihren Mitgliedern. Vor allem für Charlotte hatte er Sympathie und Hochachtung verspürt, hatte sie als wunderbare Frau kennengelernt, ob als Mutter und Hausfrau im Schloss oder als Wohltäterin der Armen.

Für Maria aber verspürte der in bayrischen Diensten stehende Staatsmann eine tiefe Zuneigung, die Maria erwiderte. Beide kannten Maximilians Widerstand gegen eine Heirat. Er entsprang einer seltsamen Form von Eifersucht und Vaterliebe. Max war überzeugt, seine Familie ganz für sich behalten zu müssen, vor allem die Mädchen. Er wollte sie behüten und beschützen, vor dem Schlechten der Welt bewahren. Seit Charlotte gegangen war, befürchtete er überdies, dass diese Familie auseinanderfiel. Dem wollte er entgegenwirken.

Joseph von Hormayr schenkte Maria einen langen Blick. „Das Trauerjahr ist vorbei, sollten wir es jetzt nicht wagen?"

„Ich habe schon mit dem Pfarrer gesprochen. Ich wünsche mir, hier in Lützschena zu heiraten. Mutter hätte sich sicher sehr darüber gereut. Sie gibt uns von oben ihren Segen." Marias Wangen hatten sich gerötet. Sie war mittlerweile vierundzwanzig Jahre alt, in den letzten Jahren immer selbstbewusster geworden und wollte sich nicht mehr in die selbst gewählte Zurückgezogenheit ihres Vaters zwängen lassen.

„Und dein Vater?"

Maria seufzte. „Er kann seinen Schmerz nicht überwinden. Täglich geht er hinaus in den Park und legt Blumen auf Mutters Sarkophag."

„Aber das Leben geht weiter."

„Ja, das meine ich auch. Und deshalb …"

„… deshalb werde ich heute deinen Vater um deine Hand bitten."

Zum ersten Mal im Leben resignierte Max. „In Gottes Namen", murmelte er nur.

Die Trauung fand in der Kirche zu Hänichen statt, um alle Gäste aufnehmen zu können. Die Braut strahlte in der Maisonne und warf Joseph immer wieder verliebte Blicke zu. So lange hatte sie auf diesen Augenblick gewartet. War es Charlottes Tod, der Maximilians Herz hatte erweichen lassen? Oder war es Marias erstarktes Selbstbewusstsein?

Nach dem viel zu frühen Tod der Baronin Charlotte freuten sich die Menschen in den Dörfern, die zum Rittergut gehörten, dass es endlich wieder einen Grund zum Feiern gab. Noch nie hatte jemand aus der Patronatsfamilie geheiratet. So putzten sich die Gemeinden mit Triumphbögen aus Birkenzweigen, mit geflochtenen Kränzen und Blumenschmuck heraus. Und natürlich wollte jeder die Braut sehen.

Das Glück stand Maria ins Gesicht geschrieben. Auch Joseph von Hormayr winkte den Zuschauern zu beiden Seiten der Straße zu, als die Kutsche zur Kirche nach Hänichen fuhr. Er war den Bewohnern schon seit einiger Zeit bekannt, hatte er doch wiederholt Lützschena besucht und sich auf ausgedehnten Aus-

ritten, begleitet von Maria, von der mustergültigen Führung der Landwirtschaft überzeugen können.
Doch eines war auch klar: Maria würde Joseph von Hormayr nach der Trauung nach München folgen. Anna musste immer wieder daran denken, und so mischte sich in den Jubeltag auch eine große Portion Wehmut. Auch Alexander fiel die Trennung von Maria nicht leicht. Als eingeschworenes Kleeblatt hatten sie seit Kindertagen zusammengehalten, sich geholfen, getröstet, vieles gemeinsam unternommen. Sie hatten sich gegenseitig Dinge anvertraut, die sie mit dem strengen Vater nie hätten besprechen können. Doch nun wurde ein Blatt ausgerissen.
„Sei nicht traurig, Brüderchen", versuchte Maria ihren kleinen Bruder zu trösten, als sie sich nach München verabschiedeten. „Ich werde euch besuchen, und auch ihr kommt doch nach St. Veit, nicht wahr? Außerdem können wir uns Briefe schreiben."
„Das ist nicht dasselbe", beklagte sich Alexander und versuchte, Haltung zu bewahren. „Erst ging Mutter, jetzt gehst du …"
Maria fuhr ihm lachend durchs Haar. „Kindskopf, ich lebe doch noch. Jetzt fängt das Leben für mich erst richtig an. Glaub mir, ich liebe Papa sehr, aber seine Liebe hat mich beinahe erdrückt. Ich möchte die Welt sehen, mit Joseph Reisen unternehmen, ihn bei seiner Arbeit unterstützen. Und ich freue mich auf neue Bekanntschaften in Münchens Intellektuellenkreisen."
„Du Glückliche", seufzte Alexander.
Maria senkte die Stimme. „Und was wirst du tun?"
Alexander hob die Schultern. „Keine Ahnung. Vater will, dass ich eine Handelsschule besuche. Was soll ich auch sonst tun, wenn Hermann das Majorat erbt."
„Du wirst deinen Weg gehen, das weiß ich. Wirf es Vater nicht vor, dass er sich mehr um Hermann kümmert."
Alexander schwieg. Maria hatte ja recht, aber es fiel ihm schwer, sich in sein Schicksal zu fügen.

Marias Blick fiel auf Anna, die still an der Seite stand. Die Schwestern fielen sich in die Arme, und Anna fing hemmungslos an zu weinen. Sie war schon immer die Stille, Zurückhaltende gewesen. Bislang hatte sie sich damit abgefunden, für immer an der Seite ihres Vaters zu leben. Nun beneidete sie Maria. Der Hauch der Freiheit umwehte auch sie, doch sie konnte damit nichts anfangen. Sie würde zurückbleiben im goldenen Käfig, den Maximilian um sie gebaut hatte.

* * *

Heinrich Mocker half seiner Gattin Henriette aus der Kutsche, dann half er dem Kutscher, die Taschen, Koffer und Reisekörbe abzuladen. Das Gepäck stapelte sich an der Straßenseite, begafft von einem halben Dutzend Dorfjungen in abgerissenen Hosen und mit nackten Füßen. Henriette blickte sich um. Das Gelände fiel zur Aue hin ab, das Schulgebäude befand sich direkt neben der Kirche. „Das also ist Hänichen“, murmelte sie. „Nicht viel anders als in Thallwitz.“

„Meine Liebe, du vergisst, dass ich hier ein höheres Gehalt bekomme. Nur so konnten wir heiraten und eine Familie gründen. Du wirst dich schon eingewöhnen.“

Von der Kirche her kam ihnen ein Pfarrer mit wehendem Talar entgegengeeilt. „Herzlich willkommen, willkommen, Herr Mocker, Frau Mocker. Ich bin Ernst Reichel, der Pfarrer der drei Gemeinden. Sie sehen mich wirklich glücklich, dass Sie gekommen sind. Kommen Sie, kommen Sie, ich zeige Ihnen gleich das Schulgebäude und natürlich unsere Kirche.“

Henriette blieb demonstrativ stehen. „Sollten wir nicht erst das Gepäck in unsere Wohnung bringen?“

Der Pfarrer winkte lachend ab. „Keine Sorge, hier stiehlt niemand. Unser Herr sieht alles.“ Er deutete mit dem Zeigefinger zum Himmel. Henriette warf einen zweifelnden Blick auf die

Jungen, dann packte sie vorsichtshalber eine Hutschachtel und folgte den Männern zum Schulgebäude.
Der Pfarrgärtner eilte herbei, um das Gepäck ins Schulhaus zu bringen, wo sich auch die Wohnung des Lehrers befand.
„Ihr werter Vorgänger wurde als Pfarrer nach Groß-Dölzig berufen“, erklärte Pfarrer Reichel. „Und wir hatten schon Sorge, dass unsere Dorfjugend nicht unterrichtet wird. Aber die hat es bitter nötig. Unser Kirchenpatron, der Herr Baron von Sternburg, legt sehr viel Wert auf eine ordentliche Bildung, und ich stimme ihm darin zu. Die Kinder kommen aus den drei Gemeinden hierher zur Schule.“
„Wie viele Kinder sind es denn?“, wollte der neue Schullehrer wissen.
„So genau weiß man das gar nicht. So um die einhundertsechzig müssen es sein, aber es sterben ja so viele. Zurzeit geht die Ruhr um und auch die Masern. Das ist wirklich traurig.“ Der Pfarrer faltete die Hände und warf einen Blick zum Himmel. „Erst gestern habe ich wieder zwei der armen Kindlein begraben und ihre Seelen dem Herrn anvertraut …“ Er stutzte, als er den runden Leib von Henriette gewahrte und räusperte sich verlegen. „Nun gut, hier befindet sich der Schulraum.“
Er öffnete eine Tür zum größten Raum des Hauses, vollgestopft mit Schulbänken, Stühlen, Hockern. Vorn befanden sich eine große Schiefertafel und ein Katheder. Darauf lag ein Rohrstock.
Heinrich Mocker trat ein und blickte sich um. In einer Ecke stand ein kleiner Eisenofen. Zumindest frieren müssten sie nicht, wenn das Patronat für Holz oder gar Kohle sorgte.
„Einhundertsechzig Kinder“, stellte er zufrieden fest. „Das wird ein schöner Chor.“
„Wie bitte?“ Der Pfarrer blickte ihn irritiert an.
„Ich will einen Chor gründen. Singen erzieht zur Gemeinsamkeit und bildet den Geist.“

„Das ist wirklich wunderbar! Wir könnten alle Feiern mit Gesang veredeln. Zwar singen wir natürlich in der Kirche, zu den Andachten und auch zu Festlichkeiten, aber es fehlte bislang ein geeigneter Chorleiter, der die Sänger anzuleiten weiß."

„Nun, den haben Sie mit mir", erwiderte Heinrich Mocker. „Bestimmt gibt es auch einige Erwachsene in Ihrer Gemeinde, die ihre Stimmen zum Wohle aller anstrengen würden."

„Gewiss, gewiss! Und ich bin auch sicher, dass unser guter Herr Baron sein bayrisches Bier spendieren wird, um die angestrengten Kehlen der Sänger wieder zu kühlen."

* * *

„Willst du das wirklich wagen?" Maximilian verzog skeptisch das Gesicht. „Australien kann man nur per Schiff erreichen."

„Ja, und?"

Mit Grausen dachte Max an die Seekrankheit, die ihn jedes Mal befallen hatte, wenn er die Planken eines Schiffs betrat. „Es ist gefährlich."

„Kann sein, aber was soll ich noch hier? Ich bin überflüssig. Außerdem muss ich meine eigenen Erfahrungen sammeln. Wozu habe ich die Handelsschule besucht?"

„Du hast mit ausgezeichneten Noten abgeschlossen. Ich bin sehr stolz auf dich, mein Sohn."

Alexander presste die Lippen zusammen, dann hob er den Kopf. „Eben. Und damit werde ich in der Fremde mein Glück suchen. Australien soll sich sehr gut für die Schafzucht eignen. Ich will mir mein Brot selbst verdienen."

„Das ist sehr lobenswert. Als ich in deinem Alter war, habe ich das Gleiche getan. Ich bekam kaum Unterstützung, nur meine Mutter half, so weit es ihr möglich war. Ich wurde Teilhaber einer Wollhandlung und tätigte Geschäfte, wo immer ich konnte. Jedes Geschäft habe ich genau geprüft und daraufhin bewertet, welchen Gewinn es abwerfen würde. Nimm dir ein Beispiel an deinem Vater, dann bleiben dir Verlust, Spott und Verachtung erspart. Du kennst das Land nicht und könntest schnell eine falsche Entscheidung treffen. Das wäre dein baldiger Untergang. Australien ist ein trockenes Land, und es fehlt an Wasser, sodass die Wolle nur unzureichend gewaschen werden kann. In Hobbarttown lebt ein Schafzuchtmeister, der aus Lützschena stammt. Der kann dir sicher helfen. Aber ich befürchte, dass die Verhältnisse eine geregelte Landwirtschaft nicht zulassen. Das Getreide wächst schlecht, und den Tieren fehlt es an Futter. Zudem sind sie das ganze Jahr draußen, und die Wolle wird dadurch hart. Vielleicht solltest du besser nach Hobbarttown gehen und dort eine Stelle als Volontär in einem Handelshaus annehmen. Du kennst dich zu wenig aus mit der Landwirtschaft." Er ging zu einem Tisch, auf dem ein Stapel Bücher lag. „Ich habe dir etwas Lehrmaterial zusammengestellt, das dir bei deinen Studien helfen kann. Es ist eine Beschreibung des Gutes St. Veit, ein Buch über die Veredelung von Schafen und Wolle, das ich geschrieben habe, ebenso mein Lebenslauf."

Mit verbissenem Gesicht starrte Alexander auf die Bücher.

„Es ist wichtig, mein Sohn, damit man dir nicht ein altes Schaf als junges verkauft oder ein krankes als gesundes." Und als Alexander immer noch schwieg, setzte er hinzu: „Ich bin auch geneigt, dir für die Überfahrt und Reisespesen einhundert Pfund zu geben."

Alexander fuhr herum. „Wie großzügig", murmelte er. „Du scheinst es nicht erwarten zu können, mich loszuwerden."

„Das ist nicht wahr", erwiderte Max. „Ich vertraue dir. Wenn es mit den Schafen nicht klappt, dann kannst du vielleicht auch Gold- oder Silberminen suchen. Du verstehst doch etwas von Mineralogie und Chemie."

* * *

„Sieht er nicht gut aus?“ Marie von Schlegell seufzte tief. Sie konnte ihren Blick nicht von Hermann lassen, der mit Block und Stift in Gedanken versunken über den Wirtschaftshof ging.

„Schlag ihn dir aus dem Kopf!“ Maries Mutter, die Offizierswitwe von Schlegell, zog ungehalten die Augenbrauen zusammen. „Es ist die Herrschaft, die über unsereinem steht.“

„Er behandelt mich aber nicht wie eine seiner Dienstboten“, entgegnete Marie. „Er unterhält sich sehr angeregt mit mir. Wir haben viele gemeinsame Vorstellungen und Gedanken, ja, wir sind Seelenverwandte.“

„Ich will davon nichts hören. Es könnte uns schaden. Es ist ein großer Vertrauensbeweis durch den Herrn Baron, dass ich hier auf dem Rittergut eine Anstellung bekommen habe. Der Verwalter hat nichts getaugt und ein völliges Durcheinander hinterlassen. Eine Schande, die Herrschaft so zu hintergehen, wenn sie sich in St. Veit aufhält. Aber ich werde es schaffen, mit Disziplin und Strenge. Der Herr Baron wird mit mir zufrieden sein.“

„Und ich?“ Maries Stimme klang weinerlich.

„Wir haben beide unser Auskommen, dank der Großzügigkeit des Herrn Baron.“

„Das ist mir nicht genug. Ich habe mich mit dem jungen Baron Hermann über Kinder unterhalten.“

Die Witwe Schlegell blieb abrupt stehen. „Marie! Du hast doch nicht etwa …?“

Marie errötete und senkte schnell den Blick. „Nein, Mutter, nicht, was du denkst. Der junge Herr Baron möchte eine Kinderbewahranstalt einrichten, damit die Bauersfrauen im Sommer mit auf die Felder gehen können. Es ist eine lobenswerte Idee, die ich mit ihm teile. Es gibt aber viele Dinge, die dabei zu beachten sind. Zum einen muss das Geld beschafft werden, denn die Unterkunft kostet ja Geld, das die armen Leute nicht aufbringen können. Es muss ein passendes Gebäude gefunden

werden. Das Wichtigste aber ist eine vertrauenswürdige Person, die diese Anstalt leitet."
„Und was hast du damit zu schaffen?"
„Nun, der junge Herr Baron meint, ich sei vertrauenswürdig genug und auch geeignet, eine derartige Anstalt zu leiten."
Witwe von Schlegell blickte ihre Tochter streng an. „So so! Du denkst also, es tut gut, sich mit der Herrschaft einzulassen."
„Ich werde alles tun, damit der junge Herr Baron mit mir zufrieden ist. Er sagt, er hat die notwendigen Genehmigungen und Gelder dafür schon bei den betreffenden Ämtern beantragt."
„Das solltest du wohl, sonst würdest du auch ein schlechtes Licht auf mich werfen. Aber alles andere schlag dir aus dem Kopf. Baron Hermann wird Majoratsherr auf den Gütern und einmal alles erben. Ich hoffe jedoch, dass unserem guten Herrn Baron noch ein langes Leben vergönnt ist. Er erscheint mir als der bessere Herr auf Lützschena und St. Veit."
Marie seufzte noch einmal laut und vernehmlich. „Aber Baron Hermann ist der Schönere."

Schon lange hatte sich Hermann mit dem Gedanken auseinandergesetzt, eine Kinderbewahranstalt ins Leben zu rufen. Seine Mutter hatte sich sehr liebevoll um die Kinder der drei Rittergutsdörfer gekümmert. Kein Wunder, schon als junges Mädchen war sie ihrem Vater im Waisenhaus zur Hand gegangen. Selbst in ihrem Testament hatte sie die Schule mit einem Legat bedacht, Zuwendungen an die Armen und Kranken hinterlassen. Diese soziale Hingabe hatte Hermann immer an seiner Mutter bewundert. Es lag ihm nahe, ihr nachzueifern, ihr mildtätiges Werk fortzusetzen und zu erweitern.
Der Dorfschullehrer Heinrich Mocker leistete gute Arbeit, doch die kleine Schule in Hänichen platzte aus allen Nähten. Man musste über eine Teilung der Schüler nachdenken. Und was erwartete die Kinder nach der Schule in den zumeist bäuerlichen Familien? Wer bereitete sie auf eine fundierte Arbeit in der

Landwirtschaft vor? Es musste eine weiterbildende Lehranstalt geben, die der Jugend eine bessere Ausbildung bieten konnte. Hermann fand in der Tochter der strengen Offizierswitwe einen Menschen, mit dem er sich über seine Pläne, Träume und Ideen austauschen konnte. Natürlich musste er darüber auch mit seinem Vater sprechen, denn er war der Herr auf Gut Lützschena, und er würde das Geld dafür zur Verfügung stellen müssen, sobald die Behörden ihre Genehmigung dafür erteilt hätten.
Maximilian empfand das soziale Engagement Hermanns als sehr lobenswert und ganz im Sinne des Patronats, jedoch befürchtete er, dass sein Sohn sich nur auf diese Seite seiner Pflichten konzentrierte. Für die Bewirtschaftung der Güter hegte er deutlich weniger Interesse. Zudem besaß Hermann eine schwächliche Konstitution, kränkelte häufig und musste immer wieder Kurbäder aufsuchen, um Heilung zu finden.
Noch fühlte sich Max mit seinen fünfundsechzig Jahren stark genug, um alle Aufgaben selbst übernehmen zu können. Er würde Hermann sanft, aber konsequent schulen und leiten. Und da es wieder Probleme in St. Veit gab, würde Hermann ihn gleich begleiten und lernen, wie derartige personelle Probleme gelöst wurden.

* * *

Es war Alexanders erster Fehler, da hatte er England noch nicht einmal verlassen. Das Segelschiff sah recht vertrauenserweckend aus, und so bezahlte er die Passage nach Australien und betrat das schwankende Schiff.
Die „Lady Raffles“ stach von Liverpool aus in See. Die Überfahrt nach Australien dauerte vier Monate. Es waren grausame vier Monate, an die sich Alexander später nur ungern erinnerte. Der Segler war ein Handelsschiff, das nicht für Passagiere eingerichtet war, kommandiert von einem unfähigen Kapitän. Das

stellte Alexander leider zu spät fest. Was den Kapitän veranlasst hatte, neun Passagiere an Bord zu nehmen, konnte nur vermutet werden. Vier dieser Passagiere waren Engländer, vier Schotten. Auf dem Schiff konnten sich die verfeindeten Völkerschaften nicht aus dem Weg gehen, und so kam es zu ständigen Reibereien und Streitereien. Alexander versuchte, sich herauszuhalten, was ihm allerdings nicht gelang. Er wurde einfach zum Engländer deklariert und war damit auch den Anfeindungen der Schotten ausgeliefert.

Trotz dieser Vorfälle war die Überfahrt ermüdend langweilig und stumpfsinnig. Über Monate sahen sie nur Wasser um sich herum. Zu nahe an Land wagte sich der Kapitän nicht, wegen der Klippen, Untiefen oder Seeräuber.

Die Streitereien schienen auf die Mannschaft überzuspringen, denn auch die Matrosen stritten und prügelten sich untereinander. Sie stritten um Wasser, Rum, Essen und Geld, manchmal konnte man den Anlass der blutigen Fehden nicht einmal ermitteln. Der Kapitän war nicht kleinlich und prügelte ebenso mit. Niemand von der Besatzung besaß Respekt vor ihm.

Alexander beobachtete die Zustände mit sichtbarem Unbehagen, auch weil der Kapitän zu wenig Vorsorge für die Verpflegung getroffen hatte. Vor allem das Trinkwasser wurde knapp. Als sie sich auf Höhe des Kaps der Guten Hoffnung befanden, war der Trinkwasserbehälter schon halb leer. Besorgt wandte sich Alexander an den Kapitän und verlangte, den Trinkwasservorrat aufzufüllen.

„Kommt überhaupt nicht infrage“, polterte der Kapitän. „Es ist viel zu gefährlich, an Land zu gehen. Unser Schiff würde sofort gekapert werden und wir in die Sklaverei verkauft. Hier leben überall Wilde, mit denen will ich nicht in Berührung kommen. Oder wollen Sie im Suppenkessel der Hottentotten landen?“

„Sie haben die Verantwortung für uns Passagiere und auch für Ihre Mannschaft. Da ist die Angst nebensächlich. Ich bin überzeugt, wenn man die Eingeborenen mit Geschenken freundlich stimmt, bekommen wir auch Wasser."

„Ich bin hier der Kapitän! Kümmern Sie sich nicht um meine Aufgaben. Es reicht schon, wenn meine Mannschaft ständig meutert."

Es war zwecklos. Alexanders Beunruhigung verstärkte sich. Bis Australien war es noch weit, und sie mussten einen weiteren Ozean queren. Nicht auszudenken, wenn eine Flaute eintrat. Sie würden elend verdursten.

Am nächsten Morgen bemerkte Alexander den seltsamen Geschmack des Wassers. Er ahnte Entsetzliches. Sofort eilte er zum Wassertank und hob den Deckel an. Der Tank war voll. Der Kapitän hatte ihn mit Salzwasser auffüllen lassen.

Statt einer Flaute erfasste sie ein heftiger Sturm. Toppmast und Rahen brachen, die Passagiere lagen mit grünen Gesichtern am Boden. An Essen dachte keiner, dafür beteten alle ununterbrochen, wenn sie nicht gerade von Magenkrämpfen geschüttelt wurden. Der Sturm trieb den lädierten Segler vor sich her, und der einzige Vorteil war, dass sie schneller vorwärtskamen. Ausnahmsweise waren sich Engländer und Schotten einig, dass der verantwortungslose Kapitän verklagt werden müsse. Hätte ihnen nicht unterwegs ein amerikanischer Walfänger mit Trinkwasser ausgeholfen, wäre wohl ein Geisterschiff in den Hafen von Sydney eingelaufen.

Alexander betrat australischen Boden in der Hoffnung, es würde von nun an nur besser. In seiner Tasche befanden sich Empfehlungsschreiben von Geschäftsfreunden aus Leeds und Liverpool. Doch die Adressaten konnte er nirgendwo ausfindig machen. Sie waren in alle Winde zerstreut, um ihr Glück anderswo zu suchen.

Der alte grauhaarige Inhaber einer Handelsfirma für Kolonialwaren gab ihm den guten Rat: „Mein lieber Herr, diese ganzen Empfehlungsschreiben nützen Ihnen hier überhaupt nichts. In diesem Teil der Welt dürfen Sie niemanden zu Ihrem Freund machen, nehmen Sie keinen Rat an und glauben Sie keinen Versprechungen." Er kaute auf seiner angenagten Pfeife herum, während er mit zusammengekniffenen Augen in Alexanders betroffenes Gesicht schaute. „Allerdings ..." Ein seltsames Grinsen verzog seinen Mund. „Wenn Sie wirklich hierbleiben wollen, mache ich Ihnen ein Angebot. Ein gutes Angebot. Sie können bei mir Ihr Geld anlegen. Ich biete fünfzehn Prozent Zinsen. Siebzehn, weil Sie mir sympathisch sind."

„Eigentlich wollte ich weiterreisen", wandte Alexander ein.

„Können Sie doch, Sie sind nicht gebunden. Ihr Geld ist bei mir in guten Händen."

„Ich werde es mir überlegen", antwortete Alexander ausweichend.

Er schlenderte durch die Stadt, die sich in den letzten Jahren in rasender Geschwindigkeit ausgebreitet hatte. Doch es herrschte kein gesundes Klima zwischen den eilig aus Brettern und Schwarten gezimmerten Häusern. Glücksritter, Ganoven, gescheiterte Existenzen bevölkerten die Straßen, trieben undurchsichtige Geschäfte und versuchten, einander übers Ohr zu hauen. Die Frauen waren allesamt Versteigerungsartikel. Als Zuwanderer konnte man nur überleben, wenn man sich diesem Leben anglich. Jeder hielt für die geringste Leistung die Hand auf, die Preise waren sämtlich überteuert, und die Neuankömmlinge wurden nach allen Regeln der Kunst ausgeplündert und betrogen.

Für viel Geld mietete Alexander ein Reitpferd, um das Hinterland zu erkunden. Ja, es gab Schafe, und es gab Farmen. Doch zu seinem Entsetzen wirkten die Tiere krank. Viele hatten die Räude und ihnen hing das Fell in Fetzen von der Haut. Kaum einer der Farmer hatte wirklich Kenntnis von Schafzucht, und eine ordentliche Haltung würde Unsummen verschlingen. Eigentlich hätte er sofort nach Hause zurückkehren müssen. Er

dachte an die belehrenden Ratschläge seines Vaters, an die Bücher in seinem Gepäck. Armer Vater, du hast keine Ahnung …
Trotzig schob Alexander das Kinn vor. Er würde nicht zu Kreuze kriechen, nicht seinem Vater auf der Tasche liegen. Vor allem aber würde er niemals nach Lützschena zurückkehren!

⋆ ⋆ ⋆

Eine Eisenbahn war eine wunderbare Sache. Man setzte sich hinein und brauchte gar nichts zu tun. Nicht einmal auf Pferde musste man achten, es gab keine. Dafür dampfte ein eisernes Ungetüm an der Spitze der Wagenschlange über die Stahlschienen und transportierte die Personen und Waren schnell und sicher von einem Ort zum anderen. Auch wenn einige Bauern einen Teil ihrer Felder jenseits der Halleschen Straße an die Eisenbahngesellschaft hatten verkaufen müssen, so war doch den meisten klar, dass mit der Eisenbahn der Fortschritt in die kleinen Dörfer vor den Toren Leipzigs kam. Seit einiger Zeit besaß Lützschena sogar einen Haltepunkt, an dem man in die Eisenbahn ein- und aussteigen konnte. Nur Fahrkarten konnte man hier nicht kaufen. Dazu musste man bis auf den Bahnhof nach Leipzig fahren …
Zu einem besonderen Ereignis wurde die Durchfahrt der Eisenbahn, wenn darin eine berühmte Persönlichkeit fuhr. Pfarrer Ernst Moritz Reichel war zu Ohren gekommen, dass Prinz Johann von Österreich über Leipzig kam und mit der Eisenbahn an Lützschena vorbeifahren würde. Aufgeregt eilte er zu Heinrich Mocker, dem Schullehrer, um ihm die Neuigkeit mitzuteilen.
„Wir müssen den hohen Gast begrüßen und ihm winken“, beschlossen beide einstimmig. Eilig wurden die Kinder vom Unterricht beurlaubt, um Kränze zu flechten und Blumen zu binden und alles um lange Stangen zu winden, mit denen dem hohen

Herrn gewunken werden sollte. Er sollte sich an Lützschena erinnern, und wenn es nur im Vorbeifahren war.
Festlich herausgeputzt marschierte der Zug der Kinder, begleitet vom Pfarrer und dem Lehrer hinauf auf die nördliche Höhe, wo die Eisenbahnstrecke entlangführte. Das Warten verkürzten sich alle mit Singen, denn Heinrich Mocker hatte die Kinder zu einem Chor zusammengefasst und mit ihnen Lieder für alle Gelegenheiten eingeübt. Sogar der Unterricht ließ sich auflockern, wenn man zwischendurch sang.
Doch sie sangen und warteten und warteten und sangen. Nach gut zwei Stunden vergeblichen Wartens kam der Postmeister keuchend die Anhöhe hinaufgeeilt. Er fuchtelte mit den Armen durch die Luft. „Abblasen, abblasen", rief er ein ums andere Mal.
„Was abblasen?", wollte der Pfarrer wissen.
„Der Prinz ist aufgehalten worden, er befindet sich noch in Leipzig. Der Zug kommt nicht."
„Und nun?" Pfarrer Reichel und Lehrer Mocker schauten sich ratlos an. Die Kinder zogen enttäuschte Gesichter.
Der Postvorsteher rang nach Luft. So ein schneller Lauf war nicht nach seinem Geschmack und seiner Konstitution, obwohl er sonst lange Fußwege zurücklegte. Allerdings sehr gemächlich.
„Es kommt eine neue Nachricht über den Telegrafen. Dann können Sie noch einmal zur Bahnstrecke gehen und winken."
Unverrichteter Dinge kehrten sie wieder in die Schule zurück. Und während Heinrich Mocker weiter die Kinder unterrichtete, saß Pfarrer Reichel neben dem Postmeister im Amt und starrte auf den Telegrafen. Auf keinen Fall wollte er die Nachricht verpassen, um dem hohen Gast mit seiner jugendlichen Gemeinde zu huldigen.
Er saß lange und wartete, doch es kam keine Nachricht. Und während er auf den Apparat starrte, fuhr oben auf der Höhe von

Lützschena der Sonderzug mit dem österreichischen Prinzen im blumengeschmückten Waggon vorbei, ohne dass jemand davon Notiz nahm.

* * *

Die vierundzwanzig Sänger des Gesangsvereins schmetterten ein Lied in den klaren Morgen, während Henriette Mocker mit einer Mischung aus Stolz und Verlegenheit in der Tür des Schulgebäudes stand. Sie hatte Geburtstag, und ihr Gemahl hatte sich ein besonderes Ständchen einfallen lassen. Mit viel Fleiß und Überredungskunst hatte er einige Mitbürger für seinen Sängerverein gewinnen können und viel Zeit damit verbracht, ihnen nicht nur bekannte Lieder aus dem deutschen Volksgut beizubringen, sondern auch ihre Stimmen zu schulen. So klang der Chor ganz respektabel, und Heinrich Mocker war sehr stolz darauf. Er dirigierte mit weit ausholenden Armbewegungen und spornte die Sänger zu Höchstleistungen am Morgen an. Doch für die nette Frau des Schullehrers empfand das niemand als Opfer, zumal Pfarrer Reichel das Ständchen mit seiner leibhaftigen Anwesenheit adelte. Ja, zwischen der Pfarrersfamilie und der Lehrerfamilie hatte sich eine Freundschaft entwickelt, die zu beiderseitigem Nutzen war. Der Lehrer machte sich auch als Kantor in der Kirche nützlich, übernahm, nachdem er noch eine Prüfung als Kirchschullehrer abgelegt hatte, den Unterricht der Sonntagsschule und leitete den Kinderchor. Der war als nächstes dran. Die Kinder warteten schon aufgeregt, bis sie an der Reihe waren. Heinrich Mocker dirigierte auch sie mit großartigen Verrenkungen. Rein und klar jubilierten die hellen Stimmen der Kinder und rührten Henriette Mocker zu Tränen. Hinter ihr standen die beiden kleinsten Kinder der Familie, verschüchtert, fasziniert und erschrocken zugleich von den vielen Menschen, die so lautstark sangen.

„Liebe Frau Mocker“, begann Pfarrer Reichel salbungsvoll, nachdem der Chor geendet hatte. „Als brave Gehilfin Ihres Mannes, als liebende Ehefrau und Mutter, aber auch als geachtete Persönlichkeit unserer Pfarrgemeinde möchte ich Ihnen meinen herzlichsten Glückwunsch aussprechen. Gott möge Ihnen Gesundheit, Segen und Wohlergehen schenken. Ich habe mir erlaubt, in der Kirchengemeinde eine Sammlung zu veranstalten, und viele haben gern einen kleinen Beitrag geleistet. Davon konnten wir Ihnen ein Geschenk anfertigen lassen, worüber Sie sich bestimmt freuen werden.“ Er überreichte Henriette einen großen Karton. Mit vor Aufregung geröteten Wangen nahm sie ihn entgegen. Da alle erwartungsvoll darauf starrten, öffnete sie ihn. Vorsichtig hob sie den Inhalt heraus. Es war ein aus rotem und dunkelblauem Wollstoff gefertigtes Kleid.

Henriette freute sich über alle Maßen darüber. Ihr jetziges hatte sie für jede ihrer drei Schwangerschaften vergrößern und danach wieder verkleinern lassen.

Auch Max hatte in seiner großzügigen Art ein Geschenk beigesteuert, auch wenn er selbst nicht als Gratulant auftreten konnte. Für die Sänger der Chöre hatte er Kuchen und Bier spendiert.

Max selbst befand sich in Leipzig, um Anna eine große Überraschung zu ihrem fünfundzwanzigsten Geburtstag zu bereiten.

Seit Wochen musste Anna im städtischen Handelshaus bleiben, weil Max sie beschworen hatte, nicht nach Lützschena zu kommen.

„Es wäre keine Überraschung, wenn du es schon vorher siehst.“

Anna hatte keine Ahnung, um was für eine Überraschung es sich handelte. Max tat sehr geheimnisvoll, es musste sich um eine größere Sache handeln. So wartete Anna geduldig und malte sich in ihren Träumen aus, worum es sich handeln könnte.

Seit Maria geheiratet hatte und mit Joseph nach München gezogen war, war es einsam um sie geworden. Auch Alexander

war weit weg, noch viel weiter als Maria. Sie fühlte sich allein und unglücklich. Ihr Vater klammerte sich an sie und bewachte sie eifersüchtig. Immer wieder versicherte er ihr, dass er sie über alles liebe und beschwor sie, ihn niemals zu verlassen.
Anna verstand ihn. Er war nie über Charlottes Tod hinweggekommen, hatte sich nicht wieder verheiratet. Charlotte war die Liebe seines Lebens gewesen. Nur sie, Anna, kam dieser Liebe nahe. Sie war Charlottes Tochter.
Als Annas Geburtstag gekommen war, holte Max sie aus Specks Hof ab. Die Kutsche fuhr den schönen, aber etwas längeren Weg über die Böhlitzer Aue. Es war immer wieder ein Erlebnis, das Herrenhaus aus dem Grün der Aue vor sich auftauchen zu sehen. Neugierig hielt Anna Ausschau. Sie erwartete ein fröhliches Fest, Gäste, eine Unterhaltung in ihrem eintönig gewordenen Leben. Ja, sie neidete Maria sogar das Glück, verheiratet zu sein. Maria war, wie sie schrieb, so verliebt. Es musste ein herrliches Gefühl sein. Auch Anna wollte sich verlieben, am besten heute auf einem romantischen Fest.
Am Schloss stiegen sie aus der Kutsche aus. Anna blickte sich suchend um, doch sie konnte nichts entdecken. Alles war wie immer. Ihr Vater setzte eine geheimnisvolle Miene auf.
„Komm mit, gleich wirst du es sehen.“ Er nahm ihre Hand und führte sie zur Brücke, die in den Park führte. Annas Herz hüpfte vor Aufregung. Sicher hatte der Vater im Park einen Pavillon errichten lassen, wo die Gäste warteten. Sie hatte extra ihr schönstes Kleid angezogen, mit bunten Blumen und mehreren breiten Seidenbändern geschmückt. Neugierig folgte sie ihm.
Er führte sie auf die andere Seite des Parks, wo sich die Kapelle mit Charlottes Sarkophag befand. Verwundert blickte Anna sich um. Von Gästen weit und breit keine Spur. Sie befanden sich ganz allein im Park.
„Wo … wo ist denn die Überraschung?“, fragte sie beklommen.
Max’ Augen leuchteten. „Na hier, du stehst genau davor!“

Anna blickte auf einen grauen, sorgsam behauenen Steinsarkophag.
„Na, was sagst du?"
„Was ist das?"
„Dann schau doch mal ..."
Sie beugte sich vor und entzifferte die Inschrift. „Hier liegt Fräulein Anna von Speck-Sternburg, geboren am 12. Juli 1816." Nur ihr Strebedatum war noch offen. Es war ihr eigenes Grabmal!

* * *

Es war Mai, und endlich konnte ein lang gehegter Plan umgesetzt werden: In Lützschena wurde die Kinderbewahranstalt eröffnet. Es war ein feierlicher Augenblick. Das ganze Dorf hatte sich versammelt, an der Spitze der neu gegründete Vorstand der Anstalt, bestehend aus Pfarrer Reichel und seiner Frau Caroline, Kirchschullehrer Mocker, dem Ortsvorsteher Krell und dessen Frau sowie dem Amtmann und dessen Frau. Max als Schirmherr hatte sie geladen und wollte den in der kurzen Zeit der Existenz der Anstalt erreichten Fortschritt der Kleinen in Augenschein nehmen. Stolz, in würdiger Haltung und mit strengem Gesicht, in eine steife weiße Schürze gekleidet, führte Marie von Schlegell die fünfzehn Kinder im Alter von drei bis fünf Jahren vor. Die Kleinen waren sehr folgsam, konnten allein essen, singen, Spiele vorführen und lernten Dinge, wie sich vor dem Essen die Hände zu waschen, auf ordentliche Kleidung zu achten, zu beten, die zehn Gebote auswendig zu lernen, sich gegenseitig zu helfen. Die Mitglieder der Kinderkommission waren begeistert, welchen positiven Einfluss diese Art der Erziehung auf die Kleinen hatte.
Der Pfarrer hatte sich rührend um die notwendigen Genehmigungen gekümmert, das Ansinnen war bei der sächsischen Staatsregierung auf offene Ohren gestoßen. Allerdings waren

die Eltern der Kleinen skeptisch. Ihre Kinder einfach aus der Hand zu geben und zumindest tagsüber der Obhut der Familie zu entziehen, war neu und fremd für die meisten Bauernfamilien. Hermann leistete fortwährend Überzeugungsarbeit und besaß in Marie von Schlegell eine eifrige Verbündete. Und so ging Maries heiß gehegter Wunsch, Leiterin dieser Anstalt zu werden, in Erfüllung. Einziger Wermutstropfen war, dass Hermann in St. Veit weilte. Doch der Baron hatte verkündet, dass Hermann bald nach Lützschena kommen wolle. Umso mehr strengte sich Marie mit den Kleinen an, um Hermanns Lob und Bewunderung zu erringen.

So wohlwollend die Behörden der Gründung der Anstalt gegenüberstanden, so zögerlich verhielten sie sich mit finanziellen Zuschüssen. Da Maximilian die zumeist armen Familien der Bauern, Häusler und Tagelöhner wenigstens anfangs nicht belasten wollte, übernahm er alle Kosten für Ausstattung und Betrieb der Anstalt sowie die Kost der Kinder.

„Wir gewährleisten mit der verantwortungsvollen Arbeit dieser Anstalt einen unschätzbaren Vorteil für die Erziehung unserer Jugend zu rechtschaffenen Menschen. Diebstähle auf den Feldern und im Wald, Müßiggang, Alkoholsucht und menschliche Dummheit werden eingedämmt. In der Ausbildung von Moral und Sittlichkeit liegt die Grundlage dafür, dass diese Menschen später auch physisch in der Lage sind, durch Arbeit ihre Existenz zu sichern. Zudem wird durch den Besuch der Sonntagsschule der weit verbreitete Mangel an Religiosität vermindert. Treue zum Brotherrn und die Dienstpflicht werden somit den späteren Bediensteten auf den Lebensweg mitgegeben. Ich sehe es als meine Verpflichtung an, den mir Dienenden nicht nur Freundlichkeit, Lohn und Kost zukommen zu lassen, sondern sie auch zu bilden und zu unterweisen. Untergebene, die mir schon viele Jahre dienen, wie mein treuer Diener Christian Schellenberg oder die gutherzige Luise Knoblauch, wissen, dass ich sie wie zu meiner Familie gehörig behandle, ihre Arbeit und Dienste anerkenne, ihnen meinen Arzt stelle und mich mit kleinen Geschenken zu Feiertagen erkenntlich zeige. Ich bin es ihnen schuldig, so wie sie mir ihre Dienstpflicht schuldig sind. Schon die Jüngsten in diesem Geist zu erziehen und den Eltern die Gelegenheit zu geben, ihr Brot im Tagwerk ohne Sorge um das Wohlergehen ihrer Kinder zu verdienen, soll der humanistische Sinn dieser Anstalt sein."

„Hast du gehört", flüsterte Marie ihrer Mutter zu, die sich natürlich auch unter den Besuchern befand. „Er behandelt seine Untergebenen wie eigene Familienagehörige."

„Das heißt aber nicht, dass dich der junge Baron heiraten wird", raunte die Offizierswitwe zurück.

Marie warf den Kopf in den Nacken. „Du wirst sehen, er wird mich heiraten. Ich bin für ihn unentbehrlich."

Einige Tage später kam auch Hermann aus St. Veit nach Lützschena. Man reiste mit der Eisenbahn. Es war bequemer, schneller und angenehmer. Marie von Schlegell ließ es sich nicht nehmen, ihn am Lützschenaer Bahnhof in Empfang zu nehmen. Dazu hatte sie die Kleinen aus der Kinderbewahranstalt festlich herausgeputzt. Die Mädchen trugen kleine Blumenkränze auf dem Kopf, die Jungs ihre Sträußchen an Winkstöcken.

Ängstlich wichen sie zurück, als das schnaufende Ungetüm am Bahnsteig einfuhr und zischend anhielt. Dann entdeckte sie Hermann auf dem Perron. Sie feuerte die Kinder an, ihm zuzujubeln. Hermann winkte lachend zurück. Am liebsten wäre Marie zu ihm geeilt, doch sie musste auf die Kinder achten, damit sie nicht der Bahn zu nahe kamen. Hermann blieb ebenfalls stehen und drehte sich um, um einer jungen Dame beim Aussteigen zu helfen. Ihr folgten mehrere Dienstboten, erkennbar an der einfachen Kleidung und den vielen Gepäckstücken, die sie schleppten.

„Liebes Fräulein von Schlegell, Sie sehen mich entzückt über diesen wunderbaren Empfang“, rief Hermann mit strahlendem Gesicht. Er schien sichtlich erholt, ja, geradezu euphorisch. Maries Herz schlug bis zum Hals. Sie spürte die Hitze im Gesicht. Nervös nestelte sie an ihrem Hutband, das sie zu eng gebunden hatte und das ihr nun die Luft nahm. Nur die Dame irritierte sie. Hermann lächelte geheimnisvoll.
„Amalie, das ist meine beste Freundin, Fräulein Marie von Schlegell, die Direktorin der hiesigen Kinderbewahranstalt. Marie, das ist Fräulein Amalie de Barrelier, meine Braut.“

⋆ ⋆ ⋆

Ein hoher Jahrestag versetzte Ernst Moritz Reichel in Aufregung. Der dreihundertste Todestag des Kirchenreformators Martin Luther stand bevor. Natürlich sollte dieses Jubiläum auch in seiner Pfarrgemeinde würdig begangen werden. Das sächsische Kultusministerium hatte alle protestantischen Geistlichen angewiesen, diesen Tag angemessen und ohne Pomp zu begehen, Ausfälle gegen andere Konfessionen zu unterlassen und Luthers Todestag im Rahmen der Predigt zu gedenken. Pfarrer Reichel beschloss, nur eine Schulfeierlichkeit stattfinden zu lassen. Er besaß die Zustimmung des Schullehrers, obwohl dieser im Augenblick von einer ganz anderen Aufregung erfasst wurde. Ihm stand der Umzug von Hänichen nach Lützschena bevor; und das hatte einen guten Grund: in Lützschena war eine neue Schule erbaut worden.
Die Zahl der Schüler hatte es erforderlich gemacht. Und nachdem der Kirch- und Schulverband der drei Rittergutsgemeinden aufgelöst worden war, konnte eine Teilung stattfinden. Dazu zog der neue Lehrer Wilhelm Oertel in Hänichen ein, damit Heinrich Mocker nach Lützschena übersiedeln konnte. Natürlich wurde dieser Umzug auch festlich begangen.

Die Hänichener und Quasnitzer Schüler begleiteten Heinrich Mocker bis zur Flurgrenze von Lützschena und verabschiedeten ihn mit Gesang. Auf Lützschenas Flur wurde der Lehrer von Pfarrer Reichel und den neunzig Lützschenaer Schülern mit Fahnen und Kränzen empfangen. Der fröhliche Zug wanderte um die Pfarre herum, um am neuen Schulgebäude zu enden. Die persönlichen Sachen hatten Gemeindemitglieder mit Leiterwagen schon zur Lützschenaer Schulwohnung bringen lassen.
Maximilian selbst hatte diesen Tag der Schuleinweihung bestimmt, und er nahm auch an diesem feierlichen Akt teil. Mit festlichen Reden, Musik und Gebeten wurde die neue Schule eingeweiht. Dann erhielt Maximilian als Schulpatron den Schlüssel zur Schulstube. Girlanden umrahmten die Tür, die Maximilian nun aufschloss. Auf dem Katheder standen Geschenke, die Maximilian gestiftet hatte sowie ein Bildnis von Charlotte, umrahmt mit Trauerflor. Vor genau zehn Jahren war die beliebte Baronin verstorben.

⋆ ⋆ ⋆

Alexander hatte es versucht. Summerhill Creek schien Erfolg versprechend. Fast vier Jahre hatte er gekämpft, gegen die Trockenheit, gegen die Weite des Landes, gegen Gauner und Betrüger, gegen Schafkrankheiten und züchterische Misserfolge. Er kämpfte auch gegen sich selbst, gegen die leise Stimme in seinem Inneren, die ihm riet: Gib es auf!
Er wollte es sich beweisen, in Wirklichkeit jedoch seinem Vater. In langen Berichten schrieb er nach Hause, welche Verhältnisse er in Australien vorfand.
Es war kein Vergleich zu Sachsen, kein Vergleich zu England. Australien war anders. Die Weite des Landes erforderte es, dass die meisten Hirten, ob sie Schafe oder Rinder hüteten, zu Pferde unterwegs waren. Auch Alexander beritt seine Farm, die sich

über ein großes Gebiet erstreckte, um überhaupt die Übersicht zu behalten. Eine wollene Decke führte er aufgerollt vor sich auf den Sattel geschnallt mit sich, darin Tee, Zucker und Brot verpackt, hinter dem Sattel hingen die Fußfesseln der Pferde, eine Kanne und ein Topf für die mehr als einfache Beköstigung unterwegs. Die mehrmonatige Dürre hatte auf dem Land grausame Spuren hinterlassen. Am Wegrand lagen aufgeblähte Ochsenkadaver, zuweilen zurückgelassene Wagen. Die Wasserlöcher waren ausgetrocknet, das Gras zu gelbem Stroh verdorrt. Ständig befürchtete er Buschbrände. Die sengende Sonne ließ den Schweiß in Strömen fließen, und so weit das Auge reichte, bot die Landschaft einen tristen Anblick. Dann und wann kreuzte ein Emu seinen Weg, von Weitem hörte er das Heulen wilder Hunde.

Wäre er einige Jahre zuvor nach Australien gekommen, hätte er wie einige frühere Ansiedler das Glück gehabt, billige Arbeitskräfte einstellen zu können. Unzählige Strafgefangene, die nach Australien deportiert worden waren, mussten sich als kostenlose Arbeiter auf den Farmen verdingen. Von einem Aufseher bewacht, konnten sie sich dort frei bewegen. Wohin sollten sie auch flüchten?

Es war ein Land der Bauern und Viehzüchter, seriöse Kaufleute waren eher die Ausnahme.

Zu Alexanders Entschluss, die Farm zu kaufen, gab es keine Alternative, außer, wieder nach Europa zurückzukehren. Je weiter eine Farm von einer Stadt entfernt lag, umso mehr Geld mussten die Besitzer für Arbeiter bieten, seien es Schäfer, Schafscherer, Handwerker oder Tagelöhner. Geld besaß wenig Wert, ebenso Ehrlichkeit und Rechtschaffenheit. Es gab keine Zäune, keine Grenzen, hier und da eine Landmarke, die genauso gut versetzt werden konnte. Wer sollte das kontrollieren?

Je weiter die Farm im Landesinneren lag, umso schwieriger war es, sie mit lebensnotwendigen Gütern zu versorgen und die

Farmprodukte zum nächsten Markt zu bringen. Überall waren Trecks unterwegs, die diese Verbindung aufrecht hielten, ausgestattet mit schweren Wagen, kräftigen Ochsen, Treibern und Wachleuten, die die Trecks beschützten. Wenn nicht Dürre, Wasser- und Futtermangel, Buschbrände oder Unfälle großen Schaden anrichteten, dann die Überfälle der Eingeborenen. Am meisten vermisste Alexander jedoch die Kommunikation mit gebildeten Menschen, die Nähe zum Markt, zu Kultur, Sittlichkeit und Intellekt. Wenn er abends im Schein einer flackernden Öllampe in seinem mehr als bescheidenen Haus am Schreibtisch saß und Kosten gegen Einnahmen rechnete, kam unter dem Strich nicht viel heraus. Die Preise stiegen sprunghaft, manche Baumaterialien wie Holz, Nägel, Pflugscharen oder Wagenplanen waren Mangelware und mussten für viel Geld aus den Küstenstädten herangeschafft werden.

Sechs Monate vor Alexanders Ankunft in Australien war die unentgeltliche Arbeit der Deportierten gesetzlich aufgehoben worden. Bislang mussten Gefangene den Ansiedlern, die Besitztum an Land, Vieh und Weide nachweisen konnten, unentgeltliche Dienste leisten, so viel der Landbesitzer verlangte. Dieser brauchte nur für einfache Kleidung und ebenso einfache Kost und Unterkunft zu sorgen. Ungehorsame Deportierte konnten zurückgewiesen und neue angefordert werden. Die Arbeit war hart, oft unerträglich, und viele der Arbeiter verloren ihr Leben durch Krankheiten, Unfälle oder Entkräftung. Ansässige Farmbesitzer konnten durch extrem billige Arbeitskräfte ihre Viehbestände vermehren und durch extrem billige Arbeitskräfte beaufsichtigen lassen.

Doch nun hatte sich auch das geändert. Arbeitskraft wurde plötzlich teuer. Die alten Ansiedler durften die Deportierten noch so lange unentgeltlich arbeiten lassen, wie ihre Strafzeit dauerte. Den neuen Ansiedlern war das nicht mehr gestattet. So fand Alexander ungleich schwierigere Bedingungen vor, wenngleich

er es vom menschlichen Standpunkt aus als positiv betrachtete. Statt Strafgefangener drängten nun Wirtschaftsflüchtlinge aus England nach Australien, Arbeiter auf der Suche nach einem besseren Leben.
Die anhaltende Trockenheit hatte Alexander dazu gezwungen, aus Wasser- und Futtermangel die Lämmer zu töten, damit wenigstens die Mutterschafe am Leben blieben. Seufzend blickte er sich um. Die nächste Hütehütte war nicht mehr weit. Dort wollte er die Nacht verbringen. Eine seltsame gelbliche Wolke am Horizont ließ ihn aufmerken. Auch sein Pferd hob den Kopf, spitzte die Ohren und blähte die Nüstern. Alexander verspürte zunächst einen staubigen Geschmack im Mund, dann fuhr ihm ein heißer Wind ins Gesicht. Der Staub nahm ihm die Sicht. Er spornte sein Pferd an, die Hütte zu erreichen. Doch bald darauf blitzte und donnerte es, und es kamen Unmengen von Wasser herab. Im Nu verwandelte sich die verbrannte Steppe in eine Schlammwüste. Der Unterschied zwischen Himmel und Erde verwischte. Mit letzter Not erreichte er die Hütte, bis auf die Haut durchnässt. Das Dach war nicht dicht, und es tropfte herein. Alexander fing Regenwasser in seinem Kochgeschirr auf und trank es gierig. Dazu aß er von dem trockenen, geschmacklosen Brot. Es erschien ihm wie das köstlichste Gericht.
Er fragte sich, warum er das alles auf sich nahm, warum er nicht in Leeds einen Wollhandel eröffnete, warum er nicht das Leben führte, das er eigentlich führen wollte …
In dieser erbärmlichen Hütte, durch deren Dach nun das Wasser beinahe ungehindert eindrang, beschloss er, nach England zurückzukehren.

* * *

Anna saß weinend im Park. Niemand bemerkte ihren Kummer, niemand sah ihre Tränen. Niemand war da, um sie zu trösten.

Nur verschwommen nahm sie den steinernen Sarkophag wahr, der einmal ihr Grab sein sollte. Dabei hatte sie noch nicht einmal begonnen zu leben!

Es war unmöglich, ihrem Vater von ihrem Kummer zu erzählen. Er würde sie nicht verstehen, sie für undankbar halten. Sie wollte ihn nicht enttäuschen, und so nahm sie die Enttäuschung auf sich. Aber es war schwer zu ertragen. Ihre leidvollen Briefe an Maria brachen der Schwester beinahe das Herz.

„Komm her“, schrieb Maria zurück. Sie wollte Anna aus dem Einflussbereich des Vaters herausholen, zumindest zeitweise. Sie selbst hatte es geschafft und ihr eigenes Leben gewählt. Auch Anna sehnte sich danach, ihr eigenes Leben zu führen. Doch es war ihr nicht vergönnt. Max wollte seine Tochter nicht loslassen.

Max schöpfte keinen Verdacht, als Anna ihn eines Tages darum bat, ihre Schwester in München besuchen zu dürfen. Sie wusste selbst nicht, was sie von dieser Flucht erwartete, doch sie spürte, dass sie handeln musste.

Die glückliche Maria empfing ihre unglückliche Schwester mit offenen Armen.

„Du musst dich frei machen, Anna! Du bist so ein lieber Mensch, denkst immer an die anderen, tust so viel Gutes.“

„Ich möchte nur das Werk unserer Mutter fortführen.“

„Das ist sehr löblich, aber du vergisst, selbst zu leben. Vater muss begreifen, dass du selbst ein Recht auf Leben hast. Reise, schau dir die Welt an.“

Anna seufzte. „Ich bin nicht verheiratet. Eine Frau kann nicht einfach auf Reisen gehen und sich die Welt anschauen.“

Maria blickte sie erstaunt an. „Warum denn nicht?“

„Das erzähl mal Vater. Er hat darüber ganz andere Ansichten. Ja, wenn ich ein Mann wäre, so wie Alexander. Er lebt in Australien. Ich kann nichts anderes tun, als ihm Briefe zu schreiben. Ich vermisse ihn so sehr.“

„Ich auch. Aber er hat eben sein Leben selbst in die Hand genommen und sammelt seine Erfahrungen."
„Ich beneide dich. Du hast einen lieben Mann."
„Ja, das habe ich. Und doch fehlt mir die Möglichkeit, die Welt zu erobern. Joseph hat auch seine Vorlieben. Du musst ihn nur einmal hören, wenn er von seiner Tiroler Heimat spricht, von den Bergen und dem Königssee, vor allem aber von seinem Kampfgefährten Andreas Hofer. Aber er kann auch recht aufbrausend werden, wenn es nicht nach seinem Kopf geht. Dafür bin ich da, um die Wogen auszugleichen." Sie schmunzelte. „Er ist über dreißig Jahre älter als ich, da muss man gewisse Rücksichten nehmen."
„Aber du liebst ihn doch?"
„Über alle Maßen!"
„Ach, wenn ich doch auch einen Mann haben könnte!" Resigniert senkte Anna den Kopf. „Das wird wohl nie geschehen."
„Doch, ich bin ganz sicher, du wirst ihn finden. Du musst nur unter die richtigen Menschen kommen. Lass mich nur deine Reisen vorbereiten. Es können ja Kurreisen sein."
Anna glaubte nicht an einen Erfolg. Insgeheim neidete sie Maria ihr Glück, aber niemals wäre darüber ein Wort über ihre Lippen gekommen. Verzweifelt ging sie in eine Kirche und bat Gott um Vergebung.
Nicht lange danach starb Joseph von Hormayr. Aus der glücklichen Maria wurde eine trauernde Witwe.

* * *

Fünfzig Jahre hatte Maximilian das Wollgeschäft betrieben. Es waren ereignisreiche, gewinnreiche, aber auch tragische Jahre gewesen. Die Belastungen des Geschäftslebens hatte er mit der Gelassenheit eines Philosophen getragen, die tragische Seite seiner viel zu kurzen Ehe aber hatte ihm das Herz gebrochen.

Maximilian war Realist genug, um zu erkennen, dass es langsam Zeit für ihn war. Er war jetzt siebzig Jahre alt, konnte nicht mehr auf mehreren Hochzeiten gleichzeitig tanzen. Der Wollhandel hatte ihn reich gemacht. Seine Liebe aber galt der Landwirtschaft. Nun war die Zeit gekommen, auf eines von beiden zu verzichten. Auch diesen Schritt bereitete er mit der ihm eigenen Sorgfalt vor. Es kam in ihm keine Wehmut auf, denn er konnte mit Stolz auf das Geschaffene zurückblicken. So schloss er das Handelshaus Speck und zog sich aus dem Wollhandel zurück. Seine verbleibende Zeit auf Erden würde er nur noch der Landwirtschaft, der Schafzucht, seinen Gütern und vor allem der Kunst widmen. Er war Mitglied in über einhundert Vereinen, hatte Schriften über Agrikultur veröffentlicht, Vorträge und Lehrgänge abgehalten. Es machte ihm noch immer Spaß. Und er wollte ein weiteres Verzeichnis seiner Kunstsammlung erstellen, mit kunstsinnigen Menschen im Gedankenaustausch bleiben und sich um die Schulung der Jugend kümmern. Nur eines würde er nicht tun: Die Hände in den Schoß legen.

Lebensabend

Maximilian hatte zu seinem fünfundsiebzigsten Geburtstag geladen und alle kamen. Es war Juli, der Himmel strahlte, und unter den Kirschbäumen vor der Gemäldegalerie hatte Max Tische und Bänke aufbauen lassen.

Bereits am zeitigen Morgen hatte ihm Schullehrer Heinrich Mocker mit seinem Kinderchor vor dem Schloss ein Ständchen gesungen. Dann böllerten die drei Kanonen vor der Orangerie einen Salut. Arbeiter aus dem Brauhaus hatten sich als Hofgarde verkleidet und trompeteten das Wecksignal. Doch Max war ohnehin längst wach. In seinem Alter brauchte er nicht viel Schlaf.

Gut gelaunt trat er vor das Herrenhaus und empfing die Glückwünsche von Lehrer, Kindern und Gutsangestellten. Von der Kleinkinderbewahranstalt kam Marie von Schlegell mit ihren Zöglingen. Max ging ihnen bis zur Schlosskirche entgegen, wo Pfarrer Reichel alle zum Frühgottesdienst erwartete. Aufgeregt zupfte er an seinem Talar. Auch wenn er schon fast fünfundzwanzig Jahre als Pfarrer in Lützschena tätig war, so war dieser Tag doch etwas Besonderes. Die vielen Gäste fanden kaum Platz in der Kirche.

Gegen Mittag hielt die Eisenbahn am Lützschenaer Bahnhof. Zu aller Überraschung entstieg ihr nicht nur der junge Baron Hermann, der aus seiner Kur zurückkehrte, sondern auch die verwitwete Maria von Hormayr, schon längst nicht mehr in schwarzer Trauerkleidung.

Maximilian bat ausgewählte Gäste zum Mittagstisch ins Schloss. Die Freude stand ihm ins Gesicht geschrieben, wenigstens einen Teil seiner Familie wieder bei sich zu haben.

„Ich bin gern hier, Papa", sagte Maria. „Aber nicht für immer. Ich muss das Erbe von Joseph verwalten."

„Indem du in der Welt herumreist“, erwiderte Hermann verstimmt. „Nun bist du ja wirklich frei.“
„Bitte keinen Streit heute an meinem Geburtstag“, unterbrach Max. „Alexander hat einen netten Brief aus Leeds geschrieben. Ich möchte ja zu gern seine Frau kennenlernen, aber er schreibt, die Geschäfte hielten ihn davon ab, nach Lützschena zu kommen.“
„Ist denn schon wieder ein Kind unterwegs?“
„Ich glaube, jetzt sind es drei.“
Hermann schwieg verbissen. Er saß allein an der Tafel. Seine Verlobte hatte sich von ihm getrennt, als sie erfuhr, mit welchen Erkrankungen er gestraft war. Dabei hatte die Kur ihm Besserung gebracht.
Der Pfarrer, der selbstverständlich mit an die Familientafel geladen war, hob sein Glas und sprach einen Toast auf Maximilian aus. Er wünschte ihm Gesundheit und ein langes Leben, damit er noch lange die Gemeinde mit seiner Großzügigkeit und Fürsorge beglücken möge.
„Vielen Dank, mein lieber Reichel“, erwiderte Max. „Keine Sorge, so schnell bekommt ihr mich nicht los. Hermann geht mir zwar fleißig zur Hand, aber er muss noch lernen, sich richtig durchzusetzen.“
Hermann senkte schnell den Kopf. Er konnte tun, was er wollte, der Vater war nie zufrieden mit ihm. Maria tätschelte seine Hand. „Ich werde ihn etwas im Durchsetzungsvermögen unterweisen.“
Maximilian hüstelte. „Ich bin immer noch der Ansicht, dass dies einer Frau nicht gut steht. Halte mich für konservativ, aber du siehst, dass damit auch Schaden angerichtet werden kann. Anna hält es für besser, auf Reisen zu gehen.“ Er leerte sein Glas. „Was soll’s, heute ist mein Geburtstag, und ich mag nicht über die dunklen Seiten des Lebens philosophieren. Lasst uns feiern. Zuvor brauche ich aber noch meinen Mittagsschlaf.“

Am Nachmittag trafen sich die Festgesellschaft und das ganze Dorf vor der Gemäldegalerie. Maximilian hatte reichlich Bier und Kuchen spendiert, für die Kinder gab es Zerstreuungen wie Armbrustschießen auf Pappvögel und Topfschlagen mit kleinen Preisen für den Sieger, Musik für alle und allerlei bunte Fahnen und Girlanden.

Viele Geschenke wurden Max überreicht, aber Max hatte auch Geschenke vorbereitet. „Viele liebe Menschen haben mir über viele Jahre treu gedient, waren loyal zu mir, in guten wie in schlechten Zeiten, sodass ich sie zu meiner Familie zähle. Lieber Herr Pfarrer Reichel, als guter Hirte unserer Gemeinde haben sie sich über fünfundzwanzig Jahre um das geistige Wohl der Menschen verdient gemacht. Hierfür möchte ich mich bei Ihnen ganz bescheiden bedanken." Er überreichte dem Pfarrer eine silberne Uhr. Noch bevor Ernst Moritz Reichel einen Dank aussprechen konnte, wandte sich Max an den Lehrer.

„Lieber Herr Kirchschullehrer Heinrich Mocker, auch Ihnen gebührt mein herzlichster Dank. Sie haben sich vor allem um unsere Schuljugend verdient gemacht, sie auf den Weg der Belehrung und des Fleißes geführt, sie gebildet und auf das Leben in ihrem zukünftigen Beruf vorbereitet. Nicht zuletzt bereiten Sie als Chorleiter uns allen immer wieder große Freude. Diese silberne Stutzenuhr soll Ihnen immer die rechte Zeit anzeigen."

Dann trat er zu Marie von Schlegell, die ihren Blick ausnahmsweise von ihren Zöglingen abwandte. „Sie, liebe Jungfer Schlegell, haben mit viel Liebe, aber auch Sorgfalt, unsere Allerkleinsten behütet und bewahrt, um ihren Eltern das sorgenfreie Arbeiten zu ermöglichen. Wir alle konnten uns von dem positiven Einfluss Ihrer Erziehungsarbeit überzeugen und Ihnen unsere Anerkennung aussprechen. Ich möchte Sie am heutigen Tage mit diesem Geschenk erfreuen."

Feierlich überreichte er ihr eine goldene Zylinderuhr. Völlig verwirrt vollführte Marie einen tiefen Knicks. Gleich darauf suchte sie den Blick Hermanns, der etwas abseits stand und die Verteilung der Geschenke verfolgte. Er war allein gekommen, ohne seine Verlobte. Ob das etwas zu bedeuten hatte?

„Zum Schluss möchte ich noch verkünden, dass ich allen männlichen Hausgenossen über sechzig Jahren und allen weiblichen Hausgenossen über fünfzig Jahren die Heufron für die Zukunft erlassen werde.“

Er erntete jubelnden Beifall, und Pfarrer, Lehrer und ein Teil der anwesenden Kommunalgarde stimmten immer wieder Hoch-Rufe auf den freigiebigen Baron von Sternburg an.

Marie von Schlegell nutzte das kurze Durcheinander, um sich unauffällig an Hermanns Seite zu schieben.

„Sie sehen mich aufs Äußerste erfreut, dass Sie wieder in Lützschena weilen“, flüsterte sie hastig. „Sicher freuen Sie sich ebenso, in Ihrer Heimat zu sein. Ich kann Ihnen viel vom Fortschritt unserer Anstalt erzählen und von den Kindern und wie ich mich freue …“

„Ja, ja, das sagten Sie bereits. Ich bin beeindruckt.“

„Ihr Lob ist für mich schöner als alle Orden und Medaillen, wobei ich nichts gegen das großzügige Geschenk von Herrn Baron sagen möchte, aber ein Blick von Ihnen …“

„Ist schon gut, Marie, wir sind heute alle etwas erregt.“

„Kein Wunder an einem solchen Tag. Ich habe auch mit allergrößter Sorgfalt die Anstalt geführt, ganz in Ihrem Sinne und auf äußerste Sparsamkeit bedacht, ohne dass es natürlich am Wohle der lieben Kleinen mangelt. Sie können gern die Bücher kontrollieren, und ich freue mich auch auf interessante Gespräche, wie es Ihnen in der Kur ging und wo eigentlich heute Ihre liebe Braut ist.“

Hermann strich sich verlegen über seinen Schnurrbart. „Trinken Sie ein Bier auf mein Wohl, liebe Marie, eines auf das Wohl des Herrn Barons, eines auf jedes Kind Ihrer Anstalt, aber keines auf die Dame, die einmal meine Verlobte war.“

Etwas unhöflich ließ er die verblüffte Marie stehen, die keineswegs darüber böse war. Sie konnte wieder hoffen.
Die Musik setzte ein, und Max wandte sich an die alte, mittlerweile kugelrunde Luise Knoblauch, die mit steif gestärkter blütenweißer Schürze bescheiden an der Seite der nunmehr erwachsenen Kinder stand.
„Kommen Sie, Luise, wir wollen heute eine große und freudige Familie sein. Eröffnen Sie mit mir die Polonaise!"

⋆ ⋆ ⋆

Es war wohl die wichtigste Einrichtung in Lützschena, um die sich Maximilian lange bemüht hatte. Endlich konnte er die landwirtschaftliche Lehranstalt eröffnen. Es war ein großartiger Augenblick.
„Es war schon immer mein lebhafter Wunsch, in unseren Landschulen den Unterricht im Landbau einzuführen", sagte Maximilian zur feierlichen Eröffnung. „Steht doch der Landbau mit den Sitten und Gesetzen im engsten Zusammenhang. Es bleibt noch viel zu verbessern auf unseren Feldern, Wiesen und in den Ställen. Wie sehr wird der entsprechende Schulunterricht unserer Jugend nützen."
Die Schule war nur ein weiterer Meilenstein in der rasanten Entwicklung des Ortes. Bereits zuvor hatte Max Häuser für seine besten Arbeiter bauen lassen, in denen sie mit ihren Familien gute Wohnbedingungen vorfanden sowie ihnen ein Stück Land zum Anbau von Rüben und Kartoffeln überlassen. Frondienste waren abgeschafft worden, Felder zusammengelegt, um sie einfacher bearbeiten zu können, und der Boden durch wissenschaftliche Anbau- und Düngemethoden verbessert.
Und doch steckte der Teufel im Detail. Sobald Maximilian nicht auf einem Gut anwesend war, gab es Probleme. Ihn erreichte ein Hilferuf aus St. Veit, die Abreise stand bevor.

Hermann fühlte sich nicht gut. Die heilsame Wirkung der letzten Kur hatte nicht lange angehalten. Er wusste, dass er launisch geworden war. Manchmal bekam er Schwierigkeiten beim Sprechen, dann wollte er nicht mit anderen Menschen zusammen sein, an anderen Tagen litt er unter undefinierbaren Schmerzen.

Er stahl sich von der Eröffnungsveranstaltung fort und schleppte sich die Straße hinab, um zum Herrenhaus zu gelangen. Eine dunkle Gestalt versperrte ihm plötzlich den Weg.

„He, kennst du mich noch, du Herrensöhnchen?"

Mühsam versuchte Hermann, etwas zu erkennen. Der Mann war groß, aber hager, in schmuddeliger Kleidung. Er hustete. Hermann wich zurück. „Was wollen Sie?"

„Arbeit, damit ich meine Familie ernähren kann."

„Warum wenden Sie sich nicht an unseren Verwalter?"

„Der hat mich wieder weggeschickt, hat gesagt, es gäbe nicht genug Arbeit." Er packte Hermann plötzlich an der Jacke und begann, ihn zu würgen. Hermann besaß zu wenig Kraft, um sich zu wehren.

„Wenigstens acht Groschen Tageslohn", zischte der Mann. „Das will ich schriftlich."

„Wer sind Sie?"

„Kennst du mich nicht mehr? Woher auch? Dabei wolltest du einmal mein Freund sein." Der Mann lachte heiser und hustete wieder.

Hermann versuchte krampfhaft, sich zu erinnern.

„August, ich bin August, der König vom Armenhaus. Ich wohne noch immer dort. Du bist nicht mein Freund. Du bist mein Feind!"

„Unsinn! Meine Familie tut alles, damit es den Menschen besser geht." Hermann wurde plötzlich schwarz vor Augen. August ließ ihn einfach fallen und verschwand in der Dunkelheit.

So fand ihn Marie von Schlegell, die ihm heimlich gefolgt war.

„Um Gottes Willen, Hermann!" Sie fiel neben ihm auf die Knie.

„Was ist geschehen?"
„Mir geht es schlecht", ächzte er. „Hilf mir, ich will nur noch nach Hause."
„Ich helfe dir. Und ich lasse dich nicht mehr allein."

* * *

Marie von Schlegell pflegte Hermann. Sie begleitete ihn nach St. Veit. Hermann empfand ihre Nähe als wohltuend. Es mochte Dankbarkeit ihr gegenüber sein, dass er sich im Stillen mit Marie verlobte. Trotzdem wollte sich keine Besserung einstellen. Hermann entschloss sich, nach Bad Gastein zur Kur zu fahren. Max musste sich um die Probleme in St. Veit allein kümmern. Hermanns Krankheit belastete ihn schwer, doch er konnte nur beten und hoffen. Als Hermann aus der Kur zurückkam, wünschte er, seine Schwester Maria in München zu besuchen. Einen Tag später starb er im Alter von siebenunddreißig Jahren in ihren Armen.
Hermann musste seinen nahen Tod geahnt haben. In seinem Testament bedachte er die Schule und die Kirche, das jährliche Kinderfest und den Sängerverein, die Armenkasse und die Kleinkinderbewahranstalt in seiner Heimat. Er hätte so gern noch mehr getan. Es war ihm nicht mehr vergönnt. Im Park von Lützschena fand Hermann Freiherr Speck von Sternburg im Jahr 1851 seine letzte Ruhe.
An diesem unglücklichen Tag wurde Alexander, der nie wieder nach Lützschena zurückkehren wollte, Majoratserbe.

* * *

War es Marias Einfluss oder die gemilderte Strenge von Max? War es die Anwesenheit von Alexander mit seiner englischen Familie in Lützschena? Anna fand wieder heim. Und mit ihr

kam Graf Hermann von Bohlen. Pfarrer Reichel traute sie, in der Hoffnung, dass nun wieder Freude in Lützschena und im Herrenhaus einziehen möge. Es war ein spätes Glück für Anna, sie war mittlerweile vierzig Jahre alt, und jeder gönnte es ihr. Gleich nach der Hochzeit reiste das Brautpaar nach Kroppen, dem Sitz derer von Bohlen ab.
Maximilian lebte von nun an zurückgezogen wechselweise in seiner Wohnung in Specks Hof und dem Rittergut Lützschena, schrieb an seinen Lebenserinnerungen und wollte sein Wissen und Können, seine Kunstsammlung und seine Korrespondenzen geordnet an die nächsten Generationen weitergeben. Das Alter machte ihm nun doch zu schaffen, die Schicksalsschläge waren an ihm nicht spurlos vorübergegangen. Und doch blickte er mit Dankbarkeit auf sein erfülltes Leben zurück. Alexander übernahm Aufgaben und Verantwortung auf den Gütern, seine stetig wachsende Familie versprühte Lebendigkeit in den alten Mauern des Herrenhauses.
Nur wenige Wochen später erfuhr Maximilian, dass Graf von Bohlen seine hohe Verschuldung verschwiegen hatte und für Anna überhaupt nicht sorgen konnte. Für Maximilian war es eine Aufregung zu viel. Zwei Tage vor Heiligabend 1856, in seinem achtzigsten Lebensjahr, hörte sein Herz auf zu schlagen. Er starb in seinem Leipziger Handelshaus Specks Hof im Beisein seiner Tochter Maria und Marie von Schlegells.
Die Trauer war groß, in Lützschena, den umliegenden Dörfern, in Leipzig, St. Veit und München. Es war der schwerste Tag für Pfarrer Reichel. Er musste seinem Patron, der so viel für seine Kirche, für die Menschen in den Dörfern, für die Kunstwelt und für den landwirtschaftlichen Fortschritt getan hatte, das letzte Geleit geben. Nach Maximilians Wunsch wurde er in der Grabkapelle im Park von Lützschena neben Charlottes Sarkophag zur letzten Ruhe gebettet.

Nachwort

Das, was Maximilian Ritter von Speck, Freiherr von Sternburg, bewirkt hat, überdauerte die Zeit. Der erfolgreiche Mann wurde in aller Welt geschätzt, geachtet und geehrt. Ihm ist es zu verdanken, dass 150 Jahre nach seinem Tod der Name Sternburg nicht nur in Lützschena, Leipzig und München bekannt und geachtet wird.

Doch was wurde aus seinen Kindern?

Der 1812 geborene Carl Maximilian litt seit seiner Kindheit an einer Geisteskrankheit. Trotzdem zeigte er in seiner Jugend eine große zeichnerische Begabung. Fast vierzig Jahre lebte er in geistiger Umnachtung, später von seiner Schwester Anna liebevoll gepflegt. Er starb 1884 und fand seine letzte Ruhe auf dem Familienfriedhof im Park von Lützschena.

Maria, die verwitwete Baronin von Hormayr blieb in München, unternahm weite Reisen, unter anderem nach Italien und Ägypten, und war ein gern gesehener Gast in der Gesellschaft von Künstlern und Intellektuellen. Sie starb kinderlos am 25. Dezember 1881 im Hormayrschen Palais in München.

Der viel zu früh verstorbene Hermann Maximilian hinterließ einen Gedichtband, der ein Jahr nach seinem Tod veröffentlicht wurde. In seinem Testament bedachte er nicht nur die Kinder von Lützschena, sondern äußerte den Wunsch, dass das landwirtschaftliche Gut immer im Familienbesitz bleiben möge. Dieser Wunsch wurde 1945 zunichtegemacht. Heute ist das nach Maximilians Tod von Alexander neu erbaute Schloss ohne Ländereien wieder im Familienbesitz.

Baronesse Anna hatte in der Ehe mit Graf Hermann von Bohlen ihr großes Glück erhofft und war schmählich enttäuscht worden. Hermann von Bohlen war verschuldet, bereits kurz nach der Hochzeit trennten sie sich. Hochschwanger kehrte Anna nach

Lützschena zurück und lebte dort in der „Villa Anna“, einem als Witwensitz für Majoratsehefrauen gedachten Haus. 1857 brachte sie Tochter Martha zur Welt und pflegte ihren Bruder Carl bis zu dessen Tod. Sie starb 1898 und wurde in München beigesetzt.

Alexander heiratete nach seiner Rückkehr aus Australien in Leeds die aus einer Arztfamilie stammende Martha Stocks, mit der er insgesamt zehn Söhne und zwei Töchter hatte.

Nach dem Tod seines Vaters übernahm Alexander das Majorat auf Lützschena und musste seine noch lebenden Geschwister auszahlen. Er ließ das alte Schloss abreißen und an gleicher Stelle ein neues im neogotischen Tudor-Stil bauen. Alle noch heute lebenden Nachkommen der Familie Speck von Sternburg gehen auf Alexander und seine zwölf Kinder zurück.

Glossar

Seite 108, Wispel: altes Getreidemaß 1 Wispel entspr. 2491,7 Liter; *Scheffel*: altes Getreidemaß, 1 Scheffel entspr. 107,066 Liter; 24 Scheffel ergeben 1 Wispel

Seite 113, Lass mi anglahnt: Wiener Ausdruck für ‚Lass mich in Ruhe'; *Nock'n*: unübersetzbare Beschimpfung für eine (dicke) Frau

Seite 117/18, im Original erhaltener Brief von Max Speck an die Mitarbeiter der Beyerischen Wollhandlung

Seite 119, … versuchte Europa sich neu zu ordnen: Als Ergebnis des Wiener Kongresses entstand die Förderation Deutscher Bund, bestehend aus einem Kaiserreich, fünf Königreichen, einem Kurfürstentum, sieben Großherzogtümern, acht Herzogtümern, zehn Fürstentümern, einer Landgrafschaft und vier Freien Städten.

Seite 135/36, Brief von Max Speck an den Leipziger Rat vom 24. Februar 1823

Seite 139, dieser nackte Mann, der sich so unzüchtig rekelt: Statue des Theseus, eines griechischen Gottes, nach der Vorlage einer antiken Plastik im Britischen Museum zu London

die Frau in ihrem dünnen Kleid, die gleich hinter der Brücke steht: Statue einer römischen Vestalin

Seite 144, Wilhelm v. Freygang (1782-1849), deutschstämmiger Diplomat in russischen Diensten, seit 1820 als Generalkonsul in Leipzig

Seite 168, Taurien: alte Bezeichnung für die Krim

Seite 172, Karlow: russ. Kizlew

Seite 174, Skrophulus: Drüsenschwellung, v. a. bei Tuberkulose; *Paralyse:* Schüttellähmung

Seite 183, Bessarabien: historische Landschaft in Südeuropa, weitgehend der westliche Teil des heutigen Moldawiens

Seite 183, Zar Alexander war tot: Der Zar starb am 1. Dezember 1825.

Seite 198, Tagwerk: Ackerfläche, die an einem Tag von Sonnenaufgang bis -untergang bestellt werden kann; in Bayern ca. 3408 Quadratmeter

Seite 202/03, nach einem im heutigen Staatsarchiv Oberbayern vorliegenden Schreiben des ehemaligen Staatsministeriums des Innern

Seite 210, Fideikomiss: Rechtsform des Erbrechts, unteilbares und unveräußerliches Familienvermögen, wobei der erstgeborene männliche Nachkomme Majoratsherr wird und weitere Erben der Familie versorgen muss. Fideikomiss wurde später in der Weimarer Republik abgeschafft.

Seite 216, Mognschoaß: bayr. für lauten Rülpser

Seite 254, aus dem 1852 erschienenen Gedichtband des Hermann Freiherrn Speck von Sternburg

Zeittafel

30.7.1776	Maximilian Speck wurde in Gröba bei Riesa geboren
1791	Aufenthalt in Beucha und Beginn der Lehre in Leipzig
1796	Korrespondent in der Wollhandlung Beyer
1801	Teilhaber der Wollhandlung Beyer
1801	erste Reise nach Paris
1802 – 1808	Reisen nach Polen, England, Niederlande, Frankreich
1808 – 1813	Blockade durch Napoleon
22.04.1811	Heirat mit Charlotte Hänel von Cronenthall
29.01.1812	Geburt von Carl Maximilian in Aachen
26.05.1813	Geburt von Maria in Leipzig
16.-19.10.1813	Völkerschlacht bei Leipzig
24.08.1814	Geburt von Hermann Maximilian in Leipzig
1815	Kauf von „Specks Hof“
12.07.1816	Geburt von Anna in Wien
1817	Gründung der Beyerischen Niederlassung in Wien
01.05.1818	Gründung des eigenen Handelshauses Speck
06.11.1821	Geburt von Alexander Maximilian in Leipzig
1822	Kauf des Rittergutes Lützschena und Beginn der Anlage des Parks
1825	Russlandreise mit Wilhelm von Freygang
18.08.1825	Verleihung des Adelstitels „Ritter von Speck“ durch den russischen Zaren Alexander I.
1829	Pacht des Gutes Fürstenried, Kauf des Gutes St. Veit
01.02.1829	Verleihung des Adelstitels „Freiherr von Sternburg“ durch den bayrischen König Ludwig I.

1834	Bau der Gemäldegalerie in Lützschena
09.03.1836	Tod von Charlotte Speck von Sternburg
16.05.1837	Hochzeit von Freiin Maria Speck von Sternburg mit Freiherrn Joseph von Hormayr zu Hortenburg
1841	Alexander wandert nach Australien aus
1844	Bau der Schule in Lützschena
1846	Maximilian zieht sich aus dem Wollhandelsgeschäft zurück
13.05.1847	Gründung der Kleinkinderbewahranstalt in Lützschena
05.11.1848	Tod von Freiherr Joseph von Hormayr zu Hortenburg
10.11.1849	Hochzeit von Alexander mit Martha Stocks in Leeds
1851	Gründung der Landwirtschaftsschule in Lützschena
03.10.1851	Tod von Hermann
6.8.1856	Hochzeit von Anna Speck von Sternburg mit Graf Karl August Hermann von Bohlen
22.12.1856	Tod von Maximilian Speck, Freiherr von Sternburg; Alexander übernimmt das Erbe und wird Majoratsherr

Danksagung

Dieser Roman wäre nicht entstanden ohne die außerordentlich hilfreiche Unterstützung durch Wolf-Dietrich Freiherrn Speck von Sternburg, dem heute lebenden Erben des Sternburgschen Besitzes in Lützschena und Bewahrer des Familienarchivs, das er für mich öffnete und nicht nur Fakten und Details zur Verfügung stellte, sondern auch viele kleine Episoden ans Licht holte, die einen biografischen Roman erst lebendig machen.
Mein herzlicher Dank gilt ebenso Herrn Otto Mocker in Lützschena, einem direkten Nachkommen des Dorfschullehrers Heinrich Mocker, der ebenso in seinem Familienarchiv fündig wurde;
dem Lützschenaer Pfarrer i. R. Herrn Roland Pappe, der in vielen Stunden die Tagebücher von Pfarrer Ernst Moritz Reichel übersetzte;
dem Bestattungshaus Hänsel in Beucha, das mir Auskunft über Pfarrer Stephani und seine Nachkommen geben konnte;
Herrn Dr. Karsten Hommel, der Maximilians Reisebeschreibungen bearbeitete;
Herrn Horst Pawlitzky und vielen hier Ungenannten, die mir durch ihre Beschäftigung mit der Historie von Lützschena und von Maximilian Speck eine große Hilfe leisteten und Inspiration vermittelten.
Nicht zuletzt danke ich dem Plöttner Verlag, namentlich André Hille und Jonas Plöttner, für das Vertrauen und ihre tatkräftige Mitarbeit an dem Projekt, ein Stück Leipziger Geschichte lebendig werden zu lassen.

Susan Hastings
Leipzig-Lützschena, im Herbst 2008

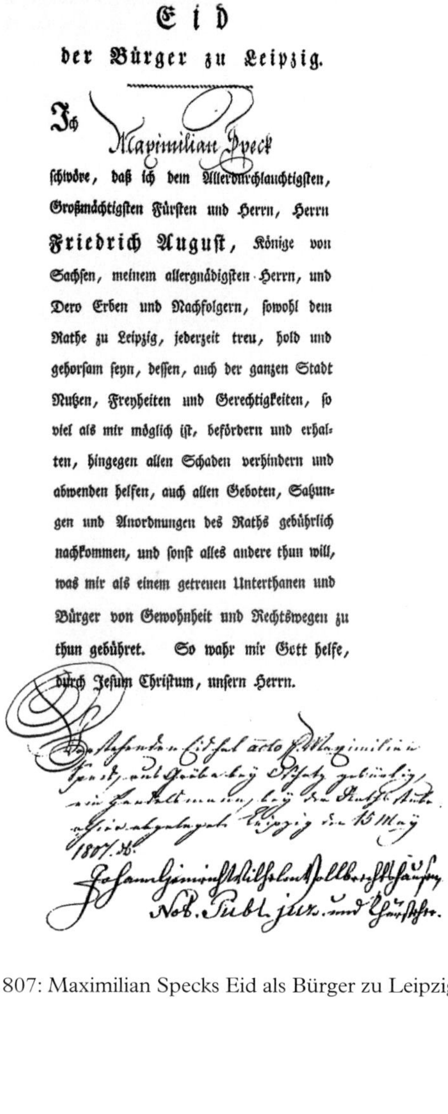

Eid der Bürger zu Leipzig.

Ich Maximilian Speck schwöre, daß ich dem Allerdurchlauchtigsten, Großmächtigsten Fürsten und Herrn, Herrn **Friedrich August**, Könige von Sachsen, meinem allergnädigsten Herrn, und Dero Erben und Nachfolgern, sowohl dem Rathe zu Leipzig, jederzeit treu, hold und gehorsam seyn, dessen, auch der ganzen Stadt Nutzen, Freyheiten und Gerechtigkeiten, so viel als mir möglich ist, befördern und erhalten, hingegen allen Schaden verhindern und abwenden helfen, auch allen Geboten, Satzungen und Anordnungen des Raths gebührlich nachkommen, und sonst alles andere thun will, was mir als einem getreuen Unterthanen und Bürger von Gewohnheit und Rechtswegen zu thun gebühret. So wahr mir Gott helfe, durch Jesum Christum, unsern Herrn.

1807: Maximilian Specks Eid als Bürger zu Leipzig

Um 1776: Gröba bei Grimma an der Elbe (Sachsen), wo Maximilian Speck als Sohn eines Gastwirts geboren wurde

1796: Maximilian Speck
als Wollkaufmann in Leipzig

1801: Maximilian Speck
als 25-jähriger Kaufmann in Paris

1811: Maximilian Speck (1776-1856) und ...

... Charlotte Speck, geb. Hänel von Cronenthall
(1787-1836) zur Zeit ihrer Verlobung,
Portraits von Friedrich Matthäi

1826: Charlotte Freifrau Speck von Sternburg,
Gemälde von Carl Vogel von Vogelstein

Senator Christian Friedrich Hänel
(1743-1820), Charlottes Vater

Elisabeth Hänel, geb. Obermann
(1763-1805), Charlottes Mutter

1825: Maximilian Speck auf Reisen in Russland, porträtiert von Johann Carl Rößler

1826: Maximilian von Speck nach der Adelung durch den russischen Zaren, Lithographie von Henri Grevedon, Paris

Um 1820: Specks Hof , Reichsstraße, Ecke Schuhmachergäßchen in Leipzig

Um 1816: „Der Besenkehrer“, Gemälde von Friedrich Traugott Georgi. Szene auf Schloss Lützschena: im Vordergrund Maximilian Specks Kinder Maria und Carl Maximilian

1815: Familienporträt von Friedrich Matthäi.
Charlotte und Maximilian Speck mit Carl Maximilian (geb. 1812), Maria (geb. 1813) und Hermann Maximilian (geb. 1814)

Das Barockschloss Lützschena, 1822 durch Maximilian Speck von der Familie von Üchtritz erworben

Die Orangerie des Schlosses Lützschena, das 1864 im gothischen Tudorstil von Alexander neu erbaut wurde

Lützschenaer Bierfuhre zum Burgkeller nach Leipzig

Die alte Mühle zu Lützschena

1832: Maximilian Speck von Sternburg, Gemälde von Friedrich von Amerling

1842: Charlotte Speck von Sternburg, von Friedrich von Amerling sechs Jahre nach ihrem Tod gemalt.

1867: Erste Fotografien vom Park von Lützschena

Ehrentempel mit Skulpturen

Brücke vom Schloss in den Park

Dianentempel und Dianenteich

Maria Freiin von Hormayr zu Hortenburg, geb. Speck von Sternburg (1813-1881), Zeichnung von 1837

Anna Gräfin von Bohlen, geb. Speck von Sternburg (1816-1898), Gemälde

Hermann Maximilian Freiherr Speck von Sternburg (1814-1851), Lithographie nach einem Gemälde von Amélie de Barrelier

Alexander Maximilian Freiherr
Speck von Sternburg
(1821-1911), Gemälde von Gustav
Adolph Hennig 1860

Martha Freifrau
Speck von Sternburg, geb. Stocks
(1824-1878), Gemälde von Gustav
Adolph Hennig 1860

Martha und Alexander mit sieben ihrer zwölf Kinder,
Fotografie auf Lützschena 1867